文 化 名 家 暨
"四个一批"人才作品文库

文 艺 界

苏小卫剧本选

苏小卫 著

中华书局

图书在版编目（CIP）数据

苏小卫剧本选/苏小卫著. —北京：中华书局，2013.5
（文化名家暨"四个一批"人才作品文库）
ISBN 978 - 7 - 101 - 09218 - 9

Ⅰ.苏…　Ⅱ.苏…　Ⅲ.电影文学剧本 – 作品集 – 中国
– 当代　Ⅳ.I235.1

中国版本图书馆 CIP 数据核字（2013）第 033892 号

书　　名	苏小卫剧本选
著　　者	苏小卫
丛 书 名	文化名家暨"四个一批"人才作品文库
责任编辑	高　天
装帧设计	毛　淳
出版发行	中华书局
	（北京市丰台区太平桥西里38号　100073）
	http://www.zhbc.com.cn
	E-mail：zhbc@zhbc.com.cn
印　　刷	北京瑞古冠中印刷厂
版　　次	2013 年 5 月北京第 1 版
	2013 年 5 月北京第 1 次印刷
规　　格	开本/700×1000 毫米　1/16
	印张 33¼　插页 4　字数 506 千字
国际书号	ISBN 978 - 7 - 101 - 09218 - 9
定　　价	89.00 元

出 版 说 明

　　实施文化名家暨"四个一批"人才工程，是宣传思想文化领域贯彻落实人才强国战略、提高建设社会主义先进文化能力的一项重大举措。这一工程着眼于对宣传思想文化领域的优秀高层次人才的培养和扶持，积极为他们创新创业和健康成长提供良好条件、营造良好环境，着力培养造就一批造诣高深、成就突出、影响广泛的宣传思想文化领军人才和名家大师。为集中展示文化名家暨"四个一批"人才的优秀成果，发挥其示范引导作用，文化名家暨"四个一批"人才工程领导小组决定编辑出版《文化名家暨"四个一批"人才作品文库》。《文库》主要收集出版文化名家暨"四个一批"人才的代表性作品和有关重要成果。《文库》出版将分期分批进行，采用统一标识、统一版式、统一封面设计陆续出版。

文化名家暨"四个一批"人才

工程领导小组办公室

2012年12月

苏小卫

　　1960年9月生，北京人。1982年毕业于首都师范大学中文系，到京郊房山师范任教三年，1985年考入北京师范大学中文系，攻读现代文学研究生，1988年获文学硕士学位。现任新闻出版广电总局电影剧本规划策划中心副主任。从1995年开始创作电影剧本，主要作品有《赢家》、《那山那人那狗》、《暖》、《沂蒙六姐妹》、《唐山大地震》、《秋之白华》等。曾两度获得中国电影华表奖最佳编剧、中国电影金鸡奖最佳编剧、中国长春电影节最佳编剧，2012年获大众电影百花奖最佳编剧。享受国务院颁发的政府特殊津贴。

目 录

自　序

剧本之于电影,如同图纸之于建筑、原料之于烹饪、种子之于花朵,在成品中是看不到原形的。电影面世之后,专家的评价、观众的褒贬、票房的多寡,都不能代替编剧内心的感受,但无论满意还是遗憾,编剧一般不会说出来,因为电影是导演的艺术,编剧和团队中的其他成员一样,是按照制片方的要求协助和配合导演完成影片的创作。建筑完工了,图纸的使命也就终结了,剧本比图纸命好,还可以以文字的形式独立存在并等待读者,能出版剧本集的编剧是幸运的。

写剧本不同于写小说。如果是文学创作,作者可以决定作品的样子,修改也基本上是作者自己的事情。剧本显然不是,任何一个剧本中都包含着制片方确定的选题和定位、方方面面对剧本的修改建议、导演对影片整体的设想和要求,有些还有原著提供的文学基础。因此写剧本不是编剧一个人的事,对于编剧来说,最重要的不是自己写得天马行空,而是如何把上述来自不同方面的诉求有机地融入剧本创作当中,尽量实现艺术化的创造、个性化的表达、大众化的呈现。这是剧本通向电影的必经之路,也是对编剧的考验,因为别人要的和自己想的经常不一样,只有达成共识才能顺利前行。合作是一门艺术,在这一点上,编剧没有作家命好。尽管如此,编剧对剧本还是比别人更有感情,剧本是文字,电影是从文字开始的。

电影不像戏剧,流传多少年就可以修改多少年,电影一旦走上银幕,就再也没有机会修改了,所以叫遗憾的艺术。剧本又何尝不是?无论多少次修改也不能让一个故事无可挑剔,让笔下所有的人物都光彩夺目,何况电影的生产周期总是要求编剧在规定的时间内完成创作,季节不等人,档期不等人,该去的地方没有去,该读的书没有读,剧本却已经到了该交的时候。没有哪个编剧在电影拍完之后还继续修改剧本,但内心的遗憾常常挥之不去。此刻我想到我的父母,从小到大,他们看得到我身上的所有缺点和不足,但很少挑剔、指责、训诫,以巨大的宽容让我带着缺点和不足自由地成长,如同一个漏洞百出、留有遗憾的剧本。遗憾是人生的一部分,也是创作的一部分,我爱这些剧本,如同我的父母爱我。

我曾在2000年出版过一本剧本选《电影赢家》,收入了从1995年到2000年创作的部分电影剧本《赢家》、《歌手》、《那山那人那狗》、《说出你的秘密》、《蓝色爱情》、《生活秀》。转眼12年过去了,能有机会将近年的创作再度选辑并进入文库,非常高兴和荣幸。在此感谢文化名家暨"四个一批"人才工程,感谢中华书局。

暖

2003 年根据莫言短篇小说《白狗秋千架》改编。

1. 日外　乡间

南方,平原,也许不远处有山的影子。夏末秋初的季节,原野的色彩日渐丰富和厚重了,特别是芦苇,黄绿相间,白色的轻柔的飘絮充满了诗意。

不宽但平坦的田间小路,不知始于何处,也不知通向哪里,蜿蜒有致,路边是田畴,再远一点是水面,远远近近是一片一片的芦苇,高高的,在风中慢慢地摇摆。远处的浓密,近处却略显稀疏。

2. 日外　乡间

林井河,剧中的男主人公,三十出头,城里文化人的打扮,戴着眼镜,他骑在一辆自行车上,与其说是在赶路,不如说是漫游,他骑得很慢,有意无意地划着八字。

不远处可以看到村庄错落有致、黑白分明的屋宇的轮廓。

还有高音喇叭,正在放着最流行的歌曲。

［画外音］

井河:从1980年考上大学,我已经有10年没有回来了。家乡没有太大的变化,我却已经成了外人。

3. 日内　村委会

南方高大陈旧的用做公用的房子,从墙上张贴的一些东西可以看出是村委会。

堂屋的中间摆了一张桌子,桌子上摆了很多盘菜,一个摞一个,满满当当。

桌子周围坐满了人,大家坐得挺挤,相互之间几乎没有距离。主人的位置上坐着井河,他的两边坐着几个村镇干部模样的男人,井河对面坐着头发花白、神情有些忐忑的罗老师。

井河的身后是一扇窗户,这使得处在逆光中的他脸上很暗,他站起来,手里端着一杯因为倒得很满而正在滴滴答答的白酒。

井河:镇领导能给我这个面子,帮曹老师解决了困难,非常感谢。在外面混了十多年,我没有多大出息,没能给家乡父老帮上什么忙,今天我的话都在酒里,我先干为敬。

井河一饮而尽,很痛快。

所有的酒杯在井河的眼前碰撞,酒滴到桌子上和人们的手上,人们喝酒,干杯,每个人的嘴唇都开始发亮,每个人都亮出干了的酒杯。

曹老师也干了,但是他因为不习惯这样的酒局而咳嗽不止。

4. 日外　村路

天阴着,还是乡间的小路,近处的景物因为阴天反而显得很清晰,远处则是一片茫然。

自行车迎面而来,因为是下坡,车速不慢。

井河骑着车,曹老师坐在车后架上。

曹老师显然喝了不少酒,脸上红红的,笑容放松了许多、真实了许多,他搂着井河的腰。

井河的嘴里哼着歌。

路上偶有拖拉机带着巨响开来,又开过去,曹老师在后面大声要井河小心。

曹老师:井河,把你叫来,你媳妇准生我气了,孩子太小,正使唤你。

井河:没事,客气话您别跟我说。

5. 日外　路上

村路有些崎岖。

但井河在这样的路上骑车的技术显然很有底子,他躲闪着可能造成颠簸的地方,很好地把握着平衡,自行车在颠簸的路上发出很大的声响。

井河:曹老师,您说神不神,我儿子,脚丫子和我这根手指头一样长(井河伸出食指对老师比画着)。

曹老师:你准备啥时候走?

井河:没想到事情这么顺利,要是您没有别的事,我今晚就回县里住,明天就能赶上早班的火车。

曹老师:你早点回吧。让你大老远跑一趟,花工夫花钱,不合适。

井河:您又来了。

6. 日外 路上

前面是一个十字路口,因为有桥,路高出一个坡。

桥头站着一只白狗,它显然是在赶路的过程中突然停下来的,它看着自行车来的方向,似乎感受到某个熟悉的人或某种熟悉的气息。

井河看到白狗也愣了一下,他下意识地捏了车闸,车子猛地晃了一下。曹老师差点掉下来,他赶紧抓住井河的腰。

这时,白狗真的朝井河跑了过来,它很亲热地在井河的车前停下来,看着他,似乎在等着他认出自己。

井河一只脚点在地上,车子一歪,曹老师也站在地上了。

井河抬起头,他一下子看到了白狗的主人。

7. 日外 路上

这时,白狗的主人,已经从井河和曹老师的面前走过了路口,她背着一大捆长长的芦苇,人整个被芦苇埋在下面,根本就看不到她的脸,如果你不仔细看,连她的头都看不见,整捆芦苇就像长了腿。

但这显然不是一双好腿,由于有残疾,她走路的姿势很不协调,但是她自己似乎已经习惯了这种姿势,依旧可以做她要做的事情。

井河像被施了定身术一样站在那里。他看看狗,又看看那个背芦苇的人。

白狗看看他,转身看看主人,还是决定转身找主人去了。

井河:暖?

曹老师:(他站在井河的身后)是暖。

井河猛地回头看了曹老师一眼,他似乎感到有些突然。

曹老师没有说话,他也看着井河,等待他做出决定。

暖已从桥上走过,拐上一条更窄的岔路。

井河把自行车支在路中间,大步朝暖跑去。

井河:(喊着)暖,暖。

曹老师摸出一支烟,蹲在路边埋头点烟。他再抬头,不远处井河已经追上了暖。

8. 日外　小路上

听见有人叫她,暖停下了脚步,回过头来。

暖侧过身子,从背的东西下面斜着向上看,这使她的神情显得有点古怪。

暖的头发散落着,因为出汗而湿湿地贴在脸上,她习惯性地捋了一下,露出脸来,这是一个曾经漂亮现在已经有些憔悴的女人,模样显得比实际年龄要老一些,由于正在干活,人也有些狼狈。

井河站在暖的前面。

井河:暖,是我,我是井河。

暖一歪肩,很熟练地把大捆掀到地上,揪扯了一下因为背东西而歪斜的衣服。

暖:我还不知道你是井河?

井河:没想到在这碰见你。

暖满身都是干活留下的灰尘和一片一片汗湿的痕迹,背东西的绳子在她身上勒出的痕迹清晰可见。

白狗悠闲地在水边喝水。

暖走到河边去洗脸,又洗到胳膊、肩膀。她很热,当着井河也没有什么避讳。

井河站在桥上看着她。

井河:我今天早上才到。曹老师家承包鸭棚的事情,让我来帮着说说。

暖:我听说了,曹老师两年多的委屈,你几句话就摆平了,镇长和你在一起喝酒,村里人都在夸你有良心呢。这鬼天气,不把人蒸熟了不罢休,立秋几天了,白他娘的立。

井河:是,是。

暖一边走过来一边整理着自己的衣服,因为洗脸,前襟上湿了一大块,隐约可以看见里面的花背心。因为腿有毛病,她脚上的鞋也显得很不合适,磨损也很厉害。

井河:我以为你早就不在村里住了,你好吗?

暖:(略显冷淡地)好? 啥叫好? 有吃有穿,有孩子有丈夫,除了腿瘸,什么都不缺,浑身上下都不疼,算好吗? 不知道你们城里人啥叫好。

井河:暖,你还恨我。

暖:(打断)恨你? 老天爷才可恨,憋着雨不他娘下,把人活闷死,来,搭把手。

井河:我用车给你推上。

暖:算了吧,屁股大个地方,怎么推,帮把手。

井河:你等着。

井河返身跑回去推自行车。

自行车还立在原来的地方,曹老师不知什么时候已经自己走了。

等井河推上车转过身来,暖已经自己把芦苇背到背上。

白狗跟在她的身边。

井河犹豫了,他站在原地没有动。

暖从草下面斜着往后看井河。

暖:不走就到家里坐。骑上吧。

井河没有说话,也没有再追上去。

暖:(固执地)骑上走吧。

井河似乎明白了暖的用心。

井河:我会去你家坐。

井河把自行车掉转车头,就在自行车掉转车头的瞬间,时空发生了变化。

[闪回]

9. 日外　场院

[画外音]

井河:看到暖,我才明白自己为什么这么多年因为各种原因没有回乡,我不敢。

[秋千上的主观镜头]

阳光灿烂的正午。

十几年前,集体经济时期的场院,社员们聚在一起干活,高音喇叭里放着那个时代的歌曲。脱粒机把稻谷高高地扬上天,四周暴土扬场。

场院上有一个个高高大大的稻草堆,充满怀旧意味的景致。

镜头奇怪地上上下下,不断变换着视线。

十七八岁的井河在秋千上荡着,一脸非常兴奋的表情。

秋千高高升起,又轻轻落下,井河眼里的景物不断地变换着形态。

10. 日外　秋千架下

在场院边上,几棵大树铺下一片阴凉,在树下,架着一个高大的秋千架,两条很粗的绳子下面悬着一块一尺宽、两尺多长的厚木板。

一群孩子在排着队玩秋千,高的高,矮的矮,人挨人挤在一起,大家都很急切地看着正在玩的井河,等着快一点轮到自己。孩子们嘴里大声地整齐地替他数着数,一个来回数一个数,几个更小一点的孩子,则蹲在一边甘当观众。

井河在秋千上荡来荡去。

小孩子们的眼睛随着秋千的摆动而转动。

11. 日外　秋千架下

暖排在队伍的最前面,她有十六七岁的样子,天生的漂亮和开朗写在脸上。身上的衣服又小又不合身,手腕和脚腕都露在外面。但是她还是出众,她脸上的表情比别人更急切一些,嘴里数着数。回头看一眼排在她身后的比她矮一块的孩子们,很得意。

大家一起数到了"50"。

秋千上的井河便不再用力,秋千慢了下来,还没有完全停稳,暖就跑上前去拉住还在荡着的绳子,让井河下来。

井河依依不舍,但是也只好下来。

暖把绳子往后拉了一段,然后迈上去,往前一荡,就上了秋千,意犹未尽的井河灵机一动。

井河:暖,我推你吧。

暖:推,快推。

井河从后面使劲一推,秋千开始荡起来了。

暖:大点劲。

当秋千再次荡回来的时候,井河又推她。

当秋千再次荡回来的时候,井河一下子蹿了上去,和暖面对面一起站在秋千的踏板上。

孩子们一起起哄。

井河使劲荡起秋千,秋千越来越高。

暖的脸上是兴奋的表情。

孩子们开始为他们数数。

秋千上,两个人面对面,身体紧挨着身体,表情是一样的兴奋和快乐,秋千越荡越高,风越来越大,两人的衣服和头发在风中变换着姿态。

田野和村庄在一起一落,所有的景物都在飞翔。

井河与暖在荡着秋千,下面的孩子们仍然坚决地在数着数。

井河看着暖的脸,两张脸挨得很近。

暖:(兴奋地)林井河,你看见什么了?

井河:我看见稻谷堆的尖了,哑巴在稻谷堆上干活呢。你呢?

暖:我看见北京了,看见天安门了,看见毛主席了。

秋千高高升起,轻轻下降。

下面孩子们的数数声。

12. 日外　秋千架

场院边,秋千在不停地来回摆动,秋千上的人在不断地变化,有青年,有孩子,有老人。

［画外音］

井河:每到收获的季节,场院上的秋千就成为所有人的快乐,对故乡的回忆永远是和秋天连在一起,和秋千连在一起。

［闪回完］

13. 日外　曹老师家院子里

黄昏时分。

曹老师老两口在忙里忙外地为井河准备带走的土特产,唯恐带的东西不够多,恨不得把家里有的东西都让井河带走。

井河从外面回来,把自行车支好,站在院子里发愣,像丢了魂似的。

曹老师:井河,不早了,到汽车站还得 20 分钟,我骑车子送你。

曹老师的妻子:什么时候到你哥那里看你妈,一定给我们带个好去。

井河:曹老师,我今天不走了,住下。

曹老师看着井河。

井河有些疲倦的神色。

曹老师:好,好,不走也好,他娘,点火做饭,我和井河喝两杯,中午的酒没喝舒坦。

14. 夜外　曹老师家院子里

井河和曹老师在院子里喝茶。

井河的表情有些沉重。

曹老师手里拧个半导体,里面是地方戏。

曹老师:暖跟哑巴结婚了。

井河:您信上没有告诉过我。

曹老师:结婚有六七年了吧,哑巴爹还在的时候。

井河:那年我哥回来接我妈,说暖到县城相亲去了,我以为她一定是嫁出去了。

曹老师:井河,把你带给我的糖给暖拿上,她娃差不多有五六岁了。

曹老师的收音机停在一个台上,里面是一段传统戏曲的前奏,曲调婉转轻巧。

[闪回]

15. 夜外　学校的操场

前奏从上一场连贯下来,但已不是半导体中的演奏,而变成了十多年前学校乐队七拼八凑的、略有些混乱的吹奏。

在简陋的舞台一侧。

井河在人数不多的乐队里吹着一支笛子,他的腮鼓着,眼睛盯着台上,非常认真而艰难地完成着前奏复杂曲折的旋律。

其他的乐队成员也非常投入地操作着乐器,手上的动作熟练夸张,表情各不相同,彼此配合非常默契。过门拉完,一个响亮的女声响起。

舞台中央站着暖,她在唱一段传统戏剧的唱段,她身上还是穿着不太合身的衣裳,脸上化了妆,虽然粗糙,但挺漂亮,身段和动作有模有样。她在小小的舞台上充分表演,旁若无人,年轻的脸上充满自信和骄傲。

舞台侧面的井河在卖力地吹着笛子,眼睛盯着暖。

台下是村子里老老少少的观众,大家都听得津津有味,被家乡戏熟悉的曲调所陶醉,有的在跟着暖一起唱。

一曲终了,有人叫好,有人鼓掌,有人喊着再唱一段。

暖给观众鞠躬,脸上笑着,然后用眼睛看着舞台边上的乐队,似乎不知道自己应该下去还是留在台上,等了几秒钟,她认为可能不唱了,就要下台,可乐队此时又开始演奏,她又赶紧回到舞台的中间,准备再唱,她的样子把台下的观众逗笑了。

16. 日外　村路上

田野间,小路从远方延伸过来,又曲曲弯弯地伸向远方。

两边的田野和不远处的群山风景如画。

夕阳西下,染红了田野和村庄。

暖和井河放学一起回家。井河走在路的这边,暖走在路的另一边,又像是同行,又像没有关系,很怪的方式,但这是两个人都喜欢、都接受的一种方式。暖轻松地、自寻欢乐地走着。井河不时看暖一眼,暖快他快,暖慢他慢。

暖看到前面一个挑着很重的担子的人,她从背影上就认出了对方。

暖跑跑颠颠地追了上去。

井河落在了后面。

暖:(倒着走在爹的前面)爹,曹老师说我的嗓子全公社没人能比得上,我们的节目要参加公社的比赛,如果获了奖,还要到县里参加比赛,他让你给我买双皮鞋。

爹埋着头走路,不搭理她。

暖:爹,你听见没有? 曹老师说,让你给我买双皮鞋。

暖的爹把头抬起来看了她一眼,抬手给了她一巴掌。

爹:放了学不回家,干活没有你,要这要那有你了。

爹朝前走了。

暖站在那里。

她回头,看见井河站在她的身后。

暖:我以后一定走得远远的,他想我我也不回来看他。

井河不知道用什么话安慰暖。

井河:我妈也打我。不就是一双皮鞋吗?回头我有了钱,我给你买。

暖转身走了,井河依然走在她的对面的斜后方,不远不近地。

[闪回完]

17. 日外 村里

早晨,雨不大不小地下着。

井河打着一把颜色鲜艳的尼龙折叠伞,手里提着一些吃的东西,走过第一天遇见暖的乡路。四周的景物在雨中显得十分干净透明,远处罩着薄雾。

18. 日外 暖家

井河走到门前,门开着一条缝,他推开了面前这扇有点沉重的大门。

井河走进暖家的院子。

井河:暖在吗?

白狗从院子的某个角落里跑了过来。它依旧认出了井河,在他的身边友好地转来转去。

屋门大开着,没有声音。

井河:有人在吗?暖在家吗?

19. 日内 暖家

屋内,暖穿了干净的衣服正在照镜子,六岁的女儿站在边上看着她,暖多少有一点紧张,她赶紧收拾着扔在床上的衣服。

暖:(对女儿)告诉你爹,来了。

女孩跑出房间。

暖:(在屋里应道)是井河吗?都在呢。

她一边说着,一边脱下了穿在脚上的一双新皮鞋,把鞋抓起来匆忙地放回鞋盒里,又把鞋盒放到被子垛的上面,光着脚去找自己的旧鞋。

20. 日外 暖家

井河还站在门口。

哑巴出现在屋门口,他的年纪比井河要大一些,也更显老一些,他光着上身,穿着一条旧裤子,裤脚卷着,一高一低。哑巴的眼神很不友好,在他看来,井河出现得有些突然。他似乎在努力辨认着这个人和他从前认识的井河有什么联系,在他的身后可以隐约看见他们的女儿,样子乖巧,脸上有点脏,眼睛十分明亮。她躲在哑巴的身后看着陌生的井河。

井河虽然有思想准备,但是一时间,也不知道该怎么办,他对哑巴笑了笑。

哑巴并不笑。

井河的笑容便有些僵。

哑巴并没有从屋门口让开,也没有请井河进屋的意思。倒是女孩终于试探着从父亲的身边挤出来,站在屋檐下看着井河。

屋檐下的雨滴断断续续地滴落。

井河赶紧把带来的糖拿出来,走到女孩的面前,女孩看到漂亮的糖一下就掩饰不住地兴奋起来,但是她并没有马上就接,而是回头看自己的父亲,并对哑巴打了几个简单的手势,显然是在问哑巴她可不可以拿这些糖。

哑巴看了看井河又看看女孩,对女孩做了个手势,意思是尝尝看好不好吃。

女孩伸手从张开的塑料袋中拿出了一块糖,小心地剥开漂亮的糖纸,放进自己的嘴里,又伸手拿了一块,依旧是很小心地剥开,回身放进哑巴的嘴里。哑巴很认真地品味了一下,脸上终于露出了一丝笑容。

就在这时,暖从屋里出来了,她显然很匆忙地收拾了一下自己,穿了一件干净的衣服,折叠的褶皱还很清楚,头发也匆匆梳过,一只手里抓了一件背心,顺手扔在哑巴的肩上。

暖:家里不像样,让你笑话了,进屋吧。(说着把正套背心的哑巴往边上拉)

井河:我猜下雨你们可能不出门了,来看看。

哑巴这时穿上了背心,他很自然地用手把嘴里的糖拿了出来,递到暖的嘴前。

也许是因为井河在的缘故,暖下意识地躲了一下,用手势示意哑巴她不吃,让哑巴自己吃。

哑巴似乎没有遭到拒绝的心理准备,他顺手抓住暖的头发,暖的头向后仰去,哑巴顺利地把糖塞进了暖的嘴里。他看也没有看井河一眼,就进屋去了。

暖看着井河有些诧异的神态,没有什么表情,她示意井河进屋。

井河看着暖,暖有点回避他的目光,先进屋去了。

21. 日内　暖家

井河走进暖的家,在堂屋的椅子上坐了下来。

他环顾四周,家里收拾得还算利落,陈设比较简单,看得出日子并不宽裕。

白狗也想跟着进屋看看客人,出现在门口,被哑巴踢了一脚,就离开了。

井河脸上的神情有些暗淡,他忽然觉得暖的生活令他感到沉重和担心。

暖对哑巴比画着什么,井河愣愣地看着他们。因为暖是背对着井河,他只能看到哑巴的表情。

经过暖的解释,哑巴终于有了一点友好的表情。

他在井河的对面坐了下来,有些郑重地。

暖转过身来。

暖:我对他说,你是专门回来帮曹老师解决纠纷的,我告诉他你在北京当了干部,以后有什么事情可以找你帮忙。我还告诉他你已经结婚了,找了北京女人做媳妇。

井河对哑巴点点头。

房间里光线有些暗,也略有些拥挤,哑巴正在捆蚕山,井河看到觉得很熟悉,拿起来弄了两下,不熟练了,哑巴笑他,做了个嘲笑他的手势,自己又开始干活,井河便很自然地帮他干活。

22. 日内　暖家

暖把桌子擦了又擦。

孩子在一个角落里把井河带来的糖果当玩具,倒腾不休。她会不时看一眼井河,这个陌生人让她很感兴趣。

暖:你媳妇是做什么的?

井河:教师。是大学同学。

暖:真好,孩子多大了? 男孩?

井河:刚满月。男孩。

暖:你们城里人生孩子都晚。

暖对哑巴比画,告诉他井河的孩子只有 1 个月大,哑巴有点不以为然地撇了下嘴,可是暖又告诉他,井河是男孩,他便装没看见一样低下头干活。

井河:我知道你肯定会出嫁,但是没有想到你们两个会成家,你小时候最怕他了。

暖:你没听说过,弯刀对着瓢切菜,合适着呢。

井河不知道该说什么,便低头干活,金黄的稻草的秸秆在他的手中翻飞。动作中时空转换。

[闪回]

23. 日外　场院上

十多年前的盛夏,场院上一片金黄。

高大的稻草垛错落有致。

暖双手撑地,在稻草垛边上拿起大顶。她的上衣系在裤子里面。

几个女孩一个接一个地在稻草垛边上倒立。

她们倒着排成了一排。

暖:我们的节目要是可以得奖,我们就能到县城去演出。

第二个女孩:我们坐汽车去县里,我真想坐汽车啊。

第三个女孩:暖,曹老师说,要是能参加县里的汇演,说不定你就会让县剧团选中呢。

暖:要真能选上,美上天了。

第二个女孩:说不定暖就成为邓丽君了。

第四个女孩:到时候可别忘了我们。

从第二个女孩倒着的视线里,看见一群鸭子向她们这边运动过来。

第二个女孩:暖,哑巴来了。

所有女孩都紧张地翻倒在稻草堆边。

鸭子们在漫不经心地走着,却没有看见赶鸭子的哑巴,大家反倒十分紧张,东张西望,担心哑巴会捣什么乱。

暖也和大家一样,一边打扫着身上的草,一边到处看。

哑巴突然出现在暖的身后,把手里的一把蒺藜放到暖的头上,回身就跑。

哑巴迈着有些可笑的大步子去追赶他的鸭子。

暖在后边气得直跺脚。

暖:臭哑巴,你不得好死。

哑巴没有回头,因为他听不见。

几个女孩围着暖替她摘掉头上的蒺藜。

24. 日外　村里

[画外音]

井河:哑巴没有上过学,村子里的孩子都有点怕他,大人们却总向着他。

窄窄的村路,两边是房子。

井河无聊地朝家里走去。

一条长长的小巷。

哑巴赶着鸭子迎面走来,鸭子拥挤着,几乎占满了路面。

哑巴走在中间,身前身后都有鸭子,哑巴偶尔回一下头。

井河迎着哑巴走来。

两人目光对视。

井河用无所谓的表情掩盖他对哑巴的敌意和惧怕。

两人相错而过。

哑巴继续向前走。

井河在他的身后大声地吓唬走在他身后的鸭子,把走在哑巴身后的鸭子向相反的方向轰着。

哑巴听不见,继续向前走。

井河解气地轰着鸭子,鸭子们惊慌地朝着相反的方向逃窜。

井河躲在路边的墙角朝哑巴看去,看他能不能发现少了鸭子。

哑巴终于没有回头,他拐弯了。

井河偷着笑了,可他不知道拿这些鸭子怎么办,正发愁,后脑勺被重重地敲了一下,他一抬头,是村里的一个老头。

25. 日外　村路

井河垂头丧气地走在鸭子的后面。

老头像押俘虏一样走在井河的后面。

26. 日外　河边

一群孩子在玩水,井河也在其中。

突然,哑巴不知道从什么地方冒了出来,一下就把井河按在水里。

两个人在水中搏斗,井河显然不是哑巴的对手,被哑巴越来越久地按在水里。

27. 日外　秋千上

井河像条死鱼似的趴在秋千的木板上,往外控着肚子里的水。

几个孩子围在他的旁边看。

暖在慢慢推着秋千。

井河肚子里的水滴滴答答流了一条线。

暖忽然就笑了起来,越笑越厉害。

［闪回完］

28. 日内　暖家

里屋两个男人在平静地做事,井河给哑巴做帮手。

外屋,暖在做饭,她的腿脚虽然不够灵活,但是依然像过去那么灵巧和麻利。

她在一只碗里打了好几个很大的鸭蛋,又加上一些新鲜的蔬菜的碎末、一些盐、一点红色的辣椒,用筷子把鸭蛋打得很响,碗里面红的、绿的、黄的很好看。

井河在里屋,他的眼睛不看暖。

井河:那年我哥回来接我妈,他说没看见你,说你到县里相亲去了,我当时真的盼望你能找到一个你满意的人。

外屋,油锅热了,冒着淡淡的烟,暖把打好的鸭蛋倒进锅里,鸭蛋马上就膨胀起来。

暖:是个售货员,看了我的照片非要我去县里玩。我住在他姐家帮他姐带孩子,和他也还算谈得来,他就是从来不和我一起出门,我想来想去,咱不能窝囊了人家,就回来了,他哭得可伤心了。

暖轻轻地把锅里的鸭蛋翻转过来,鸭蛋仍然是完整的,锅里的油再一次热闹起来。

井河:后来,就没再遇上合适的?

暖:啥叫合适? 啥叫不合适?

暖把手中的锅铲重重地放在案板上。

井河一惊,手中的动作一下就失去了从容。

哑巴没有丝毫感觉,但他感到井河配合上的混乱,恼怒地看着井河。

井河如梦初醒,努力跟上哑巴的节奏。

井河:你现在,还唱吗?

暖:唱? 话都快不会说了,他不说话,狗也不会说话,闺女会说话,跟他在一块待久了,也不爱说话,整天忙了家里忙家外,也没心思。

井河:家里也没买个电视,我看村子里不少人家都有电视了。

暖:我倒不是攒不起来这几百块钱,我怕他听不见着急,哪天再给我砸了,闺女也闹着要呢,再说吧。

井河看了哑巴一眼,哑巴也抬头看他,两个人又都各自低下头去。

井河:有电视了,村里也不唱大戏了。

暖:可不是,电影也不演了,不像咱们那会儿。

暖的话好像没有说完就打住了,井河马上转过头去看暖。

暖依旧在做事。

哑巴抬头看着井河。

两人对视。

［画外音］

井河:在我的记忆里,所有的事情都是那年省剧团来了之后发生的。我是在那个时候才懂得什么叫爱上一个人。

［闪回］

29. 夜外　场院

月光铺了一地。

有个人独自在秋千上荡来荡去,高高地飞起来,刷地悠过去。

荡秋千的人是哑巴。

每当他升到最高处时,远处的灯火就可以照亮他的脸和上半身。

然后他又落入黑影之中。

哑巴知道远处灯火通明的地方正在唱戏。

30. **夜外   村里**

村里临时搭建的舞台,灯火通明。

舞台四周围满了看戏的观众。

舞台上,正在上演一出传统戏,热闹的锣鼓和响亮的唱腔使得平静的村庄一下充满了活力。

31. **夜外   舞台上**

演员漂亮的彩妆和行头令人眼花缭乱,一个非常精彩的段落正在上演。

32. **夜外   舞台下**

所有人的眼睛都盯着台上,舞台上的灯光在所有人的眼睛里跳跃。大家在一种极度满足的心情之下欣赏他们喜爱的地方艺术,不断有人大声叫好、鼓掌。

33. **夜外   舞台后**

后台是用苇席围起来的,里面的光线丝丝缕缕透出来,暖站在苇席的外面,通过缝隙朝后台里面张望。

从暖的视线,可以看到演员们匆忙的身影,有的在化妆,有的在换衣服,有的在独自练习、自言自语。

暖的视线更多地落在一个漂亮的小武生身上,他的身材、扮相都很出众。

他在暖的视线里闪过又闪回。

暖尽可能地在很多人中间寻找他的踪影。

34. **夜外   村路上**

井河逆向站在散场的人流中。

大家在月色下吆五喝六,有人大声唱着戏文,大人在喊着走散的孩子。远处的狗也跟着起哄般地叫。

人影晃动中,井河寻找着暖的影子。

井河:暖——,暖——

暖不见了。

井河随着人流走,东张西望。

35. 日外　村里

井河飞快地在村里的小街上奔跑,一路鸡飞狗跳。

井河的脸上表情非常兴奋。

他上衣的领子都张开了,斜挎的书包拍打着他的屁股。

36. 日外　暖家

井河在暖家院墙外面喊暖,暖家的院墙不高,他跳起来就可以高过院墙,于是他就在一跳一跳地叫:暖,暖。

暖从屋里跑出来。

井河:他们住在大队部了,去看看。

暖:走。

37. 日外　村里

井河和暖一前一后地跑着,同样地鸡飞狗跳。

井河在前,暖在后。白狗跟在后面跑,白狗那时还是一只可爱的小狗崽。

38. 日外　大队部

两人跑进院子,暖在前,井河在后。

院子挺大的,因为演员们的进驻一下子热闹起来。

几个男演员在出出进进,嘴里唱着戏,把东西放得到处都是。

暖一眼就看到了那个漂亮的小武生,她一下就安静下来。

小武生无意中看到暖,对她笑了笑。

暖没有笑,她傻了一样。

39. 日外　场院

场院上,稻草堆成了演员们最好的练习场所。清晨的阳光把场院照得很亮,一种很独特的明亮的感觉。

男演员们在厚厚的稻草上翻着一串一串的跟头。

女演员们在走着好看的身段,嘴里咿咿呀呀地唱着。

有的演员在舞弄着道具兵器。

还有的演员在练乐器,把胡琴拉得山响。

有的在做基本功的训练。

场院的边上，不少村民站着观看。

稻草堆的顶端，趴满了看热闹的孩子。

他们身后的秋千很少有地空在那里没有人玩，独自在轻轻地摇摆。

井河、暖都在其中，剧团的吸引力空前大。

暖的眼睛追光灯一样追着她喜欢的那个英俊的小武生。

小武生几步助跑，双脚轻轻踏在踏板上，高高跳起，然后是一串跟头，落在稻草上。他的脸上是得意的神情。

小武生很随意地活动着自己的腰身，健壮而有活力。他走到一个女演员的旁边，帮对方拉紧松开的服装，嘴里还开着什么玩笑，女演员笑着捶他的后背。

暖简直就看呆了。

井河：暖，走吧，要迟到了。

暖看着演员们，不理井河。

有大人爬上梯子来轰孩子们上学去。

井河：该走了，要迟到了。

暖：你先走吧，告诉曹老师我病了。

暖的眼睛离不开这些演员。

哑巴的鸭子在场院上四散，没人管了，哑巴也看得入了神。

40. 日内　暖家

又是一个早晨。

暖在厨房里东翻西找。

母亲在屋内剧烈地咳嗽。

七八岁的妹妹站在厨房的门口，看她找东西。

暖找到一个小口袋，里面是豆子。

她示意妹妹过来。

妹妹过来替她牵着她的上衣的兜，暖把口袋里面的豆子往自己的上衣兜里面倒。

不一会儿，她的兜就满了，口袋里的豆子少了许多。

暖把小口袋放回原处。

小妹妹看着她。

暖摸摸妹妹的头,背上书包,就朝外面跑去,她一只手紧紧捂着衣兜,连跑带走。

41. 日外　村里路上

暖正急匆匆赶路,突然,哑巴不知从哪拐出来,手里抱着一顶旧草帽,挡住了暖的去路。

暖见了哑巴就像耗子见了猫,转身就跑。

哑巴在后面追。

暖紧紧捂着兜里的豆子,还是有豆子一路蹦出来。

暖回头,哑巴迈着怪异的大步子,抱着手里的东西,跟在她的身后。

大队部门口,暖一回头,哑巴还跟着她。

暖跑进大队部。

暖:哑巴来了,哑巴追我。

暖一边喊着,一边跑进了大队部的院子,哑巴也跟了进来。

听见喊声,小武生从屋里跑出来,暖躲到小武生的身后。

哑巴站住了,他看着小武生,眼睛里是很佩服的神情,他的张狂也有所收敛。哑巴把手中抱着的草帽打开,里面是十几个又大又白的鸭蛋。大家看到鸭蛋,都愣住了。

哑巴把草帽放到地上,转身走了。

小武生:谢谢了。

哑巴没有回头,他听不见。

[闪回完]

42. 日内　暖家

暖把炒好的鸭蛋放到擦干净了的饭桌上,桌子上还摆了别的临时准备的菜。

暖走进里屋,碰了碰专心干活的哑巴,对他做了个吃饭的手势,转身要走,忽然她才想起还有个要用语言交流的井河。

暖:吃饭吧,凑凑合合的,你别见怪。

哑巴站起来,两只手搓了搓,就去外间饭桌前坐下。

暖体贴地把一条湿毛巾递到井河的手上。

井河擦着手,眼睛看着暖。

女孩坐到父亲的身边,头靠在哑巴的胳膊上,眼睛盯着饭桌上的好吃的。

哑巴拍拍女孩的头,用手势告诉她可以吃了。

女孩也用手势问爸爸,你今天不喝酒了吗?

哑巴好像想起了什么,他站起身,到里屋的柜子里找酒瓶子。

暖和井河看着这对父女。

暖:这孩子不会说话的时候就会比画了,和她爸挺好的。

井河:你小时候,老跟你爸吵。

哑巴拿了一瓶白酒出来,用牙咬开瓶盖,倒在暖为他们准备的两只碗里。

井河双手捧了碗,和哑巴碰了一下,哑巴一饮而尽,井河喝了一口,觉得劲大,但当他看见哑巴正看着他,就再次端起,也干了。

哑巴又给井河倒上酒。

井河又干了,哑巴又要倒,井河示意他也该把他自己碗里的酒喝了。

哑巴端起来就喝,又给自己倒上,又喝,然后等着井河。

井河也喝了。

暖在边上看着他们。

哑巴还要和井河叫劲。

井河端起酒。

暖:(对井河)你不是他的对手,让他占上风就是了。

井河还是不甘落后,又干了。

看着这两个和自己青春岁月有关的男人,暖的心情很不平静。她给井河夹菜,又给哑巴夹菜,哑巴把暖夹给自己的菜,又夹给了女儿。

女儿也学着大人的样子,她给井河夹菜。

哑巴看着女儿。

[闪回]

43. 日外　秋千架

一个年纪很大的老太太在打秋千,周围很多人在看热闹、起哄。

老太太身手矫健,笑容灿烂。

看热闹的人群中有暖,她的身边是小武生,两个人在笑,你看看我,我看看你。

井河站在他们的对面,老太太从井河眼前晃过去、晃过来,井河的目光却集中在暖和小武生的身上。

［画外音］

井河:暖一个星期没有上课,剧团在哪,她就在哪,剧团的人干什么,她就干什么,只要看见那个小武生,就准能看见暖。

44. 日外　大队部

院子里,没有别人。

只有暖和小武生。

小武生正在用演戏的油彩给暖画一个彩妆。

他很细心地画着。

暖很安静地坐在那里,手里拿着一个很小的镜子。

暖从镜子里只能看到自己的局部。

有时候,她从小镜子里看小武生。

暖的脸越来越漂亮,越来越神采飞扬。

暖的眼睛水汪汪的。

小武生站远了几步,欣赏着自己的作品。

暖被他看得有些害羞,但只有一瞬,她大胆地看着小武生,两个人就这么互相看着。

小武生:你的条件非常好,一定要找机会出来学习,你可以成为一个真正的演员。

暖:我真的行吗?

小武生:我去对我们团长说,让他听你唱。

暖特别高兴,特别幸福。

暖:我真的行吗?

暖看着小武生的眼睛。

小武生不说话,他看着暖。

小武生:(轻声说)你天生就该演戏。

锣鼓声渐起。

45. 夜外　舞台前

暖在很前面的人群中,她的眼睛盯着舞台上的小武生,在她看来,整个舞台上只有他一个人,其他的人都已经不存在了。

暖的眼睛放着光。

46. 夜外　场院

小武生轻轻地搂住暖。

暖在发抖,她从来没有经历过这样的激动。

小武生终于把暖紧紧地抱住,开始吻她。

远处的人声和灯光都带有了梦幻色彩。

一切都美好得令人难以相信。

暖的眼睛放着光。

47. 日外　村头

清晨,绯红的朝日涂抹着村庄的每个角落。

省里的剧团要走了。

全村的人都来送行。

大家看着他们装车,收拾东西。

48. 日外　村头

暖的爹拉着暖站在团长的面前。

暖的视线依然跟着正在准备出发的小武生,她的手里还提着一个包。

暖爹:团长,孩子昨晚磨了一夜,非让我来求求你,你们都说这孩子有灵气,你们就带上她走吧,不挣工资,管饭就行,让她学点本事,长长出息。

团长:你女儿确实很有天赋,应该有更好的学习条件,可是我们是国家院团,招学员是要经过领导部门批准的,我这么领走不行,等我们下次招学员的时候,一定想办法通知你们。现在恢复高考了,你也可以鼓励她报考艺术院校。(对暖)你要努力学习,全面提高自己的素质,一旦有机会就可以找到出路。

暖把目光收回来,茫然地看着团长,她似乎根本就没有听见团长在说什么。随后,她的目光就又被小武生拉走了。

暖爹捅了她一下。

暖爹:还不谢谢团长。

暖:谢谢团长。

暖失望的眼泪夺眶而出。

49. 日外　村口

演员们要上车了,大家在彼此告别。

暖的眼睛里含着眼泪,目不转睛地盯着小武生。

小武生有一点犹豫,但他还是在上车之前朝暖走来。

暖迎了上去。

井河站在离暖不远的地方,心中忽然感到从来没有过的惆怅。

暖站在小武生面前,不知该说什么。

小武生递给暖一样东西。

暖伸出手接过,但眼睛没有离开小武生的脸,她像要把这张脸刻在自己的心上。

小武生看着暖的脸,他笑了笑。

小武生:你一定可以成功,有消息我一定通知你,再见。

暖的眼泪就在眼圈里转,她把手里的包藏到身后,什么话也说不出来。

井河站在她身后不远的地方。

小武生倒退着朝汽车方向走了,边走边和暖挥手告别,直到他被汽车挡住。

暖像傻了一样站在那里。

汽车动了一下,暖仿佛也抖了一下。

大家跟着汽车说再见。

暖也朝前跑了两步,又停下了。

井河站在暖的身边。

暖泪流满面,手中是小武生刚才送给她的小圆镜子。

汽车朝远处开去。

井河为暖的忧伤而忧伤。

50. 日外　秋千架

哑巴在荡秋千,他荡得很高,因为他想看得够远。

[闪回完]

51. 日内　暖家

暖端了一个带汤的菜过来,碗里很满,因为腿不好使,几步路她端得也不稳,汤险些洒出来。

井河赶紧起身来接,碗有些烫,两个人又有些紧张,汤洒出来的更多了,烫了暖的手,但是暖忍着没有松手,赶紧把汤放下,把手放进嘴里。

井河:暖,烫着你了吧?

暖看了井河一眼。

暖:没事,你也是好心。

哑巴又在给自己倒酒。

暖盛汤给他们。

暖:丫,吃饭,看啥呢?

女孩:叔。

井河看着女孩。

女孩:火车,我在电视上看见过火车。

女孩习惯了一边说话一边比画,这样她爸可以知道她说什么,哑巴确实一直看着女孩。

井河:我就是坐火车回来的。

女孩:(很惊讶地)真的?

她随后便对爸比画:叔是坐了火车来的。

女孩:火车快吗?

井河:快,可快了。

井河模仿着火车开动的声音和效果,手比画着,向女孩描绘着他所能描绘出来的火车的情形。

女孩睁大了眼睛,目不转睛地看着井河。

哑巴看看井河又看看女儿,他似乎也有些震惊。

暖脸上带着笑意。

井河说完了,女孩似乎还没有从想象中的火车轰鸣中出来。

井河:回头叔叔带你去坐火车。

女孩的反应超出了井河的预期,她一下子跳了起来。

女孩:妈,叔叔要带我去坐火车呢。

又赶紧对他的爸爸比画:叔叔要带我去坐火车呢。

哑巴笑了一下,但是笑容消失得很快。

气氛轻松融洽了起来。

井河端起酒杯,和哑巴喝酒。

两只酒杯接触的瞬间,时空转换。

[闪回]

52. 日外　河边

一个很亮的光斑在移动,墙上、树干上,从慢到快、到疯狂、到混乱。这是暖手中的小镜子反射的阳光。

暖一个人待着,闷闷不乐。

小白狗陪在她的身边。

53. 日外　秋千架

依旧是秋天,依旧是秋千架。

暖在秋千上荡着。

邮递员穿着绿色的制服,骑着自行车从她的面前经过。

暖的眼睛一直紧紧盯着邮递员,直到他消失。

54. 日内　养蚕的房间里

暖和一些女孩在做着养蚕的某道工序,是一种很细心又很需要耐心的工作。

大家有说有笑地干活。

暖的身边两个女生在小声聊天。

女孩之一:那家伙,整天上课不看黑板,老扭着身子看你。

女孩之二:看也白看,我才不会在本村找对象,一辈子嫁一次,怎么也得嫁远点。

女孩之一:就是,争取嫁到县城。

女孩之二:反正不能找本村的。

暖猛地站起来,把手里的东西往地上一扔,冲出屋子。

两个女孩吓了一跳,但又好像习惯了似的,手里的活没有停,嘴里的话也没有停。

　　女孩之一:那个唱戏的不会回来接她了。

　　女孩之二:人家是省城里的,怎么会看上咱们。

　　女孩之一:暖说,他们(小声了)……

　　女孩之二:那又怎么样。

55. 日外　村里

　　暖无目的地跑着,脸上没有表情。

　　拐过一个弯差点和骑了一辆破自行车的井河撞个满怀。

　　井河:暖,暖,我正要去找你呢,来了,来招生了,曹老师让你赶快去,介绍信我都开好了。

56. 日外　路上

　　井河飞快地蹬着车,暖坐在他的后座上,紧紧抓着车座。

　　暖:快点,林井河,你再快点行不行?

57. 日外　镇上

　　两个人冲进一个考场。

　　一个纸牌子上写着:县剧团报名处。

　　桌子后面坐着几个考官,门口排着几十个等着考试的男孩女孩。

　　一看招考的单位,暖的表情一下就暗淡下来。

58. 日外　镇上

　　井河排在队尾。

　　他的身后马上又有人排队。

　　井河:暖,快过来呀。

　　暖回头看他一眼,脸上的表情很失望,她犹豫着要不要排到井河的前面。

　　井河看着她。

　　暖走到井河的身边。

　　暖:不是省里的剧团。

　　井河:要是考上你就可以到县城里来工作了,不也挺好的吗?

　　暖:我只想考省剧团。

　　边上的人觉得暖很好笑。

两个人放低了声音,小声交谈。

井河:都这么久了,他们也没有来,他早就把你忘了。

暖:不会。

井河:那为什么一点消息也没有?

暖:因为没有招生指标啊?

井河:那要是老也没有招生指标呢?

暖:不会。

井河:(生气地)你根本就不明白,他不会来了。

暖:会,他亲口说的,他说他一定会来接我的。

井河:他骗你。

暖:不会。

井河:你别傻了,他会看得起咱们?

暖瞪了井河一眼,转身朝外走了。

井河看看排了一半的队,又看看门口,十分犹豫,终于他还是离开了队伍,追了出去。

59. 日外　路上

井河骑着车。

暖坐在后座上。

两人谁也不说话,垂头丧气地。

[闪回完]

60. 日内　暖家

饭还在继续吃。

哑巴已经喝得有些多了,脸红红的,在微笑。

暖还在给井河夹菜。

井河:饱了,太饱了。

这时,在里屋玩的女孩把妈妈的新皮鞋给穿了出来,两只小脚放在一双大鞋中,踢踢拖拖地走出来,脸上带着炫耀的神情。

井河看到这双皮鞋,夹着的菜停在半路,他很吃惊。

哑巴看着女孩的样子本来在笑,但是他似乎也想起了什么,笑容越发勉强了,消散了。

暖放下手里的筷子,站起身快步走到女孩的面前。

暖:怎么这么能闹呢? 给妈妈踩坏了。

女孩:叔,这是我妈妈的新皮鞋。

井河下意识地把夹了的菜又放回了原处,筷子却还傻傻地举着。

暖把鞋从女孩的脚下抽出来,用袖子擦了一下,放回里屋去了。

井河觉到自己的失态,他扭头去看哑巴。

哑巴也看着他。

61. 日内　暖家

里屋。

暖把皮鞋收进鞋盒,这是一个很旧的盒子了。

暖打开柜子,把鞋盒收了进去,又把柜子关好。

就在她关柜门的瞬间,时空转换。

[闪回]

62. 日外　村里

鞭炮声四起。

有家人在举行婚礼。

新娘和新郎在大家的围观下履行着繁杂的礼节。

鞭炮声连成一片。

井河也在其中,他不看新娘,看着暖。

暖照样和女孩子们挤在一起。

女孩子们都在笑,只有暖一个人不笑。

63. 日外　村里

主持婚礼的人把糖撒向空中,孩子们欢呼着在地上拣。

井河也伸手接到了一块糖。

64. 日外　村里

在人们的起哄声中,新娘很不好意思。

看热闹的人脸上都带着笑容,只有一个人在看,但是没有笑,那就是暖。

井河的目光经常划过人群,停留在暖的脸上,一会,又从暖的脸上,被吸引到新娘的身上,就这样划来划去,终于,他发现,暖离开了人群。

井河自己也从人群中挤了出去。

65. 日外　场院

秋千架,暖一个人坐在上面,没有荡。白狗趴在秋千架下面,它已经长得挺大了。

暖的手中还拿着那个小镜子,里面是没有笑容的暖。

鞭炮声从不远的村子里传过来。

井河来到秋千架下,他是来找暖的。

井河:办喜事,大家都笑,就你不笑,你还会笑吗?

暖:我会不会笑关你啥事?

井河把手里的糖递给暖,暖马上就剥了糖纸放进嘴里。

井河:都一年多了,他们根本就不记得咱们了。你再这么等着,不是犯傻是什么?

暖:他可能不记得你了,但是他一定记得我。他说了,他永远也不会忘了我。

井河:(生气地)那他为什么不来接你?

暖:(也提高了声音)他没有时间,但是他不会忘了我。他今年不来明年来,明年不来后年来。他要来接我,我就嫁给他。

井河:别做美梦了,你就是倒贴上 200 斤猪肉,他也不会要你。不就是亲了你一下吗? 有什么了不起的,我也可以亲你,我也愿意,你干什么非要等着他?

暖看着井河,不说话,但是脸上露出一丝不易被察觉的笑意。

井河走到暖的面前,他几乎不能克制自己的情绪了,他站得离暖很近,几乎要触到她的身体了。

井河:暖,跟你爸好好说说,接着把高中读完,然后我们一起去考大学,一样可以到外面去,为什么你非要等他来呢? 他要是不来,你就这么等下去吗?

井河抓住暖的胳膊。

暖也有些感动,她低下头,不知道该怎么办。

井河一下抱住了暖,他笨拙地表达自己内心的冲动,暖有点想接受,但又有另外一种东西在抗拒,她在慢慢地后退,终于,她脚下一用力,从井河的拥抱中挣脱出来,轻轻地向后荡去。

暖:白狗,来。

白狗蹿到暖的秋千上。

暖就开始荡开去。

66. 日外　场院

她在井河的面前滑过去又滑过来。

井河盯着她,脸上的表情非常激动。

暖滑过去又滑过来。

井河的眼睛。

终于,在暖的秋千要起未起的时候,井河飞身上了秋千。和前面的一幕一样,暖、井河和狗在秋千上荡着,越来越高,越来越高。

所有的景色都开始升起来,降下去。

井河的眼里只有暖。

暖还是不笑。暖的眼里没有井河。

秋千架在轻轻地颤抖、呻吟。

所有的景色都在颠倒和晃动。

井河也没有笑,他为自己青春的情感而感到悲伤。

不远处村中的鞭炮声突然激烈起来,像一个预言。

暖和井河在荡着秋千,村子里面传来阵阵的鞭炮声。

井河:暖,我喜欢你,我会对你好,我不会说话不算话。

暖:他不要我,我再嫁给你,不过你必须考上大学。

暖的眼睛里特有的渴望在燃烧。

秋千上的暖闭上了眼睛。

一张平静而美丽的面孔。

井河疯狂地荡着秋千,仿佛要就此离开这个地方,随便飞向哪里。

秋千也疯狂了,整个画面都疯狂起来。

景物颠倒了顺序,

人的面孔也不再真实,

风声穿透了画面,

秋千在大声地呻吟……

突然——秋千的绳子绷断了,绳子弯曲着飞上天去。

井河被甩了出去。

暖和白狗也飞了出去。

井河重重地摔在地上。

暖和白狗飞进了路边的刺丛。

井河挣扎着站起来,大喊:暖——

白狗摇摇晃晃地站起来,它似乎很晕。

暖的脸上流着血,但她抱着自己的脚,惨叫着,在地上翻滚。

一群鸭子受了惊一样笨拙地飞跑着。

哑巴疯了一样跑来。

井河抱着暖。

秋千歪在一边。

67. 日外   水边的路上

暖的爹推着自行车,暖的单拐放在车把上。

暖在后面扶着后座。

自行车很不好推,爹用很大的力气来保持车的平衡,依然走得不稳。

暖坐在车的后座上,紧紧地抓着后座。让自己不掉下来。

暖爹脸上全是汗。

暖的脚上包了很厚的纱布。

暖想说什么又不知该说什么。

忽然,车好推了,轻松了,也平衡了,暖一回头,是哑巴在后面帮着她爹保持自行车的平衡。

暖对哑巴笑笑,哑巴也笑了。

暖从兜里掏出那个小镜子,一抬手扔进水里。

漂亮的小镜子慢慢沉入水底。

68. 日外   田间

收工的路上,一群人走在前面。

暖自己远远落在了后面,一瘸一拐,走得有些吃力。

井河从岔路上跑过来,跑到暖的面前,他背着沉重的书包。

井河把书包交给暖。

暖:这么沉,不把人学死。

井河走到暖的前面,弯下腰,等着。

暖犹豫了一下,看看周围。

暖:我能走,习惯了。

井河固执地等着。

暖:让人看见笑话你。

井河还等着。

暖轻轻伏在井河的背上。

69. 日外　田间

井河背着暖。

暖搂着井河的脖子。

暖:井河,你能考上吗?

井河:你说呢?

暖:大学什么样?

井河:我也不知道,反正是在城里,和咱们这不一样呗。

暖:上完大学你干啥?

井河:回来娶媳妇呗,你可说话算数,你说我要考上大学,就让我娶你。

暖:乱讲,我什么时候说了?

井河:你自己说的,你不承认。

暖:我没说。

井河:说了。

暖:没说。

井河:说了。

两人越走越远,越来越小。

［闪回完］

70. 日内　暖家

饭终于吃完了,暖又把桌子擦得很干净了。

井河给哑巴点上一支烟,哑巴吸了一口,对井河竖起大拇指。

井河把刚打开的一盒"云烟"送给哑巴。

井河：(对暖)暖，你跟他说，我该走了，以后有什么事情一定找我，我，希望你们两个过得好，让他别再跟你动手。

暖对哑巴比画了几下，哑巴站起来，等着送井河。

外面还在下雨，井河拿起放在屋角的折叠伞，走到门口，嗵地打开。

折叠伞的声音使女孩猛地抬起头来，她的脸上露出惊喜的表情。

井河看到女孩的表情，就又把雨伞收起来，再一次打开。

女孩高兴地笑了，她显然是第一次看到这样的雨伞。

女孩：真好。

井河把雨伞合起来，递到女孩的手中，然后对暖和哑巴挥了挥手，走进雨里。

暖犹豫了一下，还是从女孩手里拿过雨伞，追了出去。

71. 日外　村路

暖：井河，等着。

井河转过身，暖拿着雨伞朝他走来。

井河朝暖跑了两步，两个人就面对面了。

暖：我不会开，你自己打上走吧。

井河：暖。

两个人对视着，漫长的岁月把他们分开，现在终于站在一起。

井河：我看见你，想起我们过去在一起的时候。

暖：你能来看看我，我高兴。

井河：暖，我在这个世界上最对不起的人就是你。

暖：胡说。我挺好，真的。有了孩子，比什么都强。

井河：暖，我把你忘了。

暖：你没有，你越不回来，就越忘不了。

井河：暖……

暖：井河，打了伞走吧，我也回了。

暖转身往回走了。

井河看着暖走在雨中。

［闪回］

72. 日外　井河家

[画外音]

井河:我终于考上了大学,暖受伤后就没有上高中。

院子里摆了两三张桌子,在办酒席,井河的妈妈穿着新衣服,脸上笑着,忙着招待客人,井河坐在一桌长辈的中间,第一次成为事件的主角,非常拘谨,不知如何是好。

暖和一些女人坐在一张桌子上,她不太抬头,只顾吃自己的。有女人开她的玩笑,她根本就不抬头。

井河却不时要看暖一眼。

73. 日外　井河家

妈妈端着一杯酒来到曹老师的座位前。

妈妈:曹老师,没有你,井河成不了咱们村的第一个大学生,这杯酒我替井河他爸敬你。

母亲酒还没有喝完,眼泪就流了满面。

井河站起身,他端了一杯酒,走到暖爹的面前。

井河:叔。

叫罢,井河就说不出话了。

暖爹站起身来,看看井河,拍了拍他的肩膀。

暖爹:什么都别说了,好好用功,算是替暖把大学上了。

井河:叔,我对不起你。

暖爹:别这么想。这是命,不怪你。

井河:叔,等我毕了业,我就回来接暖。

暖爹:傻话,水往低处流,人往高处走,好好奔吧。

井河:(低着头)叔,我一定回来接暖。

和女孩子坐在一起的暖,低头大口吃着,好像一切都和她没有关系。

74. 夜外　场院

月光把场院照得通明。

稻谷堆似乎没有以前那么高大了。

在一个谷堆的下面,井河和暖靠在一起。

他们对着又大又圆的月亮,做最后的告别。

井河把一摞信封交给暖。

井河:信纸我都装好了,要是有钱,我会把邮票也贴好,给我写信。

暖:我配不上你。

井河:是你自己说的,我考上大学,你就嫁给我,你想反悔?

暖:只怕将来后悔的是你。

井河:你不相信我。

暖:井河,要是你连着给我写三封信我都不给你回,你就别再想着我了。

井河:暖,我一定回来接你,考试的时候我一直想着你。

暖一下子把井河抱住了,她的眼睛里又燃起了希望。

[闪回完]

75. 日外 水上

天快黑了,却晴了,晚霞火红火红的。

井河和曹老师坐在小船上,鸭棚附近,全是鸭子,比当年哑巴那阵规模大多了。

井河不时用手抹一把眼泪。

曹:就算你当年回来接她走,现在什么样子也说不定。

井河:可是我没有回来接她,我跟她说我要回来,可是我没有。

曹:你那时候年轻,上了大学,进了城,不怪你。

井河:她说要是你写信我都不回,你就别再想着我了,后来,她真的不给我回信了。我开始还想她,后来就觉得轻松了,就再也没有给她写信。这么多年,没有回来看她,根本不再关心她过得好不好,自己说过的话,也全都不算数了。那天我看见她瘸着腿背那么重的东西,我真……

曹:暖说现在汽车多,怕哑巴不会躲,不愿意让他出门。

井河:曹老师,我不配当您的学生。

曹:哑巴不简单,暖真跟了他。

[画外音]

井河:从曹老师嘴里,我终于听到了我离开后暖的情况。

[闪回]

76. 日外　村头

邮递员骑着车过来。

暖站在一个高处等信。

邮递员很技术地一直把自行车骑到暖的身边,交给她一封信。

暖的脸上有笑容。

77. 日外　村路

暖低着头,一边走一边看井河的来信。

她猛一抬头,才看见迎面站着的哑巴。

两人对视。

暖还是和以往一样,往边上躲了一下,便从哑巴的身边走了过去。

哑巴一直目送暖一拐一拐消失在街的拐角。

78. 日外　镇上

改革开放后的乡村集市,很热闹的一条街,当然,在哑巴的世界里这种热闹是没有声音的。两边都是做生意的农民。

哑巴蹲在地上,眼前摆了一大篮子鸭蛋在卖,篮子前面放着一个醒目的牌子:"不讲价,2角钱一个。"

暖也背了一些菱角来卖,她从哑巴的面前走过,她看见哑巴,对哑巴笑了笑,还竖了一下大拇指。

哑巴有些不好意思地笑了笑。

哑巴站起身,他看见暖在离他不远的地方摆下摊子。

有人来买哑巴的鸭蛋,哑巴便和对方做生意,对方跟他说什么,他也不回答,指指牌子,对方还在坚持说什么,哑巴却突然站起来。

一个坏小子抓了暖的菱角不给钱就跑,暖在追他,暖的残疾使她跑起来有些古怪,周围的人在笑暖,哑巴从周围人的表情可以看得出来。

哑巴放下自己正在数的鸭蛋,冲出去替暖追坏小子。

暖在哑巴的前面摔倒了,哑巴赶快把暖扶起来,他还要去追,暖把他拉住,对他摇手,不要追了。

哑巴看着暖一瘸一瘸地走回自己的摊子。

79. **日外　村口**

哑巴赶着鸭子在走。

路过暖等信的地方,没有人,暖没有等在那里。

哑巴替暖等在那里。

邮递员从后面骑车过来。

邮递员从车上下来,把一封信递给哑巴。

哑巴点点头,拍拍胸。

邮递员骑上车走了。

哑巴拿着信对着太阳看。

80. **日外　村里**

哑巴飞快地朝暖家跑去。

哑巴在暖家门口把信交给暖。

暖没有打开,就把信撕了,把碎片扔在路边。

哑巴睁大眼睛,非常吃惊。

81. **日外　村口**

哑巴在暖等信的地方等信。

邮递员来了,把给暖的信交给哑巴。

82. **日外　水边**

哑巴替暖把井河的来信撕了,扔进水里。

83. **日外　水边**

哑巴又在那里替暖等信。

这次邮递员带来了一个邮包。

哑巴端详了一阵,想了想,他还是决定把邮包交给暖。

84. **日外　村路**

哑巴把邮包夹在胳膊下面,大步流星。

85. **日外　暖家**

哑巴把邮包交给暖。

暖的嘴上起了大泡。

她非常兴奋地三下两下打开邮包。

里面是一双新的皮鞋,我们在前面见到的那一双。

暖把鞋拿出来,找信。

鞋盒里没有信。

她又在包鞋的布里找,还是没有。

暖抬头看哑巴。

哑巴摇头。

暖愣住了,她明白了,她知道井河再也不会回来接她了。

暖把皮鞋扔在地上,转身回屋里去了。

哑巴把皮鞋拣起来,放进盒子里面,又把盒子包好,放在暖的窗台上,离去。

86. 日外　路上

天上下着小雨。

暖背着一个背篓从镇上回来,她走得很吃力。

她的脸上分不清是汗水还是眼泪。

正在高坡上干活的哑巴看见她。

暖边走边哭。

哑巴站在那里,看着暖,他突然向暖跑去。

哑巴跑到暖的面前,站住了。

暖满脸都是眼泪。

哑巴接过暖背上的东西,挽在自己的胳膊上,又走到暖的前面,屈下腿,等着暖让他背。

暖流着泪,久久看着哑巴宽厚的脊背,她终于趴在哑巴的背上。

哑巴背着暖,朝村庄走去。

［闪回完］

87. 日内　暖家

女孩把糖纸泡在水里,糖纸湿了,也平了,女孩把糖纸一张一张贴在玻璃窗上。

玻璃上一大片漂亮的糖纸。

88. 日外　村路

水洗过一样的清晨。

井河提着自己的东西,再一次走在通往暖家的路上。他的脚步有一些沉重,昨晚没有睡好,黑着眼圈。

89. 日外　暖家

院子里。

井河弯腰把折叠伞在小女孩的面前打开,然后递到她的手上,小女孩很高兴地举着红伞在院子里转着圈。

井河:你妈呢?

女孩:哭呢。

井河愣住了,他不知道发生了什么,他也不知道该怎么办。他站在门口,不知该进去,还是不该进去。

井河还是走了进去。

井河看见,哑巴正在对暖激烈地比画什么。

井河看不懂。

暖看着哑巴,暖在流泪。

哑巴看到井河进来,愣了一下,他拉了暖一把,让背对井河的暖可以看到井河,哑巴指着井河,又在比画。

暖突然扑上去抓住哑巴的手,不让他再"说"下去。

井河:暖,怎么了? 你告诉他,有什么话跟我说,让他冲我来。

暖看了井河一眼,使劲摇着头。

暖:你走吧,井河,没事了,你赶紧走吧。

井河:我不走,我要知道,他要干什么?

暖:没事,走,我送送你。

暖说完就朝外走了。

井河看了哑巴一眼,只好随着暖出门。

哑巴没有动。

90. 日外　村路

暖和井河走在前面。

哑巴抱着女儿不知什么时候也跟在不远的后面。

井河：往后有什么事，你找我，我还是原来的井河。

暖：有工夫，带着孩子回来看看。

井河：一定。

井河偶然回头，看见哑巴在后面，他没有想到，停住了脚步。

哑巴走过来，把孩子放下，看看暖，又看看井河，好像想说什么。

井河：你告诉他，我下次回来，带北京的二锅头给他。

暖对哑巴比画。

哑巴没有反应，他突然对暖打了几个手势，仿佛是下了很大的决心。

井河不懂。

暖却一下抓住哑巴的手，让他不要再"说"了。

哑巴粗暴地挣脱了暖，他的眼睛看着井河，手里仍在比画着。

暖试图阻止他。

暖使劲推着哑巴转身，往来时的路上推他。

哑巴还想回头，暖执意往回推他，两个人就这么推推搡搡地往家的方向去了。

井河愣在那里，他意识到什么，但又不太清晰。

这时，一直站在井河身边的小女孩拉了一下他的衣襟。

女孩：我爸让你带我和我妈走。

井河低头看女孩，他比刚才更加惶惑了。

女孩抬头看着井河。

女孩：我爸让你带我和我妈走。

井河抬头，不远处，暖和哑巴依旧拉扯着走着，但从后面看，哑巴更像一个听话的孩子。

井河蹲下身看着小女孩。

小女孩哭了，她有点害怕。

井河摸着女孩的头，看着她和暖一样漂亮的大眼睛。

井河：叔叔答应你，长大了接你到城里去读书，坐火车去，叔叔一定来接你。

女孩睁大眼睛看着井河。

91. 日外　路上

又是来时的路,又是风中的芦苇。

井河独自上路,他是走出了过去的阴影,还是开始了又一次拷问心灵的旅程?

[画外音]

井河:我的承诺就是我的忏悔,人都会做错事,但不是每个人都有弥补自己过失的机会,如此说来,我是幸运的。我的忘却就是我的怀想,一个人就算永不还乡,也逃不出自己的初恋,如此说来,哑巴是幸运的。我的忧虑就是我的安慰,哑巴所给予暖的,我并不具备,如此说来,暖是幸运的。

情人结

2004 年根据安顿口述实录《爱恨情仇》改编。

字幕:1975 年春

1. 日外　大院

　　坐落在北京城里某处的典型的机关大院。带着它特有的工整和呆板,办公区宿舍区没有很清晰的分界,干部打扮的行人的手里常常会提着暖水瓶。和外面嘈杂的大街比起来,机关大院里格外清静。

　　太阳底下的墙根处,有带小孩的老人与童车。

　　[画外音]

　　屈然:那时候,除了上学就是玩,差不多大的孩子喜欢凑在一起,有人问起,我们会很优越地回答:二号院的。

2. 日外　大院

　　礼堂门口,高台阶。

　　台阶上错落、分散着站着十多个孩子,他们在做游戏。

　　一种集体的猜拳游戏,两个人一组猜拳,赢者上台阶,输者下台阶,看哪一组的孩子先上到台阶的顶端。

　　书包放在地上堆成了一堆,还有外衣。

　　孩子们表情兴奋,精力集中,“锤子剪子布”、“锤子剪子布”的喊声此起彼伏,孩子们的位置也在上下不断变换。

3. 日外　大院

　　少年的屈然和少年的侯嘉正在捉对较量。

　　两人同时:“锤子剪子布!”屈然赢了。

屈然往上一步,侯嘉不动,两人之间分开了一些距离,继续猜:"锤子剪子布!"屈然又赢了,两人的距离又拉开了一些。

再猜,屈然一直在赢,在整个团队里遥遥领先。

旁边有人喊:侯嘉,你不许让着屈然,你再让着她不加你玩了。

侯嘉:没有,我没有。

这时,一辆警车从孩子们的身后开过,孩子们的注意力都集中在游戏上,没有人看警车一眼。

4. 日外　大院

屈然显然占了优势,她和侯嘉的距离拉开了,两人隔着很多台阶在猜拳,大声喊着"锤子剪子布"。

孩子们玩得很开心。

警车再次出现,拉响了警笛。所有的孩子都停在了台阶上,看着由远而近又由近而远的警车。

警车从礼堂前面经过。

站在最下面的一个男孩子惊呼:侯嘉,好像是你爸。

侯嘉没有表情,他看了看警车开走的方向,又看了看警车开来的方向,跑下台阶,朝警车开来的方向飞奔而去。

站在台阶上的屈然愣在那里。

所有的孩子都没有动。

5. 日外　大院

侯嘉飞跑,他绕过松墙,穿过自行车棚。

跑到他家的宿舍楼前。

侯嘉站住了。

楼门口站着一些人,见他跑过来,都看着他。

他看见人群中有一个人坐在地上,显得很特别。

侯嘉跑过去。

侯嘉:妈,妈,你怎么了? 你赶紧起来吧。

侯嘉的母亲伤心欲绝的表情。她说不出话,一只手指着前面,摇着头。

侯嘉转过身,但他不知道自己该做什么。

刚赶到的屈然,背着自己的书包,抱着侯嘉的书包,正和侯嘉撞个满怀。

两个人的脸上是同样的惊恐的神态。

定格:片名:情人结

字幕:1983 年初夏

6. 日外　学校门口

布告栏里贴着高三的高考模拟考试成绩排名,墨迹似乎还是湿的。时间很晚了,同学们都走光了。

一只手在撕屈然的名字,是八年后的屈然,因为排的位置太靠后了,她不愿意把名字留在榜上。

身后自行车的响动。

屈然猛一回头。

她的身后站着侯嘉,已经长大的侯嘉。

两人对视。

屈然的表情从不好意思过渡到满不在乎。

她看看侯嘉,又到榜上寻找侯嘉的名字。

榜上:"第五名:侯嘉"。

屈然惊讶的表情。

侯嘉也上去撕了自己的名字。

屈然:你干吗?

侯嘉:陪你犯回错误。

屈然四下看看,招呼侯嘉赶紧离开。

7. 日外　街上

嘈杂拥挤的小街。

有了一些时代变化的特征,比如发廊旋转不停的广告灯,卖烤白薯的自行车摊。

流行歌曲从质量低劣的音箱中传出来。

侯嘉骑着自行车迎面而来。

从前面可以看到屈然的两条腿翘着。

屈然坐自行车的后架上,抱着侯嘉的书包。

8. 日外   大院门口

屈然在院外跳下车,把侯嘉的书包夹在他的车后架上,侯嘉没有停也没有回头,继续往院子里骑,屈然没事一样,溜溜达达往家走。

侯嘉的背影,他把屈然远远甩在身后。

9. 日外   宿舍楼下

侯嘉把自行车停在墙边。

10. 日内   楼内

侯嘉飞快上楼。

上到三层,转弯回家。

11. 日内   侯家

侯嘉用钥匙打开门。

侯嘉:妈。

先到厨房从书包里掏出菜来。

侯母摇着轮椅出来。

侯母:让你带个网兜你不带,菜把书本都弄脏了,我说的话你就是听不进去。

侯嘉:没事。

侯嘉手忙脚乱地做饭。

侯母:吃什么?

侯嘉:面条,行吗?

侯母:那有什么不行?

侯嘉给妈妈倒了杯水。

侯母:(习惯性地唠叨,声音不大,语速较快)不用猜我就知道,你又没去报销,我都懒得说你了,我嘴皮子都磨出茧子来了,说多少遍了? 你说我说多少遍了? 我就不明白,这有什么难的,每回你都让我着急,还有工资,也没领呢,不领工资,咱们吃什么? 这么小的一件事,你说你怎么这么费劲?

侯嘉:行了妈,我肯定去,一有空就去,您别唠叨了。

侯母:除了唠叨你两句,我还有什么用? 没我唠叨,你也考不了全年级第五。我还得提醒你,以后作文一定要写够字数,要不然,你永远也得不了第一。

12. 日外　宿舍楼下

　　屈然不紧不慢走进大门,先在门口传达室的信箱里翻了翻放在窗台上的信件,又抬头看了看。

　　楼门口,屈然看到侯嘉的自行车停在楼下。

　　屈然往侯嘉自行车的把上套了一个红色和一个绿色的猴皮筋。

　　然后上楼。

13. 日内　楼内

　　屈然到三层,她停住脚步,朝楼道的深处看了看,没有人,就继续上楼。

　　上到四层,拐弯回家。

　　屈然敲家里的门。

　　门开了。

　　屈然大声地:(开心地)本小姐驾到。

14. 日内　屈家

　　桌上摆着丰盛的晚餐,妈妈很能干,忙里忙外。

　　屈母:怎么这么晚? 你们老师家谁做饭?

　　屈然:(伸手打开盖在菜盘子上的碗,用手抓吃的)再晚我也不会比爸晚。我哥呢?

　　屈母:跟同学去工体看足球了。

　　屈然:上大学真好啊,还可以看足球,我真想明天就考上大学。

　　屈母:你还挺自信的,就你那排名,我和你爸觉都睡不着了。

　　屈然:别紧张,咱们后发制人。

　　屈然掀开一个盖着的大碗,里面是一些刚蒸熟的很诱人的红薯。

　　屈然看着红薯。

　　楼下汽车喇叭响。

　　屈然:我爸,我下去接他。

15. 夜内　侯家

　　侯嘉正在厨房做饭,外面响起敲门声。

　　侯嘉开门。

是一个邻居,马叔。

马叔:(指着挂在他家门把上的一个塑料袋)给你妈买的什么呀?忘这了。

侯嘉:(接过)谢谢您。

侯嘉看见里面是两块热红薯。

侯母:谁呀?

侯嘉:马叔。

侯嘉把红薯递给母亲。

侯母捧在手里。

侯母:看着都舒服,难得人家想着咱们。

侯嘉欲言又止。

16. 夜内　屈家

晚饭,屈然和父母亲热地坐在一起。

屈父一副干部模样,穿着质地不错的中山装。

屈然伸手要拿一块红薯。

屈母:吃多了胃酸。

屈父:她愿意吃你还不让她吃?

屈父拿了一块红薯给屈然。

屈母:不让她吃? 全让她吃了。

屈然暗笑,大口吃红薯。

17. 日外　学校操场

一大片学生整齐地列队在操场上,跟着音乐做操,姿势千奇百怪。

屈然隔着几排同学可以看见站在斜前方的侯嘉。侯嘉做转体运动的时候,就会转过脸来,屈然的脸不跟着身体转,这样两个人就会交换目光,每做一个转体,就可以交换一次目光。

[画外音]

屈然:再没有比发现你喜欢的人也喜欢你更让人高兴的事情了,侯嘉的目光就像一缕阳光,不管我们各自在什么地方,在做什么,我都可以感觉到它的温暖。爱情对于我们来说,只是一种想象。

18. 日外　宿舍楼下

屈然从外面回来,一边走一边吃着一根冰棍,不急不慌地。

迎头撞上推着自行车低着头准备出门的侯嘉。

两人都没有想到会碰上,又都期待这次遭遇,都站住了。

屈然把冰棍背在身后。

屈然:侯嘉。

侯嘉站住。

侯嘉:屈然。

屈然:干嘛去?

侯嘉:出去一趟。

屈然:怎么愁眉苦脸的? 去哪呀?

侯嘉:给我妈报药费,取工资,我最烦去他们单位了。

屈然:为什么呀?

侯嘉:不为什么,我特烦这些事。

屈然:我替你办啊。

冰棍在身后滴水。

侯嘉:真的?

屈然:简单啊。

冰棍被屈然扔了,化在马路上。

19. 日外　路上

侯嘉用自行车带着屈然。

屈然特别开心的样子。

从前面可以看到屈然高高翘着的两条腿。

20. 日外　侯母单位大门外

侯嘉一个人在自行车边上等着。

屈然从大门里跑出来。

屈然朝侯嘉跑来,又快乐又好看。

屈然把分别装着钱的两个信封交给侯嘉。

屈然:我数过了,你再数数。这是工资,这是报销的药费。

侯嘉:不用,不用。真太谢谢你了。

屈然:这有什么呀,以后我每次都替你办。

侯嘉:谢谢,谢谢。

屈然:怎么谢?

侯嘉看着屈然,不知道她是什么意思。

屈然:把你的数学练习册借我用用。

侯嘉:简单啊。

21. 夜内　屈家

写字桌前,屈然的手里拿着侯嘉的练习册,她第一次拥有了一件他的东西,在她的眼里,这不是普通的练习册,是有关情感的实物,她特别喜悦地翻动着练习册,抚摩着侯嘉的名字和他的笔迹。

练习册字迹工整,全是红色的优字。

母亲出现在她的身后。

屈母:准备吃饭。

屈然放下练习册,高兴地去洗手。

屈母在练习册的封面上看到了侯嘉的名字,她的脸上掠过一丝不安。

22. 夜内　屈家

饭桌前。

屈母:侯嘉的练习册怎么在你这?

屈然:这有什么?互相帮助嘛。

屈母:那么多同学,怎么就他帮助你?

屈然:我们不是住一个楼吗?再说了,侯嘉是全年级数学最棒的,妈,你说他怎么那么聪明,连老师都觉得奇怪。

屈母:我可提醒你,快高考了,你得专心学习。

屈然:我特专心。

楼下汽车喇叭响。

屈然:我爸。

屈然把盖在菜盘上的碗揭开。

门开了,屈爸进来,春风得意。

屈然:爸,吃饭了。

屈父:(对屈母)以后不用等我,屈然时间紧,让她先吃。

23. 夜外　宿舍楼下

宿舍楼朴素而安宁的夜景。

一排排不大的窗户里透出各家并不十分明亮但是非常温暖的灯光。

24. 夜内　屈家

侯嘉的很多练习册都放在屈然的桌子上。

25. 日内　侯母单位

屈然在帮侯嘉的妈妈报销药费。

女会计把算盘打得噼里啪啦响,屈然站在一边。

女会计:怎么老是你来呀? 他们家侯嘉呢?

屈然:我顺路。

女会计:你这么懂事,侯嘉妈妈肯定特别喜欢你吧。

屈然:瞧您说的,这算什么呀?

26. 日外　路上

侯嘉骑着车带着屈然。

天色有些晚了。

屈然:侯嘉,你小心点。

侯嘉:放心吧。

屈然:侯嘉,等高考完了,你教我骑车吧。

侯嘉:简单啊。

屈然:咱们骑车去香山。

侯嘉:去圆明园,去北大清华。

路上一颠,屈然扶了侯嘉的腰一下,两人都惊了一下。屈然的手没有拿开,就那么搂着,侯嘉没有说话,但车速渐渐慢了下来,他在享受这个过程。

侯嘉:屈然。

屈然:干吗?

侯嘉:其实你不学骑车也成,有我呢。

屈然在后面无声地笑了。

27. 夜内　侯家

侯嘉进屋。母亲坐在轮椅里,脸色不好看。

侯嘉:妈,我回来晚了,咱们吃面条吧,面条快。

侯母:我吃过了,你自己吃吧。

侯嘉:妈你生气了? 我回来晚了,我放学给你报销去了。

侯母:我知道,工会小马来送米,告诉我了。

侯嘉一愣,他似乎明白母亲为什么会不高兴。

侯嘉:这是钱,您数数。

侯母:放在那吧。高考志愿表交了吗?

侯嘉:交了,就按咱们商量的填的,没报外地。

侯母:其实,也应该报两个外地的志愿,万一北京的学校考不上。

侯嘉:我走了,您怎么办?

侯母:我可以请保姆,可以进敬老院,再说,也可以跟你去外地,(声音突然提高)这座楼我早就住够了。

侯母在拐杖的帮助下自己站起来,进了洗手间。

侯嘉:妈,您千万别这么悲观,医生说了,只要您坚持锻炼,不是没有恢复的可能,要对自己有信心,等我忙完高考,咱们一定再去看病。

侯母:(自语般的)好吧,等你忙完高考吧。

28. 夜内　屈家

屈然在桌前复习功课。

屈母在外面东翻西找。

屈母:屈然,看见别人送你爸的西洋参了吗? 浅黄的盒子,上面有一个外国人的头像。

屈然:看见了,怎么了?

屈母:我放哪了? 脑子越来越不管用了。

屈然:我送人了。

屈母:送人了? 送谁了? 那东西很贵呢。

屈然:我同学妈病了,我看你们扔那那么久也没用,就拿了,对不起啊。

屈母走到屈然身边,放了一碗泼蛋在屈然的手边。

屈母:(小声地)送给侯嘉了?

屈然点了点头。

屈母在屈然的身后摇头。

屈然回头,看到妈妈忧虑的眼神有点紧张。

屈然:妈,我以后再也不这样了。

屈母欲言又止。

29. 日外　游乐场

鸽子在城市的上空飞翔盘旋。

整个世界都在旋转。

坐在游乐场转椅上的屈然。

周围是和她一样完成高考的同学。那个时候,还没有过山车。

同学们在她的身边旋转,只有一张脸是清晰的,那是侯嘉。

[画外音]

屈然:高考如期而至,转瞬即逝,然后是狂欢,我们用各种方式释放长久郁积的压抑,不管命运如何安排,我们的新生活将从这个秋天开始。

30. 日内　楼道

侯嘉大步上楼,三步并作两步。

31. 日内　侯家

门开了。

侯嘉:妈,我考上了,北大。

侯母穿得像要出门的样子,对着他。

侯嘉:妈你不高兴?

侯母:我早就知道你会考上北大。

侯嘉:您要去哪?

侯母:我去单位取工资,你送我下楼。

侯嘉:我明天去,我明天一定去。妈我出去一下,一会就回来。

侯母:我跟你说了,送我下楼。

侯嘉:怎么了妈? 别人考上大学,家长都特高兴,为孩子庆祝,您为什么不高兴?

侯母:侯嘉你忘了,你和别人不一样,你别忘了,你爸是自杀死的。

侯嘉愣住了。

32. 日内　侯家

空气像凝固了一样。

侯嘉和母亲面对面坐着。

侯母：我就是怕影响你高考，一直忍到今天，我都快把自己憋死了。

侯母一边说着，一边到侯嘉的房间里，非常准确地找到了所有不是侯嘉自己买的而是屈然送给他的种种小东西，又回自己屋拿出了那两盒西洋参。

她把东西全摆在桌子上。

侯嘉看着。

侯母：侯嘉，你要上大学了，你的同学全国各地哪的都有，你愿意和谁交朋友，只要你喜欢我没有意见，毕业分配到外地也没关系，我可以和你一起去。

侯嘉：妈，你到底要说什么？怎么了？

侯母：你不能和屈然好。

侯嘉：为什么？

侯母：你爸爸是屈然的爸爸害死的。

侯嘉一下站起来。

母亲把所有屈然的东西都推到了地上，有的东西碎了，那都是侯嘉最心爱的东西。

侯嘉如雷击顶。

33. 日内　屈家

屈然在往相机里面装胶卷。

哥哥屈强走过来帮她装。

屈强：我当年考上建工学院好几天都不敢出去见人，你都掉到分院了，还挺美。

屈然往大包里装吃的，显然是为出去玩准备的。

屈然：分院怎么了？也是一样的校徽，再说了，我学了我喜欢的专业，这是最重要的。

屈强：有什么用啊？心理学有什么用啊？

屈然：你不懂。哎，哥，刚才我出去买东西有人找我吗？

屈强：谁呀？我们家美人儿被谁看上了？

屈然：你胡说什么呀你？再胡说小心我揭发你。

屈母：（正好进来，很严厉地）屈然。

屈然一愣。

父亲跟在母亲身后，两人穿戴整齐，刚从外面回来。听到屈然说出"揭发"两个字，母亲觉得刺耳。

34. 日外　街口

一大早。

男男女女七八个同学在路口集合准备出去玩，大家的情绪很兴奋，大声说笑着，给城市宁静的清晨带来一股特有的气氛。

大家互相打着招呼，按着清脆的自行车铃。

大家在等侯嘉。

屈然背了很大的包，也在等侯嘉，神色焦急。

一男生：怎么回事？屈然，侯嘉怎么回事？

屈然：我也不知道，我跟他说了三遍6点集合。

另一男生：没准变卦了吧。

屈然：不可能，他要有事肯定得告诉咱们一声。

大家：（开玩笑地）就是，不告诉谁也得告诉你呀。

屈然：（平静地）那当然了。

大家静下来等，侯嘉没有来。

男生：走吧，他肯定不来了。

屈然：你们先走吧，我等他，一会儿我们找你们去。

35. 日外　街口

行人已经很多了，十字路口的自行车像潮水一样漫过去，又漫过来。

屈然一个人孤零零地等在路口。

侯嘉没有来。

36. 日内　楼梯上

屈然失望地上楼。

上到三楼，她停住了脚步，但是她很犹豫，她的身上，还背着鼓鼓囊囊的大包。

37. 日内　侯家

母亲坐在阳台上晒太阳。

母亲的背影有些模糊。

侯嘉站在父亲的照片前,他看着父亲,似乎想找到答案。

敲门声。

38. 日内　楼道里

侯嘉打开门,门外站着屈然。

屈然的身上背着大包。

屈然:你在家呢? 你不会是忘了吧?

屈然感觉到侯嘉神色不对。

屈然:怎么了侯嘉? 你妈没事吧。

侯母一下把轮椅转了过来,脸对着屈然,在阳台强烈的日光的逆光里,侯母的神色冷漠,吓了屈然一跳。

侯嘉顺手带上门,两人站在楼道里。

屈然:(压低声音)怎么了,侯嘉?

侯嘉:没怎么,我不去了。

屈然:你在生谁的气呀?

侯嘉:别问了,你走吧。

屈然:走? 去哪?

侯嘉:随你便,别来找我了。

屈然:为什么?

侯嘉:(有些激动地)你问我为什么? 回去问你爸,问他对我们家做了什么。

侯嘉的门在屈然的面前重重地关上了。

屈然根本没有明白发生了什么事情。

39. 日内　屈家

家里没有人。

屈然直接走进自己的房间,把大包扔在地上。

　　她开始哭,一边哭,一边把她准备的东西往外掏,把胶卷从相机里拉出来曝光,把所有东西都扔得到处都是。

40. 日内　屈家

　　父亲的办公室兼父母的卧室里。

　　屈然在没有目的地寻找着什么。

　　她拉开父亲办公桌的抽屉。

　　翻看父亲桌子上的文件。

41. 日内　侯家

　　侯母把200元钱放在桌子上。

　　侯母:你不是想买辆新的自行车吗?买辆好点的。怎么着也是北大,我打听了,咱们院考上北大的就你一个。

　　侯嘉在擦地。

　　侯嘉没有说话。

　　侯母:我托院里的王阿姨找保姆了,一个月管吃管住50块钱,你放心在学校读书,别老往回跑。

　　侯嘉还是不说话。

　　侯母:你什么意思?侯嘉?你欺负我没人说话是不是?

　　侯嘉:那你告诉我到底是怎么回事?

　　侯母:没出息的东西。

　　侯嘉:妈你骂我?

42. 日内　楼梯上

　　屈然下楼,走到三层,她放慢了脚步。

　　她停下来,希望可以看见侯嘉。

　　楼道里一个人也没有。

43. 日外　宿舍楼下

　　屈然走出楼门。

　　屈然看见侯嘉正好骑车进门。

　　她停住脚步,等着侯嘉骑到她的面前。

　　侯嘉也看见了屈然,他拐了一个弯,朝另外的方向走了,他在逃避。

屈然飞奔上楼。

44. 日内　屈家

屈然一下推开哥哥房间的门,哥正忙着在两台录音机上倒腾转录流行歌曲的带子,非常专心、投入。

流行歌曲断断续续传出来。

屈然:哥,问你件事。(眼泪一下涌出)

屈强:(很不耐烦)我忙着呢。

屈然:我就问一句话。

屈强:问吧,我听得见。

屈然:侯嘉他爸是怎么死的?

屈强抬头看屈然,他看见屈然泪流满面。

屈强像看着一个陌生人,他从耳朵上摘下耳机。

屈强:谁是侯嘉?

屈然:住三楼,我们年级五班的,我们小学五年级的时候他爸被抓了,后来他爸在公安局自杀了。

屈强:(放下手里的事情,看着屈然)早的事了,怎么了?

屈然:这事和爸爸有关系吗?

屈强:不可能,谁说的?

屈然:侯嘉他妈说的,(哭出声来)他妈不让侯嘉跟我好。

哥哥见到妹妹在哭,有些心疼,他放下手里的工作,站到妹妹身边,不知用什么话来安慰妹妹。

屈强:你干吗非跟他好啊,他算老几啊?

屈强看了屈然一眼,屈然用一种冰冷的目光盯着他,他的话一下断了。

屈强的房门被推开了,屈母站在门口,看着兄妹二人。

屈母:爸回来了,吃饭。

晚饭。

屈家的气氛非常紧张,四个人坐在饭桌前,饭几乎没有人吃。好不容易凑齐了人,谁也不说话,空气像凝固了一样。屈然的脸上有一种坚持。

屈父:(咳了一下)我这辈子最大欣慰,是你们两个,我们家的两个孩子都考上了大学,一文一理。我和你们妈妈不干涉你们的自由发展,只会尽我们的力量帮助你们,我们以前是这么做的,以后还会这样做。至于刚才屈然提出的问题,我的回答是,我没有害过任何人,过去没有,现在没有,将来也永远不会有。

屈然:那侯嘉他爸为什么自杀?

屈父:(有些生气地)这是工作上的事情和你们没有关系,更没有必要和你讨论。

沉默。

屈母:行了,说完了就吃饭吧,都别再提了。

屈然:你们不说清楚,就是心里有鬼。

屈父一下把碗摔在桌子上,生气地看着屈然。

屈母:屈然你不许这么跟你爸说话,太不像话了你。

屈强:从今天起,我要是再看见那个什么嘉找你,我大嘴巴抽他。

屈然端着碗站起身,走回自己的房间,关上门。

45. 日外　宿舍楼下

屈然从外面回来,看见侯嘉的自行车静静地停在楼下。

她套皮筋在车把上,上面已经有好几根皮筋了。

屈然抬头看着侯嘉家的窗口。

46. 日内　侯家

侯嘉把自己闷在房间里。

躺在床上发愣。

桌子上放着被母亲摔碎又被他对在一起的小东西。

侯母阳台上的背影。

侯嘉在厨房里。

他站在窗前,眼睛看着空空的院子,看着进进出出的邻居,他就那么看着,等着他想见到的那个人。

47. 日外　街上

侯嘉在街上疯狂地骑着自行车,他不知道该如何发泄心中的痛苦。

48. 日内　楼道里

侯嘉从外面回来,脚步沉重地上楼。

侯嘉上楼。

迎面看见屈然坐在楼梯上。

屈然看着站在对面的侯嘉。

两人对视。

侯嘉继续往上走,走到屈然的面前。

屈然站起来,看着他。

有邻居,从他们两个中间穿过。

屈然:侯嘉,如果我们家人做了什么对不起你爸妈的事情,我可以替他们向你家道歉。

侯嘉:我爸不需要道歉,他已经死了。

屈然:我爸说,他没有。

侯嘉:(肯定地)他有。

屈然:可是,侯嘉,我没有……

侯嘉:(打断)我知道……我不知道。

又有邻居上楼,这显然是一个人多的时间,侯嘉没有接着往下说,他从屈然的身边走过,上楼去了。

屈然又在楼梯上坐了下来,把头埋在膝上。

49. 夜内　屈家

屈然往自己的饭碗里夹了些菜,端着碗回自己的房间了。

留在饭桌上的父母面面相觑。

母亲生气地要站起来,被父亲用手势阻止了。

两人无言地吃饭,家中气氛压抑。

屈然的房间里,屈然一边吃饭,一边在给侯嘉写信。

屈母进来。

屈母:屈然,你怎么能这么对我们呢? 你打算一辈子在屋里吃饭?

屈然:除非你们告诉我是怎么回事。

屈母转身出去。

50. 夜外　宿舍楼下

屈然把一封信放进传达室放信的盒子里。

用粉笔在写取信人名字的黑板上大大地写下侯嘉两个字。

屈然在院子里的一棵树下望着楼上侯嘉家的窗户。

51. 夜内　侯家

侯嘉站在自家没有开灯的厨房窗前,看着院子里的屈然。

52. 夜外　宿舍楼下

下雨了。

雨点把黑板上的字迹打得模糊不清。

屈然没有离开。

53. 夜内　屈家

窗前,屈父正望着雨中的女儿。

54. 夜内　侯家

侯嘉在没有开灯的厨房窗前看屈然。

侯嘉发现下雨了,他有些惊慌,他想出去。

门厅的灯亮了,侯母看着他。

侯嘉犹豫了,他回到窗前。

他看见屈然拿粉笔,在描侯嘉的名字。

侯嘉虽然看不清屈然在写什么,但他突然明白了。

侯嘉冲出家门。

55. 夜外　宿舍楼下

传达室窗口昏黄的灯下。

侯嘉从装信的盒子里取出了写着自己名字的信。

他看着站在雨中的屈然。

在雨中,他们不知道自己心中淤积的是爱还是恨,不知道对方的心里在想什么。

屈然转身离开。

屈母举着雨伞站在楼门口。

侯嘉手里紧紧抓着屈然的信。

56. 日外　传达室的窗前

取信黑板上的名字,一会变成屈然,一会变成侯嘉。有时是一只手在写屈然,有时是一只手在写侯嘉。一只手涂掉屈然,一只手涂掉侯嘉。

[画外音]

屈然:我们本来应该是一起度过最快乐的一段时光,就像一瓶墨汁倾倒在一张漂亮的图片上,暗无天日的心情啊。我们像远隔千里的人一样开始写信,一看见侯嘉的自行车,我就想哭。

字幕:1984 年

57. 日外　大学校园

屈然一个人在甬道上走着,脸色不好,没有笑容。

身后一个骑车的男生赶上屈然,他叫吴建。

吴建:我带着你吧,快迟到了。

屈然笑笑坐到后座上,她习惯性地跷着脚。

吴建:你怎么好像老是不太开心?

屈然:还好,只是大学生活和我想象的不太一样。

吴建:跟我们出去玩吧,你保证会快乐起来,这是我们的长项。

屈然:(笑)我可不想和你们一起上旷课光荣榜。

吴建:经常上当然不好,一次没上过其实也是一种遗憾。

屈然:我从小到大连迟到都没有过。

吴建故意往路上的一个坑里骑,车一颠,屈然下意识扶了一下他的腰,她像被烫了一下似的把手拿开。

吴建在前面无声地坏笑。

屈然在后面却红了眼圈。

58. 夜内　大学宿舍里

大家都睡着了,只有屈然还睁着眼睛,她很想侯嘉。

这时,上铺的女孩一翻身,一本书啪地掉了下来。屈然伸手把书拣起来,借着窗外照进来的一缕光线,她看到了书名:《罗密欧与朱丽叶》。

屈然借着这一束光线轻轻地移动着书页,看着书。

59. 日内　教室

阶梯教室里坐满大学生。

老师点名,点到屈然没有人应。

吴建坐在后面,惊讶地睁大了眼睛,难道屈然也旷课了?

60. 日外　公共汽车上

一夜没有睡的屈然非常憔悴,她的手里抓着那本《罗密欧与朱丽叶》。

售票员:买票了,刚上车的同志买票了。

屈然伸手摸,没有带钱。

屈然:对不起,我,没有带钱。

售票员:下站到站下车。

61. 日外　街上

路上,屈然顺着汽车的路线走。

她走了很远很远。

她的路仿佛没有尽头。

屈然打听去北大的路。

屈然边走边问,越来越荒凉了,仿佛到郊区了。

屈然几乎要精疲力尽了。

62. 日外　北大

屈然终于累得坐在路边。

行色匆匆的学生们从屈然的面前走过,她有些恍惚。

有个男生把自行车停在她的面前。

男生:同学,你怎么了? 不舒服吗?

屈然:我来找人。我实在走不动了。

男生:找谁?

屈然:物理系 83 级的侯嘉。

男生:我知道他,高考数学考满分的那个,你就在这等着,我去帮你找。

屈然:谢谢。

屈然紧紧抓着书。

63. 日外　北大

远远地屈然看见侯嘉朝她跑过来。

侯嘉的样子给她很大的触动,她看着这个跑向自己的人,别的都感觉不到了。

她等着侯嘉在她的身边停下来。

侯嘉跑过了她,没有看见她。

屈然一下站起来,她不明白侯嘉为什么会没有停下来,她的表情一下就焦虑起来。

侯嘉终于站住了,他焦急地朝四下张望,等他回过头,终于看见了站在那里的屈然。

两人隔着一段距离,互相看着,有同学从他们的中间穿过。

64. 日内　小饭馆

侯嘉很体贴地让屈然坐在里面的位子上。

侯嘉:饿坏了吧。

屈然点头。

侯嘉:两碗牛肉面。

服务员:两块五一碗,一共五块钱。

侯嘉一顿,去掏钱,掏出两块钱,又掏出两块。

侯嘉:面只要一碗。

屈然:我出门忘了带钱,什么都没带。

侯嘉:一碗正好,剩下的你回去买车票。

屈然不好意思地笑了。

屈然:我来,就是想让你也看看这本书。

侯嘉接过书。

书名:《罗密欧与朱丽叶》。

侯嘉:就为这本书吗?

屈然郑重地点点头。

一碗牛肉面。

侯嘉从筷子桶里拿出一双筷子,递给屈然。

侯嘉把碗推到屈然面前。

侯嘉:吃吧。

屈然:你呢?

侯嘉:我看着你吃。

侯嘉说着把筷子塞进屈然的手里。

屈然没再说什么,又从筷子筒里拿出一双筷子,递给侯嘉。

屈然:陪我一起吃。

侯嘉刚要说什么,屈然只是静静地望着他,执拗地要把筷子递给他。在她的注视下,侯嘉只好也乖乖地接过筷子,然后两个人头碰头地挨在一起,一起吃那一碗牛肉面,两个人吃得很香的样子。

我们从后面看着两个紧密挨在一起的两个瘦弱的背影。

65. 日外　街上

侯嘉送屈然上了公共汽车。

侯嘉在车下看着屈然。

屈然的脸上露出了灿烂的笑容。

两个人隔着车窗玻璃,把手重叠在一起。

66. 夜内　图书馆

图书馆里坐满了学生。

侯嘉的面前摆着各种理科的教材。

但是他拿在手里的是屈然给他送来的薄薄的单行本。

［画外音］

罗密欧与朱丽叶的台词交织着响起来。

屈然:只有你的名字,才是我的仇敌,你即使不姓你的这个姓,你仍然是这样的一个你。姓什么,又有什么关系呢? 它既不是手,又不是脚,又不是手臂,又不是脸,又不是身体的任何其他的部分。换一个姓名吧,姓名本来没有意义,我们叫做玫瑰的这一种花,即使换了名字,它的香味,还是同样的芬芳,你要是换了别的名字,你的可爱的完美,也绝不会有丝毫的改变。抛弃我们自己的名字吧,我愿意,把我整个的心灵,赔偿你这一个身外的空名。

侯嘉:敬爱的神明,我痛恨我自己的名字,因为,它是你的仇敌,要是把它写在纸上,我一定把这几个字,撕成粉碎。

侯嘉:没有受过伤的,才会讥笑别人身上的创痕,那边窗子里亮起来的是什么光芒? 那就是东方,朱丽叶就是太阳。

屈然:起来吧,美丽的太阳,赶走那嫉妒的月亮,要是她的眼睛变成了天上的星星,天上的星星变成了她的眼睛,那便怎么样呢? 她脸上的光辉会掩盖了星星的明亮,正像灯光在朝阳下黯然失色一样。

莎士比亚辉煌的台词滚过整个图书馆的上空。

67. 日外 校园里

台词一直延续到屈然的空间。

屈然的脸上有了灿烂的笑容,她依旧是一个人走,但是和以前不一样了。

吴建又出现了:我带你吧?

屈然:你教我骑车吧。

68. 日外 宿舍楼下

屈然在院子里学骑自行车。

屈然摇摇晃晃的,总是要跌倒的感觉。

她非常紧张的表情。

屈然绕着院子的小路,摇晃着骑了一圈又一圈,却不会下车。

屈然余光发现了一棵树,然后准备朝那棵树骑去。

这时候一个人朝她奔跑过来,就在屈然准备抱住那棵树的时候,那个人拉住了她的自行车。

惊魂未定的屈然,刚要说谢谢,定睛一看,是侯嘉。

屈然既惊讶又意外,悲喜交加感慨万千地望着侯嘉。

夕阳下,两个人脸上有温暖的光线。

侯嘉:再来一次啊,这回有我了,不用再怕了。

屈然一笑,放心地跨上自行车,侯嘉扶着自行车后座,然后慢慢松开,跟在屈然的后面跑。

屈然老想回头看侯嘉。

侯嘉:别回头,看前面,眼睛看前面。

屈然还是回头看他。

侯嘉无奈地拉住了她的自行车。

屈然还是看着他。

侯嘉伸手胡噜了一下屈然的头发。

两人终于笑了。

69. 日内 侯家

侯家的窗子前,是侯嘉母亲的脸。她目睹了这一切。

她看着屈然把车骑向了院外,侯嘉跟在后面跑。

侯母表情落寞。

70. 日外　街上

侯嘉骑着屈然的女式自行车显得很别扭,屈然坐在后面。

他们好像回到了从前的幸福时光。

屈然的头靠在侯嘉的后背上。

屈然的脚依然翘着。

屈然:放弃生命和放弃希望,哪一个更可怕?

侯嘉:这本书好像就是为我们写的,它等了我们几百年。

屈然:侯嘉,我们是不是也应该"用悲惨而凄凉的陨灭,和解我们交恶的尊亲?"

侯嘉:我们至少不应该放弃,我们没有错,我们也不能去死。

屈然顿了一下,腾地跳下自行车,侯嘉猛然捏住闸,用脚支撑着自行车,望着站在他身后的屈然。

屈然:你的意思是,我们要坚持,是不是?

侯嘉对着屈然平静而恳切地点了点头。

[画外音]

屈然:从那以后我们很少见面,好像也不需要见面了,两个人之间有了这个约定,就都可以安心了。我后来发现,只要我们不见面,就不痛苦。

71. 日内　屈家

外面在下雨。

屈然进门,心情很好。

屈母:屈然,这是你哥的女朋友,叫李子蓝。

屈强在替女朋友擦雨水弄湿的高跟鞋。

屈然:你好,我是屈然,欢迎你来我家。

爸爸也很高兴,从屋里出来。

屈父:今天孩子们都回来了,有什么好吃的?

屈然跟在母亲的身后进了厨房。

屈母:屈然,今天千万别再回屋吃饭了,看你爸多高兴啊,再说,也别让人家笑话咱们家。

屈然:我知道了妈,你放心吧。

屈然帮母亲端菜端饭。

屈然摆餐具,一共五副餐具,屈父看在眼里。

女友李子蓝到阳台上。

李子蓝:屈强,刚才洗的丝袜就剩一只了。

屈母:是不是掉到楼下去了,赶紧找一找。

屈强赶紧到楼下去找。

屈母:屈然,你先找一双你的给小李。

屈然:我没有那么长的丝袜。

李子蓝:是我在美国的大妈放在信封里寄来的,咱们这没有。

屈然也跟着着急,跑到门外,哥哥正好回来。

屈强:好像刮到三楼阳台上了,谁家没封阳台?

屈然:我知道,我去问。

屈然跑下楼梯。

72. 日内　楼道里

屈然敲侯嘉的门。

屈然:侯嘉,侯嘉。

门开了,是侯母的小保姆。

屈然:我们家东西可能掉你家阳台上了,我能进去看一眼吗?

小保姆:可以。

屈然刚要进去,侯母出现在保姆的身后,看着屈然。

侯母:我们家不会有你们家的东西。

屈然不知如何是好,她似乎期待着侯嘉的出现。

屈然:阿姨,侯嘉回来了吗?

侯母:侯嘉回来不回来和你没有关系,我们家没有你们家的东西。

屈然:阿姨,我们……

侯母没等屈然说完,就重重关上门。

这时,侯嘉正巧回来了,出现在屈然的身后。

侯嘉:屈然,你怎么了? 你找我? 什么事?

屈然转过身,看着侯嘉,她脸上痛苦的表情难以形容。

屈然没有说话,她转身跑了。

侯嘉:屈然。

73. 日内　侯家

侯母沉默着,侯嘉也沉默着,两个人都无从开口。

侯母:你根本就没有照你自己说的话去做,你还在和屈然来往,别以为我不知道。

侯嘉:你应该让我知道真相,告诉我到底是怎么回事?

侯母:你都看见了,除非我死,你们别想如愿。

74. 日内　屈家

屈然再次端了自己的饭碗回自己的房间了,她无法面对家人和这件事情。

饭桌上,屈然的位子尴尬地空着,一家人在哥哥的女友面前有些难为情,屈父的脸色也很不好。

屈强啪地放下饭碗,站起身。

屈父用目光制止了他。

屈强生气地坐了下来。

母亲强作笑脸,让李子蓝多吃菜。

李子蓝的表情也很紧张。

75. 日内　侯家

侯嘉的母亲拄着双拐,在屋里来回走着,情绪激动。

侯母:屈之恒亲笔写的揭发材料,诬告你父亲,有人看见了。他为了和你爸爸争职位,就写揭发信诬告他,你爸爸被抓走了,自杀了,他就当上了他想当的官。

侯嘉:他揭发我爸什么? 没有人调查这件事情吗? 结论是什么? 我已经是大人了,您应该把事情的真相告诉我。

侯母:告诉你又有什么用? 你父亲已经死了,这你总不会忘了吧?

侯嘉:可这件事和屈然没有关系,是你们大人之间的事情⋯⋯

侯母用一个手指指着侯嘉,气得说不出话来。

侯嘉感到自己太残酷了,就没有把话说完。

他把一杯水递到母亲的手里。

母亲把水杯用力摔在地上,杯子碎了,水迹慢慢扩大。

76. 日内　屈家

屈强和李子蓝已经走了,屈然站在父母面前。

屈母:你太不给你哥哥面子,也太不给我们面子了。

屈然:爸,我们要是真有对不起侯家的地方,我可不可以去向他们道歉?你们大人之间的事情,为什么要由我们来承担?

屈父:屈然,我再说一遍,我没有做过任何违背原则、违背良心的事情,根本不需要向谁道歉。至于你的感情问题,我相信你有能力处理,你各方面的条件都很好,一定会有一个很好的未来,如果在这件事情上牵扯太多的精力,你以后会看不起自己的。

屈然:可是,您还是没有告诉我当年到底发生了什么事情? 侯嘉的父亲是自杀的,他的死和你有关系吗?

坐在屈然身后的屈母站起身,把屈然拉转过来,一巴掌扇在屈然的脸上。

屈父拿起外衣出门去了。

母女面对面站着。

77. 夜外　大院

屈父在独自散步,他的脸色很不好,走着走着,他停住了。

侯嘉出现在他的面前。

两个男人面对面站着,心情都很不平静。

侯嘉:屈叔叔,我一直很尊敬您,初一的时候,我在楼门口碰见您,您给了我一个苹果,那是我见过的最大的苹果。还有一次,学校到郊区学农,您坐专车去接屈然,把咱们院的孩子都接回来了,我们六个人坐在后面,特挤,可是特高兴。

因为紧张,侯嘉的话说得断断续续的。

屈父看着他。

侯嘉:我想知道,我们两家之间到底发生过什么事情? 您能不能坦白地告诉我,到底是怎么回事?

屈父:侯嘉,你没有权利对我提这样的问题,我也没有义务回答你,如果你真的喜欢屈然,不愿意看到她再伤心、再受伤害的话,你就应该结束你们的感情,这才是一个男人应该做的。

　　说完,屈父接着向前走了。

　　侯嘉站在原地。

78. 日外　楼下传达室

　　屈然在黑板上写侯嘉。

　　屈然写了很多个侯嘉了。

　　屈然从信箱中把侯嘉没有取的信拿了出来。

　　[画外音]

　　屈然:侯嘉后来就很少回家了,我也没有再去找过他。我们居住在同一座城市,同历寒暑,共赴晨昏,却仿佛相隔千里万里,转眼四年大学生活就要结束了,我无数次对自己说,忘了他吧。

字幕:1987 年夏

79. 日内　大学教室

　　满地都是学生们扔掉的旧书本、卷子、纸张,到处都是。大家要毕业了,教室像一个待打扫的战场。

　　教室的窗口。

　　一个男生和一个女生伏在窗口聊天,女生是屈然,男生是常用自行车带她的吴建。

　　吴建:我们先去北戴河,然后到山海关,逆长城而上,从古北口返回。

　　屈然:计划不错,一次精彩的旅行。

　　吴建:我在海边的时候感情脆弱,我会想你的。

　　屈然:你给我的大学生活带来很多的快乐,我也会想你。

　　吴建:设想 10 年以后,我们两个在街头邂逅,天上下着小雨,你领着你的女儿,我们需要用几秒钟互相辨认对方,然后……不知道我会不会比现在被拒绝更绝望。

　　屈然:10 年? 不会吧? 我们得常见面呵。

　　吴建:我不仅想见到你,我还想得到你。

　　身后传来敲门声。

门开着,侯嘉站在门口。

屈然:(非常惊喜,声音很大)侯嘉,你是来找我的吗?

侯嘉:(扬了扬手中那本《罗密欧与朱丽叶》)这本书,是你们学校图书馆的,要毕业了,是不是该还了?

屈然:我早就赔过钱了,书后定价的五倍。

屈然朝侯嘉跑去,一路上碰响了很多椅子。

吴建看着屈然跑向侯嘉。

80. 日外　校园

侯嘉手里有两张票,屈然拿过来正看反看。

屈然:50 元一张,你疯了吗?

侯嘉:半年前我就听说这个团要来,我早就想好了,无论如何,我也要和你一起去看这场演出。你看,我做到了。

81. 日外　街上

下班时间,马路上的自行车潮水一般,侯嘉和屈然在其中显得微不足道。但是,此时此刻对于他们来说,非常重要,非常辉煌。

两人各自骑着自行车,屈然老是侧过脸来看侯嘉。

侯嘉:屈然,看路。

屈然还是看侯嘉。

屈然:侯嘉,我不是在做梦吧?

侯嘉:我每时每刻都在想着你,每时每刻,屈然你懂吗?

屈然:我懂。

侯嘉:我们就这么一直骑,骑到另一个城市去。

屈然:永远也不再回来。

红灯,大家停在线内,他们两个被自己的念头所动。

绿灯了,别人都向前骑了,他们还停在原地,互相看着对方。

侯嘉:我们要求分配到外地去。

屈然:你去哪,我就去哪。

侯嘉:没有人认识我们。

屈然:我们什么都不需要,只要两个人在一起。

侯嘉:屈然,我不想看演出了,我想跟你说话。

屈然:我也是,我想唱歌,我想大声喊叫。

82. 夜外　剧场外

巨大的芭蕾舞广告:《罗密欧与朱丽叶》。

两个人站在广告牌下面。

很多人在等退票。

侯嘉掏出票来,立刻有很多人围上来要买。

侯嘉把票递给了同样的一对年轻的情侣。

侯嘉:不要钱,我们请客。

两人转身离去,目不斜视,旁若无人。

83. 夜内　火车站的候车大厅

两个人在高高的屋顶下显得很渺小。

他们伏在柜台上看着刚买的一张中国地图。

一个一个城市从他们的指尖上滑过,从南到北,从东到西。

屈然:我们去南方,我经常梦见密不透风的竹林,还有水,透明的湖水,我们在湖上划着小船。我可以做教师,到农村的小学里教课,他们一定会收下我。

看着兴奋的屈然,侯嘉有些沉默。他转过身去。

火车时刻表在他的身后变换着。

侯嘉:如果你放弃北京的工作跟我到外地去,你们家人会恨我的。

屈然:(激烈地)侯嘉,你别反悔。

侯嘉:我怕你会后悔,像鲁迅《伤逝》里的子君。

屈然:我觉得我更像朱丽叶。

侯嘉:生活不是话剧,也许,罗密欧与朱丽叶的结局,才是最彻底的解脱。

屈然:你胡说,你是怎么说的? 永远也不放弃,你的记性就那么差吗?

侯嘉:你应该过得更好,可是我不能给你带来幸福。

屈然:你怎么知道我不幸福? 此时此刻,我很幸福。

侯嘉:我们不能放弃家庭,也不能改变自己。

屈然:侯嘉,就算以后会吵架,会分手,会后悔,会死掉,我现在也想跟你走。

侯嘉看着屈然,又伸手胡噜她的头发。

侯嘉:那,我们得认真计划一下。

84. 日内　侯家

侯嘉坐在桌前,面前放着表格,准备填分配志愿。他愣愣地坐在那里,心里非常矛盾。小阿姨在厨房里剁饺子馅,声音很大。

侯嘉看着眼前的表格,在第一志愿的空格里写下了:昆明。

侯母放了一杯水在他的面前。

侯嘉:妈,我想到外地工作。

85. 日内　屈家

隐约可以听见谁家在剁饺子馅。

屈母:不行,我们不同意。

屈然:你们就当没生我这个女儿。

屈母:你可以不要你的父母,我不能看着我自己的孩子走上绝路。

屈然:妈,那你让我怎么办?

86. 日内　侯家

饺子馅还在剁。

侯母:你已经是大人了,应该知道怎么办。我和屈然,你只能带走一个,如果你带我走,我同意,如果你带屈然走,我就死。

侯母张开手,手心里躺着一个白色的药瓶。

厨房里,小保姆的菜刀当啷掉在地上。

她用力握着自己的一只手指,鲜血滴在剁得很碎的白菜馅上。

87. 日内　屈家

剁馅的声音消失了,过分的宁静。

屈母在飞快地换衣服,找东找西。

屈然:妈你去哪?

屈母:我去你们学校,跟你说没有用,我去找你们学校领导。

屈然:你找谁也没用,再好的单位,我也不会去上班。

屈母:屈然,我也明告诉你,我不会让你得逞。

88. 日内　侯家

侯嘉把眼前的表格一点一点撕成碎片。

侯母在细心地为小保姆包扎手指。

他们隐约可以听见一个女孩凄惨的哭声。

89. 夜内　小旅馆

人防公事改建的简陋的旅馆。

很暗很狭窄的楼梯。

服务员拿着钥匙,她身后跟着侯嘉和屈然。

侯嘉走在中间,在屈然的前面,两个人都绷着表情。

服务员不时拿眼瞥着他们两个人,猜测着他们两人的关系,而这两人却浑然不觉。

服务员将他们领到写有 201 房间号码的房间门口,替他们打开门,两个人走了进去。

门被从里面关上。

服务员定定地盯着房门看了半天。

90. 夜内　小旅馆

侯嘉和屈然先后走进了房间,两个人站在门后,静静地。

然后屈然朝床头走去,坐在那里。

侯嘉从口袋里掏出两瓶安眠药,放在桌上。

两人望着药瓶。

屈然慢慢地打开了药瓶的盖子,把里面的药片倒在桌子上。

侯嘉拿起暖壶,找出两个杯子,把水倒在杯子里。

然后侯嘉递给屈然一杯,屈然接过来,拿在手里。

侯嘉自己也拿了一杯。

水太烫了,他们等着水变凉。

屈然把桌上的药片分成两半,把其中的一半胡噜到手里。

她把抓着药的手抬起来,打开,看着。

侯嘉打翻了屈然手里的药。

白色的药片雪花般散落。

侯嘉:我不让你死。朱丽叶躺进坟墓的时候,罗密欧不在她的身边,如果在,他根本不会让那样的事情发生。

屈然:如果朱丽叶早点醒过来,罗密欧就不会死。

侯嘉:如果可能,罗密欧一定会阻止朱丽叶和他一起去死。

屈然:死了就安静了,就不会互相伤害了。

侯嘉:我不会让你死。

电压不稳,电灯时明时暗,两个人注视着灯泡。

电灯终于灭了。

两个人被黑暗笼罩着。

走廊上的光线透过门上的小窗给房间里隐约的照明。

91. 夜内　小旅馆

两个人在黑暗中互相凝视。

能够彼此感觉得到和看得到对方。

屈然开始慢慢地脱掉自己身上的外套。

侯嘉一惊,然后明白了屈然的意思,也开始脱自己的衣服。

借着小窗户上透进来的楼道里的光线,两个人模糊地可以看到对方的身体,暗影中的身体的局部呈现出一种特殊的美感。

两个人互相脱掉对方的衣服。

两个人轻轻地互相抚摸。

两个人的脸贴在一起。

两人的动作生疏而紧张。

两个人抱在一起。

92. 夜内　小旅馆

服务员在敲门。服务员的身后站着戴红袖章的人,拿着大手电。

门没有敲开。

后面的人示意拿钥匙开门。

门打开了。

手电光在两人的脸上身上晃来晃去。

屈然和侯嘉面对面站着,穿着衣服,旁若无人。

桌子上一摊白色的小药片,地上也有白色的药片。

93. 夜内　派出所

侯嘉和屈然坐在灯下,手拉着手。

门开了,屈然的父亲和母亲冲了进来。

屈母:怎么回事?

警察:小声点,您是谁的家长?

已经处理完了,可以领走了。

父亲走到办公桌前签字领人。

屈母一直抓着屈然的胳膊。

警察:你们可以走了。

屈然拉着侯嘉的手不放。

屈然父母非常焦虑的表情,屈父的脸色非常阴沉。

侯嘉也不抬头。

屈母看了笔录,非常激动。

屈母:屈然,他是不是强奸你了?

门哐地开了,一脸怒气的侯母出现在门外,保姆用轮椅推着她。

侯母:这么多年了,你们还在用这个词,现在又用到了我儿子的身上,你们是想斩尽杀绝吗?

侯嘉:妈。

侯母拿出些零钱,对推她的小保姆。

侯母:你回去吧,坐54路。侯嘉可以照顾我。

警察:(对侯母)您看一下笔录。

侯母面无表情,认真看着几页纸的笔录,白纸的反光让她的脸色显得更加苍白。

侯母从笔录上抬起头来。

侯母:(看着屈然)屈然,侯嘉强奸你了吗?

屈然摇头。

侯母:屈然,我要你说出声来。

屈然:阿姨求求你,别再折磨他了,我爱侯嘉,我们没有做错事。

屈父打断。

屈父:别说了,咱们走,屈然就是老死在家里,也不会进你的家门。

侯母把自己的轮椅猛地一转,面对屈父。

侯母:屈之恒,你都听见了,我儿子没有强奸你女儿,你们这是在诬陷,我要去法院告你们!

她没有看侯嘉。

侯母:侯嘉,走。

侯嘉的手和屈然的手拉在一起,侯嘉想去照顾自己的母亲,但两个人的手还拉在一起,谁都不愿意松开。

屈母:然然松手,听见没有? 松开你的手!

侯嘉看着屈然,让她松开手。

侯嘉:我这一生有这一次,足够了。

侯嘉去推母亲的轮椅,他没再回头。

警察:走吧,走吧,都走吧,什么乱七八糟的。

94. 夜外　街上

侯嘉推着母亲往回走,夜已经深了,行人稀少,两个人的身影在路灯下十分凄凉。

侯母:你爸爸和他们单位新来的一个女青年关系比较好,我那时工作忙,脾气也不太好,其实也没有什么了不起,可是后来传得沸沸扬扬,有人说那女的怀孕了,屈之恒代表组织上找那个女的谈话。

侯母的声音不大,但她的话在寂静的夜里对侯嘉来说如同雷鸣。

侯母:后来给组织的汇报材料上就成了强奸,你爸爸进了拘留所,还没有审他一句,就自杀了。

侯嘉听着,他知道,这就是母亲讳莫如深但天天在想的往事。

侯母:他为什么自杀? 他是太意外,太绝望,他被冤枉了,被他最喜欢的人。后来,我到处找那个女的,我就想问问她,谁叫她这么说的? 我要让她还你爸一个公道,人没有找到,我就出了车祸。

侯嘉:妈,你别说了。

侯母:我真不想告诉你,这不是什么光彩的事情。可你非要和他们家人搅在一起,你让我怎么受得了? 我能够这么活着,还不是为了你? 你爸他对不起我,他人不在了,我还得向着他。

95. 日外　宿舍楼屋顶的平台

屈然孤独地徘徊。

[画外音]

屈然:侯嘉突然决定出国,为了他的事业和他的母亲,而我从另一方面也期待今后能出现某种转机,分离是痛苦,在一起也是痛苦,而且,更痛苦。

96. 日内　机场

侯嘉和几个为他送行的同学一起沿着通道走来。

同学甲:明天几点到?

侯嘉:九个小时,还有时差,几点到算几点吧。

同学乙:你可是咱们班第一个登陆欧洲的,任重道远,我们随后到。

侯嘉:我把我妈的电话号码都留给你们了,拜托了。

同学甲:放心吧。

在通道的另一端,屈然匆匆赶来。

屈然焦急地寻找侯嘉。

终于,两个人面对面,四目相视。

屈然递给侯嘉两小瓶咸菜。

屈然:我也不知道该给你带点什么,都说外国人吃东西甜,怕你不习惯。

侯嘉:我真不该就这么走了。

屈然:没关系,只要你好。

送行的同学让他们单独告别。

屈然:我只希望,今后你发生什么事情,一定要告诉我。

侯嘉:如果有可能,我接你走。

屈然:不要再这样说了,我们不是都说好了吗?

侯嘉:不说,就是没有改变。

屈然点点头。

侯嘉:永远不说,就永远没有改变。

屈然又点点头,她平静得一滴眼泪也没有掉。

字幕:1992 年秋

97. 日外　宿舍楼下

楼下的信箱。

屈然开信箱,取信。

［画外音］

屈然：日子在等待中平静地流淌，转眼五年过去了，父亲的脸上总是挂着说不出的担忧，我和侯嘉频繁地通信，就像没有分开一样。侯嘉告诉我，他已经搜集了十几种不同版本的《罗密欧与朱丽叶》，日复一日，这就是我们共同的寄托，罗密欧与朱丽叶是以死来殉情，我们是以彼此的孤独来殉情。

98. 日内　屈家

屈母、屈强、李子蓝在招待客人，李子蓝怀孕了，挺着大肚子。

客人是一个和屈母年纪差不多的妇女，冯阿姨。

李子蓝：阿姨喝水。

屈强端了西瓜来。

屈强：阿姨吃西瓜。

冯阿姨：谢谢，孩子们转眼就长大成人了，你也要抱孙子了，熬出来了。

屈母：没有省心的时候。

屈然下班，从门外进来。

屈然：妈。

屈母：然然，你看谁来了？

屈然：阿姨好。

冯阿姨：好多年不见了，越来越漂亮了。坐下说说话。

屈母拿过屈然刚摘下的书包。

屈然一把拿过。

屈然：我的书包。

屈母有些尴尬。

屈母：坐下待会儿，冯阿姨专门为你来的。

屈然：我还有事，冯阿姨你坐。

屈母：(强压怒火)然然！

屈然：我真的有事。

她走到电视前，打开电视。

电视上是国际天气预报：

她等着看一个一个城市的气温，待看到了她关心的那个城市的天气，就关上电视，回自己房间了。

客厅里的人面面相觑,无话可说。

99. 夜内　屈家

晚饭,大家围坐在饭桌前,气氛有些凝滞。不知从什么时候开始,屈然不再端饭回屋吃了。

屈母:人家冯阿姨为了你的事情,坐了一个半小时的公共汽车到咱们家,你就那么晾人家。多不好。

屈然:我不知道该说什么。

李子蓝:妈,先吃饭吧,凉了。

屈母:男方的条件很不错,硕士,兄弟姐妹个个都很优秀。

屈然:他们优秀不优秀和我有什么关系?

啪的一声,屈强放下了筷子。

屈强:你老大不小了,该懂点事了,我们也没义务整天看你的脸色,总不能一棵树上吊死吧?

屈然:我吊哪棵树是我自己的事。

屈强:你看你把爸妈都折磨成什么样了?你看这个家都成什么样了?过两天保姆来,床就得放客厅了。

屈父:住嘴,这个家是我的,然然在这个家永远有一个房间,需要的话,我可以住客厅。

李子蓝赶紧站起来给大家盛汤。

屈强:是啊,我是没资格说刚才的话,我也是为屈然着急。

屈然:哥,你每天可以和你爱的人在一起,为什么我就不可以?你应该了解我的感受。

100. 日内　屈家

屈然在洗头,没有洗澡间的年代,洗头就在脸盆里。

101. 日内　屈家

屈然看着镜子里的自己。

母亲站在她的身后,为她梳理刚洗好的头发。

屈母:不为别的,就为你自己。

梳子在屈然的头发上滑过。

屈母:27 岁,就有白头发了。

102. 日外   院子里

侯母坐在轮椅里晒太阳,和周围的邻居聊着天。

屈然从她的身边走过,不自觉地加快了步子。

侯母:屈然。

屈然:阿姨。

侯母:给你看看,侯嘉的照片,刚寄来的。

照片是张合影,一个女人胳膊搭在侯嘉的肩上,两人很亲密的样子。

屈然把照片还给侯母。

屈然:挺好的。

103. 日内   长话大楼

屈然在柜台前来回走着,焦急地等待。

屈然:请问,4 号的长途接通了没有?

服务员:今天线路忙,请再等一会,巴黎的电话通了,在 3 号。

屈然不再等了,转身离开。

104. 日外   街上

人来人往,车水马龙。

屈然独自走着,仿佛走在一个与她无关的场景中。

[画外音]

屈然:轰轰烈烈的故事,等来了一个平淡无奇的结局,侯嘉走后,我第一次感到很孤独,就像被抛弃了一样。我决定不再和侯嘉联系,怕这个结局会得到来自他的证实,我不想给他告诉我这个结局的机会。

字幕:1997 年冬

105. 夜外   街头

要过春节了,彩灯和鞭炮渲染着一种和平时不同的气氛。

106. 夜外   宿舍楼下

屈强和李子蓝领着五岁的儿子回家过年。

李子蓝:大宝,一会见到爷爷奶奶问过年好,别忘了,还有大姑。

107. 夜内　屈家

屈然给大宝一个大红包。

李子蓝:快谢谢姑姑。

大宝:谢谢姑姑,姑姑过年好。

屈然:乖。

李子蓝:每年你最大的红包都是姑姑给你的。

屈强:别给他那么多钱,还是小孩子呢。

屈然:我钱就是给他挣的。

屈母:大宝长大了好好孝敬姑姑。

电视里春晚已经开始。

从卧室里,传出屈父沉重的咳嗽声。

屈然站起身,走进父亲的卧室。

父女相对无言,谁都知道对方的心里在想什么。

108. 日外　院子里

一辆搬家公司的卡车停在门前,侯家的东西已经装上了车,侯母在和邻居们告别。

侯母:我儿子说,他有了钱,第一件事就是要给我换一个有电梯的房子。我说等你回来再搬,也不差这几天,他说一天也不能等,都是他的同学帮忙办的。

109. 日内　屈家

屈父屈母站在窗前,看着楼下的卡车和人。

屈父:搬到哪里?

屈母:我怎么知道?

楼下的侯母,坐进了卡车的驾驶室,和邻居们彼此说着再见。

屈然的父母看着卡车慢慢开走,不禁长出了一口气,仿佛有某种解脱,但心情却依旧复杂。

110. 日内　楼道里

屈然上楼,她路过曾经的侯嘉的家。

房门敞开,满地废弃的杂物,所有的记忆仿佛都被打碎了,变成了一地垃圾。

屈然在空屋子外面站了许久。

111. 日内　楼下

屈父开邮箱,没有侯嘉的信了。

屈父叹气。

112. 日内　屈家

屈然在看电视上的国际天气。

父亲坐在沙发上,看着她。

113. 日外　街上

日子水一般流逝,屈然独自行走。

114. 夜外　剧场门口

很多观众依次入场。

115. 夜内　剧场

舞台上,舞剧《罗密欧与朱丽叶》正在上演。

场内坐满观众。

我们在观众中看到了屈然,这一点都不意外。

意外的是,我们在楼上看到了侯嘉。

[画外音]

侯嘉:回国十几天了,我没有去找屈然,我担心她已经过上了另一种生活,可是总觉得,这场演出是应该和她一起看的。

台上优美的舞剧。

台下,两个没在一起却在一起的人。

[画外音]

屈然:我为什么还要来看这场演出呢? 为什么依旧无法割断自己和这个故事的联系? 也许我已经并不期待什么,只是期待已经成为我的生活。

116. 日内　侯家

新房子一切都很妥帖,洒满阳光的大阳台,摆满了绿植,母亲不用下楼也可以赏到花草。

侯母正在给花喷水。

侯嘉在屋子里找着什么。

侯母:别找了,早不知道到哪里去了。

侯嘉:那本书上有屈然学校的图章,你给我扔了?

侯母:东西都是阿姨收拾的。

侯嘉:别的事你可能不清楚,但这本书你一定记得,是你把它从我的箱子里拿出去的。

侯母:那我也是为你好。你还恨我吗?

侯嘉:我在那边最大的心愿,就是能完成项目,早点回来,好好照顾你。

侯母:我活那么大岁数干什么? 看着我儿子打一辈子光棍?

117. 日内　屈家

一家人又围在一起吃饭。

屈父鼓起勇气似的。

屈父:听说侯嘉回来了。

屈母:(马上响应)走了有10来年了吧? 什么学要留那么久?

屈父:十年。听说在那边实验实有不错的工作,因为他妈岁数大了,坚决要回来。

屈母:然然,你有什么打算?

屈然:都这么久了,还提这事干吗?

屈父:你得给我们句话。

屈然:爸,我今年34岁了,有时候真的想把自己嫁出去,可这种事情,您知道……我还是陪着您和妈吧,也算废物利用了。

谈话继续不下去了,屈父就换了话题。

屈父:明天去医院看结果。

屈然:我陪您去。

屈父:不,还是你妈妈陪我去。

118. 日外　楼外

侯嘉故地重来。

他走进楼道,经过他家的门口。

他站在屈然家的门外,看到屈然母亲含泪的眼睛。

[画外音]

侯嘉:一切好像依然如故,屈然没有在家,我留下了一张名片。

119. 夜内　屈家

屈然在自己房间里听音乐,母亲走了进来。

屈然:妈。

屈母:然然,你爸爸的结果出来了,不好。

母亲的眼泪夺眶而出。

屈然关掉音乐。

屈然:都是我不好,都是我害的。

屈母:你不要胡说。你爸爸说,不手术了。

120. 日内　药店

屈然在药店里,等着抓药。

121. 日内　家里

屈然在厨房里熬药。

[画外音]

屈然:我爸的病情,让我明白了,我伤害他有多么深,我知道侯嘉来过,但我完全无暇顾及。

屈然把熬好的药端到父亲身边,照顾他喝下去。

屈父:然然。

屈然在父亲身边蹲下来,看着他。

屈父:去给侯嘉打个电话。

屈然:他很忙。

屈父:叙叙旧也好。

屈然点了点头。

122. 日内　屈家

屈父的手中拿着侯嘉的名片。

123. 日内　侯家

电话响了,侯母接电话。

屈父:我是屈之恒,我病了,癌症晚期,不知道还有没有机会向你们道歉。

124. 日内　屈家

屈父躺在床上打电话。

屈父:如果有可能,让侯嘉到我家里来一趟,我有几句话想对他说。

125. 日内　侯家

侯母手里拿着电话,愣在那里,心情复杂。

126. 日内　屈家

家里非常安静。

侯嘉坐在屈父床边的一把椅子上。

屈父:侯嘉,还记得有一次去水房打水,你质问我的事情吗? 我不该那样对你,我向你道歉。

侯嘉:已经过去那么多年了,别再折磨自己了。

屈父:侯嘉,我对不起然然,我最难过的事情,就是看着自己如花似玉的女儿一年一年地不再年轻,变成一个老姑娘。

侯嘉看着面前的这位老人。

屈父:我这个做父亲的,毁了她一辈子的幸福。

侯嘉:伯父。

屈父:如果我的道歉能被接受的话,我希望你跟然然结婚。

屈父从枕头下面拿出一个信封。

屈父:这是我写给组织的一封信,里面讲了,当时出于对那个女孩的同情,我确实提醒过她,如果她是被强迫的话,那她就只是一个受害者。

127. 日内　侯家

侯母坐在窗前看信。

[画外音]

屈父:对你父亲的死,我是有责任的,如果你母亲认为有必要,可以把这封信交给组织,请组织上重新审查。

侯母忍不住哭出声来。

厨房里,侯母把信放在煤气上烧了,侯嘉站在她的身后。

侯母:哪天让屈然来看看你的新家。

侯嘉没有说话,表情也没有变化。

侯母:你听见了吗? 别成天惹我不高兴。

128. 夜内　屈家

屈然站在父亲的遗像前。

[画外音]

电话铃声。

侯嘉:屈然。

屈然:是我。

侯嘉:你妈妈还好吧?

屈然:还好。

侯嘉:你好好照顾她。

屈然:好的。

侯嘉:有句话,我一直想问。

屈然:说吧。

侯嘉:我们这么多年,天各一方,现在能见面了,为什么不见?

屈然:我爸不在了,你知道,我伤他有多重?

侯嘉:是他说……

屈然:(打断)侯嘉,我们和死去的人,永远不能再见。

屈然放下了电话。

129. 日内　侯家

侯嘉放下了电话。

母亲在身后看着他。

字幕:1999 年冬

130. 日内　侯家

生活继续,一切都没有任何改变。

[画外音]

侯嘉:我开始面对一个人的生活,和屈然也没有再联系,我曾想,莎士比亚的爱情故事,让我们无数次走到一起,如今事过境迁,在茫茫人海中,我们会不会终将擦肩而过? 可我,还等什么?

131. 日内　婚纱店

屈然在陪女友试婚纱。

屈然拿着婚纱往女友的身上比,一件又一件。

女友拿起一件往屈然的身上比。

屈然比在自己的身上,退到橱窗前光线好的地方,让女友看。

132. 日外　街上

正好走到橱窗外的侯嘉看到了比着婚纱的屈然。

两人隔着橱窗,你看我,我看你,然后就都笑了,仿佛从来都没有分开过。

133. 日内　咖啡厅

两人终于面对面坐了下来。一个小姑娘抱着玫瑰花走到他们面前。

小姑娘:先生,给姐姐买束玫瑰吧。情人节快乐。

小姑娘手里所有的玫瑰花堆在了他们两个人中间。

他们就隔着玫瑰花看着对方。

侯嘉:刚才吓了我一跳,我以为你要做新娘了。

屈然:我陪朋友。

侯嘉:她也一直没有结婚吗?

屈然:她再婚。

侯嘉:我们错过的已经太多了。

屈然:也不一定,不管怎么过,日子都一样宝贵。

侯嘉:我担心你已经放弃了,这个念头一直折磨我。

屈然:不说,就是没有改变。

侯嘉:永远不说,就是永远没有改变。

屈然看着侯嘉,就像看着另一个自己。

侯嘉:我们结婚吧,我要让你幸福。

屈然:和你住在同一座楼上,曾经是我的幸福;和你在同一个城市也是我的幸福;和你同时活在世上,就是我的幸福。幸福,其实就是内心的一种感受。

134. 日内　　影楼

屈然和侯嘉走到背景前准备拍摄。

摄影师不断用专业的词汇让他们这样或者那样。

取景器里,两个人和所有的新郎新娘一样,妆容漂亮,服饰华丽,表情拘谨。

摄影师还是在不断地说着、指导着、要求着。

终于他满意了。

摄影师:准备好,不要再动了,第一组。

忽然,他从取景框中看到屈然在流泪。

摄影师有些意外。

屈然的眼泪汹涌而出,无法抑制,顺着她的脸往下淌。

侯嘉从后面紧紧地抱住她。

摄影师的快门响了。

愚公移山

剧本完成于 2007 年。

1. 日外　渣山

模糊的画面,被什么所遮盖,所纠缠,所席卷,所困扰。

有风声从远处传来。

尖利而连贯。

画面渐渐清晰,可以看到在风的裹挟之下漫卷的铁灰色的尘沙。

尘沙贴着渣山的脊背,水一样地倾泻着。

风势陡转,尘沙随之变换着姿态和方向,画面一片混沌。

又一阵风扑来,扫过银幕,画面再度清晰起来,眼前的渣山高大、丑陋,非土非石的怪诞,带着钢铁的棱角。

风声之中,渐渐插进来一种机械的喘息:艰难,缓慢,渐强。

一列卸钢渣的小火车,沿着渣山陡峭的背脊,缓慢地向上移动。

火车不堪重负,火车坚决地攀缘,一切仿佛都静止了,风声也被火车的喘息所压抑。

火车艰难地在陡峭的渣山的山脊上行走。

火车在最高处停了下来。

钢渣倾斜。

又一阵尘沙漫卷。

黑色的、红色的、橙色的钢渣,瀑布一样顺着渣山倾泻着、翻滚着、俯冲着。

浓重的烟尘腾空而起,似在讲述一段无奈的往事。

烟尘在上升,渐渐地弥漫开来。

烟尘的笼罩之下,是炼钢厂模糊而宏大的轮廓,是城市模糊的轮廓,一切都笼罩在这灰色的烟尘之下。

片名:愚公移山

字幕:1983 年

2. 日外　厂区的路

深秋,黄昏。

太原钢铁厂。

没有万紫千红的景色,只有一成不变的铁灰。

远处是错落高大的厂区建筑,近处是生活区布局自由混乱的景象。

一条不算宽也不算平的渣土路,从影片开始的渣山的旁边经过,通往宿舍区。

正是下班时间,渣土路上是络绎不绝的、穿着灰蓝色工作服、骑着自行车的工人。他们有的戴着口罩,有的戴着帽子或包着头巾,有的用手捂着嘴。

依然有风,渣山下能见度很低,感觉工人们是从尘土中钻出来,又钻进尘土中去,只有自行车一路颠簸所发出的响声持续不断。

间或有人在大声大气地打个招呼什么的。

从工人下班的气势可以想象出这个企业的规模。

路边的一个高坡上,蹲着一个人,他的目光越过身边下班的人流,停留在对面的渣山上。

这是个有心事的人。他就是李双良,60 岁的老工人,他的身边也放着一辆自行车。

从路上拐下来一辆自行车,七拐八拐朝这边骑了过来。骑车人戴着一个有点滑稽的墨镜。

骑车人到了李双良的身边,把车往边上一支,蹲到李双良的身边,掏出烟。来人是老孙。

两个人头碰着头,四只手捂在一起,在风中点着了各自手里的烟。

老孙:你想干交警呵? 见天蹲在这里。

李:人还没走,他们就在段长前面给加了个"老"字,啥意思嘛。

老孙:那是怕把你跟新段长搞混了嘛,谁叫你俩都姓李呢。

说话间,下班的队伍依然零散地从他们的视线之内经过。

李:唉,这大风天。

老孙:叹啥气?

李:说不上来。

老孙:别不知足,儿孙满堂,还当了那些年干部、劳模,骑着不花钱的自行车。这休,谁都得退。

李:我没不知足。

老孙:那叹啥气? 我走了,赶着回家听《岳飞传》呢。

老孙骑上车子稀里哗啦响着走了。

李双良的视线再次越过近处的道路和行人,飘向迷茫的地方。

3. 日内　李家

这是李双良的家,一个人气挺旺的家庭。

傍晚时分特有的宁静悠闲。

晚饭已经做好,在饭桌上等待迟归的家人。

李双良的大儿子大平身体有残疾靠在床上看报纸,偶尔也抬头看看别人。

高高大大的二儿子大林(30 来岁)在堂屋门口教已经50 多岁的母亲跳交际舞。

大林用嘴哼着舞曲"嘭嚓嚓、嘭嚓嚓"带着母亲乱转。

母亲低着头,深一脚浅一脚地跟着。

大林不断地提醒母亲左脚或者右脚。

母亲十分生疏、十分认真。

二媳妇和孙子出来进去地做自己的事情,偶尔见怪不怪地看上两眼。

李双良骑着自行车进了院,熟门熟路地一直骑到放车的窗下,走进堂屋。

李:你俩这是干啥呢。

见李双良进来,母亲赶紧松开儿子,顺手抓了个什么扇着风。

老伴:可累死我了,比蒸锅馒头都费劲。

大林:交际舞,爸,新生事物。

李:看见你们在大礼堂闹腾了,男的跟男的跳,女的跟女的跳,一个个四脖子汗流。

大林:人家徐工,带着老伴,比我们会跳,我先教我妈,回头让她教您。你俩闲着没事又健身又解闷。

老伴看着李双良,她很在乎李双良对儿子这句话的反应。

李:你还嫌大好形势不够好啊?

老伴嗔怪而有点失望的表情。

二媳妇:爸、妈,洗手吃饭。

孙子:(头也不抬写作业)跳舞没劲,篮球有劲。

4. 夜内　家里

没开灯,老两口躺在一张大床上。

李双良靠着床头,嘴上叼了根烟,一明一灭。

又是一声叹息。

和他背对背的老伴在黑暗中。

老伴:大林说你闲着没事你不爱听啊?

李:人不找事事找人啊。

老伴:真不知道哪块云彩下雨,几十年都不是个事,无形中就碍你的眼了?

李双良灭掉烟,躺下。

李:跟你说不明白,挠挠。

老伴翻过身把手伸进被子替李双良挠痒痒,李双良很舒服的表情。

李:舒坦,睡了。

李双良闭上眼睛,老伴熟练而轻巧地把被子替他掖好,又翻过身去,两人重新背对背了。

字幕:2005 年

5. 日内　演播室

主持人和李双良做"面对面"节目

像采访,又像闲聊,平和而自然地交谈。

此时的李双良上了年纪,有 80 出头了,但精神矍铄,神态安然,身材依旧挺拔。

主持人:83 年,23 年前,我刚上大学,迷金庸、女排。

李:跳舞。

主持人:我不太喜欢跳舞,那时候还没有空调,一跳满头大汗。

李:那年我 60 岁,领导让退休呢。

主持人:您从什么时候开始打这渣山的主意?

李:其实我早就琢磨这事,没说。那渣山是个祸害,可里面也有有用的东西,我 47 年到太钢打工,渣山就在,我在太钢干了 40 多年,渣山还在。

主持人:您惦记它是因为这东西值钱,有经济效益?

李:那倒不是,厂子是国家的,渣土也是国家的,那时候做事,很少往钱上想。

主持人:退休了闲不住,给自己找个事做?

李:也不全是,心里替厂子着急,那么大一摊,越堆越高越堆越高。开始人推着小车倒,后来人上不去了,拖拉机往上开,后来拖拉机也上不去了,专门铺了铁轨,往上开火车,再后来一个火车头拉不上去了,又加一个在后面推,还经常翻车,最后闹得要减产、停产,活人让尿憋死。

主持人:承包这个办法是谁想出来的? 83 年,这在当时还是新生事物。

李:我当时也没想得很明白,我心说,退休了,不当干部了,说了不算了,手里无权无钱,那能干成事? 光说学雷锋做好事,能有多少人跟着我? 一个人游行,人家以为你遛弯呢。

主持人微笑。

6. 日外　渣山下

正午,阳光刺目,行人稀少。

只有李双良一个人,和渣山相比,人显得那么渺小。

他缓慢地、均匀地、一步一步地绕着渣山的山脚行走,他在用脚步丈量。

他的嘴里慢慢地数着步子:1150、1151、1152……

拐过一个弯,正低头专心数数的李双良猛抬头。

向阳的坡上,一群穿着和渣山差不多颜色的破旧衣服的人手里提着破口袋,拿着工具,从渣山的高处向下滑。从他们的熟练程度看来,他们与渣山为伍已经有了不少的时日,他们嘻嘻哈哈、满不在乎地顺着渣山向下出溜,卷起的尘土几乎把他们淹没了。他们像在逃跑,但并没有多少惊恐,像在游戏,又透着一些艰难。

李双良愣愣地看着眼前的景象。

一群人没用多一会就从他的视线里消失了。

这时从半山腰转过来一个气喘吁吁的身影,胳膊上套着一个醒目的红箍。

李:(对山腰上的人喊)老倔头,借个火。

倔:谁啊?

李:赶紧的,下来。

老倔头跌跌撞撞地朝下出溜。

7. 日外　渣山下

一个朝阳背风的地方,两个人挨坐在一起抽烟。

李:你还真撵啊?不怕崴了脚?

老倔头:嗨,麻秸秆打狼,他们跑也是给我面子,我这么个糟老头子要是能把这渣山看了,四个现代化早实现了。不过既然厂里把这任务交给咱,咱拿了厂里的补贴,还得好好干,一天两趟,抽不冷子。

李:话说回来,但凡有别的办法,谁吃饱了撑的来这刨渣,都是穷人。

老倔头:1公斤卖2毛钱,有班上的反正不来干这个。

李:一公斤2毛,10公斤2块,(停顿)1吨200块,1万吨就是200万,10万吨就是2000万呵。

老倔头:让你一说怪吓人的,要是哪天这渣山让人给刨光了,咱给厂里看丢2000万,够枪毙的格了。(停顿)真有那么多?

李:我这不是正算呢吗?让他们刚才一跑,把数也整忘了。

老倔头:你这脾气改不了了,好算计。听说你也要退了?

李:听谁说?

老倔头:怕人说啊?大官小官都得退。退了自由,在家没意思跟我一起看渣山吧,咱俩还能就个伴、下个棋唔的。

李:我看行。

8. 日外　渣山下

另一时空。

李双良又在山脚下数着步点:2321、2322、2323……

二儿子大林骑着车朝他这边来了。大林一只手扶着车把,另一只胳膊下面夹着雨伞。

大林:爸,要下雨啦,赶紧回家吧。

李抬起头看了他一眼,再数。

李:2300……2300……(叹气)喊啥喊?

9. **日外　渣山下**

另一时间。

李双良又在数着步点。

他的执拗和耐心带给人一些震动。

李:798、799、780、781……

10. **日外　渣山下**

另一时间。

李:34、35、36……

11. **日外　渣山下**

另一时间。

李:3391、3392、3393……

巨大的渣山和渺小的身影形成鲜明的反差,但是这执拗的数数,又预示着一种坚决,一种不肯妥协。

12. **日内　大礼堂**

礼堂里坐满了穿着工作服的男女工人,没有解放军战士坐得那么整齐端正,但也带有产业工人的规模和姿态。

主席台很认真地布置了一番,上面坐着一排领导模样的人。

扩音器声音很大,但带着80年代的简陋和单薄。

主持人的声音也显得有些造作。

主持人:下面,请厂领导给退休老同志代表披红戴花,请大家热烈鼓掌。

掌声热烈。音乐骤起,声音巨大而单薄。

主席台上的领导全站了起来,也在鼓掌。

一队老工人从侧幕走上了主席台,他们都穿着崭新的工作服,有的胸前还挂着奖章,收拾得利索而呆板,表情也都很紧张。

队伍中有李双良,他胸前的奖章数量明显多于其他人,而且他穿的不是工作服,是一件新的中山装。但是他的神情和大家是一样的,严肃而紧张。

在欢快而刺耳的音乐声中,厂领导给老工人披上红色缎子被面做成的红花和绶带,这在当年是一种常见的奖励方式。

在红色丝绸的映衬下,老工人们的脸上放着红光。

台下的工人们站了起来,掌声由衷而热烈,经久不息。

掌声中,有的老工人眼圈发红。

工人们还在鼓掌。

主持人:下面,请退休老同志代表、劳动模范李双良师傅,讲话。

掌声静了下来。

台上的发言席上,站着李双良。红色的绶带和巨大的丝绸花朵使他的脸显得不那么清晰。

李:谢谢厂领导,谢谢大伙,以前退休就退休,哪有这政策、这排场,又让我赶上了。我替大伙说声谢谢,当着领导,也不知道该说点啥,在太钢干了小40年,想说的话多了,就说这大礼堂吧,盖起来20多年了吧,年年开会,每回开会我就老看上面那两溜窗户,打盖好就没擦过,咱们这尘土又大,哪还有个玻璃样啊,我就老想把那两溜窗户擦擦,玻璃就是玻璃,应该干干净净、亮亮堂堂的,可这事又不归我管,办不成。再开大会,又想起来了,又闹心。多少年了,刚才我坐在底下想,以后不用开会了,眼不见心不烦了。我扯远了吧,拐不回来了。

下面的工人鼓掌,又像是感动又像是起哄。

台上的领导也在鼓掌。

13. 夜内　家里

老伴把两床红色的缎子被面泡在水盆里,轻轻揉着。

李双良在不大的空地上走来走去,透着某种焦虑。

老伴:这被面不错,留着给咱孙子娶媳妇。

李:我明天就去找王书记。

老伴:能成啊?

李:我算计着差不多,我得跟他说说,他要是信不过我,交给别人干也成,他要是没工夫搭理我,安排个人见我也成,我不能老憋肚子里。

老伴:真要能干成,就积大德了,你看满街满院子的灰,都快把太原市埋起来了,百货公司女售货员一听是太钢的都不给咱笑脸。

李双良停下脚步,看着老伴。

李:你说领导会咋想?你要是领导你咋想?

老伴:我肯定先想是花钱还是挣钱呗。

李:当然挣钱,那还用说。

老伴:那就再看你打算咋干,有数没数。

李:我琢磨好几年了,再说,这么大的事,没数我敢?

老伴:还有,(想)让你管事别人服不服?

李:服不服?(略游移)服不服不是说出来的,是干出来的。

老伴:(认真地)那我要是领导我就答应你。

14. 日内　演播室

主持人:那个渣山,到底有多大?

李:2.3 平方公里。

主持人:大概有……

李:(伸出一只手)五个,五个天安门广场那么大。太钢炼钢炼铁50年,造了一座山,一大摊。总重量大约1800万吨,这是后来计算的。

主持人:您把您的方案往领导面前那么一放,领导就同意了?这么一个大型的项目,就落在您一个人的肩膀上了?您当时,真的有把握吗?

李:我儿子帮我写了两页纸,到底没有见上书记经理,交给一个姓宋的工程师了,他管排渣的。巧在哪?他们一伙人因为渣山的事让领导批了好几回,耽误生产了嘛,报个方案让领导打回来,报个方案让领导打回来。想修条铁路往远处拉,得花一个亿,又想汾河上架桥往河对岸倒,得两三年,又费钱又麻烦,正抓瞎呢!一看我这个方案挺简单啊:弄两帮人,一帮拣铁,一帮运渣,用卖铁的钱付运费,不用厂里投资,就给送上去了。领导们看了,一人批了俩字:同意。

主持人:这么简单?

李:哪能呢?我和加工厂签订了正式的承包合同,编号是05839981,当时的商总亲自帮我修改了合同,王书记还叫我去谈了话,立了军令状啊,你管别人就不管了,再有多大的责任你就得担着了。总公司正式批准加工厂成立了一个渣厂工段,还成立了党支部,我是书记兼段长。

主持人:噢,又当上段长了。

李:段长和段长不一样了,从正规军变杂牌了,人不算少,500多人,近400农民工。

主持人:签字的时候什么心情? 激动还是不安?

李:有点兴奋,总算有个东西可以让你跟它叫上劲了,这东西越大,越有搞头,你们现在叫挑战。我当时心里还真有点得意,觉得这事还就得我李双良来办,在太钢,找不出第二个人能想出招来,虽然这招有点笨。

主持人:我发现干大事的人都得有这份骄傲。

字幕:1953 年

15. 日内   炼钢车间

太钢的炼钢车间,50年代的一切细节都是简朴的。

热火朝天的劳动场面。30岁的李双良和工友们一起干活,朝打开的炉门里填着煤,充满力量和节奏的劳动场面,没有人说话,没有多余的动作。

出钢的钟声响起,李双良回头,年轻力壮。

钢花四溅的壮观场面。

李双良点燃一颗自己卷的烟,有工友凑过来对火。

有人在车间门口大声喊:李双良在呢吗?

李:(抬头)在呢。

来人一边朝这边走,一边说:学炉内爆破的是你吗?

李:是。

对方:能行吗?

李:哪能光说不练啊,花了厂里十几块钱呢。

李灭掉烟,朝来人走去。

30岁的李双良迎面走来,从他的眼睛里,可以看出一种非常坚定的自信,那是一种属于智者的神态。

李双良一边走,一边把工作服敞开的纽扣一个一个扣起来,从最下面一个一直扣到脖子根上的一个。

16. 日内　另一炼钢车间

炼钢炉前围着一大堆人,其中一些在忙碌,另一些是因为事件的重大专门赶来的,其中包括当时厂里的领导。

此时的李双良穿上了厚重的棉衣,头上戴着类似头盔的安全帽。

一桶凉水从他的头上缓慢地浇了下去。

又一桶凉水。

又一桶凉水。

边上的人大声地问:双良,透没透?

李闷声回答:行了。

李双良身体的各个部分都在滴水。他迈着沉重的脚步朝高炉走去。

高炉已经停火,炉口冒着白气,里面还是暗红色的。

人越聚越多,没有一点声音。

站在炉口的一个工人手里拿着一个炸药包,上面带着长长的导火索。

工人把炸药包递给李双良,又递给他一只手电。

边上的人大声嘱咐:记着,引线烧三分钟。

李:滚瓜烂熟了,放心吧。

工人点燃导火索,蓝色的火苗突然急速地燃烧起来,让人心里一紧。

所有人都在往后退。

李双良夹着炸药包正要跨进高炉的风口,忽然又停下来,回转身。

导火索在急速燃烧。

大家都愣了。

李:(对身边的工人做着手势)让大伙往后退退。

大伙全都紧张地喊起来:赶紧的吧,别啰唆了,着了都。

导火索令人紧张地燃烧着。

李双良消失在高炉里。

所有人都屏住了呼吸。

17. 日内　车间

高炉内。

李双良在手电光的照射下朝结钢瘤的部位走去。

他身上的水在飞快地转化成为蒸汽。

他就像一个被蒸汽所包围的人形。

导火索还在急速地燃烧。

四周一点声音也没有。

只有导火索燃烧的声音让人揪心。

他的眼前是一个巨大的结瘤。

他非常冷静地把炸药安放在已经做好的位置上,导火索在燃烧。

18. 日内　车间

所有的人都盯着李双良消失的地方。

有的女同志紧张地揪着自己的衣领。

个别有手表的人紧盯着手表,很多人的头凑到那块手表上。

炉口还是没有动静。

人群开始骚动。

领导用手势示意大家镇定。

时间几乎停滞。

人们神情紧张。

终于,一个身影从风口出现。

人影朝大家缓慢地跑来。

人们将他围住。

李双良的身上冒着白烟,他摘下头上的防护帽,脸上全是汗水,像水洗了一样。

他用手势示意大家后退。

然后,一起等待。

几秒钟过后,从高炉深处传来一声闷响,风口处腾起一股烟尘。

人群一片欢腾。

有人激动地喊出了"毛主席万岁!"

厂长和李双良面对面。

厂长:有了这新技术,给咱厂长脸、省钱。不过今天我还得批评你,以后导火索点着了可不敢磨蹭,吓死人啊。

李:我有数。

19. **日内   家里**

有线广播里播送着50年代的歌曲。

四五个大的大小的小的孩子,正在兴致盎然地翻床上的旅行包。

他们翻出了父亲从外面给他们带回来的好吃的和新鲜的小玩意、小人书。

孩子们唧唧喳喳,热闹非常。

李双良显然是出差刚回来,正在门口的脸盆架前洗脸。

妻子坐在一只小凳子上,面前一个大盆,里面是一盆黑水,泡着李双良刚换下的棉工作服。

妻子的头埋得很低。

五六岁的大女儿举着爸爸带回来的糖给正在洗衣服的妈妈吃,当年的妻子还很年轻,也很能干。

女孩:妈,你尝尝。

妻子:(头也不抬)不尝。

女孩:尝尝。

妻子:不尝。

女孩无趣地离开。

妻子在刷着李双良的棉工作服,衣服很厚重,不好洗,她洗得又费劲又生气。

擦干脸转过身的李双良看了一眼妻子的背影,发现了什么。

他转到妻子的前面,蹲下身。

妻子一边洗衣服,一边流泪。

李:哪回不是好好地回来,哭甚哭?

妻子用手轻轻一扯棉衣的布面,布面就像纸一样裂开了,露出了里面灰白色的棉花。

妻子把棉衣抓在手里,还是流泪。

妻子:衣服都烤成这样了,你人钻到炉子里……

妻子摔下衣服起身走了。

20. **夜内   家里**

两人的卧室里,妻子的气还没消。

李:干活嘛,还有不吃点苦的,没事。

妻子:你就是逞能,哪都有你,那炸药有多危险,厂里的活不够你干的?成天东一趟西一趟。告诉你说,我和孩子……(说到孩子,妻子就说不下去)

李:厂里派的活,哪能我说不去就不去啊,我还不知道你不放心,我有数。

妻子:你不是说带徒弟吗?赶紧带啊。

李:正挑呢嘛,(李双良转头看妻子一眼,笑了)徒弟炸不是炸呵?你不担心别人,就担心我?

妻子气得挥拳在他背上一顿捶。

李躲闪着,但并不是真的躲闪,他宁愿妻子以这种方式释放内心的紧张。

21. 日外　厂区宿舍

空场上。

一辆崭新的永久加重自行车停在地中央,车身上的牛皮瓦楞纸包装还没有拆开。

自行车在空转,飞轮发出好听的刷刷声。

四周蹲着一圈孩子,这辆车在他们的眼中就像今天的一辆奔驰。

自行车骄傲地站在那里。

李双良的大儿子大平走上前去,表演似的轻轻捏了一下车闸,车轮的转动戛然而止。

大平已经长成个半大小子,正在变声。

大平:(骄傲地)这是上海钢铁厂送给我爸的,我爸去他们那指导高炉高温沉渣爆破和大型废钢爆破。

边上一孩子问:你会骑吗?

大平:我爸会。

边上孩子:我爸也会。

大平:让你爸也去教爆破啊。

22. 日外　爆破现场

渣山附近的一个大坑边上。

坑底下是一块很大的奇形怪状的废钢。

李双良在上面画满了白色的粉笔印,那是他标出的打眼放炸药的地方。

他手下的徒弟们正在按照他的要求用电焊枪打眼、装药、布线,一切有条不紊。

我们可以清楚地看到眼是如何打的、药是怎样装的、导火索是如何的长度。

干完事的人们都朝坑上爬去。

李双良在检查炮眼。

另一个人,老马,在另一边检查炮眼。

两人走了碰头。

李:妥了?

老马:妥了。

李:点吧。

老马急速转身去点燃导火索。

李看着他有些慌张的背影,略有些迟疑。

这时有些导火索已经被点燃了。

李也点燃了他这一边的导火索。

等他抬起头来,老马已经很快地爬上了大坑,动作显得有些慌张。

李双良也开始朝上面爬去,按照他的设计,应该有足够的时间。

就在李双良还没有爬上坑边的时候,第一个炸点就爆炸了,钢渣夹着泥土飞溅起来。

李双良一下子被震倒在坑边。

李双良的身体朝坑里滑去,如果滑下去,后果不可设想。

李双良死命扒住泥土和钢渣,使自己的身体不再下滑。

上面的人朝李双良扑过来。

爆炸还在继续。

人们冲下来,把李双良往上拉。

人们把李双良拉上来。

人们仆倒在地上,等着爆炸结束。

23. 日外　爆破现场

爆破终于结束了。

硝烟散尽,坑里的大钢坨不见了,炸得粉碎的废钢铁散落在坑底。

李双良的棉衣被飞溅的碎铁划开了很大的口子。

大家都还没有从刚才的惊吓中恢复过来。

所有人都在看刚才和李双良一起点火的老马。

老马的神态越来越紧张。

李双良也显得有些困惑,他不明白为什么会发生这样的事情。

24. 日内   办公室

穿公安制服的民警在向李双良了解情况。

李:我相信他的解释,就是记错顺序了,先点了短的那根,炸点多了,有可能记错。

民警:可大伙说他自己撤得比平时快,怀疑他是有意的。

李:你要让我说,我就说不是有意的,他炸我干啥?我又不是蒋介石。

25. 日内   演播室

主持人:当时有人反对您的治渣方案吗?大家议论纷纷?您介意吗?

李:人和人哪能想得都一样呢?再沾上点名啊利啊,大钱小钱都是钱,都有人惦记,鸡一嘴鸭一嘴呗。我不当事,我老伴当事,女人心眼小,老跟我叨叨,早晚你费力不讨好,早晚人家说你财迷心窍,我心说,别人说啥我都不在乎,在乎你讽刺挖苦?

主持人笑。

主持人:万事起头难。

李:好多事都不记得了。开始就是愁废渣子往哪倒,不是一车两车、十车八车啊,是一座山。我就骑着车子满世界转,后来在东山乡大槐沟找了条山沟,我跟村干部算,沟底面积16亩,我用废渣把这沟填平,他们往上铺两米厚的黄土,就变成了116亩地,人家还是不愿意,说担心污染,我说那就一个月给3000块钱倒渣费,八几年,一个月3000块,在农村顶大事了,那时候太原市里鸡蛋才6毛钱一斤。

主持人:我83年买一套《鲁迅全集》,55块钱。村里同意了?

李:同意了。

主持人:你们能挣到那么多钱吗?还要付工人的工资、运输费。

李:其实这账很好算,一吨渣子里差不多有56公斤废钢,一公斤卖两毛,那就是11块2,只要我的所有成本都控制在每吨11块2之内,就可以干。当时就是光想着搬山,没想着发财,搁现在,填山沟里的那些渣子都能换钱,可惜了。

　　主持人:那怎么把废钢铁和废炉渣分开呢?

　　李:刚开始就是最原始的办法,眼睛挑,吸铁石试,人工装车卸车,你说能有多高效率?

　　主持人:照当时的速度,您预计多长时间能把这渣山搬走?

　　李:我跟厂里说的是7年。

　　主持人:一个本科加一个硕士。

26. 日外　渣山

　　渣山仿佛在一夜之间赋予了生命,沸腾起来。

　　80年代的流行曲响彻工地。

　　标语。

　　汽车、拖拉机、手推车形形色色的运输工具被笼罩在巨大的烟尘之下。

　　在渣山的脚下,绵延着许多作业面。

　　从附近农村招来的民工穿着杂乱,工具各异,但是劳动热情都很高。

　　有的在挖渣,有的在拣铁,有的在装车。

　　乱中有序,烟尘弥漫。

　　李双良拎着一只大瓶子,里面装着茶水,戴着安全帽,站在工地的高处。他知道这就是开始,一项十分艰难、十分漫长的工程的开始,而这正是他所期待的。

　　老倔头胳膊上依旧戴着红箍,从下面爬了上来。

　　老倔头:双良,我的饭碗就这么被你给砸了。

　　李:不耽误你巡山,戴着你的红箍,有利于咱工地的安定团结。

　　老倔头:我还真就想不通,你看这劲头,比车间里工人干得欢啊,你李双良有啥绝招,让这伙人这么给你卖命?

　　李:想知道啊?

　　老倔头:你看你看,撒尿都一路小跑。

　　李:告诉你,就俩字。

　　老倔头:俩字?

　　李:计件。

　　老倔头:计件?

李:对了,我还得谢谢你呢。

老倔头:谢我啥?

李:你跟我说上班的人不干这个,我才想到招农民工,这活是苦呵。

老倔头:再苦也比在家挣不着钱强多了,双良,你积大德了。

李:可不敢胡说,"在党的正确方针指引下,厂领导一声令下,各兄弟单位大力协助……"

27. 日外　厂区

80 年代太钢的厂区,大工业的规模,很粗的管道、铁轨、厂房、烟囱,符号性的展示。

李双良骑着自行车下班回家。

有线广播里女广播员正在热情洋溢地播着广播稿,跟李双良在山上说得差不多。

[画外音]

女广播员:在党的正确方针指引下,在厂领导的热情支持和鼓励下,在各兄弟单位的大力协助下,太钢加工厂渣厂工段已经正式开工了!老劳模李双良同志,发扬愚公移山的精神,带领广大干部群众,向渣山进军,向渣山要宝,向渣山正式宣战啦!

28. 日内　家里

[画外音还在继续]

女广播员:李双良师傅主动向公司领导提出了"不要国家一分钱投资,自力更生,从人工挖砂入手,走以渣养渣的道路……"

李双良进屋关上有线广播,女播音员的声音一下子变得遥远了。

孙子:爷别关呵,老师还让写作文呢。

孙子伏在饭桌上写作业。

李:写别的。

李双良拿了布条掸子转身出去。

29. 日外　院子里

李双良站在院子里,老伴拿布条掸子抽打着他身上的尘土。

他身上全是土。

他配合着老伴的动作,转来转去,把身上的尘土都抽干净了。

30. 夜内　家里

一家人围在一起吃饭,工人家庭简朴而温馨的晚饭场面。

大儿子大平也在座,母亲坐在他的身边,替他盛饭添菜,大平依旧寡言。

二儿媳给孙子添饭。

孙子:(对二儿媳)妈,"愚公移山"咋回事?

二儿媳:老三篇。

孙子:老三篇咋回事?

二儿媳:毛主席写的,我像你这么大从头背到尾,一个字都不带落的。

李:现在的孩子怎么连老三篇咋回事都不知道,问你们老师去。

孙子:阿童木咋回事,爷你知道吗?

大女儿从外面风风火火进来。

摘下头巾下意识抖了一下。

老伴:往哪抖呢?

大女儿转身出去。

31. 夜外　院子里

老伴跟出去,用大女儿手里的头巾抽打着她身上的土。

大女儿:都是我爸闹腾的,这土越来越大。

老伴:不让他闹也得成啊。

32. 夜内　家里

饭桌上,大女儿也坐在了一起。

大家吃得都很香。

李双良看着家里大大小小吃饭,看着孙子狼吞虎咽的样子,脸上露出微笑。

他放下筷子,点上一根烟。

老伴:(看着他)累够呛吧。

李:还行,挺舒坦。

大林:(边嚼边说)运输公司连卡车带拖拉机100多辆,要是头一月卖废钢的钱不够结账,连车带人全得撂了,看到时候咋办?

李:你把饭咽下去再说。

老伴:别说了,乌鸦嘴。

大女儿:爸我今天回来有事,有人带话,想上渣厂跟着你干。

李:谁来我都欢迎,又不是什么好差事。

大女儿:我们车间马莲她爸。

大家都不说话了,看着李双良。

老伴:他休想,还想再害你爸一回呵?

大女儿:马莲她妈得了乳腺癌,前前后后借了不少钱。她爸看仓库没奖金,想上渣山多挣点。那她让我带话我也不能不管啊。

李:让他来吧,我答应了。

老伴啪地把筷子放下,但也没再说什么。

33. 日外　渣山

劳动的场面依旧热闹。

但在一个局部,似乎热闹得有些过分,事实上,是在争吵。

穿着工作服的正式工人老孙坐在一张破旧的办公桌的后面,桌子上堆着一堆记数的小铁牌子。

他还戴着那个有些滑稽的墨镜。

手边还有表格,担心表格刮走,用茶缸子压着。

满桌子都是土。

木杆的圆珠笔夹在老孙的耳朵上,另一个耳朵上是别人给递的烟。这样的烟桌上还有几根。

几个农民工围在桌前,正在和老孙理论。

大个:我一直瞟着他干,他一车我一车,眼珠都没错,怎么到表上他就比我多出三车?

你这么记账还行? 我明明是6车,到你这成5车了。

民工乙:他跟我们干得一样多,你凭啥给他多记?

老孙:少废话,听你们的还是听我的? 告诉你,我认牌不认人,拿牌记数。

大个:你要真认牌不认人就好了,说一套做一套。

老孙:愿意干就干,不愿意干滚蛋。

大个:我们给厂子干的,不是给你干的,我们干多少拿多少,你把我们干的算在别人头上就不行。

　　老孙用笔在表格上添了一道。

　　老孙:给你加了一车,7毛5,行啦? 那么大个子,为这么7毛5分钱,不嫌丢人,都干活去吧,不想干的明天别来了。

　　老孙端起茶缸子,一只手按着表格,喝起水来。

　　大个还想说什么,身边的人把他拉了回去,于是他只好转身,推起自己破烂的平车,加入到干活的行列中去,只是他没有注意到,在边上一直有一个人在注意着他,是李双良。

34. 日外　工地

　　在一个背风的地方,面对面站着两个人。

　　李双良和马莲的父亲,就是在前面的事故里被李双良保下来的老马。

　　老马:(低眉顺眼)马莲说您让我找您一趟,我就来了。

　　李:想干点啥?

　　老马:(不抬头)啥都行,推车也行。

　　李:你以为那车好推呵? 咱们两个干不过民工一个。

　　老马:那我就听您的。

　　李:还干你老本行吧,看哪挖不动,崩一炮。

　　老马:(紧张地)不行不行,干不了了,可不敢再干了。

　　李:你一个人干,都收工之后你再来,你自己打点,自己装药,自己点,干得了干不了?

　　老马:干得了倒是干得了,怕您不相信我,怕大伙有意见。

　　李:知道我为什么让你来吗?

　　老马:您可怜我。

　　李:我想让你抬起头来做人,闺女都那么大了,你就打算装一辈子孙子啦?

　　李双良说完转身就走了。

　　老马一人在风沙中久久伫立。

35. 日内　小饭馆

　　80年代的简陋饭馆,李双良和老孙对面而坐。

　　老孙:(显出油滑)今天说什么也得我请您,哪有当官的请老百姓的道理。

老板娘,把你最好的酒给我们段长打开。

李双良不说话,阴沉着脸。

录音机里放着邓丽君的歌。

李:小点声成不成?

老孙:关了关了。

歌声戛然而止。

36. 日内　小饭馆

两人喝酒。

老孙看着李的脸色。

老孙:是不是有人上你那告我状了?

李:你跟他们呛呛时候我就在边上。

老孙:这帮农民不好对付,也偷奸耍滑,有往车底上架板子的,还有锯车围子的,(用手比画着)回家偷偷锯掉那么一块。

李:你来太钢是哪一年?

老孙:64 年。

李:我都忘了你老家是哪的?

老孙:长治的。

李:我 47 年从忻县出来,还没解放呢,你知道我刚到这里干啥?

老孙:干啥?

李:往里背煤,往外背渣,那时候全靠人背。干一天挣一天,都吃了都吃不饱。

老孙:您是受过苦的,我知道。

李:你知道? 你知道我那时候最怕啥?

孙:怕啥?

李:(一字一顿地)最怕管事的记花账。

孙端了一半的酒杯停在半路,他看着李双良的脸。

李面色严峻,直视老孙。

老孙放下酒杯,坐直了身体。

老孙:我知道我错了,您说谁还没有个三亲六故,有时候也抹不开面子,我今后一定注意,知错就改。

李:你们在厂里拿工资拿奖金拿野外作业补助,瞧不上这7毛5,可我指望这7毛5办大事呢。要是谁都瞧不上,没人来挣这个小钱,咱这山就搬不走。本来这工地就乱人就杂,乱我不怕,乱出大天来,你们手里的笔给我镇着呢,只要干了活能拿到钱,只要你公平公正,不徇私舞弊,就不怕没人好好干。可你是咋干的? 你觉得这么大个工地,一车两车谁都看不出来,送送人情,落点好处。你想错了,你这一乱,就从根上乱了,从人心上乱了,早晚就得坏了大事。

李双良把酒杯往桌子上一顿。

老孙一下子站起来。

老孙:老段长,我错了,我惹您生气了,我自罚三杯。

老孙喝酒,手都是抖的,洒得手上都是。

李:这么贵的酒,顶多少车渣? 你这么喝算奖还是算罚? 咱俩关系不浅,所以我特意跟你吃这顿饭,你那岗位得换人了。

李掏出一张10块钱放在桌子上,站起身。

李:不够你自己添。

老孙:您连个改正错误的机会都不给?

李:(看着他,斩钉截铁地)不给。

37. 日外　路上

李骑车回渣山。

远远又看见一群人聚在那里,比比画画地说着什么,他以为又出事了,赶紧朝那边骑。

38. 日外　渣山前

是一群老头,有几十个,都是退了休的,有的穿着工作服,有的穿着中山装,还有的戴着眼镜,他们在那也不知聊什么,反正挺热闹的。看见李双良来了,就不说话了,都挺认真地看着他。

李:老厂长,刘书记,徐工,大老黄……你们这是。

老偏头:我张罗的,好几百小伙子,三天两头干架,我怕早晚要出事。

老厂长:大伙说好了,闲着也是闲着,来帮你一把。我们啥都不要,中午饭自己带,你给发个红箍就行。

李:我说了你们可能都不信,我想了一路,这伙人得有人管啊,正准备挨家挨户去求你们呢。

老倔头:要不说人在一块堆儿呆年头太长了不成呢,脑瓜子都通着电。

大伙笑。

李:我饭还没吃呢,饿了,咱得找个地方喝二两,我请客!

大伙笑。

39. 日内　演播室

主持人:第一个月就挣到钱了?

李:比我预期的还好一些。一个月运走 8 万吨渣,回收废钢铁近 4000 吨,总收入 47 万元,盈利 11 万。

主持人:太厉害了。

李:运输公司当时是冲我的面子答应先干活后结账,要是不能兑现,要是有更好的活,人家撤咱也没话说。所以我第一件事就是给所有的人结账,职工奖金平均 40 块,民工计件工资最高的拿到 200 块,特舒坦。

主持人:是不是大家也觉得很意外? 这几十年无人问津的渣山,原来埋藏着这么大的财富,而且被你轻而易举地就开发出来了。

李:我没满处瞎吵吵邀功摆好,我跟会计说咱悄悄地,埋头苦干,这季旱下季涝谁说得准? 但是心里比较有底了,只要挣钱,我就能添车添设备,就能技术改造,活肯定越干越好,越干越快,钱也就越挣越多。

主持人:我真松了一口气,真希望您不要再遇到什么困难,可是我还得问,当时最大的困难是什么?

李:管理。内政外交,跟人打交道比跟渣山打交道难。针大的窟窿斗大的风,跟在厂里还是不一样,操心得不行,我烦了就想着弄辆车下作业面干活,这段长谁爱当谁当。好在大伙都觉得是件好事,都帮忙,班子也不错,几个人真拧在一起干,叫肝胆相照。告诉你,你啥时候凑齐一伙人,相信你,跟你一个心眼,你就能成大事。

主持人:这话我信。

40. 日外　工地

大雨。

雨让一切的变得狼狈而艰难。

作业面上已经停产了,工具杂乱无章地扔在地上。

更可怕的是,几十辆装满车的大卡车挤在一起,把道路完全堵死,进退两难。

其他拖拉机、平车也无序地穿插其间,乱作一团。

司机在驾驶室里一副与己无关的表情,有的司机甚至已经睡着了,有的在按喇叭,喇叭声起哄似的此起彼伏。

农民工无处避雨,又不能离开自己的运输工具太远,一群一群在雨里淋着,但对面前的混乱局面也无能为力,嘴里骂骂咧咧。

遍地泥泞。

41. 日内　工段办公室

渣山边简陋的工段办公室。

穿着雨衣的人出来进去。

刚进来的人:(全身都湿透了)谁都动不了,谁都不让谁,我没招了,我头疼,都别跟我说话,让我喘口气。

说完就瘫在长椅上。

有人在大声地打着电话。

外面嘈杂的喇叭声让屋里的人心烦意乱。

李双良站在窗前,看着外面,垂着的手里有一支点着但是似乎忘记抽的烟。

有人在打电话:(大声地喊着)喂,喂,我是渣厂工段,我问一下,路什么时候能修好?坏了几处?几处?

打电话的人:(放下电话,对李双良)段长,路坏了三处,谁修还在扯皮呢,照这样,雨停了渣也运不出去。

李:卸车,让运输公司的车先回去,咱们这的条件招待不了他们,路啥时修好啥时叫他们来。农民工也都先回家吧,老这么淋着也不是事。

另一个人:我去通知他们队长,得过去盯着点,再不动弹快打起来了。

打电话的人:段长,这么着成不成?我们有的是人,我带上人,咱自己去修路,路一通就能开工,汽车拖拉机下点雨也不怕。

李:修路倒是个办法,可你去不成,你跑肚拉稀十多天了。

打电话的人:就得我去,我舅是公社副书记。我没事,死不了,您就说修不修?

李:修,跟公社商量好,修路按天算钱,人工我们出,情他们得领。路修好了再动车,山路不是闹着玩的,咱不能要钱不要命。(他的视线忽然被什么引开了)那些人是干啥的?

42. 日外　工地

雨还在下,下得很大。

从李双良的视线看出去,从远处走来一小队人,他们一路纵队,踏着泥泞,抱着些东西,顶着大雨朝工棚走来。那些人在露天淋雨的工人身边停了下来,他们向工人分发水泥袋子,把水泥袋子底上的一个角窝进去,就成了一个简易的雨衣。工人们把简易的雨衣顶在头上,尖尖的袋子一会就一大片,成为一个有趣的景观。

透过雨幕,李双良看着眼前的景象。

李:(心态复杂地)他们怎么来了。

43. 日内　工段办公室

刚才在雨里发简易雨具的人们已经走进了工棚,都是公司的领导,他们脱掉雨衣,浑身都淋湿了。

办公室里的人们手忙脚乱找凳子椅子,倒水,大家都非常紧张,有点手足无措。

躺在长椅上的人翻身起来。

李:(给大家介绍)这是咱太钢王书记,这是商经理,这是孟经理。

大家鼓掌。

大家就笑着,也不知道该说啥好。

李双良没有笑,他的神情有些落寞。

李:你们咋专赶雨大时候来?我这条件有限,连个坐的地方都没有。

孟:就你这工段打露天,不上这来上哪?

王书记:你得盖点棚子啊,不能一下雨就这么淋着。

李:想着呢,没顾上。

孟:我们刚听说,路冲了。

李:乱套了,脸上不好看。

王:我看这雨一时半会停不了,得卸车了。

李:正打算卸呢,大车小车搅成团了。

王：走,都走,咱们一块招呼,安全第一,越是这时候越得当心。

44. 日外　工地

一行人穿过雨幕向车队走去。

工人们顶着水泥袋,注视着这些平日里难得一见的人。

45. 日外　工地

王书记登上一辆卡车的车顶。

手里有一个无线电喇叭。

王：大家注意,我是太钢公司的党委书记,所有的车辆现在听我的指挥。由于道路塌方,所有运输车辆就地卸车,现在听我的指挥,先撤人力平车,所有人力平车立即撤离现场,到指定地点卸车。

其他领导也都在各自的岗位上指挥疏散。

工人们受到了某种震撼,一下子安静下来。

在王书记的指挥下,大家井然有序地开始疏散和卸车。

其他的民工站在渣山的高处,像在观看一场重要的表演。

扭结在一起的车队开始松动,人们费力地互相错开,这里面包含着很多细微的东西。

雨还在下着,但是一切仿佛轻松了许多也温暖了许多。

可能是已经筋疲力尽,可能是终于松了一口气,李双良觉得自己有点站不住了,他坐在一辆拖拉机的踏板上,长出了一口气。

工地在他的眼前有点模糊。

46. 日内　医院

急诊室观察室,李双良躺在一张病床上打点滴。他被那场雨淋病了。

身边有两个女儿、一个女婿和老伴陪着。

二女儿在查看点滴的速度。

大女婿在削苹果。

另一张床上的病人在听半导体。

李：(对大女儿)赶紧把你妈送回去,这走马灯似的,知道的是着凉了,不知道的以为我得什么大病了。(对老伴)行了,打完就回家,你先头里走。

老伴：(不愿走)我也没别的事,在哪都是呆着。

李:在哪待着也别在医院待着啊。

这时,又来了两个人,二儿子大林和二媳妇。

大林:咋样啊? 退烧了没?

老伴:我看精神头还行,撵我走呢。

这时,进来一个护士。

护士:就你们家人多,这么点病来多少人了? 我们还怎么工作啊? 别的病人还怎么休息啊?

另床病人:别,别拿我说事,我喜欢热闹,顺便也认认名人的后代。

李家人全不敢说话了,都退到一边。

护士给李双良量血压。

护士:还有多少人啊?

李双良冲她伸出一只手掌。

李:(自豪地)三儿两女,一共 19 口。

护士:真有您的。

护士走了。

李:(看着点滴又叹气)渣场那边不定乱成啥样了,该来的不来,(对大女儿)去把小王段长给我叫来。

大女儿:不管,没您地球还不转了?

李:东山路太窄吧,又烂,这么下去,地球说不转就不转。

屋里的人都看着他。

李:(对老伴)不成,还得想辙。

47. 日外　郊区

垃圾车出了城。

三个人骑着自行车跟在后面,在空旷的原野上,前面是卡车,后面的尘土里跟着三辆自行车。

李双良毕竟年纪大了,越来越跟不上了,其中一个年轻气盛的始终追着卡车。

48. 日内　汾河围堰工地指挥部

李双良和工地的领导正在谈判。

领导:要钱吗?

李:不要。

领导:运输费呢?

李:我们自己的车往你这送。

领导:那我们能有什么意见? 我们现在就研究,明天上午给您回话,您也赶紧回去开会,赶紧定。

李:我们不用开会,班子三个人都在这了。

三个浑身是土、年龄不一的人。

领导:我得跟您握下手,听说过您,这叫百闻不如一见。

李:(对小王段长和张书记)你俩也握下,我们都感谢你,帮大忙了,路近,又好走。

49. 日内　演播室

主持人:我发现您是个很不安于现状的人,不容易满足。

李:好多事其实是逼上梁山。就说倒渣,路远,不好走,雨天雪天耽误事,每吨运费 3 块零 8 分,你算算一个月 8000 吨光运费多少钱。

主持人:两万四千多。我知道您追垃圾车的事。

李:叫我说,清洁工真不容易,整天守着垃圾车,我跟了几回,熏得我回家真吃不下饭,人家咋干的?

主持人:没他们城市就完了。

李:那回给汾河围堰运过去 70 多万吨,一年下来运费省了 60 多万。

主持人:八几年我刚工作才挣 100 多块钱,您张口闭口几十万,我怎么听着有点不那么真实啊。

李:厂子大呵,国有大型企业,工人 10 万! 每天给国家出多少活,挣多少钱,都是有数的,一天不能少。在这样的大厂子里,个人显不出来,只有你干出来的活。到年底一总结,出钢多少万吨,产值多少亿,利润多少亿,每个人的贡献都在这堆数字里头。我们一个渣厂工段,算不了啥。

主持人:工段效益越来越好,大伙的收入也提高了吧?

李:还可以,普通工人每月挣几百不当事。

主持人:您呢?

李:我退休了,退休工资 180 块,在渣厂领 150 元补助。

50. 日外　渣山

和初创时期相比,渣厂有了一些显著的变化,清空的地面扩大了,盖起了一片简易的工棚。

机械比以前多了,从开始的几辆铲车,发展到有机械的装车设备、磁选设备。

大型汽车的数量也大大增加了,工地的气象宏伟了许多。

汽车装车和卸车的过程井然有序。

民工的工作条件也得到了改善,手里的工具也带有了一定的科技色彩。

工地上的广播:李段长,请速回段长办公室,有人找。请速回段长办公室,有人找。

51. 日内　工段办公室

办公室里坐着几个外来的人,穿着不太讲究的西装,提着黑色的皮包。

老马也在,他似乎是这几个人的介绍人,张罗着,他的状态比前面好了很多。

李双良从外面进来,摘下安全帽,满头都是汗。

老马:段长,(对客人)这就是我们段长。(对李双良)他们是专程从五台赶来见您的。

客人起身来和李双良握手。

李:路不近啊,坐吧。

客人:我们专程来请您老出山。

李:请我?

客人:是啊,我们开了个煤矿,找不到爆破方面的高人,听说您退休了,想请您到我们那当个技术顾问。

边上的另一个客人,拉开黑色皮包,手伸进去,犹豫了一下,又拿出来。

李:走不开,手边上有事。

客人:啥时有空啥时过去,我们车接车送。

边上的客人手又伸进皮包。

李:一心不可二用,再说我对煤矿上的事也不在行。

客人:我们这次请不到您回去也交不了差,条件全听您的。

李:(对边上手在包里的人)把你拉锁拉起吧,我不会和你们谈条件,我在太钢干无条件,还有别的事,我就不陪你们了。

李双良起身出门。

52. 日外　办公室外面

老马跟了出来,也不敢说什么,但就跟在李双良的身后。

李双良走了几步,停下来,转身看老马。

李:这就跟他们走?

老马:我,我还是想换个环境。

李:去吧,我同意了。

老马:谢谢您,那我也就把退休手续办了。本来是想给您找个挣钱多的事,报答您对我的关照,我也没想别的。

李:这钱挣多少算多?

马:您问我? 他们说一个月给您两千五百块,给我一千块。

李:办手续去吧。

李双良再一次离开了这个人,独自走了。

老马转身匆匆返回。

53. 日外　街上

李双良骑着自行车走在他非常熟悉的街上,人们和他打着招呼。

54. 日内　家里

中午吃饭时间。

李双良家里也坐着两个客人,装束和打扮跟刚才在工地上见的两个人差不多,也拿着黑色的公文包,不仔细看以为是那两个人又追到家里来了。

老伴给他们倒了茶水,也没啥话说,三个人就坐等。

院子里自行车响。

老伴如释重负。

老伴:回来了,今天还行。

李走进来,看见这两人,愣了一下,他也怀疑是不是上午见的两个人。

李:找我有事? 咋不上工地啊?

老伴:等老半天了,怕上工地影响你工作。

客人:李师傅,我俩是从衡水来的,想跟您商量点事。

李:要是请我当顾问就不用商量了。

客人:我们想买渣。

另一客人又拉开拉锁,手伸进去。

李:买渣?

客人:是,我们买你们选过的废渣,我们自己派车来拉。

李:还有这好事? 你们买渣干啥用?

说话的客人刚要说,拿包的客人抢在了前面。

客人:我们就是自己用。(手又伸进包里)

李:自己用? 当包子馅啊? 跟我保密?

客人:您答应了?

李:这事我一个人说了不算,得开会研究。

客人:明天能研究出来吗?

李:差不多,你们要多少?

客人:我们按吨付钱,拉多少算多少。定金我们都带来了。

另一个客人又拉开了拉锁。

李:把你包拉上,明天再说,明天上午你们到段上找我吧。住下了?

客人:住下了。

李:噢,那行,在这一起吃饭? 有啥吃啥?

客人:不了,那边预备好了。

李:那就不留你们了,明天一准给信儿。

55. 日外　院子里

客人告辞出去了,老伴过去送。

李双良站在院子里,若有所思。

老伴:吃饭,凉了都。

李:这俩人买渣干啥用呢?

老伴:烧砖。

李:烧砖? 你咋知道。

老伴:我问他们从哪来,说是砖厂的。

李双良恍然大悟。

李:我明白了。

56. 日内　家里

李双良端起碗吃饭。

李：今天左眼老是跳，工地上不会有啥事吧？

老伴揪了一小块白纸给他贴眼皮上。

57. 日内　医院

急诊室。

医院的走廊上，一辆平车上躺着一个年轻的民工，身上穿着干活的衣服，就是在渣厂刚开工的时候和记账的老孙吵架的那个大个子。

他的身边跟着几个衣衫脏破的民工。

大个子一动不动，闭着眼躺在担架车上。

李双良匆匆赶来，眼皮上的白纸还没掉呢，身后跟着几个工人。

李：砸哪了？

边上的人：腰上。

李：（发作）咋搞的嘛？说多少遍才记得住？干活越干越笨，越干越傻啊？

边上的民工哭了：段长，您别熊他了，要不是他把平车架上去，我们三个都在那大渣下面，就都没命了，谁知道又下来一块，就砸到他了。

李愣住了。

大个没有睁眼，他不知道此时李双良正定定地看着他满是尘土的脸。

李：大夫呢？

边上的民工：刚照了相，大夫和工长取片子去了，看咱这治得了治不了。

李：（像对别人，又像对自己）这里治不了送太原最大的医院，太原治不了上北京。

工长和大夫匆匆朝这边走来。

李看着他们，不说话。

大夫：段长，看来真得上北京了。

李：一会也别耽误，（对工长）老韩，你亲自去，到会计那拿现金。（对另一干部）你去叫车，就说我说的，让车马上过来，送火车站。（对边上的民工）你们谁和他一个村的？跟着去两个人。给家里送信了吗？

边上民工：送了，家里人还没来。

李：不等了，家里人来了坐下趟火车。

韩工长(拉过李双良):段长,这事交给我没问题,您放心,可是,他是农民工,这医疗费该咋算?

李:(火了)他救了三条人命,救了咱们工段,你还提医疗费? 这家我当不了? 你只管给咱救人,报不了都算我的。

韩:您别上火,别上火,我有数了。

李:(放低声音)我上公司汇报情况,就不跟你们上车站了,到了打长途电话回来。

自始至终,担架车上的大个子没有睁眼,没有动。

一群人簇拥着担架车朝门口走去。

李双良没有动,他承受了太多压力,突然在这件事情上被击垮了。他愣愣地看着人们从他的视线之内消失,孤独地蹲在急诊室的走廊上,他痛苦地抱住自己的头。

58. 日内　演播室

主持人:从资料上看,到 1986 年,您的治渣工程进展十分顺利,机械化程度大大提高,经济效益也越来越好,但是您突然决定废渣不再外运,提出了修围墙的建议,当时您是怎么想的?

李:废渣有用啊,总有人拿着钱找我们来买废渣造水泥砖,高炉渣还能造矿棉。转炉渣和平炉渣,都能制水泥,我们有资金做保证,可以自己办厂子,搞废渣的深加工,再舍不得倒了。再者,旧渣清走了,新渣又来了,环境污染问题没有得到根本的解决,太原市的空气质量差追到根上还是我们这座渣山,就又想了这么个招,大家一合计觉得也还可行。

主持人:我看到的围墙,就是当年您一手建起来的。

李:大伙一起干的。

主持人:13 米高,20 米宽,2500 米长。

李:你记性还怪好,我整天叨叨我记得,没想你也能说上来。

主持人:管事?

李:管事。灰渣自重大,跟着风走,遇到阻挡就往下落,墙修得越高,挡住的灰就越多。我们还搞了个喷水系统,火车倒渣时就喷,好多了。大伙说,这回太原人再咳嗽怪不着咱渣厂了。

主持人:造墙的砖都是你们自己拿废渣烧的?

李:炼钢工人出身,烧几块砖算个啥? 还有那些个附属的加工厂,我们搞重工业的,办点小打小闹的加工厂太算不上个啥了,就跟你给你孩子写作文,提笔就来。

主持人:这就算大功告成了?

李:我的事情干得差不多了,一个人不能包打天下,关键的时候起了作用,接下来你不能怕别人沾你的光,借你的势,不能太独。

字幕:1988 年

59. 日外　渣厂

仿佛一夜之间发生了奇迹,原来的荒山野岭不见了,一座高高的围墙,把整个渣山包裹了起来,我们甚至都无法找回原来的工地的影子了。

60. 日外　渣厂

围墙里面,铁轨纵横,倒渣的火车顺着铁轨开往指定的地点,由大型的机械将炉渣卸下。

工人们基本上从手工劳动中解放了出来。

大量的机器代替了当年的人海战术,渣山已经完全被驯服了。

汽车出来进去。

几个老工人在种树,李双良也在其中。

老倔头:你说我咋就转不过这个弯来? 做梦老是梦见那大渣山,我咋就不会梦这新渣厂呢?

李:不新鲜,我还经常梦见解放前背煤呢。人老了,远的清楚近的模糊了。

另一老头:双良啊,你今天北京明天上海的,哪天也把我们带出去逛逛,我活了一辈子,就去过一次承德。

老倔头:你还用去北京上海,没见北京上海的人成天上咱这里来?

另一老头:我也奇怪,咱这渣厂有啥看头? 不就是倒的废渣吗? 这些人真是闲得没事情干了。

李:是啊,咱这里比北京上海还是差远了。

61. 日外　路上

二儿子大林开着汽车,他已经有四十多岁,显得成熟干练。

62. 日外　福利院

汽车开进福利院的大门。

看传达室的老头:李师傅来了?

李:来看看大个子。

63. 日内　福利工厂的车间空地上

大个子,就是在工地上被砸伤的农民工,坐在李双良给他送来的新式轮椅上,他试着操作,脸上还是没有笑容。

李和大林站在一边看着他。

大个子:我那个旧的还能用,花这钱干啥。

李:你没看电视上,奥运会、残奥会,轮椅上打篮球,你要是练出来,参加咱国家队,周游世界,为国争光。我这回到上海就办这一件事。

大个子:(情绪不高)我在福利厂挺好的,我这辈子就这样了。

李:不是说你现在不好,也不是说你这辈子就这样了不行,可是你要是心里有个更大的目标,你就有奔头,如果你的目标能实现,那可就真不一样了,人生就改变了。

大个子:(略嘲讽)您现在成天作报告,说话一套一套的。

李:(忽然有些不好意思)我作报告咋了? 我说话谁都听,就你不听。

大个子:让您费心了。

李:我乐意,(对大林)咱走了。

两个人朝车间外走去。

大个子在他们的身后,一直看着。

大个子挥了挥手,对着他内心非常崇敬的背影。

64. 日外　汽车里

大林:您今天非让我跟着来,有啥事吧?

李:有事。

大林:我就知道,又拿他教育我。

李:水泥厂批下来了,得有个人拿这摊子。

大林:(一下就不高兴了)您最好别打我的主意,我在总厂车队当工长挺好的。

李:(比画着)我找了四个,都是我一手培养起来的干部,谈了好几回,全都不去,你让我咋办?

大林:人家不去,就得我去? 你想着让他周游世界,让我去钻山沟? 那什么鬼地方啊?

李:现在讲环保,水泥厂盖近了不行,我也没办法。

大林:谁爱去谁去,我不去。

李:水泥厂设计能力年产 10 万吨。眼看着建筑行业上得快,盖楼修路,生意还得好,这是厂里的一件大事,干好了你就是大功臣。

大林:我没您那份功名心,我就想守着老婆孩子守着我妈。

李:(不高兴了)这话你也就是在我面前说,不嫌丢人? 你不去就让你弟去,反正你们两个得去一个,当一把手。

大林:他上着夜大呢,您讲理不讲理啊?

李:我养你们这么大,这点面子都不给?

大林无奈地摇着头。

65. 日外　街上

李双良和老倔头骑着自行车慢悠悠地朝渣厂走着。

一个车队从他的身后经过,都是崭新的重型汽车,有十几辆,高大气派。

两人眯起眼睛,羡慕地看着。

李:什么时候咱渣厂要是有了这样的大车,那才美气。

老倔头:咱能买得起? 咱就是买得起,你也舍不得。

李:不知道这车一辆得多少钱?

两人正议论着,眼瞅着大车一辆接一辆拐进了渣厂的大门。

两个人大眼瞪小眼,傻在那儿了。

66. 日内　渣厂办公室

透过办公室的窗户,可以看见外面停得整整齐齐的崭新卡车:还是奔驰牌的。

李:(嘟囔)他主意大啊,连个招呼都不跟我打,他以为这是苍蝇拍儿耗子药啊? 想买就买了,这么多车,这么老大个子,得花多少钱? 败家子!

办公室里的别人互相使眼色,但是都不搭腔。

李:咱是有钱了,有钱也不能这么挥霍啊,就是要买……

正低头算账的会计接下茬:咱也得一辆一辆地买啊。

别人偷笑。

会计:段长,小王段长说了,买 1 辆挨您熊,买 10 辆也是挨您熊,买 100 辆,也一样。

李:这车他还想买 100 辆? 疯啦?

正说着,王段长(追垃圾车骑最快的那个)进来。

王:(不傻装傻地)段长,我正找您呢,新车咋样?

李:(没发作,也没太高兴)噢,还行。

欲言又止的样子,他是真心疼钱,但是又真喜欢这车。

王:走,走,我带您看看去,鸟枪这就换了炮了。

年轻人拉着老段长往外走,没忘了回头对屋里的人做了个鬼脸。

67. 日外　街上

要过年了。

街上显示出与以往不同的热闹和花哨。

人明显多了起来。

大家的表情不知怎么就和平时有些不同。

68. 日外　宿舍区

变化还是有了一些,但不是太大。

李双良坐在他的专车里穿过街巷。

两边是各家各户架起的旺火。

李:(对司机)我就在这下来,这路太窄了,看撞了人家的旺火。

69. 日外　宿舍区

李双良从街巷间走过,到过大城市的他,觉得厂子的宿舍区太拥挤太狭窄。

他的表情又有些沉重。

有人跟他打招呼,他才收回思路,嘴里应着。

70. 日内　家里

几年过去了,家里有了一些变化,添了家用电器,墙上多了一些与各级领导人的合影。

门上贴着新对联。

老伴和媳妇里里外外地忙活着。

蒸花馒头,炖肉,做炸糕。

生活显示出与众不同的魅力。

在这种温馨的包围之下,李双良躺在炕上睡着了。

71. 日外　街巷

各家的旺火都烧起来了,在各家的门口,燃烧着对生活的热望。

小巷被映得通红。

72. 日外　院子里

小儿子一家四口提着大包小包进了院子。

小儿子:妈,咱家旺火怎么没架?

老伴:(猛然)我说好像忘件啥事,可不是,赶紧的。

二媳妇:每年都是大林张罗,我们全没这根弦。

小儿子:我哥还真不回来过年啦?

二媳妇:那还假的啊? 忙,走不开,一看就没当过厂长。

老伴:别叨叨啦,赶紧的吧,赶紧操办。

小儿子:有木头绊子吗?

二媳妇:现成的肯定没有。

小儿子:那这时候您让我咋操办? 全都回家过年了。

老伴:怪我怪我,怎么就忘死死的了?

二媳妇:怪我爸,他要不把大林发配到水泥厂去,也出不了这乱子。

李双良出现在屋门口。

李:多大个事啊,今年咱就不点了,明年还能咋? 准不比今年差。

老伴:别扭,真别扭。

李:有啥别扭的? 出去看别人家的,别人家点了就行了,就替咱家点了,大伙好了,咱就好了,等太钢赶上北京上海,还能把咱一家落下? 吃饭吃饭,饿了还。

73. 日外　街巷

家家门口点着旺火,唯独李家没有。

74. 日内　家里

一大家子人围在一起吃团圆饭。

大儿子大平也在,母亲还是比较多地照顾他。

电视里播着春节晚会。

大家一起举杯敬两位老人。

老伴:就缺大林。

75. 日内　演播室

主持人:联合国给您发奖是哪一年?

李:你手里那纸上没写?

主持人:(笑)写了。

李:跟你开个玩笑。1988 年,叫"保护及改善环境卓越成果全球 500 佳"金质奖章。

主持人:我当时正在美国读书,可惜当时还跟您不认识。后来您还出了国?

李:其实睡着了在哪都一样,哪里也没有家里好。

主持人:您这一辈子尽领奖了,51 年到 61 年,10 年当了 8 年劳模,是不是都不兴奋了。

李:咋不兴奋? 90 年我得了五一劳动奖章,到大会堂去领奖,总书记给颁奖,可兴奋了。开完会照相,那些个人,怎么都找不着自己的位子。我看人家都找着了,急的,一头汗,后来服务的小姑娘问我叫啥名,我说了,她就笑了,说您跟我来吧。第一排,正中间,一边是江泽民,一边是杨尚昆,我更出汗了,这哪敢坐啊,我说给我挪挪,我上边上去。人家说,这是研究好的,写上文件的,谁也不能动,您就赶紧坐好,一会领导同志出来了,您就耽误事了。

主持人:换了我我也不敢坐。

李:我就只好坐了,90、91、92,连着三年,我到北京开劳模会照相都是坐正中间。

主持人：太光荣了。

李：我开始也想不明白，那么多能人，咋就非让我坐呢？我没有人家贡献大啊。后来我想明白了，我是产业工人的代表，这是党对工人阶级的重视。

字幕：1993 年

76. 日内　公司办公室

一个负责财务工作的人在和李双良谈话。

她递给李双良一份表格。

财务负责人：老段长，经理办公会上研究了，这份合同公司应该履行。

李：咋履行法？

财务负责人：按照国家三废的有关政策规定，按照 83 年签订的合同的条款，您不在退休工资之外再从渣厂领取酬劳，如果渣厂在您的领导下赢利，赢利的 10% 归您个人所有，结算日期和方式由双方共同协商。可您和咱公司这 10 年从来没有结算过，上个月我们花了三个礼拜的时间，和专业人员一起把渣厂和附属企业彻底评估了一遍，您猜评出了多少？

李：多少？

财务负责人：两个亿。

李：两个亿？

财务负责人：这就是说，这里面有两千万是属于您个人的，你以什么方式拥有都可以，算股份也可以，卖掉也可以。

李：两千万？

财务负责人：这表格上都写着呢，您拿回家自己慢慢看，想好怎么分再跟孩子们说，从现在起您是咱太钢的第一富豪了。

李：富豪？

财务负责人：那咋了？咱工人阶级也不能光出劳模啊，也得出富豪！不明白随时给我打电话。

李：富豪？（自语般地）富豪能跟劳模比啊？

77. 日外　渣山

傍晚。

李双良独自来到渣山,工人们都走了,只有机械静静地整齐地站着。

望着眼前的一切,他思绪万千。

他蹲在渣山的边上,感受着熟悉的一切。

远远的,他看见老倔头朝他走来。

78. 日外　渣山

两个老头并排蹲着。

李:真暖和。

老倔头:天气多冷,只要靠上这渣山,就冻不着人。

李:转眼间咱两个退休都10年了。

老倔头:你说你干了多大一件事情。

李:是我干的?

老倔头:我有时候也问我自己,你说我整天看着渣山,守着渣山,我怎么从来就没有想过要治这渣山,等你一招呼,我心说,是啊,这不明摆着的事吗?我怎么就没动这念头呢? 咱俩就差这一点,你就成了愚公,我还是当我的倔头。

李:可别这么说,你对渣山贡献也大。

老倔头:贡献和贡献不一样,你和我也不一样。

李:胡说,咋不一样,都是在太钢干了一辈子的老工人。

79. 日内　家里

五个孩子都到齐了,为了一件重要的事情,李双良把他们叫了回来。

李:叫你们回来,就为这事,我的态度很清楚,这钱不能要。我也代表你妈,本来说都不想跟你们说,可你妈担心以后落埋怨,那就听听你们的想法。

孩子们都不知道该说什么,他们对两千万没有概念,对父亲的决定也没有思想准备,这真是一场突如其来的考验。

静默。

长时间的静默。

李:都不说话?

大林:您总得让我们想想。

李:也行,回家商量商量。

80. **日外　厂区**

李双良从太钢厂区走过,这是他40年没有离开的环境。

一切都那么熟悉而亲切。

他走过以他的名字命名的"双良路"。

李双良显得有些心事重重。

81. **日内　家里**

另一次家庭会议,这次除了儿女,女婿和儿媳也在。

有站有坐,屋里的人基本满了。

大林:爸,您先说说您是咋想的,为啥咱不能要这钱?

李:当初签这合同,我就是想要个权,添设备不用领导批,用人不用开会,是为了工作上的方便,不是为了自己发财。我是厂子里的人,你们这一群,全在太钢上班,太钢养着咱这一大家子,把太钢的钱变成咱自家的,别人咋想?活是大家一起干的,开始一车渣只有7毛5分钱,600多人在这受苦,我拿了钱该不该给他们分?还有大个子,他为了这渣山,那么高的个子得坐一辈子轮椅,我拿那些钱对不起他。还有这几年去世的老哥们。(停顿)人不能忘本,你们大哥,73年出的工伤,抢救了一个多月,公司总经理给他输了血,事后我就想着当面说声谢谢,好不容易找到机会了,总经理说:我都不知道那是你儿子啊?

大家都看大平,他就是受了伤的大儿子。

李双良有些激动。

老伴在抹眼睛了。

李:你们几个,都能自食其力,都没下岗,养家养孩子都没问题,我挺省心。真分了钱,你们还上不上班?干不干活?咱这一家人,还怎么跟太钢的哥们弟兄打交道?现在大家拿咱当个能人,觉得咱为太钢做了件好事,要是拿了这钱,大伙谁还尊重咱?惦记咱?就怕到时候除了小偷没人惦记咱们了。更多的道理我也讲不出来,我就是这么想的。

82. **日外　工地**

建筑工地,新建的宿舍楼已经开始施工了。

李双良在工地边上徘徊。

他对未来的生活抱有十分强烈的渴望。

83. 日内　家里

第三次家庭会议。

不仅儿女和女婿儿媳在,第三代也在。

屋里的人更多了。

孩子们对这样的会议感到非常新鲜,互相做着鬼脸。

但是都很安静。

大林:爸,我们都想通了,我们理解您对太钢的感情和您对荣誉的珍惜。我们可以靠自己的能力创造自己的生活,得到我们想要的一切,我们也知道您这样决定是为我们好。就按您的意思办吧。

大女儿:听人说,这几天好几家请您做报告您都推了。从明天起,您接着做您的报告,接着当您的劳模,富豪两个字咱不再提了。

李:我还是那句话,太钢好了,咱们跟着好,你一个人再有钱,能咋?该上班得上班,该上学得上学,你有钱上美国,你老师还不准假呢,咋也不能咋。(对老伴)你说是不是?

老伴:是不是我说了不算。我就想今年过年没点旺火,你说破了多大的财?!(对二儿媳)以后可得仔细想着。

屋里的孩子们都笑了。

84. 日外　厂区

依旧是厂区的路和熟人。

李双良的神情轻松了起来。

他的笑容告诉我们他放下了一个包袱。

他哼着山西的地方戏。

85. 日外　路边

小摊子。

正在炒栗子,热气熏天的。

栗子在热砂锅里翻腾。

小贩挥动大铲子,干得欢。

几个人在围着尝。

　　路过的李双良停下来,一条腿跨在自行车上。

　　李:给我来一斤,多少钱一斤?

　　小贩:四块钱一斤,给您三块。

　　李:为啥便宜我啊?

　　小贩:不为啥,因为您长得帅。

　　一句玩笑,小贩说得认真。

86. 日外　渣山

　　渣山传达室。

　　李和老倔头在下棋。

　　杀得非常认真和投入。

　　门口的光线被人挡住了。

　　李抬起头来,看见一个人站在门口,是老马。

87. 日外　渣山

　　绿树成荫的渣山,已经有了花园的样子。

　　一切都有了很大的改变。

　　老马和李双良这两个有着很大差异的人似乎总是有些解不开又拆不散的东西。

　　李:咋样? 这些年干得挺好?

　　老马:老了,干不动了,想回家养老了。

　　李:是呵,挣多少算多?

　　老马:到煤矿上干了才知道,啥叫钱多,跟老板挣的钱相比,我根本就算白干。

　　李:那也不是,给国家挖出了煤,哪都用得着。

　　老马:给国家? 我觉不出来,就是给老板打工,没意思。我没您站得高看得远。

　　李:又有啥事求我? 给我戴高帽子?

　　老马:我就是想问问,这次渣厂盖的宿舍楼,退休的有份没份? 我可是在咱渣厂退休的。

　　李:别说退休的,连这几年去世的,我都想给他们分上套房子。累是大伙一起受的,好日子又让咱赶上了。

老马：我脸上无光。

李：想回太钢来，说明你觉得太钢好。

老马：我这一辈子，最怕的是您，最服的也是您，走到哪，也逃不出您的手心。

李：这话可不敢给外人说，我成啥了？

这次，两个人一起朝渣厂外面走去。

88. 日内　演播室

主持人：从材料上看，大家对您的评价都非常地高，太钢把您的事迹概括为"双良精神"，成为促进企业繁荣发展的口号，中共山西省委也号召全省党员向您学习。这些年您也经常到厂矿学校作报告，讲传统，可我总觉得那是为了宣传群众，教育群众，鼓舞干劲。我特别想知道，您自己怎样看待您所做的一切和今天大家对您的评价？

李：前面跟你说了，我没把党和政府的鼓励看成给我一个人的，别说十年八年，靠我李双良一个人，一万年也挪不走那渣山，它有多沉重，钢铁的分量，不是土、石头，你想不出来，你多少斤体重？

主持人：（迟疑）百十斤吧。

李：像你这么大一块铁你知道得有多沉？得一吨多重。谁看着那么沉重的一座山心里都闷得慌，都发愁。好几百人整整干了好几年啊，就是受苦，干出来了，成了双良精神，意思就是，以后再遇到啥难事，只要想出招来，只要真干，肯定能干出来。

主持人：一个有这样精神的民族，任何困难也不能阻止她的进步，《愚公移山》是个寓言，您却是这么真实的一个人：一个好丈夫，好父亲，好工人。

李：把好字去了也行。

主持人有些感动，她停顿了一会。

主持人：我再加一句，您还是一个幸福的人。

李双良的眼睛一下就湿了。

李：我1923年生人，老家在忻州农村，10岁上死了娘，11岁又死了爹，给人家放羊，媳妇是爹娘死前给定的娃娃亲，人家没反悔。47年把媳妇扔在家里到太钢打工，像牲口一样干，一天下来自己都吃不饱，要不是解放，我一辈子也别想知道幸福这个词是啥意思。

字幕:1948 年

89. 日外　矿山

铺天盖地的尘沙,荒芜贫瘠的土地。

除了土地和尘土,这是一个几乎一无所有的世界。

一条狭窄、曲折的土路,从远处来,又向远处去。

路上,走来一个小小的身影。

人影走近了,是一个小个子的农村妇女,20 岁出头,盘着发髻,手上挽着一个不大的包袱。

她人很瘦小,表情憔悴,身上脸上都是土,衣服的颜色也很暗淡,显然,她已经走了很久。

一溜骡车迎面过来。

骡车冒着热气,上面装的是高炉的废渣。

骡车从女人的身边经过。

热气烘烤着女人期待的目光。

90. 日外　矿山

长长的汽笛声。

工人们拖着柳条筐,从工棚口鱼贯而出。

他们已经用尽了所有的力气,浑身上下都是黑的,眼睛发红,好像是一群来自地狱的鬼魂。

女人站在一边,在收工的队伍里寻找着什么人,她其实几乎无法辨认从眼前走过的人的面目。

没有表情的工人从她的面前走过。

工人看着眼前的女人,还是没有表情。

女人焦虑的神色。

终于,从工人的队伍中走出来一个人,他来到女人的面前。

李:有灯,你咋来了。

女人如释重负。她就是陪伴了李双良半个多世纪的妻子。

91. 日外　工棚外

年轻的李双良的手里攥着一个已经分辨不出颜色的小口袋,里面装了一些杂粮。高高大大的一个男人,捏着这么一个小粮袋,显得局促不安。

李:干一天吃一天,不敢叫你过来,又不想空着手回去。

妻子:一走一年多,也不捎个信回家,别人一天一天,过得可漫长。

李:本事大的,没走丢了你。

妻子:出了门心里就敞亮了,管他走多久找多久,比在家里熬着强。

李:怕养不活你。

妻子:我能干活,我自己养自己,只要能跟着你。

妻子用充满了情感的目光看着自己的丈夫,这目光让男人感动。

妻子:见不着你,心里难过。

92. 夜内　工棚

两个人的安身之处。

狭窄,简陋,破旧。

妻子在用湿毛巾擦身。

热水的蒸气弥漫在狭小的空间里。

昏暗的油灯显出一丝柔和与温暖。

李双良过来给妻子送热水。

妻子瘦小的后背。

李拿过毛巾轻轻给妻子擦着后背。

李:你可真瘦啊。

妻子转过身来,扑在他的身上。

93. 日外　工地

妻子在使劲地搓洗着工人们的衣裳,已经很久没有洗过的、破烂的衣裳被妻子小心地、认真地搓洗着,在她的身后,已经晾起了很多衣服。

工人们从她的身边走过,每人从手中的口袋里掏出一小把粮食给她。

妻子的脸上露出幸福的笑容。

这是一个只要和自己爱着的人在一起就啥苦都能吃的女人。

远处,传来隆隆的炮声。

妻子抬起头来,聆听。

94. 夜内　工棚

李双良轻轻地拥着瘦小的妻子。

李:你可真瘦啊。

他是那么小心,担心弄伤妻子。

远处,传来隆隆的炮声。

李:都在传,要解放了。

妻子:啥叫解放?

95. 日外　矿山

解放军来了。

工人们站在道路两边,看着开进来的整齐的队伍。

李双良和妻子也在队伍的中间,他们一时还没有明白解放的意义是什么。

96. 日外　太钢

非常大的标语,非常大的字。

"人民当家做主,建设幸福生活。"

李双良从标语前跑过。

97. 日外　矿山

李双良在小路上奔跑,他脸上是非常激动的表情。

98. 日外　矿山

李双良朝低矮的工棚跑去。

99. 日内　工棚

李双良冲进来。

正在准备做饭的妻子愣愣地看着兴奋的丈夫。

李双良把手里的新粮袋放在妻子眼前。

妻子打开粮袋,里面是小米。

李:太钢归国家了,就是归我们大家伙了,从今往后,在厂里上班,就是给自己干活,每天发三斤小米。

妻子看着他。

李:饿不着了,咱可以放心生娃了。

妻子不好意思地转过身去。

李从后面搂住她。

两张年轻人的脸上,写着幸福。

字幕:2006 年

100. 日内　学校

一间明亮的教室。

小学生们正在上课。

他们在整齐地朗读《愚公移山》:

　　我们宣传大会的路线,就是要使全党和全国人民建立起一个信心,即革命一定要胜利。首先要使先锋队觉悟,下定决心,不怕牺牲,排除万难,去争取胜利。但这还不够,还必须使全国广大人民群众觉悟,甘心情愿和我们一起奋斗,去争取胜利。要使全国人民有这样的信心:中国是中国人民的,不是反动派的。中国古代有个寓言,叫做"愚公移山"。说的是古代有一位老人,住在华北,名叫北山愚公。他的家门南面有两座大山挡住他家的出路,一座叫做太行山,一座叫做王屋山。愚公下决心率领他的儿子们要用锄头挖去这两座大山。有个老头子名叫智叟的看了发笑,说你们这样干未免太愚蠢了,你们父子数人要挖掉这样两座大山是完全不可能的。愚公回答说:我死了以后有我的儿子,儿子死了,又有孙子,子子孙孙是没有穷尽的。这两座山虽然很高,却是不会再增高了,挖一点就会少一点,为什么挖不平呢? 愚公批驳了智叟的错误思想,毫不动摇,每天挖山不止。这件事感动了上帝,他就派了两个神仙下凡,把两座山背走了。现在也有两座压在中国人民头上的大山,一座叫做帝国主义,一座叫做封建主义。中国共产党早就下了决心,要挖掉这两座山。我们一定要坚持下去,一定要不断地工作,我们也会感动上帝的。这个上帝不是别人,就是全中国的人民大众。全国人民大众一齐起来和我们一道挖这两座山,有什么挖不平呢?

伴随着上面的朗读,是今天太钢的景象。

现代化的炼钢高炉。

现代化的车间。

火车呼啸而过。

崭新的楼房。

环保设施。

宽阔的马路。

现代化的城市。

欣欣向荣的中国。

台北飄雪

剧本完成于 2008 年 9 月,根据日本田代亲世青春
爱情小说《台北に舞う雪》改编。

1. **日外   菁桐   老街**

台北附近的小镇菁桐。

菁桐老街,略显杂乱与逼仄。

街两边店铺错落,招牌形形色色。

这里是现代都市的侧面,穿行于期间的人大都居家装束、平民状态,为生活而忙碌着,间或有豪华的人或车穿过,大家也见怪不怪。

2. **日外   老街**

一辆自行车穿行而来。骑车的是小莫,二十三四岁的样子,衣着随便,肤色健康,身强体壮。他显然非常熟悉这条老街,老街上的人们对他忙碌的身影也很习以为常。

小莫在一家餐馆门前停下自行车,将后架上的两捆矿泉水卸下来,使劲按着车铃。老板娘出来递给他钱,顺便问他要不要喝瓶水,话没有说完,小莫已经骑车走了。

小莫经过一个报摊,他一只脚沾地,挑了两份报纸,放下零钱,把报纸插在自行车的前筐里,继续骑。

小莫经过裁缝店,又按车铃,老板赶快出来,手里还抓着正做着的布料。

裁缝店老板:老时间,我等你来接晚班。

小莫伸臂做 OK 手势的背影。

公共汽车上下来几个乘客,其中就有五月。五月二十出头、青春靓丽、模样姣好,她一只手拉着一只箱子另一只手抓着一张报纸,人地两生的样子。

小莫的自行车从五月的面前刷地闪过,吓了五月一跳。

五月手搭在眼睛上看着小莫的飞快消失的背影。

小莫经过电器行,橱窗里的电视机在播放着当天的娱乐新闻:"歌手神秘失踪,见面会尴尬收场。"

小莫从前面车筐里拿出个小的生日蛋糕递给早已等在那里的开电器行的大叔。

小莫:(人没下车,蛋糕递给大叔)大叔,蛋糕取来了,生日快乐,长命百岁。

大叔:给你钱。

小莫:老板给您免单了。

大叔:好人好报。

小莫继续向前骑。

3. 日外　老街

老旧的公寓前。

小莫把自行车靠在墙边,跑进一扇老旧的楼门。

4. 日内　楼道里

老房子的楼梯光线不好,楼梯也嘎嘎作响。

某扇门已经打开,在等待小莫的到来。

小莫脸上浮现笑意走进屋内。

5. 日内　马爷爷家

小莫:我来了。

马爷爷,将近80岁了,从厨房探了头看。

马爷爷:今天很热吧?

小莫:忙得我啊,没感觉了。

马爷爷:自己泡杯茶啦。

小莫熟门熟路地拿了杯子和茶叶筒。

小莫:好茶叶啊,哪里来的?

小莫说着打开装茶叶的罐子,盖子一打开时,啵的一声竟从罐子里跳出令人惊吓的东西。

小莫吓得把茶叶罐也扔了。

马爷爷大笑,上气不接下气,笑到咳嗽不止。

小莫:好啦,笑掉了下巴,还得带你去看医生。

马爷爷:这是第几次啦? 你可真是一点警惕性也没有啊。

小莫做出一副无可奈何的表情。

6. 日内　马爷爷家

马爷爷坐在沙发里,拿出地道的茶具组,纯熟地泡起老人茶。

小莫掏出几个小点心,一个放在马爷爷的前面,一个放在自己的前面,最后一个放到客厅柜子中所摆着的相框前面的盘子里。

相片上是马爷爷的父母亲,那是很久以前的照片了,在内地高大的房屋前面。

屋子里的电视开着,里面播着经济新闻。

马爷爷:你有事就去忙,空了再来陪我聊天。

小莫:喝了这泡武夷红茶就走,还要到裁缝店去加班。

马爷爷:这一条街的人干的活加起来,也没有你一个人多,难为你小小年纪。

小莫:都是养我大的,谁的事我也不能推辞,有时候也觉得吃不消。

马爷爷:没有想过离开这老街到外面去做点什么?

小莫站起身。

小莫:跟你说过一百遍了,万一我妈回来找我。

马爷爷:老了啦。忙去吧。

顺手抓起沙发上小莫带来的报纸。

马爷爷:(念报纸的头条)歌手无故缺席,见面会什么什么收场。

小莫:拿错了,拿错了,那不是给您的。

7. 夜外　咖啡店门前

小莫推门进来。

咖啡店里没有几个客人。

灯光也比较幽暗。

小莫把给服务生小文带的报纸递给她。

小文掏出零钱给他,又给他倒了杯冰水。

小文:今天怎么这么晚?

小莫:加班啊,晚饭都没有吃。

小文:来客炒粉吗?

小莫:不用了,马上就回家了。

小莫刚要朝外走,老板从里间出来。

老板:小莫来了? 有件事要你帮下忙。

小莫回身。

老板指了指角落里的一个背影。

老板:那孩子在这里坐了大半天了,还喝了酒,你过去帮我带她走,我们要打烊了。

小莫又看了看那个模糊的背影。

老板:好像是外地来的,拉着个箱子,你把她放到随便哪个旅馆里去,总不能睡在我这里。

小莫:明白了,我去试试。

小莫走到五月的身边,小声跟她说了几句什么,五月站起身来,她有一点摇晃。小莫拉了她的箱子。

柜台前,五月结账。

小文趴在柜台上,在看小莫给她买来的娱乐报纸。

报纸上的图片消息:歌手无故缺席,发布会尴尬收场。

小文并没有抬头看五月一眼。

8. 夜内　报社

台北一家报社的编辑部。

杰克一边接电话一边穿过忙碌的工作间,编辑部的人们总是不分昼夜紧张地工作。

杰克的手上也拿着一张报纸。

杰克:到现在为止还没有新消息,好的,我尽快找到线索,跟踪报道,不过老总,为这个小歌星我们有必要这么大动干戈吗? 我明白了,谢谢鼓励,我会加油。

杰克挂了电话,坐到电脑前打开谷歌,搜索"May"。

页面上出现了五月的照片,和一些信息。

他工作热情很高的样子。

9. 夜外　老街

小莫推着自行车,车上放着五月的箱子。

五月跟在小莫的身后,走路不太稳,深一脚浅一脚的,墨镜还戴着。

小莫总是不放心地回头看她。

小莫:拜托摘掉墨镜看路吧。

五月听话地摘掉又大又不合适的墨镜挂到胸前。

摘了墨镜的五月样子非常好看,在昏黄的街灯下,五月是一个有点颓唐忧郁的美女。她的头发乱乱地遮着半个脸,衣服也皱皱的,但是身材和面容还是非常出众。

小莫:你从哪里来啊?

五月不回答。

小莫:是来找人的吗? 告诉我你要找谁,这条街上的人我都认识。

五月还是不回答。

小莫停下来,回头看她。

小莫:你不会说话吗? 或者你走我前面吧,马爷爷给我讲过《聊斋》的啊。

五月看着小莫。

五月用手示意小莫靠近她。

小莫有点犹豫,但还是朝她跟前凑了凑。

五月也朝他的跟前贴了过来。

五月:(声音很小,还略嘶哑)对不起,我的嗓子坏了,说话的声音非常小,只有这样你才可以听见。

五月把嘴几乎贴到小莫的耳朵上了,讲话的热气让小莫有些发痒。因为推着车,他手不空,在肩膀上蹭着耳朵,看到他的样子,五月也不好意思地笑了。

小莫:你今晚有地方住吗?

五月摇头。

小莫:(有点犹豫地)你有钱吗?

五月点点头,但又用手指比画了一下,意思是:不多。

小莫:我带你去找一家比较便宜的旅馆?

五月又点点头。

10. 夜外　台北大街上

台北的闹市区,比我们开始看到的老街要繁华很多,高楼幻化出五颜六色的光彩。

一辆豪华的轿车里坐着音乐制作人阿雷,他和我们常见的音乐人一样,长头发,消瘦而苍白,总是睡眠不足的样子。开车的是他的助理莉萨,一个并不很年轻但是很干练的女人,车子在有些拥挤的大街上走得并不快。

莉萨:(语速很快)老板一直发火一直发火,说别人拿着放大镜在找我们的负面消息,我们公司里摔碎个玻璃杯他们都恨不得登在报纸上,发布会这么重要的事情,说好到场的人不见了,大家要是不想做就散伙算了。你到底跟 May 说什么了?

阿雷:我? 我说什么了? 我什么都没说,我根本就没有见到她。

莉萨:你梦游啊? 我最后一眼看到她就是从你录音间出来,眼睛红红的,好像哭过了。我当时正忙着,没顾上她,然后她就不见了,手机关机,等我赶到她的房间,连根羽毛都没留下。

阿雷:我一直在工作,根本就没有看见她,我还没有找她算账你们倒来找我?

莉萨:以前我只知道有文盲、脸盲,现在才知道还有情盲。哪个女孩子要是爱上你可就倒霉了。

阿雷忽然就打了一个喷嚏,莉萨体贴地赶紧升起车窗。

阿雷:说这些有什么意思,赶快去找她回来啊,我们工作到一半算怎么回事?

莉萨:谁去找? 我吗? 她又没有签给我。该谁找谁自然会去找。

阿雷:那倒也是,我回公司。

莉萨打方向盘。

汽车转向。

11. 夜内　旅店

老街上的一家小旅店内,旧旧的,但也有些情调。

柜台上,小莫帮五月在填着住宿的单子。

小莫:你的姓名?

五月就又凑到小莫的耳边说了一句。

小莫在空格里写下:五月。

老板:还有姓这个姓的?

小莫:手。

五月把手伸了出来。

小莫把自己的手机号码写在五月的手上。

小莫:这是我的电话,你有事随时找我。

五月点头,无声地说:谢谢。

12. 夜内　旅店

走廊。

老板走在前头。

五月拉着箱子跟在老板的后面,步子不稳地朝走廊的深处走去。

小莫站在柜台处看着她。

走到门口,五月回头,冲小莫挥了挥手。

就消失在打开的房门里。

13. 夜外　老街

小莫骑车回家。

耳朵又在肩头蹭了蹭。

小莫的心情莫名地有点好。

14. 夜内　旅馆

五月的房间内。

五月站在窗口,看着下面的老街昏黄的路灯。

[闪回]

15. 日内　公司

台北,昨天,录音间里。

阿雷在埋头工作。

五月站在他的身后,想跟他说句话,又怕打扰他,很犹豫的样子。

她的嗓子坏了,说不出话来。她试图和阿雷打招呼,但是声音太小。

阿雷戴着耳机,根本就没有注意到五月,他的注意力全在隔着玻璃的女歌手身上。

女歌手在唱歌,阿雷戴着耳机在听,然后做手势让对方停下来。

他摘下耳机,在纸上写着什么。

这时,五月终于鼓起勇气走向他,她想说话,但是发不出声音,她只好再走近他,想走到他的耳边告诉她自己的嗓子出了问题。

阿雷偶然回头发现五月离自己很近,吓了一跳,继而很烦地皱着眉头。

阿雷:(很不高兴地)没事做就去找点事情做,离我这么近做什么吗?我在工作知不知道?

五月显然没想到阿雷的态度会这么激烈,她一下不知道该怎么办了,而阿雷此时又戴上了耳机,语速很快地在和隔壁的歌手交流着。

女歌手似乎也被阿雷刚才发火的样子惊到,她眼睛看着五月。

阿雷:(冲女歌手又发脾气)你看哪里啊?在看什么啊?走神的毛病改不掉啊?

阿雷在对对方发火的时候,已经把五月忘了。

五月转身离开了录音间。

16. 日外　公司外

五月走出了公司。厚重的玻璃门在她的身后合拢。

17. 日外　街上

繁华的街市,五月边走边流泪。

她手里抓着手机,她期待的电话并没有打来,她下决心把手机关掉。

18. 日内　公寓

五月住的公寓。

她在收拾自己简单的东西,箱子放在床上。

19. 日外　老街

五月提着自己的箱子从公共汽车上下来,她要用自己的失踪引起阿雷的注意。

小莫的自行车从她的眼前闪过,吓了她一跳,不过当时他们俩还不认识。

〔闪回完〕

20. 夜内　小莫家

小莫独自居住的家,房子也是旧旧的,东西放得挺拥挤,但还井井有条。

醒目的墙上挂着一块黑板,上面写着每天要做的事情。

小莫吃着简单的晚饭,他把今天做完的事情划掉,比如"给餐馆送矿泉48瓶"、"给某叔取生日蛋糕"、"裁缝店3小时"等,又把明天要做的事情写到黑板上,比如:"到某店刷油漆"等。

他显得很疲劳,看着眼前永远也做不完的事情。

他忽然在黑板上写了个"五月",显然他认为这也是今天做的一件事情,但又无法说清楚。他又在肩膀上蹭了一下耳朵,五月凑在他耳边说话的感觉,给他留下了一种新鲜的感受。

小莫一边哼唱一边脱衣冲凉的背影。

21. 日外　台北街头

杰克伸手拦出租。

22. 日外　街上

出租车上,杰克打手机。

杰克:昨天离港航班都查了,没有。我神通大? 一般般,我现在去长途巴士站,碰运气。我也想不通,她正上升啊,公司当然说无可奉告。(突然对司机)对不起,停一下车。(对电话)有情况,我先挂了。

23. 日外　街上

莉萨正在街边的报摊买一早的报纸,她的手上还提了一份打包的早餐粥。

杰克在莉萨身边下了车。

杰克:早上好,去公司啊?

莉萨见是杰克,神态立刻警觉起来。

杰克:May 有消息吗?

莉萨转身就走,杰克跟在她身边。

莉萨:我不想跟你说话,你们的报纸对娱乐界缺乏善意,对负面的报道太过积极,稿子里总有股幸灾乐祸的味道,我不喜欢你们。

莉萨停下来。

莉萨:去把我这些话写到你报纸上吧。

杰克:May 有消息吗？她不仅缺席了昨天的发布会,而且手机关了,房子退了,到底出了什么事？她去哪了?

莉萨:我为什么要告诉你呢?

杰克:因为我在找她,这是我的责任,我对读者的责任。

莉萨:我又不是公司的发言人,我没有义务回答你的问题。

杰克:可你是阿雷的助理,阿雷在给 May 录歌这是大家都知道的,你当然应该知道内情。

莉萨:不管我知道还是不知道,我现在都不方便跟你谈这件事,你能理解吗?

莉萨独自朝前走了,杰克对着她的背影说。

杰克:好吧,说不定哪天你要找我打听 May 的消息呢,我会找到她的!

24. 日内　公司

阿雷的工作室。

工作室装饰风格很现代,到处都是闪闪发光的玻璃和金属装饰。

屋内摆放许多奖杯及畅销的唱片。

莉萨进入屋内后,怕屋里有人似的小心翼翼把门带上,快速地检查玄关摆放的鞋子,没有女鞋,她自行换了拖鞋进屋内。

莉萨:老师早啊!

房间里到处扔着谱纸,乱糟糟的,她习惯地很麻利地收拾着。

莉萨:又熬夜了？要咖啡吗?

阿雷哗啦哗啦地翻着莉萨带来的报纸,心不在焉的样子。

阿雷:谢谢。

莉萨:老师! 又被照到了耶!

报纸:《非霞约会多情男,莫非新恋情?》。

阿雷:首映罢了,怎么就成了约会?

莉萨:首映式到处都是记者,那还不是自投罗网?

阿雷:她打一百个电话求我陪。

莉萨:那我们也得学会拒绝啊,都成了八卦王了。

阿雷:拒绝有时候比答应还麻烦。

　　莉萨熟练地把有阿雷消息的报纸剪下来,写上日期,从书架上拿下大剪贴本放进去。

　　莉萨指着以前的一页简报问在一边喝咖啡的阿雷:她叫什么?

　　阿雷:嗯……

　　莉萨:她呢?

　　阿雷在想,但是想不起来了。

　　莉萨:简直就是奶奶庙门上那块匾:有求必应。

　　阿雷:她们就是因为要找我写歌,才约我出去,记者就会捕风捉影。

　　莉萨:(边干活边小声说)多情男你还真是不够格,也不知道这些情歌都是怎么写出来的?

　　阿雷:你说什么?

　　莉萨:我来时还有记者追问我 May 的事情。

　　阿雷:有消息了吗?

　　莉萨:还没有。公司动用了能动用的所有渠道在找。

　　阿雷:要不要报警啊?

　　莉萨:那要老板决定。

　　莉萨也有些心神不定的样子。

25. 日外　菁桐老街

　　小莫在粉刷一家店铺的门脸,他戴个大草帽,帽檐压得低低的。他的手法很熟练,工作做得很好,边上一个小孩张着嘴仰着脑袋看得入迷。

　　不一会,小孩身边又多了一个人,也站在那看小莫刷,也说不上为什么,他干活就是挺好看的。

　　不一会,站在下面看的人就有好几个了。

　　小莫低头一看,发现"观众"群里多了一个五月,他一惊,差点掉下来。五月就笑了。小莫指了指自己的鼻子,五月点了点头。

　　小莫赶紧从梯子上下来。

26. 日外　老街

　　一座老房子前,很有些历史的斑驳的大门自有一种沧桑的美感。

　　小莫在按门铃,五月站在他的后面。

　　一位看似房东太太的伯母打开门。

房东：是小莫，我正找你呢。

小莫：有事吗？

房东：橱柜门关不上了。

27. 日内　房东家

厨房里。

小莫在查看一个老旧的橱柜的柜门，他关上柜门，柜门又自己打开，房东用一根皮筋拴着两扇门的门钮。

小莫在厨房里四下寻找了一下，找到一根薄木条，他折了两个小方块。

小莫：你们帮我推一下。

房东和五月不明就里，帮他把老柜子往后推着。

小莫把两个小木片垫到了柜子的前面两个角的下面，柜子整体向后仰了一些，门自然就关上了，关得很严实。

五月露出惊讶的表情，她觉得小莫很神奇。

房东：小莫是我这辈子认识的最聪明的孩子。现在说你们的事情吧。

小莫：她叫五月，是我的朋友，您这还有空房间吧？

28. 日内　房东家

小莫带着 May 进到一个房里。

房间也是旧旧的，家具和布艺也比较朴素简单。

小莫：房间有点旧，你觉得行吗？

五月点头。

小莫：你在这里收拾一下，我做完事去旅馆里把你的箱子拿来。

五月示意，你不是在工作吗？

小莫：我很快就做完了，你就在这里等我，房东人很好的，有事你就找她好了。

五月点点头，非常小声地说：谢谢你！

小莫看懂了。

小莫：别客气。

29. 日外　街上

小莫从街上看得见五月的窗户，也看见了站在窗前、独处时表情郁郁的五月。

30. 日外　街上

小莫又在涂油漆,但他干得很快。

31. 日内　房东家

May 坐在租住房间的窗台上,用手指在玻璃的灰尘上面写着:我失踪了你介意吗?

May 落寞地凝视窗外。

［闪回］

32. 日内　公司

录音棚。

阿雷在帮 May 录音。

阿雷工作时非常投入,他专注地看着 May,给她讲如何把一首歌唱到最好,什么样的表演是真诚的,什么样的表演是做作的,什么样的歌词是好的,什么样的歌词是虚假的。阿雷对五月侃侃而谈,非常真诚坦率,五月就这样迷上了这个老师。

阿雷在唱歌,唱得非常好听,歌也非常好听。

在五月的眼前,灯光变暗了,两个人仿佛是在星空的下面,一切变得迷幻起来。

阿雷的工作室内。

阿雷在吃东西,他很饿的样子,在吃一大碗面。五月端着一杯饮料,看着他,都忘了喝。

［闪回完］

33. 日外　菁桐老街

小莫又骑着自行车开始了他的忙碌。

34. 日内　马爷爷家

马爷爷家的楼梯。

35. 日内　马爷爷家

小莫把报纸交给马爷爷,又把替马爷爷买的黄酒放下。

马爷爷:喝了茶再走。

小莫:我赶时间,下次再喝。

马爷爷:遇到开心的事情了吧?

小莫:你怎么知道?

马爷爷:你脸上写着呢。

小莫:回头再说。

话没说完,人已经走了。

马爷爷拿起报纸来读:《非霞约会多情男,莫非新恋情》。

马爷爷:这又不是我的报纸,丢了魂吗?

36. 日外　咖啡厅的外面

小莫摇车铃,文文出来拿报纸。

小莫:对不起,拿错了,这是马爷爷的财经专刊啊,我一会再重新买了给你。

小莫的自行车后面带着五月的箱子。

文文:小莫你要出门吗? 你是不是要去大陆? 我们街上很多人都去过大陆了。

小莫:你快点攒钱,攒够了我们一起去。

文文:小莫你不简单啊?

小莫:我没有得罪你吧?

文文:有人看见你在大街上跟一个美女咬耳朵。

小莫:想知道是谁吗? 请我吃刨冰。(忽然想起什么)我还有事,先走了。

文文一脸的不高兴。

37. 日外　街上

小莫骑着车驮着五月的箱子。

经过他新粉刷的店面他自己还停下来欣赏一下。

38. 日内　房东家

小莫一上楼梯就感觉不对,几股细流顺着楼梯向下流。

满地都是水。

清水从卫生间流到房间,又从房间流到走廊上。

五月束手无策地站在清水里。

小莫甩掉鞋子冲进卫生间。

水正不断地从坏了的龙头上冒出来,年久失修,皮垫太旧了,龙头就拧不上了。

小莫:有绳子吗?给我找一段绳子。

五月惊慌地在屋里漫无目的地搜寻。

小莫:拖把,拖把递给我。

五月把拖把递给他,也不知道他要做什么。

小莫从拖把上抽了一根带子下来,把水龙头使劲捆了一下,水小下去了。

小莫:房东呢?

五月摇摇头。

小莫:为什么不早点给我打电话,我不是留了手机给你吗?

五月想说什么又没有说,赶紧抓了个毛巾给小莫擦手。

小莫顺手将毛巾扔在地上。

小莫:赶紧多找点东西把水弄干净,不然伯母回来会骂的。

五月害怕了,她把所有能吸水的东西都扔到地上,包括她自己的床单、衣服等。

两个人合谋在把水的痕迹降到最小,带着一点做错事的慌张和开心。

终于干净了,被清水冲过的地面非常洁净。

衣服被单也都洗过晾了起来。

从 May 的房间窗口望出去, 美丽的夕阳染红了天际。

两个人都有点累了,也都有点愣神。

有一阵,谁都没有说话。

小莫:吃饭去吧,饿死了,我请你吃饭。我给房东伯母打个电话,让她买新的龙头回来。还要问问她截门在哪里。

小莫说着就走出房间,边走边打手机。

五月先是愣了一下, 也赶紧跟上去。

39. 日内　报社

杰克抱着个电话簿往各个旅馆打着电话,询问有没有一个女孩,名字叫May的,刚在某音乐赛事上得过奖的。

隔壁办公桌扔过来一本杂志,砸在他的面前。

脾气不好的女同事皱着眉头站在隔板的另一边。

女同事:我要想玩失踪我会到记者熟悉的旅馆住吗? 就算我到旅馆住,我会告诉别人我叫May吗? 你让我一个下午没有写出一个精彩的句子,还要打多久啊?

杰克:那你说怎么办?

女同事:请我吃饭,我教你啊。

杰克:最后一个,打完,打完就走。什么?! 没有叫May的,但住过一个叫五月的,谢谢,我马上过来!

女同事吃惊的表情。

杰克朝她挥挥手。

杰克:闪了。

40. 夜内　餐馆

老街上一家中餐馆。店里客人不太多。

老板娘出来进去地忙着。

小莫和May走进餐厅。

老板娘:小莫啊,你来得正好,明天你还要给我送酒水,走不开啊。

小莫:没问题。我们吃炒饭,好饿。

老板娘:你自己进去炒下行不行? 我累惨了。

小莫就径直走进厨房里去了,这让五月很吃惊。

老板娘看到和小莫一起来的五月,很感兴趣的样子。

老板娘:没问题,小莫当过厨师掌过勺的。你们刚认识吧?

五月点点头。

老板娘:小莫运气还有点好啊,有这么漂亮的女生跟他出来,要是他妈妈还在不定多高兴。我看你很眼熟,我们一定在哪里见过。

五月有点不好意思。

有客人在叫老板娘。

老板娘去忙了。

五月看到玻璃上贴着招小工的启事。

41. 夜内　旅店

杰克在和接待过 May 的老板交谈。

杰克拿出 May 的照片给老板看。

老板:是的,就是她。

杰克非常高兴。

杰克:她住几号房间?

老板:你找她什么事?

杰克:我是她的同学,她离家出走,她妈在着急呢。

老板:你很好心啊。

杰克:麻烦你,她住几号?

老板:她只住了一夜,第二天就搬走了。

杰克:那她去哪里了?

老板:我怎么知道。

杰克毕竟年轻,没有察觉到老板是在卖关子。

杰克:有谁知道她的下落?

老板:你要早来找我我就帮你问啦。

杰克:一定有人知道,我到街上去问。

杰克匆匆走了。

老板:菜鸟不懂规矩,否则10分钟小莫就帮他搞定。

42. 夜内　餐馆

小莫和五月面对面坐着吃东西,两个人都觉得挺新鲜的。

小莫:你现在该告诉我你到底是从哪里来的了吧?

五月想凑到小莫的耳边说话,可是当着客人和老板娘,她忽然有些不好意思了。

小莫总是善解人意,他起身到柜台拿了点菜用的纸和笔。

小莫问:你的嗓子是刚坏的还是一直这样子?

五月写:刚坏的。

小莫:你去看医生了没有?

五月摇头。

小莫:你来我们这里之前是做什么的?

五月有点犹豫,但想了想还是在纸上写下:唱歌。

小莫:(吃惊地)你是歌星?你的嗓子是唱歌唱坏的?

五月:点了点头。

小莫:那你打算怎么办?

五月指了指窗户上的招工广告。

小莫有些为难,五月留在老街他当然很高兴,但是他又觉得这样对五月不是太好。

小莫:那你以后还唱歌吗?

五月没有回答,也没有写字,就看着小莫。

小莫觉得自己说错了。

小莫:你的嗓子一定会好的,明天我陪你去看医生,我们老街上有个马爷爷,他们家在大陆五代人行医的。

老板娘突然走过来。

老板娘:(对五月)我想起来了,我在电视上看见过你,你参加过唱歌比赛。

五月点了点头。

小莫:只要老板娘见过一面的人,就别想再逃出她的手心。

五月对老板娘指了指玻璃窗上的广告,又指了指自己。

老板娘:你这么漂亮,在我这洗盘子,太委屈你了。

五月摆手表示没有关系。

老板娘:好吧,看小莫的面子,做几天试试,能唱歌你还是去唱歌吧,总比在这里好一些。

五月低下头。

老板娘:别灰心啊。

小莫:对,别灰心。

43. 夜外　老街

杰克在街上游荡,拿着照片问路人见过这个女孩没有。

大家摇头。

杰克失望地登上公车离开。

44. 夜内　房东家

五月在小屋子里戴着耳机听音乐。

她又孤单又难过。

45. 日内　餐馆

五月在厨房里切洋葱。

泪流满面。

46. 日外　街上

小莫又在为了生计忙碌。

他非常努力地做着他必须做的事情,有的是为了挣钱,有的就是在帮忙。

他的精神总是很饱满。

小莫骑车从五月打工的餐馆经过,他就把头转向餐馆,想看到五月,自从有了这个女孩,他觉得生活和以前完全不一样了。

因为朝餐馆看,差点掉到沟里。

47. 日内　餐馆

五月在洗碗,手忙脚乱的。

不时被老板娘叫出去给大家认识。

老板娘:五月,你不要洗碗了,你还是到外面来招待客人吧。

48. 日内　公司

录音室里。

阿雷依旧是很忙碌的样子,莉萨进来。

阿雷:May 有消息吗?

莉萨:没有,小丫头也真胆子大,她忘了自己是签了约的,再不回来我们可以索赔了。

阿雷:(一边工作一边说)就因为有合约公司才不急着找 May 对吗? 也不怕她不回来对吗? 就没有人关心她的死活是吗?

莉萨:May 不会有事,她自己退了房子,关了手机,她是在玩失踪!

阿雷:可她为什么这么做?

莉萨:你问我？我还想问你呢。

49. 日外　菁桐老街

杰克又来了,他继续在街上游荡。

50. 日内　餐馆

小莫走进餐馆。

正是中午,客人很多,餐馆里最忙的时候。

厨房里,大师傅在炒菜。

鼓风机和抽油烟机的声音很大。

五月忙里忙外,五月还很不熟练,老板娘不时让她做这做那,这样做那样做。五月很积极,就是手忙脚乱,但她做得还是很起劲。

老板娘:五月,去三号桌写一下菜。

五月抱着菜单过去。

三号桌客人:卤肉盖饭,乌鱼蛋汤套餐。

五月点头,写单子。

三号桌客人:加一个蛋。

五月又点头。

三号桌客人:今天几号?

五月犹豫了一下,在单子上写了给客人看。

三号桌客人:为什么不讲话?

五月指了指嗓子。

五月:(小声)嗓子坏了。

三号桌客人:老板娘找你来做是不是为了省钱啊?

五月转身走了。

小莫从三号桌客人身边走过,不小心就碰了一下他端着茶的手,三号桌客人就把半杯茶倒在了自己的身上。

小莫:不好意思,不好意思,人太多了。

五月在远处却笑了出来。

51. 日外　老街

杰克在老街游逛,脸上带着烦躁和疲倦。

杰克走到文文的咖啡店门口。

杰克在店门口的座位坐了下来。

文文过来招呼他。

文文:先生中午好,您需要点什么?

杰克:没想到菁桐还有这样好的小店。

文文:先生您需要什么?

杰克:咖啡,有三明治吗?

文文:这是菁桐啊,又不是乡下,先生是从哪里来啊?

杰克:到你店里还要报家门啊?

文文转身走了,背对杰克做了一个不屑的怪样。

文文在为杰克准备吃喝,不时瞟一眼杰克。

52. 日内　餐馆

小莫在老板娘处结账。

小莫:五月是我的朋友,你要多关照她,不能让她被人欺负啊。

老板娘:小莫,我劝你不要多想,她是歌星,一定是出了什么事才躲在这里,她在老街上待不长的。现在的女孩子不像我和你妈妈那时候,心都高得很,连文文你都这么久追不到手,何况五月。

小莫:不管怎么说,只要我在,她在老街上就不会受欺负。我先去做事,回来带她去看嗓子。

老板娘看着小莫的背影,摇了摇头,她有点为小莫担心。

她的身后一声脆响。

五月打碎了一只盘子,正抱歉地看着老板娘。

老板娘:没关系美女,碎碎平安! 你本来也不是做这个的。

53. 日内　咖啡店

文文疲倦地站在柜台里,发呆。

杰克走到文文的面前。

杰克:结账。

文文在计算器上点来点去。

杰克忽然看到柜台上扔着一张报纸,上面有 May 一个大大的签名。

杰克:(惊喜)你这签名哪来的?

文文:我为什么要告诉你啊?

杰克:她一定来过你店里。

文文:我们店里来的名人多了,你以为我们这是乡下吗?

杰克:她现在在哪?

文文:你找她干什么?

杰克:自然是有事情,你快点告诉我她在哪里。

文文:我怎么知道,客人到我们店里来又不用报家门的。

杰克:让我拍张照。

文文:不行。

杰克:好吧,我就在这里等,冰水!

杰克又坐回原来的位子上。

54. 日内   马爷爷家

马爷爷在给五月号脉。

小莫站在一边。

马爷爷:孩子火大,你说你着什么急啊?

五月凑到马爷爷耳边说什么,小莫听不见,也想往前凑。

马爷爷瞪他一眼,他就赶紧退后。

马爷爷:没大事,让嗓子休息一段,不治自愈。

五月高兴地点点头。

马爷爷起身,到一个有很多抽屉的柜子前面翻来翻去,找出一包药。

马爷爷:不给人看病很多年了,这条街上只有小莫知道我有祖传,他天天都来看我一眼,怕我个孤老头子死了没人知道。

小莫:我才不是看你,我不过是帮人每天多卖份报纸出去。

马爷爷:(不搭理小莫,一边包草药,一边说)这可是个仁义的孩子,谁赶上谁就享一辈子福。

五月似懂非懂的样子。

小莫在一边美滋滋的。

马爷爷把药递给五月。

马爷爷:(话却对着小莫说的)这药不喝,熬好了往嗓子里吸热气,熏蚊子似的,明白了吗?

小莫认真地点点头。

五月：谢谢爷爷。

马爷爷：走吧，晚上没空就别来了。报纸上写的电视上都有，我其实也不怎么看。记得别再往我这带病人了，有病去大医院做手术，我没药了。

看着两个年轻人的背影，马爷爷神色有点落寞。

55. 日内　小莫家

小莫把五月带到自己家里。

五月很好奇地东张西望。

小莫找出小锅为五月熬药，两人一边说着话。

小莫：我爸爸在我很小的时候生病去世了，我妈后来也走了，我跟我奶奶住在这里，后来奶奶也死了，奶奶死后也没钱读书了，所以只会做点粗活。我总觉得有一天我妈会回来找我，所以不敢离开老街一步，也不想改变这老屋的模样。

五月：可人人都说你聪明啊，我也觉得你很聪明。

小莫：你的家在哪？我的意思是你的爸妈在哪？

五月：在山东，你知道山东吗？知道青岛吗？

小莫：你本事可真不小，一个人走这么远。

五月笑了。

小莫把烧开的药放到五月的面前。

他让五月张开嘴，吸入冒出来的热气。

五月就按他说的做，闭上眼睛，把热气吸进去。

小莫看着五月有点滑稽的样子，蒸气里，五月满头满脸都是汗，小莫就拿把蒲扇站在五月的身后轻轻地扇。

药没热气了，他就端到厨房去热。

五月看着他的背影，心里也觉得很温暖，但是从五月忧郁的眼神中，还是可以看出她对阿雷的思念。

56. 日内　咖啡店

杰克失望地起身，从文文的面前走过。

杰克：明天见。

文文百思不解地看着五月的签名。

57. **夜外　小莫家**

阳台上。

小莫和五月并肩坐着,看星星。

小莫:青岛,冬天下雪吗?

五月用力点了点头。

五月:(凑到小莫耳边)怎么了?

小莫:没怎么。在电视里看到下雪,觉得非常神奇,台北从来没有下过雪。

五月:(耳语)以后我请你到青岛去看下雪。

小莫:好啊。

五月:(耳语)台北下雨也很美,我小时候听孟庭苇的歌《冬季到台北来看雨》,心里还很奇怪,冬天明明要下雪,怎么能看到雨呢?

小莫:你喜欢台北冬天的雨?

五月:(耳语)是啊,有个人对我说,雨就是世界的诗意。

两个人就这么坐着,各自想着心事。

[闪回]

58. **日外　台北风景区　雨天**

路上车少人稀。

莉萨开着车,May 和阿雷坐在后面。

车沿着雨中的马路走。

莉萨一边开车一边在跟两个人谈着工作,只有她一个人说话,另外两个人都在看车窗外的雨。

阿雷:莉萨,靠边停下车。

汽车停下来。

阿雷:让 May 看看台北的雨天,很美吧 May?

五月:很美。

阿雷唱起《冬季到台北来看雨》。

三个人坐在车里唱。

外面下着雨。

五月的眼睛湿湿的。

[闪回完]

59. 日外　咖啡店外

老街依旧。

杰克来了,抱了一个巨大的玩具熊,熊的后背上印着某商场开业纪念的字样。

他来早了,咖啡厅还没有开门,他就抱着大玩具熊站在门口。

小莫骑着自行车匆忙地从他的眼前闪过。

车上又是要送的货。

老板从杰克的身后把店门打开了。

杰克转身进店。

60. 日内　餐馆

五月在切菜,还是不熟练,但是态度认真。

老板娘拿个卡子把五月耷拉在脸上的头发给卡了起来。

61. 日外　老街

小莫在冲洗一个店面的外观。

水顺着玻璃幕墙往下流。

62. 日内　马爷爷家

马爷爷把小莫给他送来的报纸交给收废品的。

对方:(一边翻一边嘟哝)这报纸您都没打开过啊?

马爷爷:有的看过。

63. 日内　咖啡店

文文刚上班,忙乱整理。

大玩具熊出现在柜台上,后面闪出杰克的脸。

杰克:这个送给你,还有这个。

杰克又递上一张有周杰伦亲笔签名的照片。

杰克:我叫杰克。

文文拿起照片,露出了笑容。

文文:叫我文文吧。

杰克:向你道歉,我是《新娱报》的记者,我在找给你签名的女孩,她是个歌手。

文文的眼睛一下子亮了。

文文:啊! 你是娱记? 你怎么不早说啊? 你说哪个歌手?

杰克:给你签名的 May 啊,报纸拿出来让我拍张照。

文文把五月的签名拿了出来,兴高采烈地让杰克拍照,杰克也给她拍了一张。

文文:(兴奋)我可以上报纸吗?

杰克:当然可以。

文文:可惜我穿工装啊。

杰克:现在告诉我,May 在哪里?

文文:我怎么知道,这签名是小莫帮我要的。

杰克:谁是小莫?

文文:(骄傲地)我的一根粉丝。

64. 日内　公司

工作室里。

阿雷在给一个叫马丽的女歌手录音。

阿雷边弹着键盘,边对马丽做新歌的指导。现场总觉得有股焦躁不安的气氛。

阿雷:那个音阶要努力地把高音唱稳定。

马丽努力唱着。

阿雷:不稳,怎么了,May! 身体不舒服吗?

马丽突然停止了歌唱。

马丽:老师,我不是 May。

阿雷的表情僵住了。

阿雷:从刚才的地方再开始。

马丽:老师,你很担心 May 吧?

阿雷:怎么?

马丽：一点消息都没有，报纸上胡乱猜疑，说什么的都有，公司也不出来解释。

阿雷：你们这些女孩子就是太任性。

马丽：May 一定是太伤心了。

阿雷：伤心？

马丽：她喜欢你，老师是真不知道？

阿雷：（掩饰地）我为了你们把自己的心都操碎了，你还有闲心在这里八卦。

马丽：老师有才华、善良、帅，其实我们都很喜欢你，但是我还做不到因为喜欢你放弃自己的前途，所以我不是 May。她的嗓子也不知道好了没有。

阿雷：（吃惊地）她嗓子怎么了？

马丽：我那天在公司门口碰见她，她说话声音非常小，她说早上起来突然就这样了，唱不了歌了。后来下午就听说她走了，打电话也关机，我以为您知道，只是公司不让说。

阿雷：我完全不知道。这情况你跟公司讲过吗？

马丽：讲过啊，我跟莉萨也有讲。

莉萨提着一兜水果和吃的进来。

莉萨：还在忙呵？

阿雷：今天就到这里了。

莉萨：这么早就收工啊？正好吃点水果。

莉萨放下东西就忙，很麻利很熟练也很情愿地。

阿雷：May 的嗓子出问题你为什么不告诉我？

莉萨一愣。

莉萨：（想了一下）未经证实啊，我也是听说。

阿雷：马丽可以证实。

马丽：（嘟哝）不关我事啊，老师今天不录我先走了。

马丽走了。

莉萨将切好的水果整齐在盘子上排好，端到阿雷的面前。

阿雷不太高兴地看着莉萨。

阿雷：你为什么不说？

莉萨:我刚才回答你了,不知道是不是真的。

阿雷:May 那样的孩子会撒谎吗?

莉萨:我也没有说她撒谎。

阿雷:那谁撒谎?

莉萨扑哧笑了。

莉萨:好了好了,对不起,没有告诉你是我错了,我担心影响你工作。

阿雷:万一她需要治疗,耽误了怎么办?

莉萨:她失踪不是我的错,我也很着急。她是成年人了,如果她觉得需要,她会去医院的。我们都有工作,比如你,不是也在工作吗?

阿雷不说话了。

莉萨把水果推到阿雷的面前,阿雷也不吃。

65. 日内　咖啡店

文文把一杯咖啡放在杰克的面前,收走喝空的杯子。

文文:奇怪了,小莫平时总是在我面前闪过来闪过去,今天怎么回事? 不过你别着急,他早晚会出现,他每天都要到我的店里来的。

杰克打了一个大大的呵欠。

文文:快看! 小莫!

小莫骑着车,很快地从马路的对面划过。

等杰克和文文跑出店门,已经只有他的一个背影。

杰克撒腿就追。

文文在他的身后感叹:如此敬业啊!

66. 日外　老街

小莫在前面骑,杰克在后面追。

杰克在街上跑,大家都觉得奇怪。

追着追着,小莫拐了个弯,就消失了。

杰克停下来,大口大口地喘着气。

这时,他的手机响了。

杰克接电话。

杰克:我正在努力,有难度,但也有进展,好,我马上回去。

67. **日外　老街**

　　小莫从几个老人的面前经过,被老人叫住。

　　小莫捏住了车闸。

　　老人一:小莫,你跑到哪去了? 我好几天都没看见你。

　　小莫:我在啊,东忙西忙而已,有什么事吗?

　　老人二:该搭过年的戏台了,你没忘吧?

　　小莫:怎么会忘呢? 您放心吧。

　　老人一:我就说嘛,什么事情交给小莫你就不用操心了。

　　老人二:怎么是我操心? 明明是你操心。

　　在老人的争吵当中,小莫骑上车走了。

68. **日外　台北**

　　马路上,车辆很拥挤。

　　莉萨开着车,阿雷坐在后面。

69. **日外　台北**

　　一家医院的大门外。

　　汽车停下来。

　　莉萨和阿雷走进医院。

70. **日内　医院**

　　莉萨和阿雷分头拿着五月的照片在挂号处和药房等地打听见没见过这个女孩。

　　查挂号室的电脑记录。

71. **日外　台北街上**

　　两人开车又走。

72. **日外　台北街边**

　　莉萨拿着照片走进了一家中药店。

　　阿雷坐在车里。

　　莉萨出来,一边朝车这走一边做了个没有收获的手势。

　　阿雷也有些灰心的样子。

73. 日外　菁桐老街

傍晚,街上人挺多的,做工的人们都收工了,一派闲适。

小莫骑着自行车,不同的是后面坐了五月。

五月翘着两只脚丫,很舒服地坐在后面,一只手搂在小莫的腰上,另一只手钩着一个塑料袋,里面是两个盒饭。

文文从店里冲出来。

文文:小莫,小莫。

小莫骑得快,已经是两人远去的背影。

文文莫名有些失落,撅着嘴回到店里。

杰克坐过的位子也空着了。

74. 日内　房东家

桌子上是吃完的空饭盒。

小莫又在帮五月用中药的蒸气治嗓子。

小莫:你觉得好些吗?

五月点点头。

小莫:马爷爷说行,肯定行。读过鲁迅的《药》吗? 包好,包好。

五月惊喜地使劲点头。

小莫把药做成两份,一份用着,另一份拿到厨房热,这样就不间断,他总是很会做事。

75. 日内　房东家

厨房里。

房东:还在忙啊小莫。

小莫:不忙,有什么事吗?

房东:我想让你帮我冲下卧室外面的露台,鸟粪太多了,可能是它们看到我阳台上有鸟粪,以为是厕所就都来了。

小莫:但它们一定不知是男厕所还是女厕所。

76. 日内　房东家

五月在房间里听到他们两个的对话,都笑喷了,被一口热气呛得直咳嗽。

77. **日内　　房东家**

　　厨房里。

　　小莫:那您在这里帮五月热药,要煮滚开。

　　房东:知道了。

78. **日内　　房东家**

　　五月在窗前,用手扇着热气深深地吸气。

　　没有一会,她的窗户上滴滴答答地流下水滴。

　　水越滴越急,越滴越密。

　　水沿着五月的窗户往下滴,就像浙浙沥沥的小雨。

　　水帘挂在五月的窗前。

　　五月高兴地看着这人造的台北雨。

　　房东端着药进来,她也有点愣。

　　房东:下雨了?

　　五月转过脸来看着她笑。

　　房东忽然有点明白了,她放下药转身上楼。

79. **日内　　房东家**

　　楼梯上。

　　房东:小莫啊,水是要花钱的,你拍电影啊?

80. **日外　　阳台上**

　　小莫以他特有的聪明在制造一场冬雨,而屋檐下的露台并没有冲洗。

　　房东哭笑不得的样子。

81. **日内　　房东家**

　　五月的房间。

　　五月静静地看着窗外的雨滴。

　　她又在思念阿雷。

　　[闪回]

82. 日内　公司

雨天。

公司的窗前。

阿雷站在窗前看雨。

五月站在阿雷的身后看他。

阿雷转身。

阿雷:雨就是世界的诗意。

[闪回完]

83. 日外　露台

小莫在清洗露台,傍晚的天际美不胜收。

84. 日外　报社

杰克行色匆匆但精神振作,他手里抓着刚出炉的报纸,走出报社大门,准备再去老街蹲守。

莉萨的汽车在他的面前刹住。

车窗落下。

莉萨:很忙啊,等你半天了。

杰克:有事吗?

莉萨举了举手里的报纸。

报纸的标题:《MAY 影追踪》,所配图片是文文柜台上的报纸。

莉萨:是的,你说过,你会找到她的,你很能干。作为公司,我们其实还要感谢贵报对我们公司艺员的关注,我找你只是想知道,你为什么对发生在这个新人身上的这件小事这么抓住不放?

杰克:我只是在工作。

莉萨:我也是在工作,我觉得我们还是应该合作。

杰克:合作需要诚意,我可以约时间到公司去采访,我们不能总在大街上交换信息。

莉萨:好的,我们是该好好谈谈,你见到 May 了?

杰克:还没有,暂时。

莉萨:是这样,好吧,那我们再找时间吧。

莉萨的汽车开走了。

85. 日外　菁桐老街空场

在老街不大的空场上,小莫正在搭建老人们说的戏台。这显然是每年的惯例。

小莫一个人搬着铁条,架设着庆典用的舞台。他挥汗如雨,似乎相当辛苦。

五月手里提着餐厅的外送餐盒,一边对着小莫挥手。

小莫看到五月,停下手边的工作,露出了开心的笑容。

两人找了个台阶坐下来,小莫把自己的衣服扔在台阶上给五月坐。

五月把餐盒打开,给小莫看。

小莫吃得很香,五月静静地看着小莫吃饭的样子。

五月:(凑近了问)为什么只有你一个人?

小莫:我先干着,有空闲的人就会来帮忙。

五月:(凑近了问,但是比前两天好多了)我现在有空,我来帮你吧。

小莫:不用啦,你们女孩子做你们该做的事情吧。

五月:什么是女孩子该做的事情?

小莫:唱歌跳舞。

小莫的话触到了五月的痛处。

五月:我永远也不能唱歌了。

小莫觉得自己说错了话,又不知道该怎么办,有点紧张。

小莫:不会的,你已经好多了,你看这么远我都能听见你讲话了。你忘了马爷爷的话了?

五月没有说话,她看着小莫的手。

五月:你的手很漂亮。

小莫把自己干活弄得挺脏的手举起来看。

五月:你会弹钢琴吗?

小莫摇了摇头。

五月:手指长的人适合弹钢琴。

小莫认真地点点头。

五月:我走了,你忙吧。

小莫站起来。

五月走了几步回头看小莫。

五月:今天晚上有雨吗?

小莫笑了。

86. 日内　餐馆

五月坐在没有客人的餐馆里发愣。

老板娘在一边看着她,觉得她有心事。

87. 日外　老街空场

干活的人多了起来,大家七手八脚,舞台很快就有了模样。

文文指给杰克,那个就是小莫。我们去店里等他忙完吧。

舞台的雏形已大致完成。

小莫正在将铁管接上。

小莫接电话。

小莫:这边差不多了,好的,我马上过来。

小莫和别人交代了几句,就骑上车走了。

88. 日外　老街

小莫骑着车,骑得不是太快,也许是累了。

骑到一家乐器行的门口,他突然停了下来。

乐器行的橱窗里,摆着一架老式的旧钢琴。

小莫把手张开,盯着自己的手指看。

还从来没有人告诉他他的手好看,更没有人说他适合弹钢琴。

五月的话说到他的心里去了。

89. 日外　老街

小莫来到咖啡店。

杰克和文文站在路边正等着他。

90. 日内　咖啡店

杰克和小莫面对面坐着。

还没等杰克说话,小莫摸出一张报纸,放到桌子上。

小莫:我正想找你呢,你倒送上门来了,你写的?

报纸:《MAY 影追踪》。

杰克:大家都在找她,都很关心她的近况。

小莫:那要看她怎么想。她离开也是有原因的。

文文过来给两个人送水,看到桌子上的报纸,马上抓起来,一看照片上没有她,又失望地放下报纸走了。

杰克:是的,所以我要找到她,让她告诉大家到底发生了什么事。你知道她在哪,对吗?

小莫:你怎么证明你是她想见的人呢?

杰克:人为什么要玩失踪? 就是为了让别人找啊,这你都不明白? 如果没有人找,你丢了就丢了,人们转眼把你忘了,把你的位置代替了,那你失踪还有什么意义? 说明你连失踪的资格都没有。

这句话有些触动小莫,他似乎看到母亲离去时的模糊的背影。

小莫:可是我也不应该在没有得到她的同意之前就告诉你她在哪里啊? 她谁都不想见,一直关着手机。

杰克:她是在赌气,你不会认为她打算在这老街上住一辈子吧? 这样吧,你现在打个电话给她,告诉她有人来找她,就在咖啡馆等她。如果她愿意,她会来,如果她不来,我马上走,再也不来了。

小莫想了想。

小莫:好吧。

小莫到柜台上打电话给餐馆,让老板娘转告五月。

91. 日内　餐馆

老板娘对正在干活的五月说有人在咖啡店等她。

五月放下菜刀,围裙都没有摘就跑了出去。

老板娘无奈地自己接着切菜。

92. 日外　街上

下雨了。

五月在雨中奔跑,她不知为什么认准了是阿雷来找她了,她觉得已经等得太久。

93. 日内　咖啡店

小莫、杰克、文文都静静地等待,彼此没有交谈。

门开了,五月冲了进来,戴着围裙,淋得很湿。

看到杰克,五月很失望。

看到五月的样子,小莫很失落。

看到小莫的失落,文文又撅嘴。

只有杰克,很有成就感。

杰克:May,你好,我是《新娱报》的记者,我叫杰克,终于找到你了。

五月:你好,我还以为小莫找我有什么急事。

小莫意识到,五月的嗓子已经好了,他露出惊喜的笑容。

五月也对他做了一个鬼脸。

杰克:我们坐下谈吧,文文,咖啡。

小莫惊奇地看了一眼文文,奇怪她和记者这么熟。

文文很职业地微笑着,不看他。

94. 日内　报社

主编办公室里。

杰克正在向主编汇报。

杰克:她说了四点:一是对因为身体原因缺席发布会非常抱歉;二是目前因为嗓子原因无法演唱,要休息一段时间;三是给公司的工作带来不便也很不安;四是谢谢大家的关心。

主编:身体原因? 怀孕了吧? 有照片吗?

杰克:有,杰克把刚洗出的五月的照片拿给主编看。

主编:不是这张。

杰克:是这张。

主编:我是说阿美的照片。

杰克:阿美?

主编:我们说了半天不是在说阿美? 冯家老三看中的新人,你报她神秘失踪。

杰克:我追踪的是个新人,但不是您说的那个阿美。

主编:不是阿美? 那我们用头条报的是谁?

杰克:叫 May,唱得非常好,王雷在给她制作,很有潜力,很快会红。

主编:那就等她红了再报也不迟,是我搞错了,好了,你的这项工作完成了,该做什么做什么吧。

杰克:那今天的头条还发吗?我找到她了,她也接受了采访。

主编:不发了。

杰克:可是我们是追踪,总要给读者一个答案。

主编:没有哪个读者关心她下落。你也是,小题大做,我们是报纸,不是寻人启事。

主编把铅笔扔在桌子上。

杰克立刻站了起来。

95. 日内　报社

编辑部。

杰克朝自己的办公桌走。

路过隔壁女同事。

女同事:又头条了吧?你还让不让我活啊?

杰克:撤稿了。

女同事:怎么可能?多精彩的追踪报道!为什么?到底怎么回事?

杰克:你请我吃饭,我接受你的访问。

96. 日外　台北街上

莉萨停车买报。

翻看,没有 May 的消息。

97. 日外　菁桐老街

报摊前。

小莫一只脚点地,看报。

没有相关报道。

98. 日内　咖啡店

晚间的咖啡店没有什么客人。

文文看报,没有相关的消息。

99. 日内　餐馆

五月还在做事,她熟练多了,也可以说话了,对客人也很好。

小莫也在等着吃饭,两人眉目传情。

老板娘看在眼里,喜忧参半。

100. 日外　老街

过年的气氛越来越浓厚了。

戏台周围也热闹起来,很多有传统特色的习惯都还在老街保留着。

一些活动已经在开展了。

戏台上正在进行吃辣椒比赛。

小莫也是选手之一。

几个选手一字排开。

比赛正在紧张地进行。

五月和文文等都在下面观看。

五月喊"小莫加油",声音又亮又好听。

小莫被辣得眼泪都流出来了,但是听见五月的喊声,更加努力。

锣声一响,比赛结束,盘子被收走。

大家在数着剩下的辣椒。

一位大叔宣布:小莫获胜!

在一旁观看的叔叔阿姨们都乐翻了。

另一大叔:不好意思! 贪财啦!

大叔们向围观的客人收钱。

101. 日内　公用厕所

小莫冲到厕所里狂吐。

小莫很难受地出来。

大叔们对他说:谢谢啦,小莫。

小莫虽然很不舒服,仍然对他们笑了笑。

102. 日内　小莫家

小莫冒着冷汗躺在床上,满脸痛苦地强忍着胃痛。

五月走了进来,手里拿着刚买的胃药。

五月倒了杯水,喂小莫吃药。

小莫吃着药带着疑惑的表情看着 May。

小莫:我不是在做梦吧?

五月:要钱不要命啊?

小莫:大叔们要搞歌会没有经费,我出的馊主意,当然不能不上场。

五月:要是所有的人都像你一样该多好啊。

小莫:我? 连文文都要找个在大楼里穿衬衣打领带的男孩,不肯和我拍拖,都像我就惨了。你的脸怎么了?

五月赶紧找镜子去看。

五月:蚊子叮的,昨天夜里我房间有只蚊子。

小莫:好几个包呵,它一定也吃吐了。

五月一下扑在小莫的身上,挠他痒。

小莫一边笑一边挣扎。

两人忽然就没有距离了,忽然就不敢动了。

两个人挨在一起,感受这种亲近。

但还是很快分开了。

小莫:那个记者说,你的公司也在找你。

五月没有说话。

小莫:你也别太任性了,不能老在快餐店当形象代言人啊。

五月:你好了吧? 我该走了。

小莫:等等我,我去看看你的纱窗需不需要补。

103. 日内　公司

接待室里。

杰克来找莉萨了。

莉萨:我还是什么都不能告诉你,因为我们一直没有她的消息。

杰克:我有。

莉萨:你有什么条件吗? 我可没有什么可以和你交换。

杰克:(比较诚恳地)我一直很看好 May,我相信我的眼光,加上有阿雷的帮助,她一定会红,这也就是我为什么对她如此关注的原因。我找她一方面是想在工作中做出成绩,另一方面也是出于关心,现在我的工作已经完成了,只剩下关心，所以没有什么条件了。我前几天见到她了。

莉萨有点惊讶。

莉萨：她在哪儿？她的嗓子好了吗？

杰克：她很好，嗓子也被一个隐居的老中医治好了。我愿意带你们去找她，如果你们想找她的话。

莉萨：（兴奋地站了起来）当然，你等一下。

莉萨掏出手机打电话给阿雷。

莉萨：阿雷，我们找到 May 了！

104. 夜外　老街空场

新搭好的舞台被装饰得花里胡哨，成为老街最醒目的景观。

过年了，老街的人们以他们的方式庆祝节日。

大批观众围绕着灯饰华丽的舞台。舞台上有位衣着时髦又帅气的男歌手，正以摇滚歌曲带动现场观众的热闹气氛。

主持人介绍下一位歌手要上场时，现场的工作人员立刻对他交头接耳，主持人点点头。

主持人：下一位登场的歌手是五月，她现在的工作是快餐厅的服务员，大家掌声鼓励。

伴随着热闹的音乐节奏，May 出现在舞台上，她化了浓妆，非常好看，小莫在后台看得发呆。

May 的演唱，一首非常好听的爱情歌曲，是阿雷为她写的新歌，还从来没有演唱过。

小莫看着 May 的表演，听到 May 美妙的歌声，露出惊讶的表情。

观众一：这是快餐店的服务生吗？不可能啊！

观众二：我怎么觉得我在电视上看见过她啊？

观众三：快餐店请了外援啊？耍赖。

站在前面的老板娘回过头来。

老板娘：不信你们去问小莫好了，她是不是我店里的服务生。

台侧，小莫很开心很骄傲的样子。

忽然，小莫在观众的最后看到了杰克，在杰克的身边还站着阿雷和莉萨，只是小莫还不认识他们。

小莫知道,他们一定是来找五月的,是来带她回到她的舞台上去的,小莫的神情有些落寞。

105. 夜外　老街空场

May 在舞台上唱歌。

在观众的最后面。

杰克、阿雷、莉萨站在一起。

杰克:这就是你为她作的新歌吧?

阿雷:是的,我也是第一次听她唱舞台。

莉萨:May 好像有点变了,说不上是哪里。

杰克:我说得不会错,明年的今天她肯定不是现在的样子了。

舞台上,五月专注地唱歌,她好像忘记了自己的苦恼,认真而投入地把歌唱出来。

她也赢得了属于她的掌声。

大家都在欢呼,让她再唱一个。

五月深深地鞠躬,然后跑向后台。

成功的喜悦感动着五月,她和小莫拥抱。

小莫:你唱得太好了! 不过我想,你等的人来找你了。

五月愣了,她猛回头,看见了杰克、阿雷和莉萨站在她的身后。

阿雷朝着五月张开了双臂。

五月和阿雷拥抱在一起。

在五月的身后,站着小莫,他在笑。

在阿雷的身后,站着莉萨,她如释重负。

舞台上的节目还在继续。

阿雷:祝贺演唱成功!

May:谢谢!

莉萨:可惜我们没有准备花篮。

小莫:我准备了。

小莫从衬衣里拿出精心准备的一小束花。

五月接过来。

五月:谢谢!（对阿雷和莉萨)他是小莫,我在这里最好的朋友。

莉萨:我们找个地方坐下说吧,小莫,一起去吧。

小莫:我就不去了,一会演出结束还要收拾。

莉萨:好吧,那回见了。(对五月)我从此要拉牢你,看你还跟我玩失踪!

几个人说说笑笑着走了。

小莫望着他们的背影。

身后的音乐大作。

106. 夜外　老街空场

颁奖的环节正在进行。

舞台上已经站了好几位领了奖的人。

颁奖还在继续进行,获奖者高兴地上台,下面的人们在欢呼,因为都是熟人,大家完全是自娱自乐。

老板娘站在小莫的身边。

老板娘:是你的就是你的,不是你的就不是你的。

小莫:人有时候得奖,有时候也会得病。

老板娘:得到得不到,都不是你的错。

小莫:可是,怎么才能忘掉?

老板娘:忘不掉了,像伤疤一样。

这时,台上的主持人说:下面颁发最佳歌手奖:这个奖发给快餐厅的服务生五月小姐,她甜美的歌声让我们想起了春天的小雨和雨中绽放的花朵。

台下一片欢呼。

老板娘示意小莫上去替五月领奖,小莫摇头推辞,老板娘上台接过奖状,挥舞着。

大家议论,五月呢?

小莫笑了,他为五月的成功而高兴,他确实忘不掉。

107. 一组回忆

小莫拉着五月从咖啡店出来,两个人在大街上走,已经没有多少行人了。五月走不稳,小莫一只手推车,另一只手揽着她,箱子放在自行车的后面。

五月在切菜,态度认真,技术很差,胡萝卜从她的刀下飞出好远。

两个人吃饭盒。

五月为小莫擦汗。

五月扑到小莫的身上。

两个人因为唱歌的成功而拥抱。

108. 夜外　老街空场

演出结束了,大家都已散去了,舞台前一片狼藉。

小莫和几个自愿留下来的人在收拾。

还有人在议论刚才那个小姑娘唱得好。

小莫让大家都回去休息,他自己把要收的东西往板车上装,准备运走。

这时,五月来了。

小莫停下手,看着站在昏暗光线里的五月。

两个人就面对面站着。

小莫:他的手很好看,他一定会弹钢琴。

五月:我先遇到他,又遇到你,运气太好。

小莫:杰克说,你会成为一个明星,像邓丽君一样。

五月:没有你,我可能就再也不唱歌了。

小莫:连胡萝卜都不会切,你不唱歌还能做什么?

五月:我会想你的。

小莫:我也是。

五月:什么时候到青岛去看下雪吧。

小莫:你说台北会下雪吗?小时候我老是问奶奶我妈妈什么时候回来,奶奶就说,下雪的时候。因为我妈不会回来,台北也不会下雪,她才这样说的。但是在我心里就一直期待台北下雪,好像只要下雪,所有愿望就都能实现。

五月:替我跟马爷爷和老板娘说再见。

小莫点点头。

五月站起来,朝小莫伸出手。

小莫也伸出手。

两个人拉着手站着,面对面。

两人轻轻拥抱。

五月:(再次凑到小莫的耳边,像嗓子坏了的时候一样)对不起。

小莫落寞中依然感到甜蜜和满足。

五月:明天我等你替我提箱子。

小莫:好。

109. 夜外　老街

小莫在五月的楼下,看着她亮灯的窗户。

小莫久久不愿离去。

小莫倒退着朝自己家里走去。

110. 夜内　咖啡店

很晚了,咖啡馆里没有客人了。

杰克一个人坐在他经常坐的位子上,他喝了不少啤酒,有点醉了。

文文过来给他加水。

然后在他的对面坐了下来。

文文:他们走了,May 也走了,你为什么不走?

杰克:不知道,心里很乱。

文文:你帮他们找到了 May,你做了件好事啊。

杰克:我也是这么对自己说的,可是心里还是乱,好像对不起什么人。

文文:你是说小莫,他喜欢 May。

杰克:May 也喜欢小莫,May 跟小莫在一起一定会非常幸福,而阿雷今后会带给她无穷无尽的痛苦,可她还是会选择阿雷,这是没有办法的事情。

文文:你这么年轻,讲话这么老成。

杰克:每个人的爱情,其实就是每个人的梦想。

文文:那你说,小莫有梦想吗? 他的梦想是什么?

杰克:家。这几天我看他整天在老街上来回穿梭,他把老街上的每个人都当成自己的家人。

文文:你还会再来吗?

杰克:我挺喜欢你的小店,(停顿了一下)也挺喜欢你。

文文笑了笑,她也有心事了。

文文:我把你送我的大熊放在枕头边上。

杰克:(举举手机)有空发简讯给我。你下班吧,我走了。

文文:你去哪里? 没有公车了。

杰克:我有办法,再见。

111. 夜外　小莫家门口

小莫朝家里走来。

杰克坐在门口等小莫,身边倒着几个空啤酒罐。

小莫:你是在等我吗?

杰克:我想在你家借宿一晚行吗?

小莫也在杰克身边坐下。

杰克:是不是后悔帮我找到 May 了?

小莫:是。

杰克:你想揍我吗?

小莫:想。

杰克:来吧。

两个人在门前扭在一起。

两个年轻人在街头扭打。以这种简单痛快的方式宣泄心中的郁闷。

直打得难解难分。

有的人家亮起了灯光。

112. 日内　房东家

五月收拾好了东西,一只箱子放在地中间。

她在等小莫。

脚步声在楼梯上响起,和每次一样。

五月看着打开的门口。

是杰克。

五月:小莫呢?

杰克:(大大咧咧地)我替他来给你提箱子,他忙着。他说该说的话昨晚都已跟你说了。

五月:他也玩失踪啊?

113. 日外　老街

小莫骑着自行车,和每天一样。

车上驮着要送的货,不时在某个门口停下来,或者说句话,或者做点什么事。

路上有空罐,他拣起来,骑上车,投进路边的垃圾筒,投得很准。

小莫的车筐里有一束花,也不知道是要送给谁的。

114. 日内　房东家

杰克:他有件东西让我交给你。

五月接过一个包装得很认真的盒子。

楼下有汽车的喇叭声。

杰克探出头。

115. 日外　楼下

莉萨和阿雷站在车外朝楼上看。

116. 日内　房东家

杰克:走吧。

五月倒退着离开了这些天她住过的小屋。

外面有下起雨来,或许是五月的想象,和那天小莫下的雨一样。

雨水顺着屋檐形成了水的珠帘。

117. 日外　老街

小莫把车停在马爷爷的家门外,沿着楼梯往上走。

118. 日内　马爷爷家

忽然迎面有一些烟冒出来。

越往上走烟越浓。

小莫发觉不好,开始往楼上跑。

小莫用力敲着马爷爷的房门。

他用尽力气,撞开了房门。

火已经着起来了。

小莫一边喊着:着火啦,来人啊!

一边往里冲。

外面有人喊:着火啦,快叫消防车!

还有人喊:小莫,快出来,小心啊!

119. **日内　马爷爷家**

小莫发现马爷爷倒在厨房的地板上。

他拼命把马爷爷往外拉。

他的头发和眉毛被火一下就烧焦了。

120. **日外　马爷爷家外**

消防车来了。

消防队员开始救火。

浓烟已经弥漫了整座老楼。

121. **日内　马爷爷家**

小莫在消防队员的帮助下把马爷爷救了出来。

救护车把马爷爷送往医院。

122. **日外　马爷爷家外**

消防队在喷泡沫灭火剂。

大量的白色的泡沫朝楼上楼下喷去。

泡沫飞散,随风飘舞。

又纷纷落下,如同飞扬的雪花。

小莫仰起脸,有点被眼前的景象所迷惑。

他以为台北真的下雪了。

123. **日外　路上**

雨还在下。

莉萨开的汽车驶出了老街。

五月回过头去张望。

她希望能看到小莫。

但是她没有看到,她只是觉得老街笼罩在淡淡的烟雾当中,有一种说不出的朦胧的眷恋。

汽车里,莉萨和阿雷已经开始谈工作了,两个人语速很快地谈着录音、作曲等等唱片公司的事情。

小莫和老街在这样的谈话中渐渐变得遥远和模糊。

124. 日外　路上

May 打开小莫装礼物的盒子。

里面是一堆老街上可以买到的零碎的小礼物：一面小镜子、一个手机链、一个小公仔、一个小手镯等等，反正是随手可以买到又很便宜的女孩子喜欢的小玩意，一盒都是，有十几件或更多。

上面有一个很小的信封。

[画外音]

小莫：五月，我这些天走在街上，看到这样的小东西就会想起你，就想买给你，于是我就买了，可是我却一件也没有送给你，我也不知道我害怕什么。

我知道这就是传说中的爱情，我为我自己终于感受到了而兴奋，我在恋爱的同时享受失恋，在得到的同时体会失去。没有办法，我知道你和我一样，只是你为了另外一个人。

五月，谢谢你来老街，有你的老街和以前完全不一样了，我也和以前完全不一样了。

五月一边看一边流泪。

莉萨和阿雷还在说话。

莉萨顺手塞给五月一张纸巾，她就是这么眼观六路。

阿雷的眼睛又转向了雨中的台北。

125. 日内　演唱会会场

五月在台北的大舞台演唱。

一首关于爱情的歌曲。

非常好听也非常真切。

阿雷在边上看着她，阿雷的身边站着莉萨。

杰克在下面看着她，杰克的身边站着文文。

五月的演唱获得了成功。

观众报以热烈的掌声和欢呼声。

五月平静依旧。

笑容依旧。

126. 日外　菁桐老街

五月回来了。

她来到小莫的住处前。

小莫的房间锁着。

127. 日内　马爷爷家门前

邻居说,马爷爷去养老院了。

128. 日内　咖啡店

五月推门进去。

文文还在柜台的后面。

五月:文文,小莫呢?

文文:他走了。

五月:走了? 他去哪了?

文文:找他妈妈去了。他说杰克说的对,如果没有人找,失踪还有什么意义?

五月:可是已经这么多年了,他去哪里找啊?

文文:即便找不到,和不找还是不一样吧?

五月:是的,不一样。那你呢?

文文:我迟早也是要离开老街的。

五月:没有小莫的老街,冷清了很多。

文文:你呢?

五月:我还会再来的。

沂蒙六姐妹

剧本完成于 2008 年 11 月。

1. 引子

沂蒙山腹地一个挺大的村落,房屋错落,远处是层层叠叠的群山。

有锣鼓声在村庄的上空回旋,因为远,不甚清晰,只是透出一种喧闹和人气。

2. 日外　场院

两三个老头在敲锣打鼓,人不多动静不小。

二三十个女青年在练扭秧歌,带着大家扭的是兰花(20 来岁,梳短发,腰扎皮带,女干部形象,但也穿绣花鞋),一边扭一边嘴里念叨着"上一步、两步,退一步、两步"的号令。

跟在兰花后面的一群女人年龄不一,嘻嘻哈哈,有灵的,就学得快些,有笨的,就学得慢些,边学还边说着俏皮话。

在这群姑娘里,有我们影片的几个主要角色。

秀(十六七岁,梳大辫子,穿花衣,整洁好看),心灵手巧型,身材也好,脑瓜也灵,学得也快,会了就左顾右盼的。

小鹤(十五六岁,梳两根辫子,脸略胖)完全学不会,她有点五大三粗,明显不协调,但咬着嘴唇,非常认真。

看小鹤的样子,秀就偷笑。小鹤见秀笑,就撇嘴,不扭了。

小鹤:兰花,秀老笑我。

兰花:秀,我告诉你,小鹤学不会就拿你是问。

秀就过去把手把脚地教小鹤。

秧歌扭得热闹,一群孩子和老人围着看。

黑燕(十六七岁,有点黑,看着挺犟的,梳大辫子)穿得比别的女孩都差,个子也比较矮,她的神情也比别的女孩冷一点,她一边扭一边踢土,把前面女孩的黑棉裤都弄脏了,前面的女孩回头瞪她,她目光也不躲闪,还是一副"愤青"的样子。女孩边上的春英(23 岁,梳着发髻,是年轻的媳妇)把女孩扯了一把,换到自己的位置上,自己到黑燕的前面扭。

女孩:黑燕老那么欠?

春英:行啦,都不是省油灯。

兰花:(有所指地)扭就好好扭,不想扭可以走。

黑燕不理会。

黑燕:春英嫂子你家啥时候办喜事啊?

春英:明天。

片名:《沂蒙六姐妹》

3. 日外   春英家院子

大清早。

不规则的石头砌起来的并不十分规整的院墙,别有一种古朴的坚固与美感。

院墙的一部分在树荫的遮蔽之下,有的树杈从外面伸进来,有的树杈从里面探出去。

初春的阳光温暖而明亮,使得所有的线条都分外清晰。

一只异常美丽的大公鸡站在墙头上,它的羽毛在阳光下熠熠闪光。它骄傲地睥视着墙下,像是在和对手挑衅。

对手是我们影片中的春英,她给人的第一印象干练而挺拔,衣服穿得整整齐齐,头发梳得一丝不乱,此刻,她插着腰,站在院子里,盯着墙上的大公鸡。

大公鸡警惕而骄傲地看着她。

春英把手里的玉米粒又往地上撒了几个,人也往后撤了几步,嘴里叫着"咕咕咕",邀请公鸡来吃。

公鸡不为所动。

春英有点不耐烦了。

她把手里的玉米棒子朝公鸡扔了过去,还挺有准头,真的打到了目标。

公鸡受到惊吓,扑棱着翅膀从墙头上飞到院子里。

春英扑了上去,公鸡飞快地从她的胯下逃离。

春英又扑上去,公鸡又飞走了。

4. 日外　春英家院子

人与鸡激烈地追逃,一时间院子里鸡飞狗跳。

在追逐的过程中,镜头扫过这个农家小院的一些角落,显出了一些不寻常的气氛:

门上贴了红色的对联,墨迹新鲜,内容是"百年好合"一类。

院子的一角堆着一堆桌椅,是借来准备开酒席的。

厨房门口摆着一些准备做饭的锅碗瓢盆。

正屋的门口,坐着一老一小,是春英的婆婆和4岁的儿子臭臭。婆婆靠在门框上,臭臭靠在奶奶的怀里,两人看热闹似的看春英抓鸡。

臭臭还不时地跟着叫喊起哄:娘,赶紧的,娘,又跑了。

奶奶却有点想笑也笑不出来。

臭臭见妈妈老抓不到,就想从奶奶怀里挣脱出去,奶奶就揪着不让他去。

臭臭奶奶:臭乖,不去。

臭臭:为啥? 为啥?

臭臭奶奶:那是长辈。

臭臭:奶,我娘太笨了,我爹要在,我二叔要在,就它还想跑?

臭臭提到二叔,奶奶无声地叹了口气。

臭臭奶奶:你二叔在咱就不用麻烦它了。

5. 日内　秀家

还是清早。

秀趴在炕上,两条小腿朝上,两只穿着绣花鞋的脚晃来晃去,头却扎在窗户下面的亮处,她在替父亲写信。一个木升上面铺着张粗糙的纸,她的手里是个挺小的铅笔头。

秀的身边还卧着一只大猫。

秀爹靠在叠在炕头的被垛上,跷着二郎腿,嘴里叼着旱烟袋,对秀巴结地笑着,嘴里咬文嚼字。

秀爹:见字如面,儿母病危,想和儿见上最后一面,你见信赶快跟队伍首长告假,赶快回家。

秀抬起头,瞪着父亲。

秀:爹,你这不是骗人吗?

秀爹:我哪骗人了,你娘见天夜里哭你哪知道? 你哥要是再不回来看一眼,你娘就吃不上今年的新麦子了。

秀:那我娘也没重病在床啊,扭秧歌扭得欢着呢。

秀爹:不这么说你哥能回来吗? 队伍上能给假吗? 大姑娘死心眼。

秀:我不管了,我哥回来还不得揍我? 你自己写吧。

秀爹:(火了,一磕烟袋)我要会写还用求你? 我花钱供你哥念书,半道当兵跟我连个招呼都不打,我腾工夫让你上识字班,写个信还得给你赔笑脸,我让你写的,他小兔崽子敢把你怎么着? 兔崽子,一窝兔崽子!

秀有点害怕了,撅着嘴又趴下身去写。

秀:还有吗?

秀爹:(认真思考状)你娘说,不看你一眼,她就闭不上她的眼。

秀一边写,一边笑,肩膀直抖。

秀爹:行了,你哥的信皮你收着呢吧? 写好了带在身上,看见区助理赶紧交给他,上次来我还给他吃了一只鸡呢。

6. 日外　山坡上

实际上有路,但是看不出路的山坡。

山坡上长满了酸枣棵子,刚刚有点返青。

十多岁的二宝左右躲闪着扎人的酸枣树,灵活而轻捷地跑过来,他一边跑,一边回头看,脸上带着坏笑。

追他的是他媳妇黑燕,黑燕背着个筐,也梳大辫子,气鼓鼓地追在二宝的后面。

二宝跑到一棵树下面,停了下来,大口喘气。

黑燕转眼追来了,二宝赶紧转到树的后面,避免被黑燕抓住。

黑燕:给我,你给不给? 找打啊你?

二宝:给谁做的?

这时才看到二宝手里抓着个缝了一半的鞋垫。他一边躲着黑燕,一边把鞋垫往自己的脚上比画,鞋垫比他的鞋都大,显然不是给他的。

　　黑燕:赶紧拿来,我给队伍上做的。

　　二宝:队伍上谁啊?

　　黑燕:谁要就给谁。

　　二宝:我不信,整天藏着掖着,小心我告诉我娘你偷她的布。

　　黑燕:告吧,你这就告去,让你娘把我打死算了,省得整天给你们家卖命,黑心狼。

　　黑燕不追了,坐到一边生气。

7. 日外　山坡上

　　二宝见黑燕生气,也软了下来,把鞋垫朝黑燕扔了过来。

　　二宝:吓唬你哪,不识逗。

　　黑燕拣起鞋垫,一边择着上面粘的草棍,一面掉眼泪。

　　二宝:又哭啦? 就知道哭,(不知该说什么)好好好,缝吧缝吧,我弄柴火。

　　二宝卖力地干起活来。

　　黑燕往大树下面一坐,从衣襟上取下针来,在头发上筀了筀,专心地缝她的鞋垫,缝了一半的鞋垫上布满了细密而整齐的花纹。远远看去,这对称不上是夫妻的"小夫妻"也很田园。

　　黑燕:你快点干,咱今天得早点回去,老孟家办喜事。

8. 日外　山路

　　山不算高,层层叠叠,泛着初春时节难以描述的灰绿。

　　一条泛白的山路蜿蜒而来,又曲折而去,时而被山坡遮蔽住,时而又转了出来,和山坡纠缠不休的样子。

　　娶亲的锣鼓由远而近,渐渐充满了画面。

　　山路上迎面走来一干人,最前面的是一头高大的骡子,身上驮着一堆嫁妆,箱笼花被子等。牵骡子的也是接亲的,是一个年纪很大但精神矍铄的白胡子老头。他是小鹤的爷爷,老头跟着锣鼓点哼着戏腔。

　　跟在后面的是一头毛驴,上面斜坐着新娘,头上盖着盖头。走在毛驴身边的是小鹤,小鹤穿着带有折痕的新衣服。小鹤有点小子气,粗手大脚,憨憨的。后面跟了几个送亲迎亲的人,也大都是女性,还有一个腿瘸的壮年人,他是新媳妇娘家村的村长。再后面就是三四个人组成的鼓乐队。

一行人不紧不慢、热热闹闹地往前走。

骡子和毛驴的脚下尘土飞扬。

9. 日外　山路

一送亲的妇女嘲笑瘸腿的村长:不让你来你偏来,看你走道我都累。

村长:月芬出嫁村长送亲,你当年有这排场吗?

妇女:我嫁过来你连个民兵都不是,转眼成村长了。

村长:再忙我也得来,不能委屈着月芬。

新娘苗条柔媚的背影。

小鹤紧走几步追上爷爷。

小鹤:(嗓门粗粗的)爷爷,怎么比去时候远啊?

爷爷:去时候你骑驴当然近了,不让跟着偏跟着,累了吧?

小鹤:啥时候能到家啊?

爷爷:说话就到。(看了小鹤一眼,逗她)别说话啊。

10. 日外　村里

村子建在斜坡上,房屋错落有致。石板墙茅草顶,草垛柴堆,鸡鸣狗吠。一抹炊烟笼罩在村子的头顶。

11. 日外　村里

曲折细长的街巷。

兰花敲着一面铜锣,沿着村里的小巷边走边喊。

兰花:大戏台开会,紧急会,各家一人,要点名。(锣声)大戏台开会,紧急会,各家一人要点名。

听到招呼的村民已经三三两两地朝戏台方向去了,兰花逆着他们的方向继续敲继续走。

兰花边敲边走,忽然从房屋的拐角跳出一个人来,是个和兰花年纪差不多的小伙子,有点吊儿郎当,衣冠不整,他是四喜。

兰花瞥了四喜一眼,自顾往前走,四喜追上兰花。

四喜:兰花兰花,区上开会回来啦? 又开会,你整天就知道开会!

兰花看了他一眼,目光充满了不屑,懒得搭理他,继续往前走,边敲边喊。

四喜一定是已经习惯了这种待遇,他依旧跟着兰花赔着笑脸。

四喜:把锣给我,大姑娘家筛锣不好看。

兰花:别挡道,不好看别看,你少跟着我。

四喜:我又说错了,不是不好看,你辛苦了,你歇会,我来。

说着已经从兰花手里抢过锣,一边走一边敲。

12. 日外　村里

兰花:(继续喊)大戏台开会,紧急会。

四喜不时回头看兰花一眼。

13. 日内　秀家

秀在匆匆忙忙地重新缠腿带子,动作麻利而熟练。她把写好的信掖到怀里。

秀:爹,我去开会吧。

没等爹应声,人已经往外走了,走到门口,掀开水缸照了照,然后就朝外跑了。

秀爹:(冲着秀的背影)把信交给助理员。(自语)你哪是开会,你就是赶集。

14. 日外　山坡上

二宝还在干活,他直起腰看黑燕,黑燕停住手,在听。

二宝:是敲锣,兰花的锣。

黑燕:过队伍了吧? 快点,走了。

她和二宝七手八脚把柴火捆起来,帮二宝背到背上。

黑燕:快点,跟上。

黑燕轻手轻脚地在前面跑,二宝背着柴火捆跟跟跄跄跟在后面。

15. 日外　村里

迎亲的队伍进了村,一路上吹吹打打。

一伙孩子跟在后面,兴奋异常。

16. 日外　春英家门外

迎亲的队伍来到贴着对联的门口。

大门敞着,却没有人迎出来。

新娘子在毛驴上坐着。

锣鼓手起劲地敲打。

臭臭奶奶拧着一双小脚来到大门口,手里还领着臭臭,臭臭又在想方设法挣脱奶奶的手。

春英家的大门上钉着"光荣军属"的木牌。

锣鼓点停了下来。

臭臭奶奶:到啦,快进来歇会,都开会去了,就剩我一个人看火。

新娘子自己从毛驴上出溜下来,一把扯下盖头,一张年轻漂亮的脸露了出来,她是月芬,穿着一身红色的棉袄棉裤,光彩照人。

小鹤看到月芬的漂亮很惊喜的表情。

小鹤:真俊啊。

17. 日外　村中戏台

村中的核心地带,老旧的戏台有年头了,大树也有年头了,二者已成为这个村子的地标,也是村民们集中的所在。

老根据地的乡亲们对开会已经非常熟悉和熟练,大家随意地自由结合,分布得很合理,来得也很齐,差不多也有百多人的样子。

戏台的屋檐下面放了一张桌子、两把椅子,和现在的主席台差不多。台上一个干部模样的人正在讲话,没有扩音设备,他的讲话几乎就是在喊话。他的身边站着村长,一个上了年纪的老汉。

伴随着喊话声,在戏台的后面,一些人在紧张地卸车,两架马车,运来一捆一捆的棉布、一袋袋的粮食。

很多老乡的目光都被马车所吸引。

一件大事就要发生,大事正在发生的气氛笼罩着在场的人们。大家的表情有些紧张,也有些兴奋。

在人群中,我们看到了秀、黑燕、春英、二宝、四喜和站在台口清点人数的兰花。

这段戏始终伴随着马副区长的讲话。他年纪不算大,戴着一副眼镜,是个知识分子,讲话也带点南方口音。

马副区长:乡亲们,国民党的军队正往山东根据地开来,一场大战不可避免。我们期望和平,但是我们必须保卫根据地的胜利果实,保卫我们的家乡、土地和以后的好日子。我华东野战军正在部署重兵,在陈毅、罗荣桓、粟裕的领导下,摆开战场,和敌人决战于沂蒙山腹地。我们的子弟兵已经开赴前线、开赴战场,我们要团结一心、奋勇争先,和他们一起赢得战争、赢得胜利,因为……

春英实在急得忍不住了。

春英:马副区长,您刚来沂蒙山吧,这些道理都不用讲了,解放军是我们的子弟兵,我们不帮谁帮? 直接安排吧。快晌午了,我们那边还等着拜堂呢。

大家都笑了。

区长扶了扶眼镜,有点窘迫。站在边上的老村长用手指头点着春英,做着生气的表情。

区长:好吧,我就不啰唆了,任务很重:5000 斤麦子,尽快磨成面做成煎饼,等队伍过来就要;200 双军鞋;还有喂马的谷草,能弄多少弄多少。

18. 日外　春英家门外

鞭炮在院子门口炸响,乡亲们都围在边上,孩子们钻来钻去。

村长陪着区长也来了。

区长进院子之前看了一下门头上"光荣军属"的木牌子。

19. 日内　春英家

堂屋收拾得很干净,有一点专门为了办喜事做的装饰,但还是很简朴。

臭臭奶奶一个人坐在长辈的位置上。

月芬和春英站在奶奶的对面,春英的怀里抱着早上她抓了半天的漂亮的大公鸡。

乡亲们围在后面的门口。

司仪苍老的声音:一拜天地。

月芬和春英一起对着门口鞠躬。

司仪:二拜高堂。

月芬和春英转过身给臭臭奶奶鞠躬,奶奶很平静。

司仪:夫妻对拜。

月芬和春英对拜,春英紧紧夹着大公鸡。

大公鸡好像懂事似的,非常安静听话。

司仪:送入洞房。

春英抱着公鸡走在前面,月芬跟在后面。

大家都很安静地看着这一切,没有好奇,没有议论,没有忧伤。

20. 日内　春英家

新房收拾得很整齐。

月芬看着这个将要成为自己家的陌生的地方,她找不到另外一个人的一点痕迹。

春英在她身后轻轻地说:上炕吧。

21. 日外　春英家院子

老村长和娘家村的瘸腿村长引着马副区长来到臭臭奶奶的面前。

村长:老婶,这是区里的领导,道喜来了。

区长和臭臭奶奶握手。

区长:大妈,恭喜恭喜。

臭臭奶奶:让你笑话了,日子是两家早定下的,儿子在队伍上回不来,两家商议还是按日子先把门子过了,在哪等都是等。老辈留下的办法,女婿出门在外,老嫂抱个公鸡也能拜堂。

区长:早过门早团圆。我知道你两个儿子在部队,老伴打鬼子时候给115师送弹药牺牲了,你就是我们的大后方啊。(掏出一张纸币)这是我从延安带来的,现在咱这不能花,你收下,等全国解放了,一定可以花。

村长:你亲家说了,女婿不在家,新娘子不用回门,在婆家好好的,有事会给她捎信。

臭臭奶奶:(对大家)今还真是个好日子,区长都来随礼了。

正说着,远处传来隆隆的炮声。

大家知道,敌人已经来了,屋子里和院子里的人们都在侧耳倾听,彼此交换着眼神。

炮声隆隆。

臭臭奶奶:没来的不等了,开席!

22. 日外　村里

一组过场:

村子一下子忙碌起来:

每个碾子前都有推碾子的妇女。

碾子飞快地转动,粮食被越碾越细。

筐箩上架着来回拉动的面箩。

大盆里搅动的面粉、面糊。

姑娘们在河里漂洗着整匹的黑色白色的做军鞋的布。

老人们在捻着麻绳。

搓麻绳的腿上都有了清晰的痕迹。

线坠在飞快地转动。

刷糨糊做袼褙。

晾在太阳下的一张一张的袼褙上面是花花绿绿的拼接的百家布。

大嫂们围在一起纳鞋底,麻绳拉得哧啦哧啦地响。

孩子在周围跑来跑去。

院子里支着摊煎饼的鏊子。

一张一张煎饼像变戏法一样摊了出来,叠起,摞得很高。

老木匠在修理独轮车。

剪刀在布上行走,鞋底的模样,鞋面的模样。

23. 夜外　村里

夜已经深了,村子里的很多窗口还亮着油灯,很多烟囱还冒着烟。

寂静的夜晚变得喧闹。

24. 夜内　二宝家

一个在村子里少见的大院子。

这个家从房子和家具都可以看出殷实。

房子挺多,人也多,进进出出的。

一匹崭新的黑布哗地打开,二宝妈熟练地抖开布,然后把布按在一个大盆里下水。

二宝爹在一边抽烟,也不动手也不动口。

黑燕忙里忙外,一会出来一会进去,又到厨房里端了一盆热水,端到侧屋里正在摇头晃脑读书的二宝的脚下,把二宝的鞋脱下来,把他的两只脚丫子放进去。

二宝妈:黑燕你过来。

黑燕转过身。

二宝妈：我今天问方子妈，她的军鞋定量是 3 双，咱家为什么是 13 双？

黑燕：你们三个，再加上我的。我做 4 双。

二宝妈：(手里干着活)你给我站住，你什么时候也有一份了？

黑燕：我跟兰花要求的，我说应该有我一份，兰花答应了。

二宝妈顺手拾起手边的棒槌朝黑燕扔过去。

二宝妈：(非常生气地)你主意也太大了，没过门你在我们家就是一使唤丫头，你凭啥算一号人？

有媳妇从别的屋子里伸出头来看婆婆管教黑燕，并不上前劝阻，已经习以为常了。

家里人都该干什么干什么。

黑燕：(也不示弱)哪回不是我做得最多？ 为啥我就不算？

二宝妈：你干是给我干，你给我干不应该啊？ 养你这么大还长脾气了，有你说话的份吗？

黑燕：这没有，外头有，反正我不是你的使唤丫头。

二宝妈：小丫头片子，反天了你？

黑燕转身出去。

别人其实也都在听黑燕说话。

二宝妈：(对二宝爹)她要造反啊？

二宝爹还是抽烟，不说话。

二宝妈说话期间，手里的活一直没停。

二宝妈：跟你说话呢，聋啦？

二宝爹：这一仗小不了。

25. 夜外　碾子前

春英和月芬在月光下推碾子。

碾子上是上面发下来的粮食，给队伍上烙煎饼的。

月芬已经换下了新衣服，但也穿得利利索索的，头上的红头绳还扎着。

妯娌两个边干边聊。

春英：(叹气)也不知道这队伍都开到哪去了？ 上回来信说要往北开，怎么咱这边又要打仗呢？

月芬:他哥俩在一起吗？

春英:没有,他哥比老二早走两年多呢,那时候臭还不到一岁,爸都不会叫呢。

月芬:那大哥在队伍上当啥了？

春英:上回来信说当排长了,还是去年过年来的信。

月芬:那,那他呢？

春英明知故问。

春英:谁啊？

月芬:你们兄弟。

春英:(逗月芬)新兵蛋子,能当啥。(又叹气)唉,当不当的,平平安安的就好。

月芬:嫂子,你过门前见过咱大哥吗？

春英:上哪见去？我家离咱这两百多里,我出来三天才到,毛驴把屁股都磨破了。过门那天折腾到晚上,困得我啊,啥也没看清,啥也不记得了,到白天又不好意思,我好长时间都闹不清这人到底长啥样。咋啦？想女婿啦？

月芬:面都没见过,咋想？我就是想知道他长啥样。

春英:我想想啊,(想)比他哥高一点,(用手比画着)不胖不瘦,有点黑,宽肩膀,明白了吗？

月芬:不明白,想不出啥模样。

春英:(不知道该如何描述,皱着眉想)对了,臭长得跟他叔就特像,差不多就臭那样。

春英话音还没落,月芬已经扔下碾棍朝院子里跑去。

春英:嘿,干着活呢。

26. 夜内　春英屋里

月芬推门进来。

她在炕头上摸到火柴,点亮了油灯。她把油灯端到臭臭的脸边上。

臭臭已经在炕上睡着了,一张纯净的熟睡的脸。

月芬站在炕前看着臭臭,她想从这张脸上找到她目前生活中最大的悬念的答案。

这是一种别有深意的注视。

27. 夜内　秀家

堂屋里点着油灯。

秀爹正在堂屋忙活,他把发下来的粮食倒在堂屋地中间的席子上,扒拉来扒拉去。秀娘守在边上,手里在捻着线。

秀爹:这是哪里交的公粮,根本就没晾干啊,都哈喇了。

秀娘:我也闻出来了,你管那么宽干吗? 又不是干部。

秀爹:闻出来你不说,去把升拿来。

秀娘起身进里屋。

28. 夜内　秀家

娘进了秀的屋。娘的手里也在干着活。

秀和小鹤正在用纸剪军鞋的样子,纸是红红绿绿的传单。

那个平底的升秀放在炕上当小桌子用。

娘:秀,你爹要升用。

秀:干吗?

娘:你爹说发的粮食陈了,准是又要把咱新粮食换给公家。

秀:我爹才积极呢,就是在我哥这事上没进步。

娘:(制止秀)行了你,嘴快。

娘转身走了。

小鹤:你哥咋啦?

秀:我跟你说你可别跟别人说,我爹让给我哥写信说我娘病了,叫他赶紧回家一趟。

小鹤:你娘啥病啊?

秀看了一眼憨厚的小鹤。

秀:憨病。

小鹤似懂非懂的样子。

29. 夜外　村里

兰花背着个大桶给各户妇女送灯油,因为夜里做鞋要点灯熬油。

30. 夜内　四喜家

四喜娘在纳鞋底,兰花拿起鞋底看。

四喜娘身后的炕上,睡着四喜的小妹妹。

兰花:婶子手真快。

四喜娘找了个破碗来装灯油。

四喜娘:眼神不行了,油灯把鼻子都熏黑了。

兰花把灯油给四喜娘倒到碗里。

兰花:婶我还忙,先走了。

四喜娘:兰花你慢走。

在边上屋里睡觉的四喜对兰花两个字非常敏感,他一下从屋子里跳了出来,光着脚鞋都没穿。

四喜:兰花你来啦,(冲屋里)娘兰花来你怎么不叫我啊?

兰花:(边说边往外走)你睡吧,干啥能比做梦好啊?

31. **夜外　村里**

街上,月光很好。

四喜追着兰花。

四喜:没睡,我就打个盹。我帮你背着,我跟你去。

兰花没有停下脚步。

四喜娘:(站在自家院门口)兰花,让他背着,挺老沉的。

兰花这才把油桶给了四喜。

四喜娘知道儿子的心思,又帮不上忙,一脸的操心。

32. **夜外　村里**

四喜和兰花沿着村路走在月光下。

四喜:兰花,我跟你在一起,干什么都有劲,你让我干什么我都愿意。

四喜把空着的一只手伸过来,拉兰花的手。

啪的一声,兰花把四喜的手打开。

兰花:我动员你参军你怎么不参啊?说一套做一套。

四喜:我们家我姐夫参了。

兰花:你姐夫能算咱们村的吗?

四喜:我要是走了不就看不见你了吗?看不见你我怎么活啊?

兰花:(伸出两个手指)两回了,咱村参军人数老是比东堂少一个,就这一条,模范村咱就别想。

四喜:除了参军,你让我干什么我都愿意,我受不了那个累。

兰花:我什么也用不着你,给我桶,别跟着我了。

四喜站住,看着兰花的身影消失在小巷的拐角,一脸的落寞。

33. 日外　村里

又一个清晨。

晨雾笼罩着在疲惫中睡去的山村。

漂亮的大公鸡在墙头大声地叫早。

早起的老人拉开柴门,吃惊地发现,满村都是解放军战士。

为了不打扰乡亲,解放军战士都在露天三一群俩一伙,在屋檐下、柴堆里,抱着枪睡觉。

大树下拴着首长的战马。

戏台边临时搭起炉灶开始烧饭。

通信兵在铺设临时的通信线路。

村外的打谷场上,整齐地摆着重机枪、钢炮、子弹箱等重装备,有战士在站岗。

场院的边上是一片小推车,显然是运弹药的,一些穿农民衣服的运输队躺在麦秸垛上大睡。

部队的首长沿着村路走来,身后跟着若干的参谋等,迎面遇见被刚叫起来的村长,村长睁着两只熬红了的眼睛,一边提着鞋。

村长:大爷,去喊下兰花,让她敲锣,告诉大伙来队伍了。

村长迎着首长走过去,握手。

村长:师长,你再这么客气我生气啦,谁家屋里不能睡几个,来了还睡露天啊?

师长:大棉袄都穿着呢,冻不着他们。

村里远处已经响起了锣声。

34. 日内　秀家

秀从外面跑进来,小鹤跟在后边。

秀:爹,爹,来队伍了。

秀爹从牲口棚探出头。

秀爹:几纵?

秀：四纵的。

秀爹：有电线吗？

秀：有。

小鹤：还有炮呢。

秀爹：来首长了，她娘，煮鸡蛋，都煮了吧。

秀拉起小鹤转身又往外跑。

秀爹：你不赶紧干活又上哪去？

秀：去问问我哥的队伍在哪？来不来？

秀爹：想着回来告我一声。

秀：（人已经没影了）知道了。

秀娘提着装了几十个鸡蛋的篮子，从屋里出来。

秀娘：信也不知啥时候能到。

秀爹：你赶紧的，我也去看看。

35. 日内　二宝家

黑燕的婆婆在剪鞋底，把纸样子比在袼褙上，照着剪。忽然她发现了什么似的，把袼褙举到灯下看，看清了把袼褙朝炕上一摔。

二宝娘：黑燕，你给我过来。

黑燕从外面进来，手里抓着正在纳的鞋底。

黑燕：敲锣了，我出去看看。

二宝娘：你把二宝的褂子都扯了打袼褙了？上面发的布呢？

黑燕：打袼褙哪有用新布的？新布是做鞋面的。

二宝娘：你怎么不用你自己的褂子？你胆子越来越大了。

一边说一边下炕，找东西要打人。

黑燕：二宝的衣服小了，不能穿了。

二宝娘不再理论，拿个笤帚疙瘩就抽打黑燕，一边打一边说。

二宝娘：反天了你。

黑燕也不太躲，就抗着，咬着嘴唇不吭声。

家里一个人忽然就探头进来，紧张地小声通知二宝娘：兰花来了。

36. 日外　二宝家院子

兰花站在院子中间，她对这个院子有种本能的反感，这种反感来自于她的阶级。

黑燕从屋里出来,没有任何刚挨过打的样子,依旧是以一种比较冷漠的态度对待兰花。

黑燕:有事吗? 大主任。

兰花:你家管事的呢?

黑燕:有事你就说吧。

兰花:没事我也不会来。

黑燕婆婆也装作刚知道兰花来了,笤帚疙瘩还拿在手上,从屋里出来。

二宝娘:兰花来啦? 瞧你发的那点灯油,我们家今晚上可就开不了工了。

兰花:来队伍了,机要还用你家那间房子,赶紧收拾一下,马上就到。

黑燕听到这个消息,露出兴奋的表情。

黑燕:我这就收拾去。

二宝娘:用房子可以,你兰花也总得给个笑脸吧,我们这也算在帮你的忙吧?

兰花:我没觉得有什么好笑,还有事,走了。

兰花转身出去了,二宝娘回身看忙活起来的黑燕。

二宝娘:(不高兴地)就你积极。

37. 日内　春英家

灶房里,臭臭奶奶还在摊煎饼。春英在给她打下手,摊一个晾一个,再把晾差不多的叠起来。她们的四周全是煎饼,叠好的一摞一摞整齐好看,这两个人一夜的工作量十分惊人。

春英已经困得抬不起头了,婆婆捅她一下,她就动一下。

臭臭奶奶看春英实在不行了,就自己一个人干,让她靠在一边睡会。

臭臭奶奶仿佛已经成了机器,机械地、坚强地,好像永远都不会停下来似的,掉下来的碎渣,她就拣了放在嘴里。

月芬一边扣着大襟的扣襻,一边朝厨房走来。

月芬:娘,又打锣了?

臭臭奶奶:来队伍了,我听见动静了,准是张师长他们。

月芬:你怎么知道?

臭臭奶奶:头几年他们在咱们这一带打鬼子,待的时间最长,他们进村狗都不咬。

月芬:娘……(欲言又止)

臭臭奶奶:去吧,问问南成的队伍到哪了?保不齐哪天就回来了。

月芬:您也歇会吧,两天两夜都没合眼了。

臭臭奶奶:我好着呢,别的本事没有,不会打仗放枪,就是禁熬。快去吧。

月芬转身朝大门外走去,她走到鸡窝边上顺便把鸡窝门打开,母鸡们争相跑了出来。

38. 日外　村头

哨兵站在村头,双岗,英俊威武的年轻战士。

39. 日外　村里

村子里像过年一样热闹。

指挥部就设在大戏台,大树下拴着一圈各色战马,各种级别的军人出来进去,络绎不绝。

通信兵说来就来说走就走。

指挥部里面在开会,在外面都可以感受到里面严峻的气氛。

岗哨林立。

40. 日外　村里

打谷场上,战士们也在分头开会,干部在讲话。

队伍人数很多,但是井然有序。

41. 日外　村里

月芬站在路口,战士们排着队从她的眼前走过。

一张又一张年轻的面孔从她的眼前划过,他们不一样,又仿佛都一样。

她自己也不知道为什么,这些脸特别吸引她,她看得有些痴迷,她想从这些陌生的面孔中寻找到属于她的那一张,虽然那张脸并不在其中,但她还是觉得在。

直到她被人拉了一下,她才猛地清醒过来。

是小鹤和秀。

小鹤:新娘子,你看什么呢?

月芬:看队伍啊。

秀:找女婿啊? 这是四纵七师,你女婿在三纵三师。

月芬:没找,我就看看。

三个女孩就站在路边看。

秀:我哥在三纵八师,也定亲了,他在济南上学,我爸定的,不算数。定两回了。

月芬:那,那……

秀:那什么啊?

月芬:(不好意思)不那什么。

秀:(伏在月芬耳朵上小声地)面都没见就嫁啦? 这可不像"识字班"啊。

月芬:(害臊)媒人说好着呢。

小鹤:你们说什么呢? 也跟我说一遍啊。

秀:媒人的话你也信啊?

月芬:(扯了秀一把)那你说,你跟我说说啊。

小鹤:(拉秀)看炮去吧,看炮去吧。

三个女孩贴着墙朝前跑。

战士们也在看她们。

秀:(边跑边回头对月芬大声说)心放肚子里吧,是好! 咱村头一份!

月芬一下子站住了,她忽然有点难受,有点愣神。

秀和小鹤已经跑远了。

42. 日外　村里

兰花在组织装车,一排小推车,上面是区上安排给队伍准备的给养,有一大包一大包的煎饼、军装、军鞋等物资。她急得嗓子都哑了。

兰花:(对边上的人)赶紧啊,咱们这回说啥也不能比石台村出的车少,推车的人都找齐了吗,保证一车一人,还得跟上几个替换的。

对方:知道了。

兰花看见秀和小鹤过来。

兰花:小鹤,小鹤。

小鹤:兰花,看炮去啊。

兰花:正找你呢,赶紧回家。

小鹤:干啥啊?

兰花：别问了，叫你回你就回。

小鹤：(听话地)噢。

小鹤还想说什么，兰花已经在忙别的了。

兰花：秀你没事叫上几个人去拉谷草，喂马，马太多了，草不够。

秀：知道了。

兰花：拿谁家多少记个数。

秀：谷草还记个啥啊？

兰花：区长说的。

43. 日内　二宝家

院子里也有家人在烙煎饼，把刚烙好的就晾在电线上。

二宝家的院门大敞着，部队的无线电发报机就安在他们家，因为二宝家的房子相对高大宽敞。

黑燕和二宝看着战士们紧张地工作。

外面的战士送来电报，交给发报员，年轻的发报员非常熟练地发报。他的一举一动都充满了神秘的魅力，黑燕和二宝看得发呆。

忽然黑燕的脑袋上又挨了一下子。

二宝娘站在她的身后。

二宝娘：看够没有？赶紧交军鞋去，要不兰花又说咱们落后，她就盯着咱。

黑燕不太想去，又只好去。她过来扯了二宝一把，二宝也舍不得走，但又不能不听黑燕的。

二宝娘把一碗水泼蛋放到小战士的手边，拍了拍小战士的头。

二定娘：真有出息，你爹妈要是知道你这么有出息得多高兴啊。

44. 日内　二宝家

黑燕屋里。

黑燕从自己褥子下面掏出自己做的鞋垫，非常精美好看，她看了看，塞在自己的裤腰后面，又用一个包袱皮把做好的军鞋都包起来，背上就走。

45. 日外　小鹤家

门口挂着"光荣烈属"的牌子。

院门哗地打开,小鹤回来了。

她一下就站住了,没想到院子里有很多人。

她家的院子里站了好几个战士,警卫员脸朝着院门的方向。

师长和爷爷蹲在院子里抽烟,师长正给爷爷点烟。

看到小鹤跑进来师长就站起来迎上来。

师长:小鹤,小鹤,这么高了。

小鹤看着这些人,有点不知所措。

爷爷:鹤,叫人啊,这是你阿牛哥的爹啊。

小鹤:阿牛哥呢?

师长:阿牛哥当兵了,炮兵。

小鹤:我刚才看炮了,没看见阿牛哥啊?

师长:他不在我的队伍上,他们部队往北开了。

小鹤:(自己忽然就笑了)阿牛哥那么小,也能开炮啊?

师长看小鹤这个样子,有点难受,他拍了拍小鹤的头。

师长:他也长大了,我见到阿牛,一定让他回来看小鹤。

小鹤:噢,我可想他。

师长从跟随的人手里拿过他为爷孙两个准备的东西,交到爷爷手上。

师长:大叔,任务紧急,不能跟您多唠,得走了。

爷爷:不用惦记我们,让阿牛在队伍上好好干。

师长:他的命是您家两条命换来的,他不好好干我也不答应。

爷爷:你再提这段我生气了,你们为打鬼子不也豁上了一家老小,不提了。

师长:好,走了,打了胜仗再来看你。

爷爷:你福大命大,谁碰上你谁倒霉,这我早看出来了。

师长一行人走了。

小鹤和爷爷站在院子里,她看到爷爷的脸上是很凝重的表情。

小鹤:爷你说阿牛哥还能记得小鹤吗?

爷:(疼爱地摸着孙女的头)你记着他,他就记着你。

小鹤:噢。

爷爷:小鹤,商量个事,咱把被子给队伍送去吧。

小鹤：为啥？

小鹤跟着爷爷进屋。

46. 日内　小鹤家

爷孙俩来到屋里,爷爷把炕上自己的被子重新叠了,找绳子捆。

爷：要打大仗了,伤员少不了,人流了血,就是个冷,多少被子都不够给他们盖的。

小鹤：那咱盖啥？

爷：咱笼火,冻不着,天说话也就暖和了。

小鹤把炕的另一边自己的被子也学着爷爷的样子重新叠过。她把自己的脸贴在花被子上,有点舍不得,但还是和爷爷的被子捆在了一起。

爷背起被子出门,嘴里还叨念着。

爷爷：多少被子都不够给他们盖的。

小鹤对着空空的大炕。

小鹤：(自语)说话就暖和了,别说话啊。

47. 日外　村里

集合的号声响起,划破山村的宁静。

部队要开拔了。

乡亲们从四面八方朝大戏台涌来。

部队来也匆匆,去也匆匆。

队伍排成纵队从送行的群众中穿过。

战士们服装整齐,武器精良,是华野的正牌主力。

战士的脸年轻而严肃,有身经百战的成熟,也有崭新的兴奋。

军官有马都没有骑,牵着。这支队伍基本就是从送行的人群中挤过去,但是彼此都很习惯。

送行的人群并不是十分地激动和热情,甚至有些平静和悲壮,人们就这样贴着队伍,看着他们来,又看着他们走。

队伍的后面是车队,有炮车、弹药车。

最后面是常备民工的独轮车队。

村民作为临时民工跟着把物资送上前线。

48. **日外　山坡上**

月芬站在高处,看着队伍的背影。

在众多人的背影中,有一个年轻的战士回过头来,那是一张非常年轻英俊的面孔,他的笑容让月芬有点恍惚。

49. **日外　村头**

兰花还在忙前忙后。

秀带着小鹤,往战士的衣兜里掖着鸡蛋。

黑燕拉着二宝在高坡上跟着队伍跑。

二宝:鞋垫呢? 给了吗?

黑燕:当然给了。

50. **日外　原野**

大部队朝原野的深处行进。

村民们的心都揪了起来。

51. **夜外　村里**

远处响起了闷雷般的炮声。

村头的大树下,聚着一群老人。

他们睡不着,在推断着这仗会在什么地方打。

52. **日外　村里**

村里依旧是个不眠的夜晚。

53. **夜内　春英家**

春英、月芬和臭臭奶奶还在做干粮,三个人浑身都粘着面粉。

公家发的粮袋子空了。

春英:娘,没粮食了。

臭臭奶奶:炮一响就得备干粮,有多少都不够,拿咱家的先用吧。

春英犹豫了一下,把自己家缸里的粮食倒了出来。

月芬:大人好凑合,得给臭留一口。

月芬拿个瓢盛了一瓢出来。

54. 夜内　兰花家

兰花在自己家里翻腾,她的家非常贫穷,炕上躺着一个老奶奶,再也没有别的亲人了。

兰花在翻着自己有限的几件衣服,拿起这件放下那件,都有点舍不得,最后决定留下一两件。

剩下的就开始撕了,也是要做鞋底用的。

奶奶看着她,什么也说不出来。

兰花一边撕一边掉泪。

身后的破桌子上,供着父母双双的牌位。

55. 夜外　二宝家院子

二宝家也在为即将打响的战役而紧张,家里人出来进去地在忙乱着,收拾东西。他们把粮食藏到地窖里,把一些零碎的摆设也都装箱收拾。

黑燕也在和家人一起忙碌着。

二宝妈:黑燕,不许到外头说。

黑燕:我跟谁说啊。

二宝妈:你趁早就别瞎积极了,再积极兰花也不会提拔你,她跟咱家有仇。别说你多做一双鞋,多做十双也没用。

黑燕:什么仇?

二宝妈:少打听。说什么你就听什么。

黑燕不再说话,埋头干活。

56. 夜内　秀家

秀和小鹤在捻麻绳,小鹤的腿都搓破了。

秀娘端了一碗水给小鹤喝。

秀娘:鹤啊,不能再在这腿上搓了,腿烂了你就走不了路了,说不定哪天就要转移呢。这炮也不知道是在往哪打?

秀:我问了,国民党七十四师过来了几万人呢,想在沂蒙跟华野干,华野准备就地就把他们收拾了。

秀娘:(焦虑地)你哥他们也不知开到哪了?

秀:要打仗了,收到信也回不来。

秀的话音没落,门就哗啦一下子开了,冲进来一个穿军装的。

屋子里的所有人都愣住了。

秀:哥?

是秀的哥哥大壮,他穿着军装,没有带背包和枪,奇特地出现在家里。

大壮:秀,娘,我回来了。

秀娘:是你吗大壮?(朝屋里叫)他爹,他爹!秀,快关上门去。

秀没理解妈啥意思,但还是跑出去关门了。

57. 夜内　秀家

秀的爹娘看着风尘仆仆的儿子,不知道该说什么好。

大壮脱了军装,裸露着脊背。

秀娘看了前面看后面。

大壮:一根汗毛都没掉。

秀娘还是抹眼泪。

秀爹:一走就是两年多,也不管你爹娘的死活了。

58. 夜内　秀家

秀和小鹤正在烧锅,准备给哥哥做吃的。

秀:我哥他们团在西崮休整,首长让他回来看一眼我妈,明天天一亮就得走。

小鹤:你妈啥病?

秀:没啥病,想儿子的病。

59. 夜内　秀家

大壮:爹,得先把仗打完了啊,打完仗一定回来孝敬您和我娘。

秀爹:要打大仗了。

大壮:是,这回是跟国民党的王牌军干。

秀爹:南边都打上炮了,你们队伍是往南开还是往北开?

大壮:往南。

秀爹:炮弹也没长眼。

大壮:放心吧爹,我长着眼呢,打了好几仗了,这不好好的?

秀爹:可不敢这么说。

秀娘:不去行不行? 娘就你这么一个儿。

大壮:娘你放心,我小心着呢。

60. 夜内　秀家

秀和小鹤端着热腾腾的面条进来。

秀:哥,吃面。

大壮:小鹤都这么高了,俊了。

小鹤都不好意思了。

秀娘:秀,一会跟小鹤上她家睡吧,让你哥好好睡一觉。

秀:我还想跟哥说会话呢。

秀娘:明天早晨再说,听话,你哥跑了四十多里山路,看累的这样子。

秀:那好吧,哥,天一亮我就回来,等我回来你再走。

大壮边吃边点头。

秀爹:你哥回来别满哪说去,人家有在外面回不来的。

秀:知道了。

61. 夜内　秀家

秀爹和秀娘坐在被窝里,都睁着眼。

62. 日外　秀家院子

清晨,大壮站在院子里,准备走了。

秀的爹娘在跟大壮话别。

秀爹:大壮,地窖里我还藏了瓶酒,你下去拿上来,带给部队的领导。

大壮:不用了,您留着喝吧。

秀爹:让你去你就去,几年才使唤你一回?

秀爹说着就打开了院子里的地窖的门。

大壮听话地顺着梯子往下走了。

秀爹见大壮已经下去了,就把地窖门关了起来,上了把锁。

大壮发现事情不对,赶紧上到地窖口。

大壮:爹,你这是干啥? 赶紧给我打开。

爹:大壮,你别怪爹,你是老韩家唯一的一条根,你爹不能对不起祖宗。

大壮:爹,你这是干什么啊,快开门!

爹:等打完这一仗爹就让你走,你想去哪就去哪。

大壮:爹,你怎么这么糊涂啊?您这是让儿子当逃兵啊?

爹:你回来是领导准的假,不能算你是逃兵。下面我都收拾好了,你好生呆着,我让你娘给你做好吃的。

大壮:开门! 让我出去!

因为地窖的门很厚,哥哥的声音显得很微弱。

刚从小鹤家回来的秀,看见爹和娘神情紧张地站在院子里,感觉有点奇怪。

秀:爹,我哥呢?

哥在下面听见秀的声音。

大壮:秀,秀,我在这!

秀非常吃惊的表情。

爹:(很凶地)进屋。

秀从来没有看见过爹这副样子,一时也不知该说什么好,跟在爹的后面进了屋。

63. 日外　秀家院子

大壮在一遍一遍地敲击着地窖的门,很徒劳。

64. 日内　秀家

秀:爹,你不能这样,以后我哥会埋怨你的。

秀的话音未落,脸上就挨了爹一巴掌。爹依旧很凶、很激动,秀从来没有见过爹这样,她也非常害怕。

秀爹:你听好了,出去跟任何人不许说,你要是让别人知道,你就不是我闺女。有人问就说你哥一早就走了。

秀:爹。

秀爹:老韩家人丁不旺,是我不孝,本来想供你哥读书成才,没想到他自己跑去当了兵。39 年,一一五师在咱们这跟鬼子打过一仗,战死了一百多人,这一仗又小不了。我不能让你哥上战场。区里也有政策,独男不参军,你哥不去也不是死罪,不成,说什么也不能去。你听明白了没有。

秀:那……

秀爹:我问你听明白了没有?!

秀:(小声)听明白了。

秀爹:别让小鹤来咱家,你跟她上她家去。

秀只好转身朝外走,她看见娘在厨房忙活做饭,一边做一边抹眼泪。

65. 日外　秀家院子

秀走过地窖,她可以听见哥哥在里面声嘶力竭的叫喊声。

她的心里非常难受。

她走到地窖边上。

秀:哥,是我,秀。

大壮:秀,放我出去,找人来放我出去! 听见没有?

秀:爹不让,哥,我也不敢。

大壮:你糊涂啊! 哥这叫开小差,是逃兵啊。

秀爹:(站在门口)秀,滚出去。

秀一边抹着眼泪,一边往外走。

秀:哥,你别着急。

远处传来的炮声忽然就激烈起来,战争的脚步近了。

秀爹一脸的决绝。

66. 日外　村头

老人们在高处,已经可以看到远处山头上经久不散的硝烟。

炮声隆隆。

67. 日外　山坡上

兰花一个人在赶路,她刚从区上开会回来。

她站在山坡上,面朝炮声激烈的方向。

她的神情很忧伤。

68. 日内　春英家

新房里。

月芬在认真叠着她的新被子,新房里只住着她一个人。

69. 日内　春英家

春英和臭臭奶奶对着已经无粮可做的空锅发愣。

月芬走进厨房,看着她俩,也不知道该说什么。

臭臭奶奶:你俩分头出去借吧,拿谁家多少都记下来。

春英:我去吧,月芬刚过门,抹不开。

臭臭奶奶:我去。

春英:您别急,我们去。

月芬:我去。

70. 日外　村里

月芬走在村里,手里提着一条空口袋,要开口跟别人借粮,她确实有些为难。

她远远看见秀和小鹤跑过,刚要叫她俩,转眼就跑没影了。

村子里的气氛有些紧张,人们都行色匆匆,很多人家的门都关了起来。

月芬感到有些紧张,也有些无措。

71. 日外　村里

春英也在借粮,她从一家人家里出来,已经借到了一个口袋底的粮食。

她正想着再到谁家去凑粮食,看到兰花从村口走来。

春英:兰花。

兰花一愣,她似乎没有想到在这里会遇见春英,忽然就有些慌张。

兰花:春英是你。

春英:开完会了? 说啥了? 打得咋样了?

兰花:(神色有些不对头,紧张)噢,这不刚散会吗,赶着回来,你这是干啥呢?

春英:给我婆婆借粮食,她说炮一响,煎饼鏊子就不能熄火,可我家实在没粮食了。

兰花:是啊。

春英:是什么?

兰花:是,是得想点办法。

春英:你咋了? 怎么有点迷瞪啊。

兰花:没咋没咋,你忙吧。

春英:那我走了。

春英没走几步,兰花就在她的身后叫她。

兰花:春英。

春英站住,回头看兰花。

兰花:你先忙吧,忙完了,我,我再找你。

说完兰花就匆匆走了。

春英:啥事啊?

春英看着兰花的背影,有些奇怪。

72. 日内　二宝家

月芬迟疑地推开二宝家的大门。

二宝:(在屋里)新媳妇,你到我家干啥来了?

正在干活的黑燕抬头看见月芬,又看见她手里拿着口袋,就朝大门外推她。

73. 日外　二宝家门外

黑燕:上我家借粮? 你可真是新来的。

月芬:我们又不是不还。

黑燕:门也没有。

月芬:你去问问试试?

黑燕撩起衣袖,让月芬看她胳膊上的伤。

月芬:你婆婆打的?

黑燕:就因为我做鞋撕了二宝两件破衣服,知道她是什么人了吧?

月芬:刚才那小孩就是二宝,你那口子?

黑燕:我6岁就卖到他们家了,那时候他才1岁。

月芬:那么小啊? 不过倒是老在一块。

黑燕:站着说话不腰疼,咱俩换换?

月芬:也不知道队伍开到哪了? 炮打得越来越凶了。

黑燕:别多想,有你这么漂亮的新媳妇在家等着呢,他一准没事。

月芬有点忧伤地摇了摇头。

黑燕:粮食我家有,但咱得等机会。

月芬:算了,别又打你。

黑燕:怎么都是挨打,你容我想想辙。

74. 日外　村里

在大戏台前聚集着村民,村长也在。兰花召集的会。

兰花把村长叫到一边,跟村长小声说着什么。村长的表情也很凝重,眉头紧紧地皱着。

村长:大伙别吵吵了,听兰花给传达几句。

兰花:咱和七十四师接上火了,主战场在孟良崮,咱们这一带是在打阻击。最近的阵地离咱村只有40里地,区上要求咱们多准备干粮,组织担架队到区上集合。区上的军粮因为打仗运不过来,和以前一样,各家先凑,担架也得多预备,咱村不能落了后。还是老规矩,村长管粮食谷草,担架队到我这报名,天黑前。

75. 日外　村里

秀和小鹤等着兰花把会开完。

秀知道必须把哥哥营救出来,但是又怕爹生气,左右为难,非常焦虑。

小鹤也很敏感,她不断地看秀。

小鹤:你怎么了? 你是肚子疼吗?

秀:(烦躁地)你才肚子疼。

小鹤:我肚子不疼。

秀看见兰花从土台子上跳下来,就过去拉住她。

秀:兰花,我跟你说个事。

兰花:我忙着呢,看见春英了吗? 去把春英给我找来。

秀:我找你有急事。

兰花:再急有打仗急啊?

秀:就是比打仗还急。

秀说着说着就哭起来。

兰花看着她的样子,有点不耐烦。

兰花:那你快说。

秀:(趴在兰花耳朵上)我爹把我哥给关起来了。

兰花:(大声)你哥?

秀:你别嚷啊,我爹不让我说,(指自己的脸)你看他把我扇的。

兰花:那咋办?

秀:我要知道咋办就不找你了,可你千万别说是我跟你说的,要不我爹得拼命,眼珠子都红的。

兰花:(想了想,忽然有些伤感)秀,你哥独子,要不然,就听你爹的吧?

秀:可我哥在下面都急哭了,(又开始哭)他让我替他想办法,我倒是听谁的啊?

兰花:咱都想想,我得先忙大事,过会再说。

说完,兰花就走了。

秀:(直跺脚)过会就来不及了!

小鹤:(指了指远处)秀,黑燕。

76. 日外　场院

二宝家的场院,边上有一个挺大的放谷草和农具的棚子,比较简陋的草房,但挺高大的。

黑燕、月芬、小鹤、秀四个女孩站在草房面前,在进行一次密谋。

黑燕:等这房子烧起来,月芬就到我家门口去喊救火,小鹤就到秀家门口去喊救火。等人都跑这来了,我去家里弄粮食,秀你去放你哥。

秀:你把这房子烧了,你婆婆要是知道了不得要你命啊?

黑燕:那你们说怎么办?

月芬和小鹤都一筹莫展。

秀:要是我爹不来呢?

黑燕:要是你爹来呢?

小鹤:黑燕,你胆也太大了吧?这么大的房子,能点着吗?

黑燕:我在他们家干这么多年活,怎么也挣下这草棚子了。

月芬:要不和兰花商量商量?

黑燕:问她干啥?一堆大道理等着你呢。谁也不许说出去!

四只手摞在一起。

黑燕:你们都走吧。

三个人听话地开始跑,都不时地回头看黑燕。

77. 日外　场院

黑燕很镇静地掏出一卷草,上面还沾了灯油。

她用火柴点燃了草捆,用草捆去引燃草房的草顶,一场蓄谋的火渐渐燃烧起来。

因为村外有风,火借风势,烧得像模像样。

78. 日外　村里

在一个僻静的地方。

兰花终于找到春英了。

兰花:月芬挺好处的吧?

春英:对臭比我都上心。我没事,婆婆喜欢就行。

兰花:你婆婆这阵够累的。

春英:有事你快说,好多事呢。

兰花:(还在迟疑)开会见到王区长了,他还让问你婆婆好呢。

春英忽然就意识到什么,她一下子紧张起来,看着兰花,什么都说不出来了。

兰花也看着她。

春英身体忽然有点晃。

兰花就过去扶她,一把抱住她。

兰花:春英,我爹给二宝家扛活,让牲口踢了胸口,死的那年我才9岁。我妈跟他家理论,又气又伤心,病了好几年,死的时候我12岁。我知道亲人去世是什么滋味。可是春英,区长给的任务,我不告诉你又不成。

春英推开兰花,伸出手。

兰花犹豫了一下,还是掏出了信封。

春英打开信封,从里面抽出"牺牲通知书"。春英的手一直在抖,她认真地看了,又小心地放了进去,把信封装进自己最里面的一层衣服。

兰花实在忍不住了,泪流满面。

这时,村外冒出了浓烟。

兰花:春英你要想开。

春英:求你一件事,别告诉我婆婆,更别告诉月芬。

兰花:我答应你。

春英:你忙去吧,我没事。

兰花看到身后的浓烟,有些担心。

兰花:那我先走,你好好的。

春英的手按在放了那个信封的地方。

79. 日外　村内

二宝家的门口。

月芬看到浓烟,还是犹豫了几秒钟,但是她还是喊了起来。

月芬:着火啦,二宝家的场屋着火啦,快救火啊。

村子里不少人朝冒烟处跑去。

月芬尖利的声音划破了村子的宁静,二宝家的门开了,里面的几个男女冲了出来,连二宝都跟了出来。

二宝被二宝娘呵斥住,让他回家去。

80. 日外　村里

小鹤和秀也跑回家了,小鹤边跑边喊,虽然口齿不是很清晰,但紧张感很强。

小鹤:着火啦,场院着火啦。

她跑着跑着跑过了秀家门口,忽然她意识到跑过了,又往回跑,但是她发现秀家的大门开着,小鹤就愣住了。

一些人朝场院跑去了。

秀躲在墙根,也着急地看着愣住的小鹤,非常奇怪。

小鹤忽然朝她跑来。

小鹤:秀,秀。

秀:(焦急地)你叫我干什么? 叫我爹去救火啊!

小鹤:你爹去了吧?

秀和小鹤跑到自己家的门前,她发现自家的大门敞开着,她赶紧冲到地窖的门前。

地窖的门也开着。

秀:哥,哥!

秀娘出现在她的身后。

秀娘:别喊了。

秀:娘,我哥呢?

秀娘:走了。

秀:我爹让他走的?

秀娘一边说一边抹眼泪。

秀娘：你哥在地窖里用油灯把席子点着了，他说你爹要不放他出去，他就烧死自己，你爹没办法，就让他走了。

秀：我爹呢？

秀娘：也走了，也不知道他去哪了，你快去找找吧。

秀：娘，我这就去，你别着急，小鹤，走。

81. 日外　二宝家院子

黑燕把一袋粮食扛在肩上就朝外走，没一会，她就空着手回来了，粮食给了等在外面的月芬。

二宝看着她。

二宝：你偷咱家粮食？

黑燕：听见打炮了？打仗了知道吗？队伍得吃饭，得摊煎饼，明白了吗？我借给月芬的，她有了就还回来。

二宝：娘知道准打你。

黑燕：你不说娘就不知道。

二宝：咱家场院着火了。

黑燕：报应，谁让她老打人。

二宝因为跟黑燕在一起的时间长，所以受到她潜移默化的影响。

82. 日外　场院

人倒是来了很多，但柴屋的火基本上没法救，大家只是看着火在烧。

也有人象征性地想想办法。

二宝娘一脸烟熏也无可奈何。

83. 日外　山坡上

秀在找爹。

她焦急地一边走一边喊。

84. 日外　山坡

秀爹跪在家里的祖坟前，头顶在地上，悲伤地哭着。

秀跪在父亲的身后，陪着父亲流泪。

85. 夜内　二宝家

一大家子人围着大桌子吃饭,吃得很香,大葱被咬得咔咔响。

黑燕在一边干活。

所有人对黑燕不吃饭都不闻不问。二宝的眼神总是跟着黑燕转。

二宝:娘,咋又不给黑燕饭吃呢?

二宝娘:你问她。

二宝:她咋了?

二宝娘:你问她场院着火她上哪去了? 还吃饭? 吃屁!

二宝:她在家呢。

二宝娘:不去救火在家干啥? 想趁火打劫啊?

大家都看着二宝。

黑燕也看着二宝,一副豁出去的表情。

二宝:我害怕,让她在家陪着我呢。

黑燕的表情放松下来。

二宝娘:你多大了? 没出息。

二宝娘示意二宝。

二宝赶紧拿了煎饼卷了葱给黑燕送去。

二宝娘:别的出息没长,倒知道疼媳妇了。

86. 夜内　春英家

三个女人还在连夜烙煎饼。

手里都在忙着。

臭臭奶奶:新媳妇面子就是大,能从二宝家借出这么些粮食来。

月芬:娘,你可千万别说我从二宝家拿粮食了,黑燕偷着借给我的。

臭臭奶奶:让她婆婆知道又是一顿好打。

月芬:我说让她别拿,她自己非要拿。

臭臭奶奶:黑燕就是打不服。

春英一直不说话。

月芬抬眼看春英,春英就埋头干活。

臭臭奶奶:(对春英)去看眼臭,盖盖被子。

春英:不用看,没事。

臭臭奶奶:我说话也不好使了。

月芬:我去。

臭臭奶奶也感觉到春英有点异样,也抬眼看她。

春英:有一个听话的就行了呗。

臭臭奶奶:累了就回去躺会儿。

春英:不累。

月芬回来了,又接着说刚才的话题。

月芬:让您这么说我真不该拿黑燕家的粮食。

臭臭奶奶:区上的粮食也不知什么时候能过来,靠咱这阵子是还不上。

月芬:我们家有粮食,娘,明天我回趟家。

臭臭奶奶:好几十里地呢,你认道吗?

月芬:打听啊,我明天起早走,后半晌就能赶回来。

臭臭奶奶:让你嫂子跟你去吧,也该回家看一眼,猛不盯离开爹娘。春英,看给亲家带点啥。

春英:抓两只鸡呗。

月芬:用不着,打着仗呢,没那么多讲究。嫂子在家忙吧,我让小鹤跟我做伴就行,她就爱出门。

两人又同时发现春英不接话,又看春英。

春英埋头干活。

臭臭奶奶:行了,你明天早上赶路,都不干了,睡觉。

87. 夜内　春英家

春英的屋子。

春英在把自己蒙在被子里痛哭,整个人都在颤抖。

88. 日外　大戏台

又一个清晨。

一些村民在用木头和布制作简易的担架。

兰花在指挥和安排,非常忙碌的场面。

四喜:兰花,担架队是你带队吗?

兰花:是又咋样? 我忙着呢。

四喜:你去我就去。

兰花:你支前也不是给我支的。

兰花转身走了,四喜无趣地看着她的背影。

89. 日内　秀家

秀爹病了,躺在炕上。

秀给爹用凉手巾冰头。

秀娘给端来热饭。

秀娘:今儿怎么没见小鹤啊?

秀:跟月芬回娘家了。

90. 日内　月芬的娘家

堂屋里。

月芬和小鹤头埋在碗上大口大口地吃面。

月芬娘站在她俩身边,眼圈一红一红的。

从开着的门可以看到,月芬爹在往一辆独轮车上捆两个也不算大的粮食口袋,自己在试着两边是不是平衡。

月芬娘:女婿有信来吗?

月芬:来过一封信,俩半字,说都挺好的,让家里放心。

月芬娘:没问问你?

月芬:问了,就说问我好,别的啥也没说。

月芬娘:这仗也不知什么时候能打完,真造孽。

月芬:担架队都要往上拉了。

月芬娘:在家住一宿吧。

月芬:不成,忙着呢。

月芬娘:倒是没瘦。女婿不在没人欺负你吧?

月芬:我公公打鬼子时候支前牺牲了,我婆婆又送两个儿子参了军,区上挂了号的模范,活多的时候村里还给派工呢。

月芬娘:(抹眼泪)烈属光荣,烈属可不是好当的。

月芬:小鹤,吃慢点,噎着。

小鹤:我们家也是烈属,为了掩护阿牛哥,我娘,我爹,都让日本鬼子给杀了。我发烧我娘把我埋在柴火堆里好几天,也差点死了。

月芬娘眼泪流得更凶了,她给小鹤碗里加面条。

91. 日外　村里

村里的气氛越来越紧张,大家都在为战争做着自己能做的事情,把自己家里有限的东西集中到大戏台,装上一辆一辆手推车,有棉被、棉衣、粮食、柴草等。

92. 日内　春英家

臭臭奶奶还在摊煎饼,她的整个生命好像就是由这一个动作组成。

臭臭在一边玩。

臭臭奶奶不时给他一点吃。

臭臭:奶,我婶怎么还不回来?

臭臭奶奶:远,快了。

臭臭:我娘呢?

臭臭奶奶:你娘给兰花帮忙去了。

家门猛地被撞开了,春英从外面冲了进来。

春英:娘,不好了。

臭臭奶奶手里的家伙一下子掉在地上。

臭臭奶奶不敢问,看着春英。

春英上气不接下气。

春英:老二,老二。

臭臭奶奶摇晃了一下。

臭臭奶奶:老二咋啦?

春英:老二回来了。

臭臭奶奶一下子坐到了地上,顺手拣起摊煎饼的家伙就朝春英扔过来。

臭臭奶奶:你吓死我了,人呢?

春英:马上,说话就到,我看见柱子了,他是先遣,大部队随后。

臭臭奶奶:赶紧,赶紧,月芬。

春英:队伍不在咱这停,就路过。咋办啊娘,这个月芬,早不回家晚不回家。

春英急得都要哭了。

臭臭奶奶:大部队啥时候到?

春英:我哪知道,反正是快了,让给准备干粮,有多少算多少,拿了就走。

臭臭奶奶:你,赶快,去路上迎着月芬,她弄着粮食走不快,让她赶紧回来。快去,看一眼就踏实了,快着。

春英:行,那我去了娘。你哪也别去,等老二来家。

春英又冲出了家门。

臭臭奶奶一时好像还没有清醒过来,她看着前后左右这些煎饼,深深叹了口气。

93. 日外　山路上

春英在奔跑。她一边跑一边哭着,所有的眼泪都洒在没人的山路上,她终于可以痛快地哭一场了。

94. 日外　村口

队伍到了,战士们保持着队形,原地休息。

队伍非常疲惫,是刚从战场上撤下来的,战士们的衣服上带着硝烟的痕迹,有很多地方都撕破了。不少战士还带着伤,重伤员躺在担架上。

乡亲们围在队伍的周围,送水送鸡蛋。

有的人端着水让战士们擦把脸。

有的妇女在为战士缝衣服上的破洞。

很多乡亲烧了热水,用各种各样的盆端到队伍的跟前,让疲惫的战士用热水烫烫脚。

所有的盆都蒸腾着热气。

热水缓解了战士们的劳累。

女人们给伤员喝着鸡蛋水、红糖水,为他们擦洗着。

村子里一时被炊烟所笼罩。

一个战士逆着队伍在跑,他就是南成,领导给他时间让他回家看一眼。

95. 日外　村里

南成跑进村里。

有孩子跟在他的后面跑。

96. 日外　春英家院子

南成跑进院子。

南成:娘。

臭臭奶奶站在门口,看着儿子,第一次露出了笑容。她的手里,端着给儿子泼好的鸡蛋。

南成也不知道该说点啥,就看着娘笑,他接过碗,呼呼噜噜地喝着。

娘也就是看着儿子。

南成:都好吧?

臭臭奶奶:娘对不住你啊,一早打发你媳妇出去办事,到现在还没回来,要不你两口子这会子就见着面了。

南成:(不好意思)有啥好看的,看娘一眼就行了。

臭臭奶奶:人家可想见你呢,成天念叨你。赶紧到新房里看一眼吧。

97. 日内　春英家

南成走进这间虽然属于他,但是还从来没有住过一夜的新房。

他没有想到这间屋子里的一切是这么温馨,他一下子被什么打动了,站在那里有点发愣。

他知道这间屋子里住着一个女人,是他的没有见过面的女人,这个女人在等他回来,而他还得去打仗,不知道什么时候才能回来。

房间里的细节:纳了一半的鞋底,窗户上的红喜字,几个红枣一个石榴,墙边干干净净的绣花鞋。

98. 日外　山路

春英已经跑得上气不接下气。

远远看见月芬和小鹤推着车过来。

春英一屁股坐在地上,大声地哭了起来。

99. 日外　山路上

月芬在奔跑,不顾一切地。

头发散了,衣服扣子也开了。

100. 日外　村头

集合的号声吹响了。

队伍起立,出发。

南成已经在队列里了。

乡亲们拥上去。

把煎饼、鸡蛋等塞给战士们。

队伍说走就走。

101. 日外 山路

月芬在跑。

102. 日外 村头

队伍走远了。

103. 日内 春英家

月芬冲进屋子,扑到炕上,大哭。

臭臭奶奶也掉下了眼泪。

104. 夜外 村里

天黑了,但村子依旧繁忙,支前的队伍就要出发了。

小车和担架都排成了队。

兰花的锣声再次响起。

兰花:参加担架队的马上到大戏台集合。参加担架队的马上到大戏台集合。

105. 夜内 秀家

秀爹正在准备衣服和干粮,他的脸色有些苍白。

秀娘在劝。

秀娘:她爹,这回就别去了,病得不轻,我去跟兰花说。

秀爹:去! 不把这仗打下来是没有安生日子过了。

秀爹的身体明显有点不支。

秀进来,穿得整整齐齐,显然精心收拾了一番。

秀:爹,我替您去,兰花答应了。

秀爹:你去能干啥,你当赶集啊。

秀:我能干,啥都能干。

秀娘:要不,就让秀去吧,村里那么多人呢。

秀:爹,花木兰都能替父从军,我替父支前,说不定以后也有人写进戏文里呢。我都收拾好了,您就放心吧。

秀爹：放心？一辈子也别想放心。

秀娘：你爹答应了，秀你可加小心，跟着兰花，别乱跑。

秀：知道了，爹，娘，我走了！

说着秀朝外走了，回头看爹娘一眼，笑着。

106. 夜内　春英家

可以听得见锣声。

春英和臭臭奶奶在收拾煎饼，装袋子，装车上。

两人无语。

春英的眼睛是红的。

月芬出现在厨房的门口，眼睛也是红的。

月芬：娘，我想参加担架队。

春英：还是我去吧，你在家陪着娘。

月芬：你有臭，我去。

春英：臭有娘呢。

月芬不让步，看着娘。

春英：那听娘的吧。

臭臭奶奶：你俩都去，做个伴。

春英：那家里？

臭臭奶奶：家里有我。赶紧收拾，多穿上件衣裳。

臭臭奶奶抬起头来，她的眼睛也是红的。

臭臭奶奶：39 年打鬼子我去过一回担架队，多一个人抬就多活一条命。

107. 夜内　二宝家

黑燕在穿衣服，把缝好的鞋垫塞在腰上。

二宝在一边看。

二宝：你还回来吗？

黑燕：当然回来，跟村里人一起回来。

二宝：你骗我呢，你准不回来了，你把你新衣裳都穿走了。

黑燕抱住了二宝。

黑燕：二宝，姐不会不要你的，这么多年这个家，就你对我好，在家等着姐。

二宝听话地点点头。

兰花的锣声。

108. 夜外　二宝家院子

黑燕出门,二宝娘站在院子里。

黑燕:娘,我走了。

二宝娘:兰花这回盯上咱家了,躲不过去了,别人又都走不开。

黑燕:我愿意去。

二宝娘把一包煎饼递给黑燕。

二宝娘:你偷粮食的事咱就先不说了。

黑燕:(一愣)我没偷。

二宝:兰花把钱都给我送来了,你还嘴硬。

黑燕想说什么又没说出来,转身就朝外走了。

二宝站在娘的身边,看着黑燕离去。

二宝:黑燕准不回来了。

二宝娘:呸呸呸,不吉利,不回来娘再给你找。

二宝:我就要黑燕。

109. 夜外　村里

担架队已经在大戏台集结了。

乡亲们都赶来送行。

小鹤爷爷穿戴整齐要走的模样,他拉着小鹤的手,在找什么人。

小鹤:爷,我跟你去。

爷爷:听话,上秀家跟着秀。

小鹤:秀在那呢。

秀和黑燕、春英、月芬站在一起,都是要走的样子。爷爷领着小鹤走到她们身边。

爷爷:你们这是干啥?

秀:爷,我们都去。

爷爷:都去? 你们啊?

春英:瞧您说的,我们准不比男的差。

爷爷:前面危险啊,子弹可不长眼。

月芬:您不怕我们也不怕。

小鹤:她们都去,我也去。

爷爷:不成,兰花呢?

110. 夜外   村里

戏台后面的阴影里。

四喜拉着兰花要亲她。

兰花拧着不答应。

兰花:你再这样我喊人啦。

四喜:我都参加担架队了,我都不顾死活了,亲一下都不行啊,就亲一下。

兰花停止挣扎。

兰花:你听着。

四喜也停下来。

兰花:以后不能再当落后分子,讲落后话。

四喜点头。

兰花:不许成天在家睡觉。

四喜点头。

兰花:所有的事情都得跑在前头。

四喜点头。

兰花:包括参军。

四喜犹豫了。

兰花看着他。

四喜坚决地点点头。

兰花:亲吧。告诉你,我可是为了工作。

四喜一下把兰花抱住,这是他日想夜想的人,他把兰花抱得紧紧的,把自己的脸贴在兰花的脸上。

兰花忽然也感受到一种温暖,她从来没有感受过的,她闭上了眼睛。

两个青年在体验生命中最美好的瞬间,他们就脸贴脸站着,甚至不会接吻。

兰花:(推开四喜)要开会了,走吧。

四喜像傻了一样站在原地。

兰花转身跑了,但是眼泪就流了下来,她一边跑一边用手抹着。

111. 夜外　村头

担架队出发了,一支由村民组成的几十人的队伍,他们扛着自制的担架,朝着战争打响的方向。

走在队伍最前头的是小鹤的爷爷,白胡子在月光下闪着光。

队伍中,有我们熟悉的春英、秀、月芬、小鹤、黑燕和兰花。

她们走在一起,一张张年轻好看的脸在月光下非常生动。

走着走着,炮声就更近了。

112. 夜外　路上

担架队上了大路,大路上有更多的担架队,来自不同的村庄。

有认识的人在互相打着招呼。

还有推着粮食弹药的独轮车队。

汇聚在一起的队伍人越来越多。

在不远处也可以看到部队的运动。

走在担架队里的月芬,目光始终停留在远处行军的队伍身上,她其实根本看不清那些战士的脸,但是她还是在看。

小鹤就愿意出门,她的脸上带着不更事的兴奋。

秀拉着小鹤的手。

黑燕独自在边上跑。

兰花叫黑燕跟上队伍,黑燕还是不那么服气的样子。

当然还有四喜。

枪炮声骤然响起,队伍一下就有些乱,开始快速地朝前跑。

大家有些混乱地朝前跑。

可以看到远处山脊的红色,那就是战场。

113. 日外　离战场最近的地方

生死营救在这里展开。

一些抬着伤员的担架在往下撤。

一些村民在往前跑。

还有运弹药的、送饭的、送水的。

枪炮声就在附近的山上。

山头弥漫着硝烟。

山沟里、山路上,有很多支前的民工在穿梭往来。

这是一场人民的战争。

114. 日外　战场

从战场上撤下来的伤员集中在一个相对安全的山沟里,有军医在给他们做紧急的处理。包扎过的伤员就被抬上担架,往下面撤。

六姐妹,抬着三副担架,和其他担架队员一起往下撤。

担架上躺着伤员。

她们走得很艰难。

伤员的血滴下来,染红了她们绣花鞋上的花朵。

没有了笑容,没有了声音,只有激烈的枪炮声。

也没有了美丽,她们的脸上都是硝烟和汗水。

有的炮弹在离她们很近的地方爆炸,激起一片烟尘。

没有人害怕,没有人停下来。

她们被烟尘笼罩,又从烟尘中冲出。

她们的衣服被挂破了,脸上也有刮痕,但却给她们的神情平添了刚毅。

她们咬着牙,充满力量。

115. 日外　山上

远远看去,担架队、运输队在曲折的山路上行进。

116. 日外　野战医院

离战场最近的小村。

伤员集中救治的临时野战医院设在一座破庙里。庙的四周还有临时搭建的草棚、简易的病房。

从前面撤下来的担架队把伤员都抬到了这里,交给医院的医生,再做进一步的救治。

人很多,伤员、军人、医生、护士、民工,穿梭来往。

六姐妹把伤员送到指定的抢救地点。

医生和护士出来进去在尽力挽救伤员的生命。

眼前的惨状让她们有点接受不了,太多的伤员。

六姐妹从来没有这么近地接近过战争。

此前,她们完全无法想象前线的惨烈,但是现在她们明白了。

担架队的乡亲们在三三两两地休息,有的在吃干粮。

春英、月芬、小鹤几个靠在一起坐着,发愣,累得连说话的力气都没有了。

秀找来水,几个人传着喝。

忽然,月芬像想起了什么,她站起身。

月芬:嫂子,我想过去看看,你不去?

春英:(犹豫了一下)去。

月芬朝大庙走去。

春英跟在她的身后。

117. 日内　庙内

大殿改成的临时病房,白色单子隔开了手术室,手术室里传出伤员的喊叫,手术在艰难地进行。

很多伤员就躺在麦秸铺成的地铺上。

月芬一个一个辨认着伤员的脸,有的脸已经很难辨认出模样。

她好像在寻找,又好像不是。但是她又不能不来。

春英跟在月芬后面不远处,她不知道丈夫牺牲的细节,但是她觉得每个伤员都是自己的丈夫。

有个战士冷得发抖。

月芬脱下自己的夹袄盖在战士的身上,她自己的身上只有一件单衣了。

春英也脱了自己的夹袄给伤员盖上。

月芬:嫂子,你怕吗?

春英:怕。

月芬:他俩受过伤吗?

春英说不出话来。

月芬回过头看春英。

春英在哭。

月芬:嫂子,你怎么了?

春英完全不能控制自己的感情,转身冲了出去。

月芬跟在她的后面。

118. 日外　庙外

春英朝没有人的地方跑去。

月芬追了上来。

春英忍着不哭出声来,但眼泪还是止不住。

月芬:嫂子你有什么事情瞒着我? 你到底怎么了?

春英:(平静下来)月芬,臭他爹,牺牲了。

月芬一下子愣住了。

春英:不想让臭奶奶知道,我怕她受不了。

月芬:(流泪)你就一个人忍着,我不是你的亲人?

春英:我知道你惦记南成,不想让你担心。

月芬:不说话,不吃饭,你知道这几天你脸色儿多难看? 你把自己折磨垮了,就踏实了?

春英:月芬,你不用担心我,打了这么多年仗,死了这么多人,我想得开。

月芬:嫂子,咱还有臭,还有臭他叔呢。

春英:是,还是一大家子人。

119. 日外　村里

黑燕和兰花在说话,两个人有点剑拔弩张。

黑燕:你不说她就不知道,你这不等于把我给供出去了?

兰花:支前是件严肃的工作,我是干部,知道你偷拿家里的粮食当然不能不管。月芬也是觉得不合适才告诉我的。

黑燕:谁偷了? 我家的粮食我怎么不能拿?

兰花:你婆婆本来就不积极,她要是闹起来,这就成咱村支前工作的问题了,所有成绩就都白取得了。

黑燕:就你积极,别人都落后,我成偷粮食的了,那你也不能去告密啊?

兰花:你以为我不说她就发现不了吗?

黑燕:我死不承认,大不了挨顿打。

兰花:黑燕,我就是不能让你再挨打,我才去的。

黑燕看着兰花。

兰花:我就是不能让她再打你! 我娘就是为我爹的事去你家讲理,被你家人打了,连病带气,没多久就死了。我永远想不通,为什么有钱就可以打人?没钱就要被人打?直到我入了党,参加了革命,我知道共产党就是穷人的党,穷人团结起来,就不再挨打了。

黑燕不说话了,她还是受到了触动。

兰花:(耐心地)别生我气了。黑燕,你脸上冷心里热,你为队伍做了好多事情,也为村里的工作出了很大的力,你是受苦人,和你婆婆不一样。

黑燕:你哪来的钱给她?

兰花:我爹娘留给我的一块钱。

黑燕:我以后还你。

120. 日外　村头的河边

日近黄昏。

六姐妹在帮野战医院洗军衣。

她们把军衣浸在河水里,河水很快就被染红了。

她们展开手里的军衣:

有的缺一只袖子,有的少一条裤腿;

有的上衣上有圆圆的弹孔;

有的几乎成了一缕一缕的。

她们轻轻地在水里浸泡着这些军装,心情非常沉重。

枪炮声依旧激烈。

她们的心情都很压抑。

小鹤把洗好的军装一件件晾在河岸上,她们仿佛看到了一个一个战士,在和敌人进行着殊死的搏斗。

秀:(把手里的衣服往水里一摔)兰花,去和区长说说,我们上前线吧,干脆和他们拼了。

黑燕和月芬也一起站起来:对,我们上前线! 我们也能打仗!

有医生喊,能献血的排队。

姐妹们都跑过去,排在最前面。

医生:怎么都是女的? 女的不行,抽男的。

月芬:(突然爆发)你瞎了吗? 我们沂蒙山的男人,都在前线呢!

月芬的话,让整个世界都安静下来。

121. **夜外　树林**

炮声震天动地。

民工们都在山沟的树林里隐蔽着。

有的炮弹就在很近的地方爆炸。

人们都趴在地上一动不动,等待炮轰的结束。

兰花在最前面。

月芬和春英挨着,春英用一只手搂着月芬。

秀搂着小鹤。

秀的脸很平静。

大家都在等待上级的指令。

四喜不知道哪里钻出来,猫着腰跑到兰花的身边。

四喜:兰花,你没事吧?

兰花:你又乱跑。

四喜:没给你丢人吧。

兰花:跟支前模范还差得远呢。

四喜:怎么又模范了,你也没说啊。

兰花:你别再大大咧咧了,这是打仗,不是闹着玩,回你的组里去。

四喜:我就是来看你一眼,你也小心。

兰花:我知道。

四喜:兰花,打完仗我俩就成亲吧。

兰花:(瞪他)你又来了!

四喜不敢再说,转身跑了回去。

122. **夜外　山沟**

炮声稀疏了。

民工们沿着山沟开始行动。

123. **夜外　山沟**

民工们依次经过藏弹药的山洞,有人递给他们每人一个弹药箱,并给他们一张写着名字的纸片。这张纸片交到指定地点,说明弹药已经安全送到了,她们的名字也被依次登记下来。

六姐妹依次走过弹药库,每人扛走一箱弹药。

对方:哪村的? 叫啥?

月芬:张月芬,烟庄的。

另外有人递过一箱弹药,月芬接过弹药箱,一手接过纸片。

对方:哪村的? 叫啥?

春英:李春英,烟庄的。

有人递过弹药,春英接过弹药箱,一手接过纸片。

对方:叫啥? 哪村的?

秀替小鹤答:小鹤,烟庄的。

对方:又没问你。

秀:(快嘴)又没跟你说。

对方:那你跟谁说?

小鹤接过弹药箱和纸片,边走边扔下一句:跟你老婶。

前后扑哧的笑声。

对方刚要发火,秀拍他一下,指指头,又指指小鹤的背影。

没等对方问。

秀:我叫王秀,烟庄的。

秀接过弹药箱和纸片。

发弹药人:怎么都是妇女?

兰花:妇女怎么了?

发弹药人:(不敢接招)算我没说,算我没说。

兰花:王兰花,烟庄的。

对方:你就是大名鼎鼎的王兰花啊。

兰花接过弹药箱和纸片。

黑燕:黑燕,烟庄的。

对方:姓什么?

黑燕:不知道。

黑燕接过弹药箱和纸片。

黑燕:发枪不?

对方:我要有枪也不干这个了,快走吧,小心把条子收好,人在弹药在。

124. 夜外　山路

运送弹药的支前民工的队伍在夜色中匆匆前行。

枪炮声越来越近。

兰花在队伍的前后照应着。

她们扛着分量不轻的子弹箱,紧紧跟随宏大的支前队伍,朝着战场的方向奔跑。在这支队伍中,我们几乎寻找不到她们的身影,但是我们知道她们的存在,她们已经融汇进这支前的洪流当中了。

125. 夜外　山路

支前的队伍在夜色中向前涌动着。

126. 夜外　河边

一条河横在队伍的面前。

河水很大。

桥被刚才的炮击炸毁了。

运弹药的队伍停了下来,河边聚集了很多人。

六姐妹和大家一起等待渡河。

河边组织渡河的王副区长嗓子都哑了。

王区长:要快,队伍马上就要过来了,民工让开路。

运弹药的民工闪开了一条通道,他们更多地聚集在河边。

附近的村民运来了很多门板。

王区长:架浮桥,快,队伍就要到了。

一些村民和民工纷纷跳入水中,用肩膀扛起门板,架起一座以人体为桥墩的浮桥。

四喜把自己的弹药箱交给身边的人,回头看了兰花一眼,跃入水中。

水流很急,已经漫过了人们的胸口。

门板一扇一扇地向前传递,人们一个一个地跳下河里。

随着门板越来越延伸,桥越来越接近对岸。

桥渐渐搭成了。

王区长:部队还没到,民工赶紧过河。

扛着子弹箱的民工们通过浮桥向河的对岸跑去。

很多人。

浮桥在人们的肩上颤抖。

六姐妹也从桥上跑过。

127.　夜外　河对岸

她们过河后向对岸望去,队伍到了。

民工的队伍让给战士。

战士们扛着枪和炮,通过浮桥。

踩在乡亲们的肩上冲过河去。

远处的枪声激烈起来。

部队很快地过桥。

一刻也没有停留,就朝战场跑去。

128.　日外　河边

民工们看着队伍过桥。

月芬的眼睛又盯着所有的战士的脸。

战士的脸飞快地从她的眼前闪过。

河里的人们在坚持。

突然,一个扛门板的民工被水里的什么撞了一下,人一下倒在水里,那块桥板瞬间倾斜,一个战士也落入水中。

几乎与此同时,兰花跳进水里,冲到倾斜的门板边上,把门板扛了起来。

其他几个姐妹几乎同时都跟着下了水。

她们一起扛起门板。

队伍迅速地从桥上经过。

她们咬着牙,坚持着。

月芬忽然转过身,面朝过桥的战士。

她还是想在队伍中找到属于她的那张脸。

很多张脸从她的面前闪过。

其他几个姐妹也都不约而同地转过脸去,面朝过桥的队伍。

冲过桥去的战士在夜色中依然可以清晰地看到几张年轻美丽明亮的脸。

她们是他们的姐妹,他们为她们而战。

129. **夜外　河对岸**

队伍和运弹药的民工都顺利地过了河。

河边燃起了大大的篝火。

门板被投入了火里。

王区长安排下河的民工烤火取暖。

下河的人们围在火边取暖。

他们又冷又累,都在发抖。

六姐妹浑身湿透,女性特征赫然触目,她们疲惫地靠在一起,像一组雕塑。

小鹤:我的脚不在了。

秀:在呢,我给你暖暖。

月芬:嫂子,咱的子弹还在吗。

春英:都在呢。

月芬:纸条全都让水泡了。

黑燕:把人都要累死了,还管纸条子。

兰花忽然觉得好像缺了点什么,她四下里看了看,在火堆边的人群中寻找着什么。

兰花:四喜呢?

秀:走了吧。

兰花:我看着他下河的啊。

小鹤:让水冲走了吧? 冲走好几个呢。

兰花一下子站了起来。

兰花:(大声喊着)四喜,四喜,四喜!

其他的几个也爬起来和她一起喊:四喜,四喜!

兰花都要哭了。

兰花:四喜,你在哪啊?

四喜简直不敢相信是兰花在找他,在叫他,在朝他跑过来。他浑身上下都是泥,几乎看不出人样了。

兰花朝他跑过去。

其他姐妹跟在后面朝四喜跑过去。

兰花一下抱住四喜。

小鹤不好意思地捂住自己的眼睛。

四喜幸福得都要晕倒了。

四喜:我不是在做梦吧?!

天要亮了,一抹朝霞从东面的山上洒了过来,洒在六姐妹的脸上。

小鹤:听,快听。

大家都安静下来。

四周非常安静。

月芬:枪不响了,仗打完了吧?

一切都在寂静中平静下来,人们在想,期待中的安宁是不是真的降临了?

130. 日外　孟良崮战场

很多战士在欢呼着胜利。

战火中的红旗插上了主峰。

很多俘虏。

很多战士。

支前的民工也在欢呼。

解放军终于赢得了这场战斗的胜利。

131. 日外　山路上

另一个清晨。

担架队、小车队在回家的路上。

胜利的消息已经传开了。

队伍松散了许多,大家的情绪也很振奋。

六姐妹也走在队伍里,不同的是,小鹤扛着一面锦旗,上面写着"支前模范六姐妹"。

不知道是谁说了句:秀,唱一个。

秀就开始唱了:

　　人人都说沂蒙山好,

　　沂蒙山上好风光……

132. 日外　村里

大公鸡站在春英家的墙头上高亢地鸣叫。

村长敲锣:担架队回来了,仗打完了!

担架队回来了,村里的人们涌出来迎接。

小鹤的爷爷还是走在最前面,挺神气的样子。

小鹤把锦旗举得高高的。

黑燕的身后跟着迎出来的二宝。黑燕不好意思,让他闪远点。

兰花还是前后地张罗,让大家把担架都送到大戏台去。

秀爹和娘也在。

133. 日外　春英家门外

春英和月芬跑到家门口,突然发现家里挂"光荣烈属"牌子的地方换了一块很大的牌子,上写:满门忠烈,落款是:烟庄父老。

134. 日内　春英家

臭臭奶奶坐在堂屋的椅子上,臭臭靠在她的身上。

堂屋的正面,供着三块牌位,分别是父亲和两个儿子,父亲和南成的牌位下有烈士证书。

臭臭奶奶在等着两个儿媳。

春英把自己丈夫的烈士证书掏了出来,放在他的牌位下面。

月芬呆呆地看着自己丈夫的牌位,她到底也没有见到这个人,她知道自己再也见不到这个人了。

臭臭奶奶站起来,她拉着臭臭的手,朝着牌位跪了下去。

两个儿媳也跪了下去。

三个女人,对着家里三个牺牲在战场上的男人,用泪水诉说着无边的思念。

她家的门开了,乡亲们来了,也都跟着跪在了边上、院子里、街上。

135. 日外　村里

一场隆重的葬礼。

为了村子里所有在战争中死去的人。

白色的纸钱漫天飞舞。

送葬的队伍绵延而去。

鼓乐齐鸣。

《沂蒙山好风光》的歌声再度响起。

字幕:1947 年 5 月,孟良崮战役

常备民工 7.6 万,二线民工 15.4 万,临时民工 69 万。

字幕:孟良崮东坡池村妇女李素芳、刘曰梅带头为部队架人桥,战士们在行军路上的石崖上写下她们的名字。

字幕:莒南县前新庄村妇救会长尹德美为保护部队留下的孩子历尽艰辛,1970 年,新中国成立后上了北京大学的部队后代和尹德美的女儿结婚。

字幕:莒南洙边 19 岁姑娘梁怀玉为了动员青年参军,表示愿意和参军青年订婚并照顾他的家人。

字幕:某县妇女,丈夫参军,独自拜堂嫁入婆家,后丈夫在战场牺牲,她没有见过丈夫一面,终生未嫁,照顾公婆,领养两个孩子。

字幕:蒙阴县烟庄王玉梅、伊廷珍、杨桂英、伊桂英、姬贞兰、公芳莲六位年轻姑娘,带领村民支前,做出很大成绩。

字幕:"我就是躺在棺材里也忘不了沂蒙山人,他们用小米供养了革命,用小车把革命推过了长江。"

——陈毅

唐山大地震

剧本完成于 2009 年 5 月,根据张翎中篇小说《余震》改编。

引　子

字幕:1969 年冬天

唐　山

1. 夜内　产科病房外

一个天寒地冻的冬夜,窗外北风呼啸,飞雪漫天。

产房外。

气氛紧张,医生护士出来进去。

可以听见产妇在里面凄惨的叫声。

一个医院用的铝制病历夹子啪地扔在桌上,上面夹着一张病危通知书。

医生满头汗,手套上有血。

医生:签字吧,你说的保大人。

方大强,当时三十出头,他也满头汗,棉衣的领口敞着,攥着笔,不敢签。

医生:赶紧签,再耽误都保不住了,一儿一女,三条人命。

方大强慌忙在纸上签下“方大强”,笔抓在手上。

医生从他手上夺过笔,转身进去了。

方大强把头抵在走廊的墙上,一下一下地撞着。

不知过了多久。

产妇的喊叫忽然杂进了孩子的哭声。

方大强猛地抬头,腿一软,蹲在地上。

2. 夜内　病房

育儿箱,蓝色的灯光下,一个婴儿显得十分孱弱,气息和精神都不好,肤色橘黄。

有穿白大褂的身影站在边上往里看。

医生:这个怕保不住了。

3. 夜内　走廊上

医生:男孩出生时窒息半分钟,吸入羊水并发新生儿肺炎,体温心率呼吸都不好,随时有生命危险,你们要有思想准备。

李元妮穿着病号服,方大强搀着她。

李:大夫,想想办法,救救我儿子,您准有办法。

医生:缺氧时间比较长,脑子会受影响,搞不好可能痴呆,万一救不活,对你们也许不是坏事。

李:大夫,什么样我都要! 求您救救他,只要让他活着,什么样我都要!

李元妮拉着医生的手,流着泪。

4. 日内　病房

几天以后,育儿暖箱。

一双手把另外一个明显欢实的婴儿也放了进去。

医生:小可怜,让你姐陪陪你吧,能不能活下来,就看你的运气了。

另一医生:你还别说。

两个一样大的新生儿躺在一起。

都下意识地把脸转向了对方,两个孩子脸对着脸,脸贴着脸。

5. 日外　医院门口

几天以后方大强和妻子李元妮深深鞠躬,对面是几个穿着白大褂的产科大夫。

他们俩的手上一人抱着一个包得严严实实的婴儿。

在他们的身后,停着一辆崭新的载重卡车。

司机笑着等他们。

两人抱着孩子进了驾驶室。

驾驶室里,两人互相看着对方怀里的孩子,脸上笑着。

卡车开动,卷起尘土。

片名:《唐山大地震》

字幕:1976 年夏天

唐　山

6. 日外　城市

70 年代的中等工业城市,今天的我们只能在图片上找到这个城市当年的模样,它和许多同样规模的城市也差不多:建筑半新不旧、半高不矮;远处有象征工业城市、反复地出现在孩子们图画当中的高大的烟囱,有的冒着骄傲的黑烟;工业区和住宅区混杂在一起,树木基本无序地穿插,那时几乎没有草坪;马路笔直,宽的少窄的多;有各种材质和字体的标语,反映着一个时代的政治空气。

燠热的夏天,无风,骄阳下的一切都泛着白光,所有的边缘都被太阳滋了光,变得不那么清晰。

俯瞰或者是扫过,先告诉你关于这个城市大概的相貌。

7. 日外　马路

宽阔而笔直的马路,两边平房楼房无序错落混杂。

马路上车不多,和今天简直不可同日而语,甚至都没有画明确的行车线。

各式车辆混杂:有公共汽车、吉普车、拖拉机、马车,还有三轮车、自行车。

一辆在当时并不很多见的载重卡车迎面开过来,在蒸腾的热浪中,卡车漂浮般越来越近。

卡车的出现使得这条马路显出些许不寻常,它走在路的中央,越近时就显得越高大,车门上写着"唐山六运"。

8. 日外　汽车里

高高的驾驶室里坐着三个人,司机方大强:四十来岁了,高大健壮,肤色带有长途奔波的风尘。驾驶室那时没有空调,方大强只穿一件跨栏背心,前胸和后背都印着白色的号码,挺脏的,尽管如此,他嘴上叼根烟,胡子拉碴,还是显得挺帅。

方大强的身边坐着他的一对龙凤儿女:女儿叫方登,儿子叫方达,都7岁,长得都漂亮,高矮胖瘦也差不多,只是姐姐显得比弟弟泼辣一点。

两个孩子非常兴奋,坐在卡车的驾驶室里,见到了长途归来的爸爸,双重的快乐使得他俩坐立不安,一会跪着,一会站着,上了椅子又滑下来,滑下来再爬上去,总之没有一刻的安宁。

方大强哄孩子般地把车开得很慢,卡车晃晃悠悠地朝前走。

方达:爸,快看,快看。

一片蜻蜓密密麻麻地飞来,哗地飞过,有的撞到车玻璃上。

方登:蜻蜓,蜻蜓,怎么这么多蜻蜓啊?

方大强:要下大雨了。

方达:(感叹)太多了,都不想逮了。

又一片蜻蜓扑来。

方达:爸,到六子家门口了,按喇叭,按喇叭,他老跟我来劲。

方达说着手就朝爸爸的方向盘上伸,爸爸拍他手,他手就躲,这是父子俩的小默契。

方大强的脸上带着父亲特有的慈爱的笑容。

方达:爸,你怎么这么长时间才回来啊?

方登:我都梦见你了。

方达:爸,怎么这么抖啊,我说话声音都抖了。

方登:我喜欢抖,身上是麻的。

方达又去摸爸爸的档把,爸爸伸手去拍他的手,他手又躲。

在高大的父亲身边,孩子就像两个欢实的小动物。他们居高临下地看着外面的街道和行人,表情得意非凡。

9. 日外　马路上

卡车的屁股扬起烟尘,开了一段就刹住了,尘土更大了。

俩孩子依次被从驾驶楼子里放下来,他俩仰着头看着爸。

方大强:告诉你们妈,我卸完货就回。

卡车开走了,两个孩子看着卡车的背影,脸上的兴奋意犹未尽。

10. 日外　街道

姐弟俩拉着手,高高兴兴往家走。

他们身边的一切却显出一种倦怠的平静。

他们路过一个广场,那里矗立着高大的领袖像和标语牌。

行人不是很多。

两人从大街进入小巷。

弟弟一蹿一蹿的。

爸回来了,一切都不一样了。

11. 日外　小巷里

小巷里人就更少了。

两人经过一个门口。

门口站着一个跟他们差不多大的男孩,脸上挺脏的,一看就挺皮的那种。

方达对这种孩子有点本能的躲闪,他绕到了姐姐的另一侧。

男孩:方达,你妈死了。

方达一下就站住了,愤怒地和男孩对视着,脸也红了。

男孩挑衅地看着他。

方登没有任何停顿,上去就推那男孩一把。

男孩没防备,一屁股坐在地上,挺新的蓝裤子沾了一圈土。

男孩:(喊)哥,姐,有人打我! 哥,姐!

从男孩身后的门里一下子就冒出来四五个高高矮矮的兄弟姐妹。

模样和穿着都和男孩差不多。

方登一看形势不对头,拉起弟弟就跑。

身后传来孩子们的叫骂声:方登,你妈是狐狸精,方登,你妈是狐狸精。

12. 日内　方家

70 年代初很多城市包括北京也大肆兴建的"简易楼",一般两三层,比较单薄的预制结构,有的楼梯都在楼的外面。灰色的外观,狭窄的阳台,到处都堆满了人们的无用的家用,到处晾晒着衣物,充分地显示出生活的杂乱、凑合、努力和拥挤。

被称作"狐狸精"的李元妮正在厨房里做饭,嘴里唱着歌。她有三十出头的样子,好看,丰腴,高挑,天气热又守着煤球炉,李元妮满脸都是汗,圆领无袖的小花衫前后都湿了一片,她腰上扎个白围裙,上面印着红字:"唐山第二纺织厂"。

她身后的家不算大,里外简朴整洁,和当年的很多普通家庭一样,有白线编织的遮盖物,有自己做的台灯罩,还有印刷不那么精良的图片等。里外间的屋子,都不大,外间吃饭桌,简易沙发一摆就满了,里间一张大床接出来一块,四口人差不多算睡成一排,挂着蚊帐。里外屋中间没有门,挂的是用废画报纸卷的珠子穿成的短门帘。

厨房设在窄窄的阳台上。

李元妮不时把做好的饭端到桌子上,出来进去的。

门从外面撞开,两个孩子冲了进来,浑身是土,满脸是汗,脸涨得通红。

方达:热死了热死了。

方登从桌子上端起大缸子猛喝了两口,递给方达。

李元妮从厨房出来,一看他俩这样子就皱起了眉头。

李:方登,你带着弟弟瞎跑什么啊?干净衣服都白换了,不能消停会啊?

方达刚要说什么,方登把一根手指放到嘴上,示意他别说。

方登:妈,我们接着爸了,爸还让我们坐他车了,他说卸完货就回来。

返回厨房里的李元妮自己就笑了。

13. 夜外　楼前空地

晚上,天已黑了。

小楼里家家户户都亮着灯。

各家的半导体都在响着,唱着那个年代的样板戏。由于住得拥挤和房子的质量,各家的声音混杂。水龙头在院子里,人们出来进去接水,水声基本哗哗不断。

总之是一天里最热闹最鼎沸的时刻。

院子有聊天乘凉的,大蒲扇啪啪地拍着蚊子。

楼后面是一个建筑工地,正在盖一座挺高的楼,已经有个五六层的规模了,一座在那个年代不算矮的塔吊从楼后面伸出来,吊臂悬在半空中。因为彻夜施工,打着很亮的灯,把这座小院照得挺亮的。

吊车的司机室里有个小伙子正开吊车。

在他的操作下,吊臂从小楼的上空划过去又划过来。

在他的眼里,小楼和活动在他周围的人,又是另外的一个角度。

他看到在小楼的外面路边,停着方大强那辆载重卡车。

14. 夜内　方家

一家人吃完了晚饭,李元妮还在屋里屋外地收拾,好像有干不完的活。

饭桌上,放着方大强刚带回来的崭新的电风扇,他插上插头,电扇就转了起来。

俩孩子兴奋地欢呼了一声。

两人同时挤到电扇前,离得很近,让风吹自己的脸。

方达:真凉快,真凉快。

方登:妈,妈!

李:一会的。

方大强把电扇调到摇头,孩子们因为离得太近,想吹风就得跟着摇头走,两人就在电扇前被电扇牵引着一会往这边挤,一会往那边挤,方大强看着直笑。

忽然,有人从二楼上扔下一摞碗,在院子里摔得粉碎。

接着就爆发了激烈的争吵。

女声:李刚,你砸吧,我也过够了。

男声:滚,滚吧。

方大强推门出去,往上看。

俩孩子听见外面的声音就想往外跑,被李元妮一手扯住一个。

女声:凭啥我滚?凭啥我滚?我滚了你想再找啊?

男声:整天叨逼叨,真他妈烦人,你还有完没完?

女声:你少在这臭来劲,摔东西谁不会啊?活够了你跳啊!是男的吗你?

又有东西从楼上扔下来。

李:(对外面,声音不大)方大强,进来。

方大强很听话地进来,关上门,外面的声音小了。

李:为看热闹再砸着。还从来没听他俩干过架,真新鲜。

方:还嫌天不热啊?

李:不热还不吵呢。

外面还有砸东西的声音。

15. 夜外　楼前空地

在院子里乘凉的人朝上面看着。

有人冲上喊:有完没完了,弄这一院子谁扫啊?

上面也有人劝架,声音渐渐就小了。

从吊车上看,院子里不少人看热闹,都仰着脸。

吊臂在缓慢地移动。

驾驶室里的司机像一个俯视人间的旁观者。

工地上不少工人在挥汗如雨地干活。

敲打金属的声音很大。

女人的哭声随着她跑远的脚步声渐远。

16. 夜内　方家

李元妮忙完了,在外屋洗脸。

里屋,蚊帐里。

俩孩子腻着父亲兴奋地不肯睡,他们都洗了澡,扑了痱子粉,穿着一样的背心裤衩,干干净净香喷喷的。新电扇放到了能吹到床的位置,摇着头。方登把自己的头枕在爸爸的肚子上,在看一本小人书。爸一咳嗽,她的头就跟着爸的肚子抖,她就无声地笑。

方达在爸的另一侧玩打手板,这是父子俩喜欢的游戏,爸有一搭无一搭的,方达全神贯注。

哗的一声,李元妮把水泼到院子里。

方大强一下翻身起来。

方:行了,睡了!

方大强钻出蚊帐,把所有的角都掖了一遍,顺手关了灯。

蚊帐里传出两个孩子叽叽咕咕的笑声。

透过蚊帐,方登看见父母的身影在外屋晃过去晃过来。她看见母亲好看的脸和迷乱的目光,看见父亲宽大的背影。

外屋太热,李元妮挥着把蒲扇,方大强看着她坏笑。

李:睡了没有?

方:且呢。

李:孩子都不会哄。

方:我回来他们太激动了。

李:切。

方:(起身在李元妮身上摸了一把)我先去弄弄车,睡了你叫我。

李:明天到车队弄不成啊?

方:要有活不就耽误事了。

方大强抓了工具出去了。

17. 夜外　楼前空地

方大强扎在前盖下面修车。

李元妮端了一盆水出来。

身上穿着件无袖没有过膝盖的睡裙。

吊车的长臂从他们头顶划过。

吊车的驾驶室里,司机可以看到汽车和车边的两个人。

李元妮坐在车边的台阶上,拨弄着盆里的水,往脚上撩着。

方大强从车盖下面抬起头,看她一眼,用棉丝擦了擦手,跳了下来。

李:擦把脸?

方大强点着一根烟,吸了一口。

他把夹着烟的手伸给李元妮看,烟笔直上升。

方:一点风都没有,这叫什么事?

李元妮拧了拧毛巾,起身给他擦脸上的汗。李元妮的身体一挨近,方大强就有点激动,他往上一凑,李元妮往后一躲,指了指楼那边,示意外面还有乘凉的人呢。

方大强烟叼在嘴上,揽着她绕到车后面,一下子把她抱到车的后帮上,李元妮就进了卡车的车厢,方大强也咚地跳了进去。这是一个有帆布篷的货车,确实是个挺不错的地方,从帆布的缝隙露进来缕缕工地上的强光。

方大强拉过一块苫布就把李元妮放倒在上面,自己也扑在李元妮的身上。

两人有日子没见了,都很激动。

工地上的吊车在缓慢地移动。

吊车的司机往下看着:刚才车边的两个人不见了,白色的搪瓷洗脸盆里泡着条花毛巾。

卡车的车篷在深夜里暧昧地轻摇。

卡车上,方大强和李元妮在亲热,两人浑身是汗,像在水里一样。方大强的黑手在李元妮刚洗干净的身上留下了不少黑印。

终于停下来了,两人仰面躺在苫布上。

李元妮扑哧一笑。

方:笑啥?

李:说不定全唐山市就咱俩还干这事。

方:都热,都睡不着。(又从边上裤兜里摸根烟点上)

李:(又笑)那这一晚上得多出来不少孩子。他俩还是孤单了一点,在外面受欺负。

方:还敢吗你?生他俩没把人吓死。

李:那有啥不敢的?可惜怀不上了。

方:一儿一女知足了。

李:双胞胎怪呢,一个拉屎另一个马上也想拉,方登嗑瓜子嗑大头,方达也嗑大头,谁也没跟谁学。

方:让你说神了。

李元妮没说话。

方:困了吧?进去睡吧。

李:下去把水端上来,瞧你抓的。

方穿上短裤翻身下去。

李元妮舒服地躺着,看着车棚。

忽然,有种火车般的轰鸣声传了过来,车棚就摇晃起来,紧接着,整个车都剧烈地摇晃了起来。

李:(坐起来)你干啥哪?

方:(大喊,声音都变了)元妮,不好了!

李元妮翻身从卡车上跌落下去,一下就摔倒了,她被眼前的状况惊呆了。

整个世界都在摇晃,房屋如同海上的船只,马路仿佛一匹绸缎。

不明来源的光忽暗忽明,不知就里的声音滚来滚去。

高大的吊车像面条一样扭着软了下来。

吊车上的司机完全惊呆了。

他随着慢动作垮掉的吊车倾覆着。

方大强也摔倒了,两人努力地往起爬,朝着近在咫尺的家门扑过去,这段不长的距离显得非常艰难。

所有的东西都在飞舞,从楼上掉下来各种大大小小的物件、门窗,然后是砖瓦。

从二楼倾倒的煤球炉子里滚出的煤球还是红的。

李元妮终于要冲到家门口了,就在她要扒住门框的瞬间,她被丈夫扯了一把。两个人完全没有语言交流,丈夫只是拉扯了她一把,她就再次摔倒在地上。她隐约看见丈夫冲进了门里,紧接着就是房倒屋塌,简易楼忽地就矮下来了。一切都被巨大的烟尘所笼罩,包括李元妮自己。

李元妮一声惨叫。

18. 夜外　楼前空地

烟尘用了很长时间才落下去,原来的一切都不存在了,世界完全变成了另外一副样子。

一片黑暗。煤球散落在院子里,发出暗红的光。

远处有的地方着火了,也能借到一点光亮。

楼房成了废墟,到处都是零散的部件,有人自己从废墟中爬出来,在外乘凉侥幸活着的人几乎完全傻了。

人声渐渐地嘈杂了起来。

全城的狗都开始狂吠。

哭喊,呻吟,叫着各种称呼:爸、妈、奶奶、爷爷、姐、舅舅、大爷等等。

塔吊已经拧成了麻花,和正盖了半截的高楼的废墟搭在一起。塔吊司机正想方设法从变形的驾驶室里出来,但显然他一时也出不来,他没有呼救,因为他知道谁也救不了他。从他的位置向下看,简易楼塌成了一堆破砖烂瓦。

他看见了李元妮。

李元妮没有哭,她就是在一个劲地扒着废墟,她知道她的丈夫孩子全都在下面。一边扒她一边喊着方大强、方登,她习惯了喊方登,因为方达总是在方登身边。她的裙子已经撕了,几乎遮不住她的身体,她光着脚,双脚鲜血淋漓。

一个年轻女人疯了似的跑回来,嘴里喊着:李刚！李刚！

19. 夜内　废墟下

方登把眼睛睁到最大,她还是什么都看不见,全是呛人的尘土,她想咳嗽但仿佛有人掐着她的脖子,想喊叫却发不出一点声音。

倒塌的房屋的缝隙里露出了灰色的天光,天似乎是要亮了。这灰色的光照出了方登的脸的轮廓,也让她看到了外面的一线光明。但是她不能动,她差不多是趴着,头还被水泥板顶着。

方登的口型在说:爸爸,妈妈,救救我。

方达在离方登不远的地方,他的半个身子被压着,完全不能动,另外一只手到处抓着,他在叫、在哭。

方达:妈,妈,姐,姐,(忽然想起)爸爸,爸爸!

方登听见了弟弟的声音,她忽然睁大了眼睛,她想挪动自己,但是有什么紧紧地抵着她的太阳穴,让她的头死死地卡在一个地方,她的手徒劳地抓着。从她的口型看出她在叫方达!

她的手在朝有声音的地方摸着,但是他够不到她的弟弟。

终于,方登从很多声音中辨别出一个声音,是她妈妈的哭喊声,她妈一会叫她一会叫她爸,一会叫弟弟,语无伦次,声音嘶哑,疯了似的。

这个声音夹杂在其他人的哭喊声中。

方登的口型:妈妈,我在这呢。

20. 日外　废墟上

天基本上亮了,满目凄凉,惨不忍睹。

城市消失了,所有房子都改变了模样,只剩下树还站在原地。

有烟,不知道什么地方着了火。

远远近近的哭喊。

李元妮身边的女人在嘶哑地叫着:李刚,李刚!你在哪啊?盲目地在废墟上寻找,垂着的手指尖往下滴着血。让人想起昨晚的那场夫妻大战,已经恍若隔世。

李元妮和活着的邻居散落在宿舍楼的废墟上,他们在想办法寻找下面的亲人。但她的努力看上去是那么地徒劳和漫无目标。

有人喊:元妮,元妮。

吊车上,司机在想方设法开门,吊车在他的撼动下摇晃着,似乎预示着新的危险。

李元妮直起腰朝声音看去。

废墟下露出一只男人的手,上面全是汽车的油泥。

她扑上去,抓住这只手。

李:快救人啊!

余震来了。废墟上的砖石往下滚,人们四下躲避,李元妮没有离开,没有松开那只手。

21.　日内　废墟下

方登似乎平静了许多,因为听见了母亲的声音,母亲在,她就不会有事。

她不知道自己家的房子为什么会突然倒了,但是她知道妈妈在外面救她。

她用嘴吹着面前的土,看着烟尘飞起来又落下去,她试着发出声音,嗓子还是被什么堵住了,没有声音。

只有两只眼睛传递着方登的全部感受。

她仔细辨认着弟弟的声音,那声音似有似无。

她有些担心,就用可以动的一只手到处去摸,她摸到了一块碎砖,就抓在手里,到处敲击,砖头打在了一块木板上发出啪啪的响声。

方达的力气似乎已经用尽了,他用最后的力气嘶哑地哭喊着:爸,妈,姐,你们在哪啊?

忽然,他听到了近处的敲击声,声音不大,但是很清晰。

方达:姐?

敲击声。

方达:姐?

敲击声。

方登的头还是不能动,但是她知道弟弟活着,而且听见了她的敲击。但是她实在是太累了,就闭上了眼睛。

22.　日外　废墟上

吊车上的司机终于从驾驶室里挣脱出来,他额头上流着血,小心地朝地面攀爬着。

下夜班的工人们跑回来了,他们一边叫着亲人的名字,一边加入到搜寻中来。他们的饭盒扔了一地。

救援的人手多了一些。

大家把方大强的尸体抬出来,放在一棵树下。

树下还靠着抬出来的伤者,没有任何救助,只有忍耐,伤者麻木地看着眼前的一切。

李元妮到处找东西想把方大强盖上,她找到一张报纸,盖在方大强的脸上。盖之前她看着这张脸,又看废墟,她不想离开,又不得不离开去救孩子,最后还是把报纸往脸上一盖。

李:(看着丈夫的尸体)你拉我干吗?留下我一个人干吗?你拉我我也不念你的好!

躺在方大强边上的也是一个男人。

年轻女人趴在他的身上,叫着李刚。

人们用非常简陋的工具,寻找着有可能活下来的生命。

一个孩子被救了出来,她尖厉地哭着,下夜班的爸爸把她紧紧抱在怀里。

李元妮看见别人的孩子,更为自己的孩子着急,看见别人哭,她也跟着哭。

李:(哭着)方登,方达,答应妈妈一声啊!

李元妮眼前一黑,自己倒了下去。

吊车上的小伙子终于下到了地面。

他傻了一样坐在地上。

23. 日内　废墟下

方登一下子惊醒了,她不知道自己睡了多久,她也不知道现在是白天还是晚上,她只知道,自己还在倒了的房子下面呢。

有雨水渗了进来。

她可以听见外面有人说话的声音,在商量着怎么把什么东西移开。

她仔细辨认,没有方达的声音了。

她的手赶紧又在地上摸,摸到了她刚才的砖头,她又使劲地敲那个木板。

方达也睡着了,地震之夜把孩子们的睡眠切成了两段,但孩子总是要睡的。他被敲击声叫醒。

方达:姐?

敲击声。

方达:姐?

敲击声。

方达大声地哭喊起来:妈,爸,姐!

24. 日外　废墟上

搜救已经持续了很长的时间,人们都已经筋疲力尽。

有些人坐在地上发呆,有些人还在试图解救下面的人。

忽然有人大喊:这有孩子哭。

人们都往那里聚集,李元妮也扑了过来。

25. 日内　废墟下

方登忽然觉得眼前一亮,一缕刺目的光线照在她的眼睛上,她一下把眼睛闭了起来。

她听到母亲和方达的对话。

李:在这呢,在这! 方达,方达,妈在呢,乖,别哭了,这就救你出来。

方达:妈,我害怕,我疼。

李:妈在呢,妈这就救你出来。你姐呢? 你姐在你边上吗?

方达:妈,我疼死了。看不见我姐。

李:等着,方达。

有人:看见了看见了,方登,这边这个就是方登,都在呢都在呢。

李:哪? 哪? 方登,方登你说话啊,妈叫你呢,听见了吗? 是,没错,是方登。

方登没法说话,但是她在用力地敲击手里的砖头。

李:(哭喊着)求求你们,各位师傅,孩子爸已经没了,求你们救救我两个孩子,他们出不来我也不活了,求求你们了。我后半辈子给你们当牛做马! 给你们当牛做马!

在下面听见妈妈说爸爸不在了,方登的眼睛一下子睁大,惊恐不已。

有人:别哭了,赶紧想办法,不好办。

方登眯起眼睛看着透进来的光,她觉得自己有救了,方达也有救了,只是需要再坚持一下。她的嘴已经干得全都裂开了,渗出了血丝。她还是不停地敲着,让弟弟知道自己还活着。

26. 日外　废墟上

人们都集中到这里救这两个孩子。

吊车上的小伙子终于从地上爬了起来,在地上的水洼里喝了几口水,加入到救人的人群里。

男人们在商量办法,李元妮一刻不停地疯了一样在一点一点把上面的碎砖移开,她的双手鲜血淋漓。

27. 日内　废墟下

一阵阵地往下掉土,方登的眼睛被迷了,她尽可能地眯着,照在她脸上的光越来越大了。

妈妈还在不断地叫着方登、方达,但是方达已经没有回答了。

有人说:赶紧的,孩子没声了,坚持不住了。

另一人说:元妮,快拿主意,只能救一个,救哪个?

李:都得救,都得救啊!求求你们。

有人:怎么跟你说不明白啊?这水泥板顶在他俩中间,往哪边搬都挤着一个,不搬就全出不来。你说往哪边搬?赶紧的。

李:(已经没有力气喊了,人也瘫软在地上)都得救,都得救啊。

另一人:元妮你不说他们都走了,孩子也快不行了,元妮,说话啊!

李:求求你们,求求你们。别走,我说我说。

有人:你快拿主意,就是撬一下的事,可主意得你拿。

方登好像听明白了上面说话的内容,她拼命地敲着。

方达已经又睡着了,没有再回答姐姐的信号。

上面的声音又传了进来。

有人:(怒喊)怎么着啊?!倒是?!

大概有几秒钟的等待,上面和下面的人都觉得如一个世纪那么漫长,在大家都要崩溃的时刻。

李:(平静地但是很清晰地)救弟弟吧。

方登的眼睛因为惊讶而睁大。

接下来就是她的头遭到了重重的一击,一切归于沉寂。

28. 日外　街上

解放军的车队开过残破的马路。

汽车在颠簸中艰难地前行。

车上年轻的战士都戴着大白口罩,他们被眼前的状况所震惊。

29. 日外　街上

雨越下越大。

部队跑步进城。

战士们带着白口罩,肩上扛着铁锨。

战士们加入救人的行列。

直升机以非常低的高度,擦着树尖飞过。

飞机上空投出食品、水袋、衣物等。

路边躺着的来不及运走的尸体,都盖上了衣服或者被单。

有些伤者依旧靠在树上,睁着眼,拼命坚持着,等待救助。

有路人过去给他们喝一口水。

废墟上的人们有些木然地看着眼前的一切,大家除了接受和忍耐已经没有别的想法。

他们不看飞机也不看投放下来的物资。

人已经接近崩溃,反而是一种平静。

30. 日外　雨中

解放军的卡车缓慢地行进,有尸体就停下来把尸体装上卡车,只在卡车底部摆一排,并不互相压着,装满了,就拍拍车身让车开走。

作为尸体的方登和爸爸的尸体并排躺在卡车的底部。

卡车颠簸着向前开了。

31. 日外　路上

卡车在拥挤的路上行驶,作为尸体的方登和其他尸体躺在车上。

雨打在方登的脸上,突然方登啊地叫了一声,她醒了过来。

方登看到了身边的爸爸,爸爸高大的身躯扭曲着,显得很柔软无力,脸上粘着半张报纸。她推了爸爸一下,又像被烫了一下似的缩回了手。

她怀疑这只是一个梦。

车又晃了一下,向前开了一段,又停下来。

方登看着身边的尸体也随着刹车晃动了一下,她很害怕,就开始向车尾处滑去。

因为她太小了,没有人注意到这奇迹的发生。

32. 日外　广场上

就是震前方登和方达经过的那个广场,领袖像和标语牌依旧站立着,成为这个城市触目的标志。

战士们在以非常拼命的速度飞快地搭起抗震棚。在现场指挥的,就有王德清。

这边还没有完工,那边白色的红十字旗已经在棚子上空飘扬了。

战地手术台很快就架起来了。

汽车运来了大量的伤员,惨不忍睹。

但是大家都很安静,有序而疲惫地等待着救援。

临时医院马上就开始了救助。

董桂兰是军医,她也在拼命地工作。

33. 日外　广场

已经从车上下来的方登衣衫褴褛,半个脸血肉模糊,赤着脚,她也看到了立着的领袖像,她终于找到了这个城市的坐标,她朝那里走去,她的左手依然抱着自己的右臂。

小小的身影在雨中很快就消失了。

34. 日内　灾区手术室

方达躺在手术台上,医生在紧急为他手术。

方达昏迷中:姐,姐。

李元妮靠在手术帐篷外面,筋疲力尽,两眼发直。

保　定

35. 日外　军营

某军部所在地,宏大的军营,整齐划一的营房、礼堂、操场、办公楼、旗杆、一应设施。

与平常不同的是,操场等空地上搭起了很多绿色的军用帐篷,上面标注着军部的相应的部门。

有的上面画着红色的十字。

一片帐篷的中心是一根旗杆,上面的国旗下着半旗。

36. 日内　帐篷病房内

在一座画着红十字的帐篷里住着很多部队收留的伤残儿童。帐篷里是一个挨一个的地铺,几十个伤势轻重不同的孩子住在里面,几个战士专门照顾他们。孩子们有躺着不能动的,也有很多已经恢复得很好,情绪也接近了正常。

帐篷的正面,挂着一张很大的黑白的毛主席像,像的四周正在用白花装饰。一个战士站在摞起来的椅子上,另外几个战士带着孩子们在做白色的纸花,折纸、剪、用铁丝缠绕,一大朵一大朵,半透明。

忽然,从营房的大喇叭里传出哀乐。

战士都是小伙子,都戴着黑纱,就开始哭。

孩子们大点的见战士哭也开始哭,小点的看着他们哭。

方登也在其中,她是少数伤不重的,只在额角留下了一个痂。但她的神情比其他的孩子更忧郁,她没有哭,正非常笨拙地剪着白纸,剪出的纸块非常不规整,也就是连剪带撕。

边上一个大些的男孩:你会不会两只手? 你看我剪的?

方登看了他一眼,还是笨拙地,非常认真地,非常缓慢地。

男孩:笨了吧唧。

方登扬手就把剪子扔了过去,差点打着男孩。

男孩站起来就跑。

一个小战士走过来蹲在方登的面前,抓住她的手。

小战士:毛主席逝世了,(说着说着战士就又流下眼泪)你是毛主席的好孩子,你要坚强,要听毛主席的话。

方登看他一眼,把脸转向别处。

37. 日外　帐篷外

帐篷的小窗前站着三个军人,也都戴黑纱。

一男一女两个中年军人站在窗口前往里看,他们的视线集中在方登的身上,看着她和小战士说话,看着她漫不经心的表情。这是对夫妻,妻子叫董桂兰,丈夫叫王德清。在他们身后站着的女军人是赵主任。

董:是不是太大了? 有六七岁,记事了。

赵:这个最漂亮,长大了可以搞文艺。

王:是不错。

王又从窗户往里看。

董:怕不好带吧?

赵:问多少回了,什么都不记得了,培养感情应该不困难。只是这些孩子受了刺激,得缓一阵。

董:肯定是孤儿吗?

赵:所有孩子的照片都在唐山市救灾办,这么长时间了,有亲人的都联系上了,没联系的基本可以认定是孤儿。当然,也不能说百分之百。

董:我可不想得而复失。

赵:你俩再想想,不着急,有空多过来看看。

王:我看挺好。

董又把脸凑到窗户前。

董:没别的毛病吧。

赵:没查出什么大问题,不爱说话。

王:手续我们尽快去办,你多关照。

赵:见外,一个连出来的。

透过窗户,方登依旧在埋头做事。

唐　山

38. 日外　废墟前

李元妮的家已经成了一片废墟。

盖了一半的楼也塌了,吊车软成了一团。

简易楼完全消失了。

只有树还站着。

李元妮在树下烧纸,也没什么好纸,就是些报纸书本等。她边烧边哭边说。

李元妮的双手完全不像女人的手,全是伤痕和洗不掉的污迹,这双手将伴随她的整个后半生。她穿着显然是发的救济的衣服,既不合身也不是她的风格,依旧憔悴和疲惫,也戴着黑纱。

李:方达今天出院了,我们来看看你俩。我对不起你们,没能看着你们入土为安,也不知道解放军把你们埋在哪了?我上哪找,上哪问去啊?我没办法,得先救方达的命,大强,得先救方达的命啊！那我也不该把你俩扔下,一闭上眼我就看见你们俩躺在这儿,都光着脚,没的铺没的盖,真对不住。你们别怪我,我也不好受,要不是为了方达,我也熬不下去了。

李元妮抬头喊:方达? 方达!

方达跑过来了,他的手上抓着一大把小白花,右手的袖子是空的。这孩子右臂整个截肢了。

李:哪弄的花?

方达:追悼会拣的,堆成山了。

李:给你爸和你姐鞠个躬吧。

李元妮把方达拣来的白花放在火上点着。

方达听话地鞠躬。

方达:(看着元妮)我姐没死。

元妮看着他。

方达:她离我可近了。

李:你姐跟你说话了吗?

方达:没有,我知道她没死。

保　定

39. 日外　营房

整齐划一的房子和笔直的甬道,悉心修剪的树木。和以前方家生活的有些杂乱无章但充满生活气息的环境完全不同。

一条铺着落叶的路,两边的枫树高矮一样,姿态划一。

秋天来了。

董桂兰和王德清迎面走来。

王德清的背上背着方登。

方登的眼中是一个陌生男人的后背,但军装却让她有了一份信赖。

董桂兰跟在王德清的身边,快步追着,眼睛一直看着方登,内心充满了新奇的喜悦。

董:让我背会儿,我背会儿。

方登从王的背上换到了董的背上。

董桂兰背着方登走在前面,王德清在后面托着。

在方登的眼里是一个比妈妈老一些的女人的后背。

董桂兰不时把方登往上托。

王:还是我背吧。

方登又从董桂兰的背上回到了王德清的背上。

董桂兰追在丈夫的身边,目光始终没有离开方登。

董:再让我背吧,我背得动。

王:别老传来传去了,孩子又不是篮球。

董桂兰不好意思地笑了。

40. 日内　王家

门开了,方登走进了她的新家。

这家一尘不染,简单整洁,典型的 70 年代的格局。

方登站在屋子的中间,左右看着,夫妻俩站在她的身后,看着她,大气不出。

屋里一下变得很静。

她抬头看吊在头顶的灯伞,灯伞一动不动。

方登看到毛主席像挂在墙的中间,上面罩着黑纱;看到和她家一样的白线编织的装饰物;还有帘子,也是自己用画报纸串成的。她过去摸那帘子,她想起了自己的家,她有点想哭,还是忍住了。董桂兰推开了一扇门,屋子里的光就泻了出来。

王德清示意方登进去看看。

方登走进去房间,这是他们为她准备的房间,非常明亮温暖。

一张床,一张二屉桌,一把椅子,还有一个小五斗橱。这在当时也是很豪华的配置。

床上的花被子叠得和军队一样方正,边上放着为方登准备的衣服、玩具和连环画。

董:丫丫,这是爸爸妈妈精心为你准备的,喜欢吗?

这两个称呼让方登抬眼看了董桂兰一眼,目光有点冷,她还不习惯,也没回答董桂兰的问题。

董桂兰意识到自己说错了,一时有些紧张,她回头看了王一眼,王德清也不知道该说什么。

方登走到床前,摸了摸花枕巾上的小兔子。

董桂兰又忍不住问。

董:好看吗?

方登点了点头。

董一下就笑了。

董:谢谢,太谢谢你了。

王:(小声在董耳边说)让她一个人待会儿,熟了就好了。

方登一个人站在房间里,她可以看见站在外间的养父母,他们小声地交谈,和她一样不知所措。

41. 日外 军营

大院的高音喇叭传出号声,起床吃饭都吹号。

紧接着大喇叭里传出激昂的歌曲。

42. 日内 大食堂

部队机关食堂,干部家属混杂,宽敞高大的房子,摆满了老式的方桌和长条板凳。

一长串卖饭的窗口前排着或长或短的队伍,人人手里抓着各式打饭的器皿,搪瓷饭盆、铝饭盒等。

孩子们有的背着书包,有的挂着钥匙在食堂里穿梭,有的在唱,有的学着电影里的台词,闹哄哄的。

董桂兰端着买好的饭菜,方登紧跟在她的身后,这环境对她来说是太陌生了。

董桂兰放下饭盆,又要去买别的。

董:(对方登)别跟着我了,坐这等着。

方登垂着眼睛坐在长凳的一端,坐得很靠边,让人都担心凳子会翻。

不断有人端了饭来坐。

他们都有意无意地注意方登,都心照不宣。

方登就低头坐着。

王德清也来了,摸了下方登的头,和同桌打着招呼。

董桂兰也过来了,两人把方登夹在中间,照顾她吃饭。

同桌:小姑娘长得真漂亮,小海霞似的。

董桂兰很高兴。

董:丫丫,叫人,男的都是叔叔,女的都是阿姨。

方登实在不习惯这样的环境,还是把头埋在饭盆上。

王:有点认生。

董:(问丫丫)好吃吗?

方登边吃边点头。

又有一个人加入了进来,看到方登觉得很新鲜。

来人:董大夫,这就是你女儿啊。

董桂兰摸摸方的头,笑笑。

董:丫丫,叫叔叔。

来人:我看看,像爸爸还是像妈妈。

方登没抬头。

王德清冲来人使眼色。

同桌:会不会小声说话啊? 吓着孩子。

来人做个怪样,开始吃饭。

董桂兰起身刷碗,方登赶紧又跟在她的身后。

43. 夜内   王家

王德清和董桂兰的卧室。

两人靠在床上说话。

王:明天别带丫丫去食堂吃饭了,我看她很拘束。

董:得让她尽快熟悉环境啊。

王:熟悉了再去吧,我去打饭,回来吃。

董:孩子可不能太惯着啊。你说她不会不会说话吧? 用不用检查检查?

王:再看看吧,刘主任说没病。

正在这时,两人听见了一阵哭声。

两人侧耳倾听,哭声是从方登的房间里传出来的。

两人赶紧都翻身下地。

董桂兰推开了方登的房门。

睡梦中的方登在哭,哭得很伤心,哭声中夹着呼喊,爸爸,妈妈,弟弟。

方登睡梦中的反常和白天的安静反差很大。

董桂兰束手无策,她看王德清,王德清示意她别打扰方登。

两个人就看着方登的哭声小了下去,渐渐安静了下来,又睡了。

董:她会说话。

王:这孩子受了大惊吓了。

董:可怜见。

王:惯就惯着点吧。

44. 日内　王家

董桂兰在给方登梳着十分复杂的小辫子,用各种颜色的皮筋装饰着。

董:好看吗?

方登点头。

45. 日外　小学

新生报名的日子,不少家长带着自己的孩子来报名。方登背着一个蓝色的新书包,和别的孩子一样,一家三口一起来了,方登有了爸爸妈妈,王德清和董桂兰有了方登。

老师抬头看了方登一眼。

女老师:小姑娘这么好看,像爸爸像妈妈?

三个人对这个问题已经习惯了。

女老师:姓名。

董:王帆,帆船的帆。

方登:(突然说)我叫王登。

老师抬起头,奇怪地看着他们。

董桂兰非常尴尬,就回头看王德清。

王:听孩子的。

女老师:哪个登啊?

方登没上学,回答不上来。

王:灯光的灯。

46. 日外　小学

操场边的体育器械边。

王德清把方登放到一个器械上坐着。

王:你会说话,你只是不爱说话?

方登点点头。

方登用两个食指顶着自己的太阳穴。

王:头又疼了?

方登点头。

王德清轻轻地给方登揉着太阳穴。

方登靠在养父的身上。

王:那是你过去的名字?

方登不说话。

王:你要是想起过去的事情,可以告诉我们,我们替你去找你在唐山的亲人,他们一定也在找你。

方登:不记得了。

王:以后想起来再告诉我。

董桂兰办好手续朝他们走来。

董桂兰蹲下身看着方登。

董:丫丫,你会说话,你和别的小朋友一样。

方登点点头。

董:这下好了,你可把我救了。

唐　山

47. 日外　街上

也是街头,但比保定要冷清多了,商店都设在一些临时的席棚子里,卖菜的卖家具的无序地摆摊。

街上人也不多,视线里总可以看到轮椅、拐杖等。

在一个临时的百货店前,李元妮领着方达在挑书包。方达心不在焉的样子,一只袖子可怜地空着,李元妮拉着他的另一只手。

不多的几种颜色和样式的书包挂在铁丝上。

李:你自己选吧。

方达挣脱了妈的手,指了一下。

方达:蓝的。

这个书包和刚才在方登身上看到的那个奇特地相似。

李元妮交了钱,把书包替方达挂在身上。方达马上把书包摘下来,又塞给李元妮。

李:你不是早就想上学吗？

方达:那时有我姐,现在不想上了。

李:我跟老师说,谁要敢欺负你,妈饶不了他。

方达:(看着妈)我姐爱上,可她上不成了。

李元妮想说什么,张了张嘴,说不出话,她从儿子的眼神中看到一种责备。

方达就一个人往前走,书包就从没有胳膊的肩上滑下去,掉在地上,他也不拣,他知道他妈会拣。

路边,我们在前面看到的开吊车的小伙子摆个地摊修自行车。

48. 日外　小学

一个临时的校门,上写"抗震三小"。

学校也是建在抗震棚里,规模和质量比街上的要好些、整齐些。

墙上刷着"深入揭批四人帮,夺取抗震救灾伟大胜利"的标语。

49. 日内　小学

报名处。

李元妮在给方达报名。

男老师:姓名？

李:方达。

男老师:出生年月日？

李:1969 年 5 月 2 日。

男老师:家长姓名？

李:李元妮。

方达:(插嘴)方大强。

男老师抬头看李元妮。

李:他爸,不在了。

男老师:家长工作单位。

李:咱们脚底下就是我们厂的大门,谁知道啊,写没工作吧。

男老师:还是写原来的单位吧。

李:唐山第二纺织厂。

男老师:能自理吗? 能自己上厕所吗?

方达对着老师用左手拉下裤子,吓得李元妮赶紧阻止他,方达掉头就走掉了。

李:没问题老师,我把他所有裤子都换成松紧带的了。

男老师:脾气还挺大,我就是顺便问问。

50. 日外　抗震棚

一片临时的住所,当时的抗震棚,远没有现在的统一整齐。人们住在一起,吃在一起,一种非常时期的集体生活。每家有相对独立的狭小空间,完全是按照仅能睡下的条件,剩下的很多事情都在抗震棚的外面进行,所以出来进去也挺热闹,大人孩子男人女人。

水管子是公用,厕所也是公用。

方达和李元妮回到"家"里。

抗震棚外面的小板凳上站起来两个人,是方达的奶奶和大姑,两人千辛万苦从济南赶来了。

地上放着她们的行李。

李:妈,大姐,你们怎么来了? 方达,快叫人。

方达好像对她俩也没什么印象的样子。

奶奶一把抱住方达,摸着他的袖子,眼泪直流。

大姑拉着李元妮的手,两人都不知道该说什么,彼此都不敢看对方。

李:(擦眼泪)等半天了吧?

大姑:找不着,问谁谁也说不清楚,东西又沉,累死我了。

李:来个信我去火车站接你们啊。

大姑:哪有准日子? 熟人都求遍了,好不容易。

李元妮一边说一边打开门,把东西提进狭小的空间里。

李:方达,快让奶奶和大姑屋里坐。

大姑没说什么,蹲下身打开提包,拿出煎饼、鸡蛋、咸菜等吃的。

李元妮急切地抓起煎饼,撕给方达一些,两人就吃起来。

娘俩就吃,另外两个就看着落泪。

51. 夜外　门前

屋里小,也住不下,三个女人索性就坐在门口路灯下说话。

天已有些凉了,都披着衣服。

临时住所完全不隔音,人声相闻。她们三个坐得很近,声音也压得很低。

奶奶:元妮啊,我们把方达带走吧。

李:妈?

奶奶:他是老方家的孙子,我们该管,你还年轻,我想得通,再走一步吧。

李:你们老方家不能把我扫地出门啊?

奶奶:(说说又掉眼泪)孩子太可怜了,一只手,拿书拿不了笔,拿笔拿不了书。

李:妈你放心,我能把方达照顾好。今天我们去学校报名了,老师也说没问题。

奶奶:到济南上吧,怎么也比唐山强啊。都成这样了,猴年马月能立起来。

大姑:元妮,这样成吗?你和方达都去济南,你愿工作就找工作,不愿工作就在家照顾孩子,咱一大家子人,不会让你俩受一点委屈。

李:我知道你们是为我好,可我哪也不能去。

大姑:你安顿好了,把老妈妈也接过去,没问题。

李:我真的哪也不去。

奶奶有点着急。

姑姑示意她别急。

奶奶:你这孩子真犟啊,我们替你想,你也得替我们想想。

李:妈,方达跟着我你们放心,以后条件好了我带他回去过年。

奶奶:我大老远过来,就是为接他走。

李:(流泪)妈,我就剩方达了!

奶奶:(急)我儿子复员该回济南,他为了你才留在唐山。

大姑:(阻止)妈!

奶奶:(哭)能替我就替他死。那么大的个子,那么会说话、能干活,怎么说没就没了。孙子又伤成这样,你让我怎么能放心?以后的日子怎么过?

李:妈,我对不起您,对不起大强,对不起方登方达,就我一个人没事。我答应您,带孩子走吧,他享福就行。

大姑:(一下轻松了)行了,一家人不说两家话,出这么大的事,死了这么多人,都要想开,团结起来向前看。对了,家里东西都没了吧? 你们寄给家里的照片,我给你带回来一张。

大姑从手边的书包里掏了半天,掏出一张照片。

照相馆照的黑白照片,四吋,在路灯下,可以清晰地看到一家四口灿烂的笑脸。

李元妮接过照片,哇地哭出声来,哭得撕心裂肺。

近处的邻居有人走出来。

远处的灯也有亮的。

李元妮的哭声传得很远。

52. 日外　汽车站

李元妮送奶奶、大姑和方达走,几乎没有行李。

方达不时看妈一眼,他觉得自己应该听话,但是也可以看出他的不情愿和不放心,但毕竟还是个孩子。

李元妮拉着方达的唯一的手。

李:到奶奶家听话,别淘气,听见吗?

方达不说话,也不看他妈。

李元妮强忍着眼泪。

大姑:元妮,过一段铁路修好了,回趟家也快。我常给你写着信。

李:谢谢姐。

三个人上了汽车。

透过车窗,看到李元妮一个人站在下面,那么孤单,那么可怜。

奶奶和大姑都流泪。

方达把脸转过去,不看他妈。

汽车启动了。

李元妮看着汽车的背影,她几乎是绝望了。

53. 日外　汽车上

大姑:妈,咱带走方达,差不多就是要了元妮的命啊。

奶奶挥了挥手,让大姑送方达下去。

汽车停下。

司机打开了车门。

大姑把一个手绢包放到方达的手里,让他下了长途车。

方达朝妈妈跑去。

李元妮愣愣地看着眼前的一切。

母子两人紧紧抱在一起。

字幕:1986 年夏天

保　定

54. 日内　食堂

还是 10 年前的部队食堂。

有了些变化,过去的大桌子变成了一排一排的玻璃钢加塑料的桌椅。

黄灯泡也变成了日光灯,木窗变成了塑钢窗。

不变的是营房的号声和音乐。

吃饭的人不再围坐大桌了,三三两两地坐着。

董桂兰和方登对面坐着吃饭。

董桂兰还是穿军装,发型有改变。方登 17 岁了,出落得有模有样。她的耳朵上戴着 Walkman,一边吃饭一边跟着音乐节奏晃。

董桂兰从饭盆上抬起头来,看着方登,一脸不满意。

董伸手敲了敲方登面前的桌面。

方登抬头,摘下耳机。

董:丫丫,吃饭就好好吃饭,别听了。

方登:噢。

方登听话地摘下了耳机,放在边上。

董:马上冲刺了,我饭都吃不下了你怎么一点都不着急?

方登:您跟我们老师说的一个字都不差。我着急,只是没您着急。

董桂兰拿过方登的机器,不熟练地看了看,她取出卡带,是盘崔健的《一无所有》。

董:买录音机是让你学外语的,听点音乐也不是不可以,这个不合适。

方登:妈,您又来了,真烦。

董:整天听这个还能不烦?

董桂兰想发脾气,可又在意环境。

董:都是让你爸惯的。

方登:妈我吃饱了。

董:我收,你上学去吧。

方登伸手去拿磁带,董一下把磁带按住。

方登无奈,抓起空录音机走了。

董桂兰把磁带装进书包。

55. 夜内　王家

80年代的新房,还是单元楼,但有了客厅、沙发和电视。

依旧保持着整洁的军队气息,衣架上挂着当时的军装。

家里的生活依然在水平线上。

方登的房间。

有意无意可以看到她的床头有一个当年喝水的上面细下面粗的罐头瓶子,套着玻璃丝编的套,里面装着水。

窗户开着,电扇也开着。

方登在桌前复习功课,书桌上堆满了复习资料,墙上也贴着各种知识点、归纳等。

董桂兰端了一杯牛奶进来。

董:考大学哪那么容易? 又不是就你一个人辛苦。

方登:我知道妈。

董:(一边收拾方登的脏衣服一边说)大姑娘了,在家也要穿得整齐一点。

董桂兰出去,关上了方登的屋门。

56. 夜内　王家

王和董的卧室,王德清靠在床上看书。

董:这种书你也看,浪费时间。

王:电视不让开,书也不让看,有必要搞这么紧张吗?

董:我算开通的,我们院张主任知道吧? 9点前必须上床睡觉,家里不能有任何人走动。

王:丫丫是有实力的,你别再制造紧张空气了。

董:我没法不紧张,没你想得开。老师让酝酿报志愿了,你怎么想?

王:先听丫丫的意见。

董:最好留在保定,就报河北大学吧。

王:为什么?

董:我不想让她离开我,不是自己亲生的,走远了就不会回来了。

王:可咱也不能为自己耽误了孩子的前途啊,不能这么自私。

董:(火了)我自私?我为她付出了多少你还不知道?我这要求很过分吗?

王:有点过分。

董:你什么意思啊?

王:孩子不欠我们什么,我们没权力限制她。她一直想学医,可能是受你影响。

董:我能影响她?我在这个家里就是个多余的人,我死了你们才高兴。

王:你胡说什么啊?

董:你以为我不知道我不在家你什么样子?

王:我怎么了?

董:你自己心里明白。

王:不正常。

57. 夜内　王家

方登的房间。

她可以听见养父养母的争吵,但听不清。

她看着眼前的电扇。

58. 日外　王家楼下

80年代中后期刚刚有点模样的小区,自行车还是最主要的交通工具,满世界都是,楼下还可以晒被子,孩子们在玩第一代变形金刚。

方登骑车放学回家,看到王德清坐在楼下小花园的石头椅子上抽烟,上班的公文包放在身边。方登放了车绕着矮矮的松墙跑过去。

方登:爸,忘带钥匙了吧?

王:今天回来挺早的,你先上去,我抽完这根烟。

方登:好吧,那你快点啊。

59. 日内　王家

方登仰在客厅的沙发上和同学在电话里聊天。

方登:我早就看出来你眼神不对,吃饭不看饭盆,隔着一食堂的人看他。你没劲,我要不撞上你还不告诉我呢,还姐们呢,现在说晚了。

门响。

方登:我爸回来了,先挂了,明天到学校再跟你算账。

进来的是董桂兰,摘下军帽挂到衣架上。

董:大姑娘坐没坐相。你爸怎么还没回来?

方登赶紧翻身起来,挂好电话,刚要说什么,王德清后脚进来了。

王:(边摘军帽脱军装)吃什么啊?

方登看了父亲一眼,眼神挺复杂的,她意识到养父不上楼是在等养母回来,以免他自己和方登的单独相处。她没说什么,回自己的房间去了。

晚饭后。

王德清和董桂兰坐在沙发上,电视看着,新闻联播。

方登在收拾桌子。

王:我要去趟唐山。

方登和董桂兰同时抬头看王德清。

王:参加抗震救灾十周年纪念大会,我们团就我一个人去。

王:丫丫你想不想和我一起回去看看?

董:马上要高考了。

王:23 号去,考完了去。

董:到时再说,先集中精力考试。

方登:爸,我不想去。

王德清和董桂兰同时抬头看她。

唐　山

60. 日外　唐山

新唐山似乎是一个奇迹,一座崭新的城市在并不漫长的岁月间站了起来。

地震纪念碑成为这个城市中心的标志物。

　　崭新的街道和楼房,宽阔的马路,如果不是某些细节的提示,比如卖轮椅的店,人们已经找不到它的伤痕了。

　　和其他城市唯一的区别是唐山的楼都比较矮一些。

　　建设中的楼房也有许多,吊车林立。

　　吊臂缓慢地移动。

　　我们或许在吊车的驾驶室里,再次看到地震时卡在里面的青年工人。当然,是10年后的他。

61. 日内　李元妮家

　　整齐的小区,比较新的规划和设计,但并不豪华。

　　李元妮和方达的新房是个一室一厅,干净亮堂。

　　门厅兼客厅不大,柜子上放着父亲和方登(7岁时)的照片,前面供着香火,边上有个不大的电视机。

　　角落里摆着单门冰箱。

　　方达的床和书桌也安置在客厅的一角。

　　和王德清家比起来,还是简陋和拥挤了许多。

　　李元妮也老了一些,毕竟10年过去了。

　　李元妮正在家里折腾东西,一个人挪家具呢,她非常吃力但是非常坚决。

　　门开了。

　　方达回来了,他长了父亲的大个子,但是比较瘦,细长细长的,看上去依旧柔弱的他,多了几分散漫。书包斜挎着,戴着假肢。

　　他伸出左手扶住被妈碰得正在晃的灯伞。

　　方达:妈你折腾什么啊?

　　李:我把你换到里面去,老师说要给你们创造好的学习环境,破冰箱太响了。

　　方达:你把我放哪我也考不上,妈我都不想考了。

　　李:胡说八道,你再胡说八道。

　　方达过来帮李元妮抬,他一只手抓哪都不合适。

　　李:我自己来,你躲开。

　　方达:(挡住妈的路)妈你别闹了。

　　李:(边收拾边说)不念书你怎么办? 接我班? 我们厂最轻的活你也干不

了。开车不行吧？做饭不行吧？各行各业我都想遍了，你就得考大学。

方达：我看大门行不行？看厕所行不行？

他换上干净的球鞋，脚翘起来，用牙咬着一头，非常熟练地系上鞋带。

李元妮累得一屁股坐到床上。

李：不行！考不上你奶奶就得怪我没让你去济南，这么多年人家给咱们寄钱寄煎饼，你只要考上大学我欠的债就一笔还清了。

方达：那是我奶奶，还什么还啊？自己跟自己过不去。

李：（要急）我死了呢？我死了你怎么办？你这样子，要再没点出息到时候哪个姑娘愿意嫁给你？妈还想早点替你带大个孩子，等你老了好伺候你呢。

方达：妈，这你放心，我肯定能给你娶回媳妇来。

方达弄着假肢。

方达：帮我摘了吧，特疼。

李：疼也得戴，大小伙子了，得注意形象。再说了，花那么多钱配的。

方达：我要知道您借钱，我都不去。

方达穿上衣服要走。

李：又上哪啊？

方达：您把屋子弄成这样我怎么复习啊？赶紧都挪回来，我才不住里屋呢。

方达关门而去。

李元妮完全没有力气了。

62. 日外　街上

长途车站，城市的背面，比较杂乱。

小馆林立，录像厅、发廊。

不断有长途车开进开出，做小生意的，拉客人的一来车就围上去。

路边便道上支着台球桌，放着流行歌。

几个男孩女孩在台球桌边打台球，方达也在，但是他不玩，眼睛看着别处。

台球桌的沿上扔着作为小赌资的零钱。

孩子们喝着汽水，吃着羊肉串，开着各种玩笑，哼着当年的流行歌曲，看上去也很快乐。显然这是对自己考大学信心不足,有点破罐破摔及时行乐的一群。

有车进站,方达就举个介绍旅馆的硬纸板跑过去。

方达:住旅馆吗? 住旅馆吗? 又干净又便宜,有车送。

方达在下车的人中间穿梭,右臂垂着。

63. 日内　中学

新学校,楼房和各方面设施都很新。

看得出师生们也都很爱惜,到处装饰。

李元妮神色焦虑地往里走,头上沾着棉花毛,胳膊上还戴着套袖,显然是从工厂直接来的。

64. 日内　中学

教师办公室里,李元妮站着,女老师坐着。

女老师:学校规定,一学期旷课 15 节就留校察看。方达三天没来学校了。

李元妮吃惊。

女老师:他还想不想考了?

李:想,想啊。

女老师:现在着急也有点晚了。学校对有残疾的孩子要求不严,家长就更别说了,惯坏了。咱们尽量吧,让这一代受到伤害的孩子健康成长,和健全的孩子一起走向生活。

李元妮一个劲点头。

65. 夜外　街头

建筑工地依旧灯火通明。

吊车在移动。

驾驶室里的司机似曾相识。

唐山地震 10 年的忌日。一个独特的现象,所有人都在同一个日子离开,纪念日也是一个。

在唐山大街小巷的所有十字路口,都有在烧纸的人,这个现象成为这个城市一种独特的伤悲。

整个城市一时间烟雾缭绕,火光点点。

吊车的视点。

司机看着下面,全是星星点点的火和一群群的人。

李元妮和方达也在烧纸,周围还有不少人也在烧。

李刚的妻子和一个中年男人显然是重组了家庭,也在边上烧,边上跟着三个孩子,都和男的长得很像。

方达有点心不在焉地站在一边,耐着性子陪着妈。

李元妮认真地完成着应有的程序,火光映照着她的脸,她看着火苗,有点发愣。

方达:行了妈,蹲这么半天累不累啊?

李元妮站起身,捶着腰,眼睛还是没有离开火苗。

李:我都不知道该跟你爸你姐说什么。好不容易盼到你考大学,你连考场都不给我进,该着的急也着了,该受的累也受了,该说的话我也说了吧,你怎么就这么不懂事啊。

方达低着头不吭声。

李:方达你太让我失望了。

方达:(脱口而出)早知道当年还不如救我姐呢。

李元妮回手就给了方达一巴掌,把方达都打愣了。

吊车上,司机看到一个母亲在这个时候扇了儿子一巴掌。

满城烟火。

66. 日外　李家楼下

方达要走了,一群和他差不多大的,有五六个。

李元妮站在楼下送他。

方达:走了妈。

李:妈不逼你复读了,别去了。

方达:(急)不是都说好了吗,又不是我一个人。

李:别人谁能像我这么照顾你? 在外面跟在家里能一样吗?

方达:我就是要找个地方,试试我到底行不行,要不一辈子也别想知道。

李:这么大个唐山还盛不下你?

方达:唐山大? 您电视都白看啦? 人家山里的人都闯荡深圳了,我连石家庄都没去过。

李:走吧,走吧。

李元妮放弃了对儿子最后的挽留,转身回去了。

方达一群离开,义无反顾。

保 定

67. 日外 火车站

站台上人挺多的,有送行的,有远行的,火车上写着某地到某地。

王德清站在车窗边和方登话别。

方登:爸,我走了。

王:你妈本来说来。

方登:我惹妈生气了,背着她报了外地。

王:她是舍不得你,她的脾气你是知道的。

方登:爸,我不在家,你们就不会因为我老吵架了。

王:别多想,两口子没有不吵架的。好好读书,常给家里写信。

方登:爸,我就是想学医。

王:我知道,爸为你高兴。

火车哐地动了。

方登探出上身。

王德清在车下。

都没说话。

杭 州

68. 日外 大学校园

杭州的金秋。

大学校园,色彩丰富。

校门口挂着横幅:"欢迎新同学未来的白衣天使"。

很多彩旗插得到处都是。

高音喇叭放着音乐。

接新生的大客车有的进有的出。

一排课桌后面坐着很多老生也有老师,分别摆着医疗系、口腔系、某某系等牌子。

新生们在登记签到,然后被老生分别送到宿舍。

方登伏在课桌前在医疗系的牌子前签到。

桌子后面的老生喊:9 号楼 106,谁送一下?

方登:(小声问)哪有厕所啊?

对方没听见,还在问:谁去送 9 号楼?

有人应:我去。

老生:谢谢大师兄,又帮我们。

69. 日外　校园里

被称为大师兄的人叫杨志,他推着自行车走在前面,方登在后面扶着。

她只能看见一件挺脏、全是灰尘和汗的 T 恤。

她偶尔也看一眼陌生的校园。

走着走着,对方突然停了下来,回头看她。

方登不知道他什么意思。

对方冲路边努了努嘴。

杨志:厕所。

方登一下反应过来,松了手就朝厕所跑。

杨志的自行车一下失去了平衡。

70. 日内　宿舍

杨志放好方登的东西,满头大汗。

方登:谢谢,大师兄。

杨:我叫杨志,不是你师兄,也不是孙悟空。

方登笑了。

杨:自己先选张床,然后随便到哪个食堂说你是今天报到的新生,都可以吃饭;打开水也在食堂,要是没带热水瓶,就到小卖部去卖一只;还有,洗澡堂在小卖部的对面,晚上开到 9 点半,日常用品、零食小卖部都能买到。没事我就走了。

方登:谢谢大师兄。

杨:我住研究生楼 207,有什么不懂的,还可以找我咨询。

方登:你是研究生啊?

杨:真是新来的,学校里到处都是研究生。

方登:可你是我见过的第一个研究生。

字幕:1990 年夏天

唐　山

71. 日外　农贸市场

90 年的唐山已经不再像前面那样崭新,人们的生活也和其他的城市一样,丰富活跃和杂乱并存。

一座巨大的农贸市场。

边上是一溜小门脸,铝合金的卷帘门,全国人民都熟悉的样子。中间是一排一排的柜台。

和所有城市的农贸市场一样,这里应有尽有,物质丰富,顾客如潮。改革开放使更多中国老百姓的生活变得方便、随意、满足。

市场边上的门脸集中了修理行业:修鞋的、修电器的、修表的、理发的,总之是日常生活中需要的修理小店,也包括李元妮开的小裁缝店。

72. 日内　裁缝店

门开着,不大的空间里摆着一台缝纫机、一台锁边机,还有一个裁剪台子。

房顶上架着一根杆,上面挂着几件花花绿绿的衣服。

李元妮自己就是她裁缝铺的活广告,苗条的身段加上颜色搭配合适、有型有款的衣服,很吸引女人的目光,哪个女人不希望自己是她呢?

隔壁是个修电器的,录音机里没完没了地播放着 90 年代初的爱情歌曲。

这会李元妮正在给一个比她年龄小些的女人量尺寸,她熟练地把女人转过来又转过去,胸围、腰围、身长、袖长一通量,尺码都记在心里。

女人:你多好啊,自己养自己,自己管自己,我每天回家看见那一家子人,我就起急,就压不住火。

李:都是这么过来的,我跟方达着急的时候你没看见。

女人:等不到我儿子长大我就得急死。

李:我那会也这么想。

李元妮在单子上把尺寸记下来。

女人：厂子里也没意思，当初还不如跟你们一起下岗呢。

李：得便宜卖乖，厂子再没意思也比干个体强。

正说着，门外探进一张脸，是隔壁修电器的老牛。

老牛：电话。

李：来了，（对女人）等我一下。

没等女人反应过来，李元妮人就消失了。

73. 日内　电器修理店

隔壁的电器修理店，狭小的空间摆满了要修的电器、零件等，拥挤杂乱。

靠门的柜台上放着一台公用电话。

李：（声音很大，唯恐对方听不见）方达，方达。这么长时间不打电话？忙？你比总理都忙。妈挺好的，没事，那天跟管理员吵了一架，他说我没交卫生费，我说几个门脸天天都是我扫，你还没给我卫生费呢，成，我告诉他再要方达回来抽你。你怎么样？钱够花吗？在哪呢最近？没生病吧？没事了，没事了，你好好的。挂吧挂吧。

李元妮打电话期间，老牛一直目不转睛地看着她。李元妮接电话期间有个人过来打电话，也被老牛挥挥手给赶走了。

李元妮挂上电话，脸上的激动还没有收回去，她看了老牛一眼。

李：谢啊。

老牛：怎么谢？

李：吃饺子还想着你。

李元妮转身走了。

老牛把刚才调小的流行歌曲又放出来。

歌里是爱的倾诉。

74. 日内　裁缝店

李：久等了久等了，方达的电话。

女人：他现在在哪呢？

李：我也说不太清，报喜不报忧。

女人：眼不见心不烦。

李：唉，家家有本难念的经，你还羡慕我？（把写好的单子夹到布里）好了,过几天有空来拿。

女人:那就是你的"发烧友"吧?

李:胡说什么啊?

女人:她们说的,说有个人整天黏着你,说元妮什么都好,就是招人。

李:反正我不在,你们就编排我吧。

女人:(掏钱包)给你多少钱?

李:一百万。

女人拍了李元妮一下,收起钱包,满意地走了。

李元妮坐下来,有点发愣。

75. 日内　裁缝店

另一天。

李元妮在案子前裁衣服。

嘴里跟着隔壁的录音机哼唱流行歌曲。

老牛又来了,手里拿了两本杂志,《读者文摘》、《大众电影》。

李:这么快就看完了?

老牛:我翻了翻,就是给你买的。

李:不敢当。

老牛:方达好些天没来电话了?

李:忘跟你说了,我家里安电话了。

老牛:花五千块安的?!

李元妮点头。

老牛:你钱烧的啊? 我这电话不够你打的?

李:白天用你电话,晚上怎么办? 万一他晚上有事呢?

老牛:晚上我也可以给你送信啊。

李元妮看他一眼。

老牛立刻闭嘴。

杭　州

76. 日外　西湖边

西湖边上挺热闹的,有游人也有行人。

王德清穿着军装的夏装,提着出差的包,还是挺热的,他似乎在找什么地方。

边上有人在招揽生意,喊话的是方达。

方达:画舫游湖,画舫游湖,再上几位马上开船,这两位客人,游湖吗? 西湖要坐在船上慢慢感受,不坐船等于没来。游湖吗? 先生?

喊话的是方达,他穿着一件长袖衬衣,戴着假肢,脸晒得黑黑的,衣服也不太干净,显然在过一种并不轻松的生活,但他的表情还是挺轻松挺开朗的。他脖子上挂了个工作证似的东西,左手拿个电喇叭,不停地招呼客人。

方达:(对王德清)首长,一个人来出差? 游湖吗?

王:我打听一下,南医大怎么走?

方达:就在湖边上,坐我们船过去吧,顺便游下西湖。

77. 日外　船上

方达指着地图告诉王德清学校的位置,以及下船后怎么走。

王:谢谢你,听口音不是本地人。

方达:我河北的。

王:老乡啊。

方达:有缘,有缘,(递给王一张名片)您杭州有什么事,随时找我,包括您的朋友,吃住游一条龙服务。

王:我刚上海开完会,女儿在南医大上学,去看看她。

方达:不是放暑假了吗? 她该回去看您啊。

王:用功呢。

方达:飞碟啊。

王:什么意思?

方达:我们那会给除了学习什么都不会的同学起的外号。

78. 日内　女生宿舍楼

方登宿舍的门口。

门玻璃被花布挡着。

王德清敲门。

没有人应。

王德清又敲。

还是没有人应。

王德清正犹豫。

方登:谁啊?

王德清:王灯?

里面又没有声音了。

王等着。

门开了。

方登:爸?! 你怎么来了?

79. 日内　女生宿舍

杨志和方登被王德清堵在了宿舍里。

三个人都觉得非常尴尬,杨志在忙着搬椅子、倒水。

大白天拉着窗帘,落着蚊帐,一切不言而喻。

方登把窗帘拉开。

方登的床头还是有个装了水的杯子。

事实上最不自然的是王德清,他不知道该如何表达自己的歉意,一副经验不足的样子,满头汗。

方登:爸你坐,很热吧,您怎么不给我打个电话?

王:我到上海开会,走得急了,电话号码忘了带,真对不起。

方登:我不是这个意思,我是说应该到火车站去接您。

杨志:(没话找话)是啊伯父,杭州的路不好找。

王:挺好找的。

杨志:您喝水。

王:你是。

方登:我的,师兄。

杨:我叫杨志,研究生二年级。我杭州人,也学临床的。

王:好,好。(实在不知道该说什么)

方登:我妈身体怎么样?

王:(把提包拿到桌子上)这些都是她要我带给你的。

方登打开包,翻出吃的穿的。

方:我妈身体到底怎样了?

王德清迟疑了一下。

王:不太好。

方:什么叫不太好?

王:住院了。她不让告诉你,这次开会我本来不想来了,她说你两个假期没回家了,非让我来看看。

方登:爸,妈住院你为什么不告诉我? 我跟你一起回去。

杨志看着方登。

80. 日外　火车上

方登和王德清相向而坐。

窗外田野青葱可人,景色不断闪过。

王:丫丫,怕影响你学习,你妈一直不让我告诉你,她已经晚期了。

方登正在吃东西,一下全都吐出来吐在手上。她看着王德清,说不出话来。

王:你妈其实很想你,可你一回去她又总是控制不住自己。你放假不回家,她其实很难过。

方登:是我不好。

王:她除了工作就是你,你离开家,她觉得自己很失败,说心血都白费了,有很多的抱怨。当然她这样是不对的,可我也希望你理解她,特别是,她又病成这样。

方:杨志家在杭州,我就是想跟他在一起,不是不想你们。

王:我现在就想让她多活几天,再不高兴、不满意、不恩爱,也比没有强。

方登:其实你们俩恩爱,所以才会吵架。我谈了恋爱才知道。

有乘务员过来卖饮料,王德清从军装口袋里掏零钱,放在小桌子上给方登买饮料,方达的名片也在其中。

方登把名片拿起来看了看。

上面写着某旅游公司业务经理方达。

王:我在西湖边上碰见的一个小伙子,也是河北的,他说杭州有什么事都可以找他,你留着吧?

方登:这种东西上面写的大都是假的,做广告用的。

方登顺手把那张名片从窗户的开口扔了出去,瞬间消失在风中。

唐　山

81. 日内　电器修理店

另一天。

老牛在埋头修电器,手里抓着电烙铁,面前一台日立电视后盖开着。

眼前的光线一暗,他抬头,李元妮站在他的柜台前。

李:(略为难)求你点事。

82. 夜内　李元妮家

李元妮打开门,老牛跟在她的身后。

还是前面住的一室一厅,因为方达不在,空荡了一些。

老牛走到电话前,拿起来听听,没有声音,他又把电话翻过来倒过去看。

李元妮焦急地看着。

老牛把电话的后盖打开,里面有一节 5 号电池,他把旧电池掏出来,从自己的口袋里掏出一节电池装上,再听,好了。

李:嗨!

老牛:我早猜着了。

李:猜着你不说。

老牛:饿了,开饭,酒有吗?

83. 夜内　李元妮家

两个人的晚饭,已经吃了挺长时间,一瓶白酒两个人喝。

从李元妮的视线可以看到柜子上丈夫和女儿的照片。

老牛:我以前推销电扇来过唐山,有几个熟人,北方人去南方,南方人来北方,也没多想,凭技术挣钱养家呗。出来不到半年,老婆就跟别人好了,今年过年回家,非要跟我坦白交代,我懒得听,离了,别的没什么,心疼孩子,14 岁,女孩。

李:76 年地震,我们家四口变两口,儿子一走,两口变一口。

老牛:从家里回来,真不想干了,没意思,现在每天能开张,就是为了看你一眼。

李:我有什么好看。

老牛:(回头看照片)这么多年,你不孤单?

李:怕过节,方达不在这几年,我就春节回趟老家。

老牛:(伸手摸下李元妮头)干吗这么苦自己？又不是没人要。

李元妮一躲。

老牛起身拉李元妮,因为喝了酒,有点情不自禁。

李元妮不情愿,但又有点可怜老牛,半拒半就,很别扭的状况。

老牛很大热情。

貌似搏斗。

84. 夜内　李元妮家

床上。

李元妮没有进入状态,充其量是报答老牛。

老牛自己也有点别扭。

老牛:我喝多了,别生气啊。

李:没有,应该的。

老牛:你这么说我就对不起你了。

李:没事,这岁数了。

老牛:跟我过吧,保证对你好!

李:不可能。

老牛:那就还跟以前一样。

李:也不可能了啊。

85. 日外　农贸市场

李元妮的服装摊关张了,门上贴了张白纸,取衣服请打电话:66××
××。

电器修理店开着门,老牛坐在柜台前发呆。

再也没有爱情歌曲。

保　定

86. 日内　医院

病房里。

董桂兰的病床前,病床的小桌子上摆着花,住单人病房。

董桂兰的病已经很重,气色很差,头发也掉了,戴着医生用的白帽子。

比方登上学前,也又衰老了一些。

一圈医生站在她的身边,她打起精神对医生微笑。

方登和王德清站在一边。

医生低声安慰董桂兰,然后离开。

方登坐回病床前。

董:北京陆军总院的专家来讲学,专门来看我。

方登:(不知该说什么)像个大首长。

方登坐到董桂兰身边的椅子上,王德清把床摇起来一些,让董桂兰更容易看到方登。

董:丫丫,开学半个月了,你回去上课吧。

方登:没事,我请过假了。这学期都在医院,没什么课。

董:我老不好你还能老不走啊? 马上不死怎么办。

方登:(突然大声)爸你看妈说什么啊。

王:(故作轻松)妈是怕耽误你,我们还等着你成名成家呢。下周,下周回吧。

董桂兰的目光一直在方登的脸上,看得方登快受不了了。董桂兰的目光在王德清和方登两人中间移动。

屋子里的气氛一下就绷紧了。

董:(对方登)护士都夸你漂亮,说你像我,(笑)她们才来几年啊,什么都不知道。

方登:妈,我是像你。

董:脾气也像,拧,到底学了医。

方登:我小时候最喜欢你带我上班。

董:我这辈子最在意的就是你们俩,可你们俩都不愿意和我在一起。

一滴眼泪从董桂兰的眼角流下来。

王德清看着董桂兰,什么都说不出来。

方登:妈。

董:本来想着快退休了,等你毕业结了婚,我们给你带孩子,家里就不那么冷清了,谁知道我又这样了,丢下你爸一个人。

方登:妈。

董:别恨我。

方登:妈我从来没有恨过您,我心里特别感激你,我就是,说不出口。

董:替我把你爸照顾好,他老替你说话,他说不管是不是亲的,孩子大了都是要离开家的,以后也没人老跟他吵架了。

方登用手给董桂兰擦眼泪,她用手摸着养母的脸,把自己的脸轻轻贴上去。

方登:妈,爸爸爱你,我也爱你。

董:还有,你大了,自己回唐山找找亲人吧。这点你爸是对的,我太自私了。

王德清站在边上,什么都说不出来,就在那流泪。

87.　日内　王家

还是前些年的家,多少有了一些变化,90 年代的模样。

王德清和方登刚处理完董桂兰的后事回到家里。

家里依旧一尘不染,但凭空冷清了很多。

方登把董桂兰的大照片放在柜子上。

照片上的养母穿着军装,很精神,非常美丽的笑容。

方登久久看着照片。

王德清到厨房煮面。

方登跟了进去。

方登:爸,我来吧。

王德清就转身离开了厨房,他躲方登都躲习惯了。

王德清坐在沙发上,打开电视,气氛还是异样。

88.　日内　王家

两人相向而坐。

方登盛面。

王:累坏了吧。

方登:爸,对不起。

王:什么话? 你能送走你妈,我很感激你。这是她最希望的事情,让大家看到你在她的身边。

方登:本来应该让你们快乐和满足,可我给你们带来了很多麻烦和痛苦。

王:其实人生没有纯粹的快乐,所有快乐都伴随着痛苦,你带给我的快乐大于痛苦,虽然可能只大出去一点,就足够了。

方登:爸,等你退了休,到杭州和我们一起生活吧。

王:你从小就很懂事,从来不在我们面前提起唐山和亲人,可你不会忘,也忘不了。妈妈的话你也听到了,你应该相信,你想念他们不会伤害我们。

方登:爸,我没有亲人了,也不会再回唐山。

王:以前呢? 为什么你从来不说地震以前的事呢?

方登:不记得了。

王:你已经是个大人了,应该面对一些事情,哪怕是很怕面对的事情。

方登没再说什么,她又和小时候一样,用两个食指顶住太阳穴。

王德清看着她,犹豫了一下,还是站起来,走到她的身后,像以前一样为她按摩。

方登闭上眼睛,把头靠在养父的胸前。

两个人什么都没有说,但都感到窒息。

王:今天你太累了,早点休息吧,我出去一下。

方登睁开眼,看到养母的照片上灿烂的笑容。

89. 日内　王的办公室

早上的阳光柔和地照进来。

王德清从办公室的沙发上站了起来,把当被子盖的军装挂回衣架。

90. 日内　王家

王德清提着早点打开门。

家里没有人,方登已经走了。

桌子上放了一张纸条。

[画外音]

方登:爸,我回学校去了,您照顾好自己,我永远是你们的女儿。

91. 日外　火车上

方登伏在洗手池上干呕。

杭　州

92.　日外　街上

方登和杨志坐在露天的咖啡座。

亚运会的歌《我们亚洲》。

方登手里抓着张化验单。

她看着大玻璃窗上映出的自己,她在体会自己内部所发生的巨大变化。每个女人这个时刻都会以一种全新的眼光打量自己,以一种全新的感觉体验自己。

杨志趴在柜台上打公用电话。

杨志:我自己医院怎么行? 全认识,否则为什么找你? 约在周五做,然后在医院过一个周末,周一再走,都听你的,我们一早过来。

挂断电话,杨志对方登做了个 OK 的手势。

方登很慢地摇头。

杨志:怎么了?

方登:我不去医院。

杨志:你是大学生,亲爱的,学校会开除你的。

方登:那,我也不去。

杨志:亏你还是学医的,怕疼啊?

方登摇头。

杨志:我好朋友亲自给你做,保证舒适快捷,神不知鬼不觉。我陪你在医院过个周末,周一我们一切照常。

方登摇头。

杨志:那你想干什么? 想当妈啊?

方登停顿了两秒钟,然后慢慢点了点头。

93.　日外　医院

方登从门诊楼的大门里走了出来,杨志跟在后面。

两人在人来人往的院子的角落里站住。

杨志很着急。

杨志:再一年就毕业了,你四年学不能白上啊。

方登:也不能说白上,认识了你。

杨志:我们在恋爱,连婚姻都还没有,怎么可能生孩子啊?

方登:其实也没跑题,只是倒叙而已。

杨志:王灯,怀孕这事没有什么了不起,这不过是一次事故,是很容易纠正的。你妇科去过了吧? 每天有多少女孩子在做人流?

方登:别人可以,我不可以。

杨志:(愤怒地)你为什么不可以? 你怎么这么矫情?

方登:杨志我跟你说过,我是唐山人,我是在拉尸体的车上醒过来的,我爸就躺在我的旁边,你根本就不懂,你根本就不了解我。

杨志:我知道,对不起,可你不能冲动。我知道你爱我,我也爱你,我珍惜你,你才21岁,女人一生孩子青春就结束了,我不想让你做这么大牺牲。

方登:你哪知道什么叫牺牲?

方登说完,转身走了。

94. 日内　女生宿舍

方登开始收拾东西,还是一阵一阵地恶心。

几个室友都没出去,看着她收拾。

其中一个女生在给她削一个大苹果,削好了伸给方登咬。

方登咬一口,她还替方登拿着。

女生一:别走了王灯,反正也没什么课了,我们替你打饭,你就在宿舍里写论文,对付一天是一天。就差一年了,凑合凑合就毕业了。

方登苦笑。

方登:这怎么凑合啊。

保　定

95. 日外　王家楼外

王德清一个人孤单地走来。

他走到楼门,打开信箱,一张退回来的汇款单,上写:查无此人。

杭　州

96. 日外　大学校园

篮球场。

一伙男生正在瞎玩,跑来跑去的。

有个女孩的声音:杨志,大师兄,杨志。

杨志朝声音看去,传过来的球差点打到他的头上。

球场的铁网外站着王德清和方登同宿舍的女生。

杨志跑了过来。

王:王灯呢?

杨:她早就不和我联系了。

王:她退学你知道不知道?

杨:我也是听她同学说的。

王:你找她了吗?

杨:找了,没找到。

王:到底怎么回事?

杨:她怀孕了。怎么说都不肯……

王德清一巴掌就打过去了。

王:那你还在这打球?

杨:我,我觉得她就是为了离开我才离开学校的,她一定不希望我再找她。叔叔,我劝您也别再找她了。如果她想见您,她会回去看您的,如果她不想,找还不如不找。

王气极无话。

字幕:1996 年冬天

唐　山

97. **日外　唐山市**

90 年代中期,中等城市最繁荣的时期。

到处都在开发,盖大楼。

街上的汽车多了起来。

出租车满街都是。

一辆档次不低的新车,开车的是个女孩,二十出头,是方达的女友小河。

方达坐边上,穿西装,有点富起来的意思。

女孩:这就是唐山啊,我就是大地震那年出生的,1976 年。

方达:在我妈面前好好表现,她要不投赞成票你就得下岗。

小河:像个 80 年代新一辈说的话吗?

方达:(伸出三个手指)我妈生过我三次。

小河:什么意思?

方达:我出生算一次;刚生下来肺炎差点死了,医生都说别救了,我妈说必须救,两次;地震,三次。

98. 日内　李元妮家

家里,还是那套小房子。

现代化的痕迹多了一些,有了空调、微波炉等。

方大强和方登的照片还放在原处。

门厅原来方达放床的地方现在支着李元妮的缝纫机。

他们进来时,李元妮正在缝纫机边忙着。

方达:小河,我妈。

李元妮站起身,打量小河。

小河:伯母好。

方达:(指照片)我爸,我姐。

小河不知该说什么。

李:(笑得不是很由衷)房子小,多一个人就转不开身。

小河:没事,伯母,我瘦,不占地方。

见方达在解扣子,小河赶紧过去帮忙。

李元妮看着女孩。

方达:您怎么还弄这个啊?

李:就接点熟人的活,闲着也是闲着。

小河:姐姐和我小时候的照片很像。

99. 夜内　餐厅

比较豪华的包间。

方达张罗点菜。

小河:(没话找话)这是唐山最好的饭馆了吧。

李:我觉得唐山的饭馆都挺好的。

方达:妈,喝点酒?

李:行。

小河:我开车,看你们喝。

母子俩干杯,又干杯。

方达:妈,我在杭州有了公司有了房子有了车,还有了小河,就差您了。

李:想我就回来看一眼。

方达:(给李元妮倒酒)您不是说要给我抱孩子吗? 不去怎么抱啊?

李:(给小河夹菜)生了送回来,缝纫机立马就撤。

方达:妈,去杭州吧,不愿意跟我们住我再给你买房子,我不能把您一个人扔在这啊。

李:方达,你爸你姐在这,我哪都不会去。

方达:每年扫墓我们陪您回来。

李:咱在唐山不能没有家,你爸你姐的魂回来,不能没地方去。这事别再提了。

方达:妈,都过去这么多年了,你不能老这样啊。

李:没有了才知道啥叫没有。

两人边说话边喝酒,挺伤感的。

方达:那咱就找个老伴。

李:要找早找了,不是没人要。

方达:那为什么啊?

李:为你爸,他拿命换的我,他不拽我我就进去了,(对小河)哪个男的能用命对我好? 我这辈子就给他当媳妇,我一点都不亏。

小河没喝酒,却要哭了。

方达:可你老了啊,你不能老一个人,我在外面不放心。

李:活该,当年你走,我也不放心,谁的福谁享,谁的罪谁受。

李元妮和儿子干杯。

方达:不去就买房子,我在家连张床都没有了。

李:先买墓地。

100. 日外　墓地

方达为父亲和姐姐买了很豪华的墓地。

正在举行落墓的仪式。

李元妮、方达、小河,还有他们的朋友都来了。

方达准备了很多鲜花。

乐队在奏乐。

两个崭新的骨灰盒,方达把两张镶在镜框里的照片各放进一个骨灰盒,再把两个骨灰盒放进墓穴。

小河非常吃惊的表情,但也只有她感到惊讶。

找来的人在专业地操作,封墓,大家默默地在边上站着。

小河:(实在忍不住了)骨灰呢?

方达瞪她一眼。

101. 日外　市中心

地震纪念墙。

宽阔的空场,地震遗址公园。

高大的黑色大理石墙上刻着无数个死者金色的名字。

李元妮和方达陪着小河来到墙的前面。

纪念墙前有些花束。

为纪念地震二十周年,很多人来过。

他们三个也带了花来。

小河用手摸着墙。

李:24 万人一起走的,哪还分得清谁是谁?

上　海

102. 日内　豪宅

96 年的豪华,很大的客厅,浅色的精致装修。

飘着淡淡的音乐。

外面是冬天,南方的冬天。

一个 5 岁的小女孩,在客厅的地毯上玩一件很复杂的玩具。玩具不断地花样翻新,女孩惊喜不断。

一双女式拖鞋在光可鉴人的地面上走过,是方登,她的手里端着一串葡萄,葡萄很紫,大小很均匀。

方登在女孩面前蹲下,把小盘子在女孩的眼前晃了晃。

方登:点点,吃葡萄?

点点:不吃,不想吃。

方登把盘子放到茶几上。

点点:别弄坏了,有事叫妈妈。在这好好玩,别乱跑。

点点:知道,知道了。

103. 日内　豪宅

一个小学生的房间,有电视、写字桌,比一般的家庭的房间要宽敞不少。

方登坐到一个八九岁的男孩的对面,桌子上摊着很多外语书,桌边还有一块小黑板。

方登:好了,开始吧,我问,你答。

一段简单的英文问答。

方登:(英文)很好! 很不错。

男孩:点点干吗呢?

方登:(英文)用英文。

男孩想了想,磕磕绊绊地改用英文。

(以下对话用英文)

男孩:点点是个小女孩。

方登:(英文)好!

男孩:点点是个漂亮的小女孩。

方登:(英文)谢谢!

男孩:我想去和她玩。

方登:下课以后。

男孩的妈妈进来,她年纪和方登差不多,衣着和化妆都很精心。

女主人:打扰一下王老师。

方登:没事您说。

女主人:下次课往后推一天行不行?

方登:行啊。

女主人:朋友非要约着出去过圣诞,下次你上完课在我们家多待一会,等我们回来你再走。

方登:行。

女主人:要是太晚了你和点点就在我们家客房住一夜。

方登:没关系,我叫出租车回去。

女主人:也没问你圣诞节有没有活动。

方登:没活动,我哪也不去。

一声清脆的碎裂声打断了两个女人的谈话。

104. 日内　客厅

一个花瓶从架子上掉到大理石地面上,摔得粉碎。

点点站在边上,手足无措。

方登、男孩和女主人赶来。

点点马上就看方登。

方登也在看她。

方登蹲下身想收拾碎片。

女主人:你别动了。

方登一下就收了手,站也不是蹲也不是。

女主人:一会让钟点工收吧。

女主人转身走了。

方登把点点和男孩从碎片边上拉走。

105. 日外　豪宅门口

女主人付方登学费,方登不要。

方登:我知道不够赔,我意思一下。

女主人:两回事,两回事。

方登红着脸,使劲地推脱。

点点不敢抬头。

方登到底没有要学费,拉了点点走了。

106. 夜外　公交车站

方登领着点点在等车,两人都穿得有点单薄,但南方的冬夜也很冷。

方登看点点。

点点使劲忍着眼泪。

107. 夜内　地下室

这是方登和点点的家。

一间房子,依旧收拾得干净整齐,但是没有窗户。

墙上贴了一张印刷品,是个假窗户,外面是花红柳绿的草坪。

母女俩的全部生活都集中在这个空间里。

小屋里也有点滴的圣诞节装饰。

方登在做出门前的准备。

方登:点点,走了。今天路上人多,我们别晚了。

点点:妈妈你走吧,我不去。

方登:你一个人在家妈妈不放心,走了。

点点:我看电视,等你回来,放心吧。

方登:不行,不安全。

点点:那你把我锁在屋子里。

方登:更不安全,快穿衣服,走了。

点点躲到房间最里面的角落。

点点:说了不去,肯定不去。

方登:不听妈妈的话了?

点点:我听话,我在家等妈妈。

方登:妈妈今天要晚回来。

点点:我困了就先睡。

方登拿着衣服要给点点穿。

方登:听话。

点点:(坚决地)我再也不去他们家了,你打我我也不去。

方登看着点点。

点点也看着方登。

108. 夜内　地下室

走廊上光线昏暗。

方登把门锁上。

109. 夜外　街上

街上的年轻人比较多,有点节日气氛。

方登在公共汽车站等车。

汽车来了,方登没有上。

她朝家里跑去。

110. 夜内　地下室

方登又跑回来,打开门。

方登:点点,妈妈不能把你锁屋里,你姥姥说过,不能把小孩子反锁在屋里。

点点:我姥姥死了啊?

方登:老家的姥姥。跟我走吧,哥哥的爸爸妈妈今天都不在家。

点点:不去。

方登看表。

方登:那妈妈不锁你,你从里面把门关好,有人敲门也别开,困了就自己睡,盖好被子。

点点:知道了。

方登没时间了,只好把钥匙放在柜子上,走了。

111. 夜内　豪宅

房子里摆着圣诞树。

方登在为男孩上外语课。

方登和男孩用英语在谈论节日。

方登:你最喜欢的节日是什么节?

男孩:儿童节。

方登:为什么?

男孩:老师和家长在儿童节都对我们比较好一些。

方登:还有吗?

男孩:礼物。对了,(男孩站起来)我给点点准备了圣诞礼物。点点今天为什么没来?

方登:(看表)她有点不舒服。

112. 夜内　地下室

点点一个人在家看电视,遥控器拿在手上,自己的手边放着水、零食、手电,她自己看电视,吃东西,井井有条。

突然,停电了。

屋子里一片漆黑。

楼道里传来人们的喊声:谁呀? 又是谁啊?

点点害怕了,她打开手电,照着门,手电似乎也快没电了,光线不足。

有人起哄地出着怪声。

怪叫声显然吓着了点点。

点点把门打开一个小缝。

113. 夜外　街上

方登打车,抱着毛熊。

焦急万分。

114. 夜内　地下室

方登冲到家门前。

灯亮着,门开着一条缝。

点点不在屋子里。

115. 夜内　地下室

方登在走廊上大声喊:点点,点点!

有人从别的房间里出来。

邻居:喊什么喊啊,几点钟了?

方登:我女儿不见了,刚才她一个人在家。

邻居:喊有什么用,打110嘛。

另一邻居:先问问保安,保安不会让她一个人出大门。

邻居:刚才停电了,她可能害怕跑出去了。走不远,到院子里找找。

116. 夜外　小区

方登和几个邻居在院子里寻找。

方登问一个巡逻的保安。

117. 夜内　物业值班室

方登冲进来,身后还跟着两个邻居。

方登:我女儿丢了。

值班室里,点点坐在沙发上,一个四十多岁的外国男人,穿着件大衣,脖子上围着一条圣诞节红红绿绿的围脖,坐在点点的身边。

趴在桌子上打瞌睡的值班员吓得站起来。

点点也一下站了起来,扑到方登的身上。

母女俩紧紧抱在一起。

方登:点点,害怕了吧?

点点:妈,我在等你回来,我不太冷。这个爷爷非把我带到这里来。

方登:是妈妈不好,对不起。

方登把点点抱起来,点点抱着大玩具。

(以下对话用英文)

方登:(对外国人)谢谢你,我真不知道该说什么好。

外国人:把这么小的孩子一个人放在家里,在我们国家是犯法的。

方登:以后再也不会发生这样的事情了,我保证。

外国人:女儿应该比圣诞节重要。

方登:(不高兴)我知道,再见。

方登抱着孩子离开。

外国人在身后:圣诞快乐!

方登愣了一下,她回头。

方登:圣诞快乐!

字幕:2000 年春节

唐　山

118. 日内　李元妮新家

有过年的气氛了。

一套很好的房子,宽大、敞亮,代表了唐山 2000 年的水平。

房间里的陈设也很好。

方大强和方登的照片放大了,装了很好的镜框挂在客厅的墙上。

客厅里多了一些小孩子用的东西和玩具。

李元妮在客厅里推一辆婴儿车,车里睡着一个还不到1岁的小男孩。

李元妮在轻轻地晃着婴儿车,注视着车里的天使般的孩子。

119. 日内　李元妮新家

在方达和小河的卧室里,两个人正在争吵。

方达:你别得寸进尺啊,我大过年的把我妈一个人扔家里,跟你回家,还要怎么样啊?

小河:我要带点点一起走,我不想和他分开。

方达:我好话都白说了? 不是说好了的吗?

小河:方达,除了这件事,你让我干什么都行,我什么都可以不要,我不去欧洲了,我也不要 LV 了,我也不换车了。我就要我儿子,行吗?

方达:这事结婚前就说好了,是不是?

小河点头。

方达:早知道你今天这样我就不跟你结了。

小河:(生气)那你跟谁结?

方达:你别胡搅,说孩子,点点必须给我妈留下。

小河:那我怎么办? 我爸我妈也没见到过孩子,光我们俩回去算怎么回事? 再说他才那么点大,我想把他放在我被窝里。你为了你妈高兴拆散我们,你心里除了你妈还有谁啊?

方达:这事没商量,你决定吧。要不就都别走了,在唐山过年。

小河:凭什么,你还没去我家过过年呢。

方达:那你就别闹了。

小河:你别激我方达,小心鸡飞蛋打。

方达:可以啊,我们都还年轻,鸡有的是,蛋也会有。

小河气得扑到方达身上打他,方达不还手,让她发泄。

小河:方达,你要以为我是爱你的钱你就错了。

方达很坚决。

120. 日内　李元妮新家

厨房里有小阿姨在做事。

小点点睡在小床里,阳光照在地上。

李元妮在轻手轻脚地收拾东西。

方达和小河进来,已经准备走了。

小河站在小床前看孩子,红着眼圈。

李元妮示意他们别吵醒了孩子。

小河:妈您受累了。

方达:大过年的,不能陪您了。

李:走你们的,我又不是第一次自己过年,别忘了给亲家拜年,回去花钱大方点。

小河:我俩都不关手机,有事您随时打电话。

李:放心,没事,俩我都带大了。

小河都要哭了。

方达拉她走。

保　定

121. 日外　街上

保定街头,保定的 2000 年。

零星的鞭炮声。

公共汽车上,因为是大年三十,路上的人并不很多,车也不挤。

方登和已经 8 岁的点点。

点点简直就是当年的方登,穿着过年的新衣。

方登离开这个她生活了十几年的城市又近十年了。

城市已经有些陌生。

点点也很好奇地东张西望。

方登:点点,跟你说的记住了吗?

点点:记住了,如果姥爷同意,就留在保定上学,妈妈先出国,稳定了再接我们过去,如果姥爷不同意,陪他过了年还回上海。

方登:妈妈也不想和你分开,实在没有更好的办法。

点点:姥爷好吗?

方登:是天底下最好的姥爷。

122. 日外　干休所

不同规格的房子分别住着级别不同的离退休干部。

方登拉着行李箱和点点边走边问。

123. 日外　王家门前

方登敲门。

门开了,一个中年人出现在门口。

彼此都不认识。

中年人:你们找谁啊?

方登:(迟疑)找王德清,您这是几号啊?

王德清的新老伴出现在中年人的身后:王德清就住这儿。

方登一时没有明白过来。

老伴:(忽然反应过来了)你是小灯吧?

方登也迟疑地点了点头。

老伴眼睛没有离开方登,大声喊:老王,老王,你看谁来了?

124. 日内　王家

让方登没想到的是,家里人挺多的,王德清再婚的老伴儿女挺多,加上第三代,有十来口人,大家正在热闹地准备过年,有的包饺子,有的准备吃的。

方登的到来让全家人感到惊喜和意外,但也掺杂着陌生与不适。

方登也有些不自然,但还是很客气地和大家打着招呼。

王德清看着点点,他完全没有想到方登的女儿已经这么大了。

方登和养父坐在客厅的沙发上,非常拘谨。

点点被大点儿的孩子领去玩儿了。

王:我以为你再也不回来了呢?

方登:让您担心了,都过来了,点点都快8岁了。

王:(突然发火)为什么不早回来? 这是你的家。你知不知道,我天天担心!

所有人都吓了一跳,都不说话了,有人赶紧把电视都关了,人也全都消失了。

方登:没脸回来。

客厅里就剩下王德清和方登,两人静默了许久,老伴端了一杯茶进来。

老伴:老王,先让小灯和孩子洗把脸吧。

方登:谢谢阿姨。

老伴:你们的东西放你屋里了。

方登一愣。

125. 日内　王家

方登的房间。

洗了脸的方登走进房间。

虽然搬了家,但是方登的房间和她离开的时候样子差不多,床还在,桌子也在。

方登百感交集。

老伴跟在后面。

老伴:姥爷带点点买吃的去了,家里什么都不缺,显摆去了。

方登:阿姨,其实你们不用留房间给我。

老伴:你爸可想你了。

方登:我知道。

老伴:这回你俩让你爸过个好年。

126. 日内　食堂

王德清和点点拎着买的吃的,又是饭盒又是塑料袋的,从食堂往外走,和进去的人打着招呼,不断让点点叫这个叫那个。

时不时会有人说点点和她妈真像,真好看。

王德清非常得意的表情。

点点:姥爷,我知道我妈为什么喜欢这了。

王:为什么?

点点:到处都是熟人,比我们那好。

127. 夜内　王家

除夕夜。

电视上是春晚,2000 年春节的节目。

一大家人围在一起,典型的中国年。

方登也尽量让自己融入这个由陌生人组成的大家庭。

大家不停地碰杯。

老伴介绍着自己的孩子,一家一家的。

王德清让点点挨在自己的身边。

大家纷纷和方登碰杯,对点点也关爱有加,这是她们俩久违的亲情。

窗外的鞭炮声。

春晚的小品开始了,大家的目光都被赵本山吸引过去了。

点点特别高兴,大收红包。

方登回到了自己的房间里。

王德清也进来了。

方登:爸。

王:不习惯这么多人吧?

方登:怎么会,多好啊。点点长这么大,第一次过真正的春节,她肯定一辈子都忘不了。

王:这些年,没回唐山看看?

方登摇头。

王:到底为什么啊?

方:爸。

王:看见点点我就想,要是她自己的姥姥姥爷看见她,得多高兴啊!

方:您就是她姥爷。

王:你明白我什么意思。你要是没时间,我现在退休了,我去替你找。

方:您不用担心我家里的人会想我,因为对他们来说,我已经死了。

王:你以为死了就没人想了吗?

方登不说话了。

王:想但是没指望,为什么要让你的亲人受这样的折磨呢?

零点了,窗外鞭炮炸锅一般。

两人沉默。

方登:爸我打个电话。

128. 夜内   王家

方登用手机拨电话。

她用一只手指堵着耳朵,外面鞭炮和礼花炸成一片。

方登:亚历山大,我是王灯。过年好! 我想好了,我们三个人还是一起走吧。

上　海

129. 日内　虹桥机场

机场国际出发。

方登推着行李车,上面东西很多。那个圣诞节在物业办公室陪点点的外国人,叫亚历山大。他也推着一大车行李,巨大的黑色的行李箱。后面跟着8岁的点点。

出远门的装束。

字幕:2008 年 5 月 12 日

杭　州

130. 日外　街上

2008 年的杭州,浓郁的奥运气氛。

楼房闪亮,建筑现代。

到处鲜花盛开。

人们的脸上洋溢着欢喜和期待。

131. 日内　方达公司

公司在很豪华的高楼上,下面是两侧排满了汽车的宽阔的街道。

方达的办公室里,很大的窗户。

方达正在计算机上打牌。

用左手操作一只鼠标。

页面上可以看到和他打牌的几个人:北京黑马、成都小妖、迷失深圳,他自己叫我爱唐山。每个人都一个头像,还在即时聊天。

他忽然感到有点头晕,抬头看了一眼,吊灯的玻璃珠子在轻轻地摆动,发出哗啦哗啦的声音。他一下站了起来,他知道是地震了。

门开了,助理进来。

助理:方总,地震了。

从打开的门看出去,很多人都顺着楼梯向下跑,小混乱。

助理:方总是不是也下去待会?

方达:不了。

说完就转身回办公室了。

吊灯已经安静下来了。

他看了一下墙上的表,2点33分。

他坐回电脑前,和玩牌的网友即时聊天。

迷失深圳:都干什么呢? 出牌啊!

北京黑马:北京刚才好像地震了?

迷失深圳:是吗。

方达说:杭州也震了。

迷失深圳:不会吧! 从杭州震到北京?

北京黑马:楼里有的人都跑下去了。

方达:我感觉很明显,我在27楼。

迷失深圳:好了,小妖,赶紧出牌。

成都小妖没有回答。

北京黑马:小妖你怎么回事?

成都小妖没有回答。

方达:要不先到这吧,看看有没有地震的消息。

迷失深圳:可惜了我这把好牌,闪了。

北京黑马:886。

方达看着成都小妖的头像。

方达:小妖,我们这边地震了,先下了。

小妖没有回答。

方达打开网页,没有消息,一切都很正常。

他抓起电话,拨了一个号码。

方达:妈,是我。你干吗呢? 别老看电视,您得多活动。我? 在办公室,不忙,边干边玩,您注意身体……

办公室的门开了,助理没敲门就闯进来。

助理:方总,网上有消息了,大地震,四川。

方达手里拿着电话,李元妮在电话里:喂,喂。

方达:妈,我一会再打给你。

方达挂断电话,刷新网页。

不多的报道已经显示出问题的严重。

132. 日内　机场

方达一行在办手续飞成都,机场的气氛已经很不寻常了,一切为抗震让路,所有航班都是乱的。

延误的通知一直在播,没有人提出异议。

送方达走的公司的副总一边走一边说:一共发出 10 辆车,食品和水 6 辆,药品 2 辆,被褥、雨衣、帐篷 2 辆。公司出 80%,20% 是公司员工捐款,租了两部海事电话和 40 部对讲机。

方达:随时联系。

副总:其实你用不着这么早过去,那边情况也不清楚。

方达:我得去。

小河到机场来送方达。

她蹲下身替方达把鞋带解开,又重新系好。

小河:我还是跟你去吧。

方达:点点快中考了,你不在家哪成啊?

小河:我劝了快一个小时,奶奶还是不肯来。

方达:给她卡里打些钱吧。

小河:好的,你要小心。

方达:放心吧,这么多人呢。

小河:方达,我从来没有见你像现在这样。

方达:哪样?

小河:(眼里有眼泪)像个大学生,特单纯。

方达:走了。

小河抱住方达。

方达用一只胳膊拍着小河,有点酷。

飞机起飞。

133. 日外　另一架飞机上

国际航班,都是外国人。

飞机上的电视在报道汶川的情况。

所有人都在关心。

方登坐在飞机上,眼睛看着电视,一直流泪。

边上的外国小伙子一直给她递纸巾。

汶 川

134. 日外 通往汶川的道路

很多车,但和当年的唐山已经完全不同了,大型的机械车辆、载重货车装满物资,很多私家车,很豪华的私家车,里面东西堆得关不上车窗、天窗,出租车,当然也有军车。道路有临时修过的部分,路边还有修路的军人、志愿者建的饮水处等,很多的旗帜和标语,这一点倒和30年前略有些相似。

车队中就有方达的车,方达坐在一辆大卡车的驾驶室里,手里拿着对讲机,和自己的其他车辆联系着,告诉别的车他的位置,询问别的车走到哪里了。

卡车上装满了矿泉水,卡车的棚布撩开了,一车水瓶子在天光下晶莹剔透。

路很堵,车走不快,卡车后面站着两个公司的职工,车下有谁要水,他俩就拿一瓶扔过去。

135. 日外 路上

进入灾区了,满目废墟。

方达仿佛回到了32年前那个可怕的夜晚。

对讲机里仍然不断有人在叫着方总回话,请示各种问题,他却不再回答,他什么也不说了,只是看着车外的一切。

136. 日外 路上

废墟上有救援队,在艰难地救人。

车上的收音机一直在直播。

车还是走得很慢。

方达忽然发现在离他不远的地方有一面旗在飘,上写:唐山救援队。

方达的目光一直看着那面旗。

然后他把对讲机放下。

方达:(对司机)有事让他们打我手机。

就拉开车门下车了。

司机:(冲着方达的背影)你上哪啊?我怎么跟你公司的人说啊?

137. 夜外　废墟边

"唐山救援队"的旗在飘着。

很多人疲惫地就地休息。

方达的身上已经全是土了。

方达接过边上的人递过来的一支烟,有人替他点上。

方达舒服地抽烟。

边上的对话传过来。

四川话:你们到底多少人?昨天说13个,今天就30个。

唐山话:我们队自己的人是13个,好多看见旗来落草的,也不能让我老乡饿着吧,劳驾你再跑一趟呗。

四川话:跑一趟没得关系,时间可不能保证。

唐山话:那没事,不过看起来明天你还得多带。

唐山话:开饭了啊,谁饿谁先吃,不饿的自觉绷会。

一个女人:不好意思,我太饿了,先吃一点,我吃得很少。

方达下意识把脸转过去,看到发饭和水的地方走过去一个女人。

虽然也是灰头土脸、衣衫不整,还是能看出好身材。

女人一手端饭,一手拿着一瓶矿泉水,转过身来,当然是方登。

但是方达已经完全认不出他姐了。

方达看着方登,继续抽烟。

方登在离方达不远的地方找了个平地方坐下,很认真地吃饭喝水。

方登吃着,也可以听见边上的人在说话。

唐山话:再来一根?

方达:谢谢,省着抽吧。

唐山话:不用问,一看你这独臂将军就是唐山人,家在哪?

方达:二纺宿舍。

唐山话:那不远,我家在动物园边上。

方达:我知道,地震前有个篮球场。

唐山话:地震那年我才2岁,不记事,我妈没了,一辈子没妈。你呢?

方达:我就剩下一个妈,爸和姐不在了,我跟我姐是双胞胎,没她跟没妈也差不多。

唐山话:没有才知道啥叫没有。

方达:这话我妈也说过。

方登的表情在他们的谈话中发生着很微妙的改变,事实上,从听到二纺宿舍这几个字,她已经忘了吃饭。

唐　山

138. 日内　李元妮家

李元妮坐在窗前,发愣。

小河和点点守在元妮的身边。

李:你俩老守着我干吗?

小点点(12岁):我妈怕您太高兴了犯心脏病。

李:大悲能受,大喜就能受。你姑姑家在哪?

小点点:加拿大。

李:她躲我那么远啊。

139. 日外　街上

出租车在唐山的马路上飞驰。

一个崭新的、平安的、繁华的唐山。

车内,方达坐在前面。

今日唐山从他们的眼前滑过。几个人都晒黑了,憔悴而疲惫。

方登坐在后面,她的身边还坐着一个从四川灾区带回来的孩子,七八岁的样子。

方登身边的窗外,是她离开30年的家乡。

孩子的身上带着伤,面无表情。

方登想搂她一下,她挣脱。

方达在前面给小河发信息:

"妈怎样?"

"还好,我和点点都在。"

司机:你是方达吧?

方达:你是?

司机:我住斜街。我哥老说你,说你在南方大发了,一只手顶我们八只手。

方达:想起来了,小时候你老欺负我。

司机:那天你姐打我,晚上就地震了。

方达:我记得。

方达:(回头)姐你还记得吗?

方登:你骂我妈是狐狸精。

司机:(吃惊,小声)你姐? 你姐不是死了吗?

140. 日内　李元妮家

门开了,方登一行走进家门。

墙上挂着父亲和方登的照片。

李元妮、小河、点点,站在门口。大家互相对视,不知道该说什么。

李元妮走近方登,她在辨认着自己女儿的影子。

方登看着眼前这个60多岁的女人,她完全不相信这是她记忆中的母亲。

李元妮拉住方登。

李:我给你道个歉吧。

说着李元妮就往地下跪。

所有人都在叫:妈!

方登一把抱住李元妮。

两个人就抱在了一起。

方登:(小声地)妈。

李元妮拍打着方登的后背。

李:(哭喊)你是从哪冒出来的啊? 这么多年你去哪了? 你怎么就不给妈送个信啊?

方登:妈!

方达:行了妈,吓着孩子。

李元妮这才注意到那个四川来的小孩。

她过去把孩子搂在怀里。

孩子对李元妮有一种天然的亲近,把脸埋在李元妮的怀里。

141. 夜外　阳台上

方达的儿子点点和四川孩子在阳台上。

对面的楼上,每个窗户都透出温暖的灯光。

点点:(没话找话)我小时候老想数清楚对面楼上有多少窗户,老数不对。

女孩不笑也不说话。

点点:我功课不太好,你呢?

女孩不说话。

点点:你想家了吧?

小孩:(四川话)为什么我们家里地震,你们家里不地震?

点点:这是唐山,唐山你知道吗?

小孩摇摇头。

点点:(不知该如何安慰对方)再也不会地震了,哪都不会地震了,我向你保证。

小女孩认真地点点头。

一种复杂的拉钩手势。

142. 夜内　李元妮家

李元妮的房间。

母女俩靠在一张大床的床头。

方登在给母亲看她手机里的照片。

方登:我养母,90 年就去世了。

李元妮看着照片上的女人。

李:解放军啊,解放军对唐山人有恩。

方登:我养父,退休了,身体还行。让他出去看看,坚决不去。

方登:我老公,叫亚历山大。

李元妮凑过来看,戴上花镜,眯着眼看。

李:外国人啊? 多大了?

方登:比我大 16 岁。

李元妮咧了下嘴。

方登:我女儿,叫点点。

李:(自语般地)也叫点点啊。

李元妮更仔细地看。

李：真顺眼，多大了？

方登：18 岁，上大学了，学心理学。

李元妮在心里算着。

李：你 22 岁就生孩子了？

方登：和一个研究生，他让我做流产，我不肯，就分手了。

李：然后呢？

方登：就退学了。

李：(红了眼圈)谁伺候你坐月子？那孩子她爸呢？

方登：出国了，没联系了。

李：没托人找找？

方登：(随口)他不要我了，还找什么啊？

忽然就沉默了，这句话触到了两个人最脆弱的伤口，都不知道该说什么了。

许久，方登终于打破了沉默。

方登：您一直一个人。

李点点头。

方登：妈，女人一辈子，(说不下去)就一个 30 年！您为什么啊!？都什么时代了，妈我真不理解你怎么一个人过这么多年？

李：我挺好的，我要是过得花红柳绿，就更对不起你了。

方登一下被妈说愣了。

她看着眼前这个已经 60 岁头发花白的女人，哭了。

方登：妈，你别这么说啊。

李元妮下意识整理自己的头发。

方登：(抬起头，边流泪边说)从第一眼看见方达，我就开始恨自己，他是我弟弟，我本来应该保护他，能让他活着，多好啊，我太不懂事了。在四川，看见那些当妈的，那么多天，不吃不喝不睡觉不说话，在学校边上，走来走去，走来走去，等着自己再也回不来的孩子，妈你知道我多后悔，多恨自己啊！我怎么能折磨自己的亲妈 32 年啊！

方登伏在母亲的怀里痛哭。

李：(抓个什么替方登擦眼泪，平静地)把带回来这孩子留给我吧。我身体还行,等于再带你一遍,就还上了。

　　方登:妈,该还的是我。我怎么才能还啊?

　　母女俩紧紧抱在一起!

143. 夜外　阳台上

　　夜已经很深了,对面所有的窗户的灯都熄灭了,城市平安地入睡。

　　方登一个人坐在阳台上,她完全睡不着。

　　方登掏出手机,拨了一个号码。

　　方登:爸,是我。

保　定

144. 夜内　干休所

　　王德清的房间,老伴已经睡了。

　　王德清还在看四川台的直播。

　　床上全是登着关于救灾的报道的报纸。

　　电话。

　　王:老说我弄不明白时差,你知道现在我这几点?(一下子坐起来)唐山?你在唐山?

唐　山

145. 夜外　阳台上

　　方登:我知道您会吃惊,是的,我终于回唐山了,我找到我妈妈和弟弟了。我就在我家的阳台上给你打电话。

保　定

146. 夜内　干休所

　　王德清在听电话,感慨万端。

　　方登:对不起爸,打扰您休息了,过了回家这一关,才敢给您打这个电话。

　　王:我没猜错,你不是不记得了,是忘不掉。

　　方登:我很后悔。对不起爸,让您等得太久了。

　　王:回去了就好。

　　方登:过两天我回去看您。明天去给我父亲扫墓。

王:陪家里人多住几天,我挺好的,阿姨也挺好的,就是想点点。好吧,挂吧。

王德清放下电话,但他彻底睡不着了,他一个人在深夜里不知道该干点什么。

走到办公桌前,坐下,打开抽屉,拿出一个塑料夹子,里全是些纸片。他把夹子打开,更多的纸片掉了出来,全是"保定——唐山"、"唐山——保定"的长途汽车车票。

纸片纷纷扬扬。

老伴也醒了,其实早醒了。

老伴:这下不用再往唐山跑了。

王:没白跑,这不找着了,我就知道她唐山是有亲人的。

唐　山

147. 日外　墓地

一家人来扫墓。

因为不是忌日,也不是清明,墓地里几乎没有人,很静。

只有墓碑和树。

大家在墓碑前放下鲜花。

大家在墓前鞠躬。

方登看着自己的墓。

方达:姐,我马上叫人把墓碑拿掉。

方登:不用,就这样,不管我以后在哪,死后一定回到这里来,这是我的家,我一定回来陪着爸。

李元妮看着眼前这一大家人。

李:我都含糊了,你爸他……

这时两个人朝他们走了过来,是王德清和老伴。

方登:爸,阿姨,你们也来了? 你们怎么知道我们在这?

王:这墓地我来过,每块碑我都看过。

阿姨:你爸老想帮你找亲人,有空就过来。

李:咱们给解放军鞠个躬吧。

王德清上前握住李元妮的手。

王:我知道,小灯在唐山一定有亲人。

秋之白华

剧本完成于 2010 年。

1. 引子

一本书。

书的封面:《回忆秋白》

作者:杨之华遗作　洪久成整理

书翻到版权页:人民出版社 1984 年 12 月第 1 版

书翻开扉页,三张照片:

瞿秋白在武汉;

瞿秋白和杨之华在苏联;

瞿秋白就义前。

照片定格。

片名:秋之白华

2. 日外　江南水乡

初冬,河面上笼着薄雾,河两岸的屋舍和远远近近的石桥让画面怎么看都美。

字幕:浙江　萧山

乌篷船无声地在水面上滑过,船头坐着杨之华,她 23 岁,梳短发,穿洋装皮鞋,与河两岸画里画外的衙前村农村妇女很不一样。

船尾摇船的是个十七八岁的青年阿元,他不时会看一眼之华好看的侧影,想说什么又不敢说。

之华心事重重的样子,船舱里放着她的大箱子。

阿元:先生这次要搬家去上海？

之华:要去更远的地方。

阿元:哪里会比上海还好？

之华:苏俄。

阿元:沈老爷说过的,那里冷得很。

之华:不怕。

阿元:是没有什么能让先生害怕。

河岸上有干活的女人们跟之华挥手,之华也跟她们示意再见。

之华:阿元你要坚持去农校上课,别偷懒。

阿元:先生走了,上课还有什么意思？

3. **日外　河岸**

干活的妇女在闲谈,她们显然是在谈论之华。

妇女一:之华又到上海去了,这么大个沈家盛不下她。

妇女二:沈家？ 要我看萧山也盛不下她。

妇女一:不到两岁的女儿扔在家里,心狠。

4. **日外　河上**

之华回望,泪眼婆娑。

字幕:上海　1924 年初

5. **日外　上海**

上海的冬天,阴雨,租界上飘扬着外国旗,黄浦江,外滩的钟声。船只从桥下穿过,拉着汽笛,冒着黑烟。

[画外音]

之华:我原是浙江女子师范的学生,当时想做一个教员,对社会略尽自己的一份责任。五四运动的革命风暴,使我睁开了眼睛,听说星期评论社要组织一批青年去苏联学习,我就满怀热望到了上海,但结果没有去成。后来,听说上海有一所上海大学,是共产党培养革命干部的学校,这个消息像一线曙光,给我带来了希望。

6. 夜内　上海大学

老式的石库门房子,带着岁月的花纹,窗外是上海多彩的夜晚,窗内是新年欢快的舞曲。

上海大学的师生在小礼堂里开舞会庆祝节日。男女学生们都很年轻,富有青春的活力,也有年长些的老师和学生们同乐。

醒目的地方挂着上海大学的校徽:海上生明月。

舞曲悠扬,舞步流畅。

新生杨之华在服务,为坐在边上的老师和同学端茶递水,忙进忙出。随着她的移动,画面中出现了一些熟悉的名字,他们有的在交谈,有的在跳舞,有的在喝酒,这些人是:邓中夏、恽代英、蔡和森、张太雷、俞平伯、田汉、陈望道、何世桢、邵力子等。

一对舞伴险些把之华手里的托盘撞翻,一只手帮她稳住。

是一个看上去比之华还年轻的女学生,叫小轩。

小轩:是新生吧? 就看你一直在忙。

之华:(凑到小轩耳边)担心一停下来有人请我跳舞,因为我不会。

小轩:来读中文系?

之华:社会学。

小轩:社会学? 女生为什么要读社会学? 你是共产党?

之华:还不是,我拥护革命。

小轩:好像全中国的时髦青年都来上大了。(小轩指了指自己的头)我说的不是外表,是头脑。

之华:你呢? 中文系的?

有人过来请小轩跳舞。

小轩:(对之华)英文系,我叫冯子轩,叫我小轩吧。

7. 夜内　上海大学

还是礼堂。

之华把一杯茶递给一位年轻的先生,他是蔡和森。

蔡和森:你是杨之华?

之华:您知道我?

蔡和森:(伸出手)蔡和森。

之华:(握手)我看过很多您的文章,还有向大姐的。

蔡和森:有空到家里去玩。

之华:一定。

张太雷过来从之华的手上端了杯水,和蔡和森交谈。之华就离开了。

张太雷:怎么没见到秋白?

蔡和森:秋白已经动身去广州了。

张太雷:(用手里的茶杯和蔡碰了一下)祝国共合作顺利,中山先生身体健康。

8. 日内　上海大学

上课前,同学们三三两两地走进教室,找座位坐下,之华走到一张椅子前,先弯下腰吹了一下,又伸出一根手指摸了一下,看椅子上有没有灰尘。边上有个男生殷勤地把一张报纸铺在之华要坐的座位上,又做了个请的手势,之华笑着谢了。刚要坐下,她看到报纸上有很大的黑色标题:《中国革命史之第一篇》,她就把报纸拿起来看。

忽然有人在她的后背上拍了一下,她回头一看,是小轩。

之华:你怎么来了?

小轩:都说瞿先生《社会学概论》讲得好,我们班不少人都来听,我也来听听,他是我的常州老乡呢。

小轩说着在之华的身边坐下,两人亲密地交谈。

小轩:你衣服好看。

之华:我自己做的。

小轩:真的? 能帮我做吗?

之华:可以啊。

小轩:他来了。

9. 日内　上海大学

教室里坐得满满的,同学们都非常专心地听瞿秋白讲课。

之华和小轩也在其中。

秋白的声音并不是很大,略带南方口音的普通话,但清晰流畅,娓娓道来。

秋白:帝国主义在上海建立了三权分立的制度,上海纳税人会议是立法机关,工部局是行政机关,会审公廨是司法机关,看起来却也很民主,但中国人是完全没有参政权力。吴淞口还停着许多外国军舰,租界内还住着许多外国兵、外国警察,以保障他们这种统治。他们在中国强力开辟商埠,把中国变为销货的市场,他们争相放债以取得抵押品、取得债权、取得监督财政权为条件,于是关税、盐税等都入外国人之手。

一个学生举手问:先生,自身的强大靠什么呢？我们国家的经济为什么总是落后,积贫积弱？

秋白:在我们自己的国土上,中国的实业受到外国人的排挤,华商的税捐高于外商好几十倍,几万童工每天工作十三四到十五六个小时,过着非常悲惨的生活。我们怎么强大？这一切同学都是看得到的,就发生在现在,就发生在你们的面前。不改变、不革命怎么行呢？

另一同学问:我刚在报纸上看到先生的文章,您说:"宣言里有一般平民的政治经济要求——宣言明白说出国民党力量在工人农民身上。"这是不是由于共产党以个人身份集体加入了国民党,实现了国共合作的结果呢？

秋白:是的,(秋白有些兴奋,声音也提高了一些,眼睛放出光彩)我刚从广州回来,参加了国民党的第一次全国代表大会,国民党在中山先生的指导下决心改组,实行联俄联共扶助农工的新三民主义,我和我的同志以个人身份参加国民党,就是为了和国民党一起完成反帝反封建的历史使命。中国不独立,不解放,中国人迟早要变成外国资本家的奴隶,你们还有你们的后代。

秋白吐出的每个字都掷地有声。

一个又一个青年的面孔,一双又一双有思想的眼睛。

之华和小轩专注的神情。

10. 日外　公园

因为天气冷,公园里人并不多。

之华和小轩靠在栏杆上望着眼前的假山和池塘,两人都没有说话。

小轩:今天是我第一次听瞿先生的课,也是最后一次。

之华:为什么？讲得不好吗？

小轩:听得心里难受。

之华:是现状让你难受。

小轩:难受有什么用？我什么也改变不了。

之华:已经在改变了,难受的人越多,改变得就越快。

小轩:之华你去听听我们系的课吧,"我的玛丽安睡在河边树丛中,请你们不要惊醒她的梦",彭斯的诗,还有泰戈尔。

之华没有说话,小轩顺着之华的视线看过去。

两个外国女人穿得很华丽,在公园里散步。后面跟着一个中国女孩,穿得很单薄,牵着一条大狗。女孩瘦弱,眼睛红红的,刚刚哭过。

之华:怎么逃避得了啊?就发生在现在,就发生在我们的面前。

小轩:我是为了逃婚才来上海的,你呢?

之华:我结婚了,女儿快两岁了。

小轩:那你一定是不爱你的丈夫,不然怎么会离开他?

之华:我和他是自由恋爱的。

11. 日内　餐馆

一张圆形的大餐桌。

围坐着之华、之华的丈夫沈剑龙还有沈的父亲沈先生和沈先生的几个朋友。

沈先生举杯,大家碰了一下。

沈先生:很想念各位。

之华细心地照顾大家。

客人一:看来衢前的日子舒服啊,你们很久没有到上海来了。

沈先生:从广州开会回来,忙得不可开交。衢前农校、佃户减租、报纸,什么事都等我,还要忙着给这边筹钱。

客人二:广州形势很好,气氛热烈,我也刚从那边回来。

大家在交谈。

剑龙在桌子下拉之华的手,之华把手躲开不让他拉。

之华:(小声)我写给你那么多信,为什么一个字都不回?

剑龙:日月平淡无奇,没有什么好说。

之华:说说女儿啊,你知道我很想她。

剑龙:想她跟我一起回衢前去。

之华:我哪里有空?你来上海为什么不带她一起?

剑龙:她也没空。

之华：你！

碍于场合，之华强忍不快。

剑龙：乡下事情也很多，父亲要修路，要分地，都要我操心，你知道，我不适合做这些。

之华：你总有你的道理。

客人一：我们快一点喝，小两口等不及了。

之华强颜欢笑端起酒杯，剑龙脸上有一点玩世不恭。

众人碰杯喝酒。

杨之华把脸扭向餐馆的窗外。

窗外是当年上海的市景和行人。

［画外音］

之华：我是爱剑龙的，我们青梅竹马、自由恋爱，我迷恋他的俊朗洒脱、多才多艺。但我不愿在沈家的深宅大院里关一辈子，对于我的离家，剑龙是不高兴的，但他并不明说。

12.　夜内　蔡和森家

之华和向警予在厨房里忙，可以看到在客厅里，蔡和森和一些人正在开会，热烈地讨论着“五月一周”的纪念活动。对话断断续续地传过来，主要是蔡和森在讲话。

蔡和森：5 月 4 号，以上海学联名义组织高校和团体在复旦中学举行“五四”五周年纪念会，我党代表演讲。5 月 5 日，在上海大学举行马克思诞辰106 周年纪念会，我党代表演讲。5 月 9 日，在天后宫举行“五四”国耻纪念会，我党代表发表演讲。近期工作，3 月 9 号，追悼列宁大会，我党代表演讲。“民众扫盲学校”的工作向警予负责。国民党总部任命叶楚伧为《国民日报》编委会委员长，胡汉民、汪兆铭、瞿秋白、邵力子为委员。我们要重视对《国民日报》言论的主导权，秋白负责。

向警予已经有了六个月的身孕，行动明显迟缓了。之华不让她动手，自己手脚麻利地做饭，女孩子的优雅和能干巧妙地统一。

向警予：你也是大小姐变少奶奶，怎么这么能干？

之华：我在杭州女子师范学校专门学的，手工、家事、园艺、缝纫、乐歌、体操，一年要 2800 元学费呢。

向警予:难怪。

之华:只是英雄无用武之地。

向警予:我欢迎。

之华:大姐,我以后天天来给你做饭。

向警予:那可大材小用了,女工们说你课讲得好。

之华:我在衙前讲过两年多呢,那时候和您现在一样,挺着大肚子。

向警予:要和女工们多交朋友,她们信任我们了,才会和我们站在一起。

之华:每次看到纺纱厂那些女孩子的手,我心里就特别难受,我想她们就得用这么粗糙的手抱自己的孩子,抚摸自己的孩子。真希望自己能帮到她们。

向警予:你已经在帮她们了。

之华把做好的面条盛进大碗,看起来很好吃的样子。

向警予:(拿着碗筷走出厨房)今天换厨师了,打牙祭。

邓中夏:我们闻着香味,开会都不专心了。

向警予:秋白呢?

蔡和森:剑虹不舒服,他先回去了。

13. 日外 工厂门前

纺织厂的大门,用铁链锁着。

女工们挤在门里等着开门,她们衣着破旧,神色疲惫,脸上灰蒙蒙的,看不出本来的样子,头发上也落满粉尘。

下班的汽笛声响了。

工头走到大门前,打开铁链上的大锁,女工们蜂拥而出。

他们匆忙地离开,但也有人朝路边看去。

路边,之华和两个男同学举着一块牌子,上面写着:民众扫盲学校,上海大学学生义务讲课。上课时间上课地点。

之华看着女工们从面前走过,眼睛里充满着对她们的关切。

女工们看着和男生站在一起的、朴素而清纯的之华。

之华面带笑容。

[画外音]

之华:我们社会学系的同学除了上课还要承担很多社会工作,最重要的一项就是到工厂组织工人夜校,一边扫盲,一边讲革命道理,我们的夜校已经有三十多所。

14. 日外　上海大学

下雨了。

雨中的老上海很有诗意。

石库门房子颜色变深了,上海大学的招牌十分鲜明。

走廊上有学生穿过。

下课了,之华匆匆朝校门外走,有个男生追出来递给她一把雨伞,之华笑笑,把伞撑起来,小轩从后面紧跑两步,钻到她的伞下面。

15. 日外　弄堂

两人有说有笑在雨中行走。

16. 日外　学生宿舍前

小轩:到我们那里坐坐吧,她们都想和你认识呢。

之华:改天吧,我还有事。

正说着,沈剑龙淋着雨走过来,一张报纸举在头上。

之华:你来找我?

正要离开的小轩忽然不着急了。

剑龙:我来赔情,吃饭去吧,叫上你的这位同学。

之华:她是小轩,(犹豫了一下)这是我先生,沈剑龙。

小轩:是姐夫啊,你好!

剑龙:一起吃饭,老正兴,我请客。

之华:(打断)我还有事。

剑龙:我特意赶过来接你,淋成这样。(背着的手拿过来,是一束小而精致的花朵)

小轩:(觉得气氛不对)我就不打扰了,我先上去了,再会。

小轩跑进楼里去了。

之华:我真的有事。

剑龙:我是你男人,伞都不肯给我撑一下吗?

之华:你夜不归宿的时候想到你是我男人了吗?

剑龙:这是两回事。

之华:你还在乎我吗?

剑龙:你想读书就读书,想革命就革命,正因为我在乎你我才支持和理解你。还要我怎么样? 天天在学校陪着你吗? 我也有我自己的事情。

剑龙满不在乎地看着之华。

之华:(不想再吵)我真的有事,要去开会,你回去等我吧。

之华把雨伞塞到剑龙的手中,转身走了。

沈剑龙高高举着雨伞朝另一方向走了。

17. 日外　街头

街头车站雨中。

之华把书包抱在胸前,一个人边等车边哭。

雨水和泪水混在一起。

边上陌生男人替她撑伞。

18. 日内　国民党上海执行部妇女部

向警予的办公室。

之华感到新奇,东张西望。

向警予拿了条干毛巾给之华。

向警予:你以后就是国民党上海执行部妇女部的秘书。国民党还是比我们阔气。现在是一家人了。

之华用毛巾擦着头发。

之华:两党在上大总是像油和水一样融不到一起,同学也分成两派。

向警予:革命就像登山,不知道前面还有多少困难,但只有坚持下去才能取得胜利。

之华:向大姐,我能坚持。

向警予:声援保定女师学潮的文章写得不错,你送到《国民日报》去,发在《妇女周报》上。

之华:好的,您放心。

向警予:还要动员上大更多的同学,特别是女同学,以集会、写稿、发电报的方式声援保定女师,最好能在《妇女周报》上发声援专刊。

之华:好的。

　　向警予:我前些天跑了几所夜校,你们做得非常好。那些女工说,黄浦江上的雾散了。

　　向警予的身孕已经很明显了,她手边放着些零食,不时抓起来吃,也推给之华吃。

　　之华:向大姐,什么时候生宝宝?

　　向警予:6 月。

　　之华:你生过孩子吗?

　　向警予:有个女儿,蔡妮,4 岁了。四个月就送回湖南老家了,一直跟着她的五舅。

　　之华:你想她吗?

　　向警予:忙的时候就忘了,夜里睡不着就想,特别想。

　　之华有点难受。

　　向警予:想女儿了?

　　之华点头,又摇头。

　　之华:你和蔡先生什么时候结婚的?

　　向警予:20 年 5 月,在法国。

　　之华:你们一起读书,一起革命,真幸福。

　　向警予:怎么了? 和丈夫闹别扭了?

　　之华:我们俩也有点像油和水,融不到一起。

　　向警予:你们是夫妻,多想对方的好,剑龙很有才华,思想也不保守,他们父子也为民众做了很多事。他也很爱你。

　　之华:我知道,可是。

　　之华用毛巾捂住眼睛。

19.　夜内　剧场

　　剑龙和之华坐在二楼的茶座看戏。

　　小两口不管怎么说还是互相喜欢的。

　　舞台上的京剧演得风生水起。

　　之华忽然指着下面的座位,凑到剑龙的耳边。

　　之华:瞿先生和他太太。

　　剑龙:哪个?

之华:白色西装和边上披披肩的女人。

剑龙:听爹提起过,爹很欣赏他的。

之华:他懂俄文,去过苏俄,他太太在我们学校中文系,但不怎么去上课,身体不好。

剑龙:又看不到长什么样子。

［画外音］

之华:我非常羡慕身边向大姐和瞿先生的感情生活。共同的理想,真挚的感情,彼此的相互依赖和尊重,这一切,剑龙给不了我,我也给不了剑龙。我们心灵的距离,比现实的距离还要遥远。

20. 日外　纪念会会场

横幅:上海学联纪念五四运动五周年大会

台上,学生们在朗诵陈天华的《猛回头》,声音整齐,气氛热烈。

拿鼓板,坐长街,高声大唱;尊一声,众同胞,细听端详:
我中华,原是个,有名大国;不比那,弹丸地,僻处偏方。
论方里,四千万,五洲无比;论人口,四万万,世界谁当?
论物产,真是个,取之不尽;论才智,也不让,东西两洋。
……
痛只痛,甲午年,打下败阵;痛只痛,庚子年,惨遭杀伤。
痛只痛,割去地,万古不返;痛只痛,所赔款,永世难偿。
痛只痛,东三省,又将割献;痛只痛,法国兵,又到南方。
痛只痛,因通商,民穷财尽;痛只痛,失矿权,莫保糟糠。
痛只痛,办教案,人命如草;痛只痛,修铁路,人扼我吭。
痛只痛,在租界,时遭凌践;痛只痛,出外洋,日苦深汤。
……
左一思,右一想,真正危险,说起来,不由人,胆战心惶。
俺同胞,除非是,死中求活,再无有,好妙计,堪做主张。
第一要,除党见,同心同德。第二要,讲公德,有条有纲。
第三要,重武备,能战能守。第四要,务实业,可富可强。
第五要,兴学堂,教育普及。第六要,立演说,思想遍扬。
第七要,兴女学,培植根本。第八要,禁缠足,敬俗矫匡。

第九要,把洋烟,一点不吃。第十要,凡社会,概为改良。

……

或排外,或革命,舍死做去;孙而子,子而孙,永远不忘。

这目的,总有时,自然达到;纵不成,也落得,万古流芳。

文天祥,史可法,为国死节;到于今,都个个,顶祝馨香。

越怕死,越要死,死终不免;舍得家,保得家,家国两昌。

朗诵的声音整齐洪亮,之华也在朗诵的行列里。她的美丽引人注目。

台下的学生和各界也都为之感动和振奋。瞿秋白、蔡和森、邓中夏等共产党员都在其中。

21. 日外　弄堂口

一个清晨,空荡荡的街巷。

剑龙要走了,之华送他。

剑龙:你喜欢读书,就好好读吧,我散淡惯了,在上海住不长的,上海女人讲话太快了。

之华:剑龙,我们为什么不能像从前一样? 做什么都在一起?

剑龙:(打断)你不要勉强我。

之华:你对独伊多关心一点,求你了。

剑龙:独伊没事,你自己也保重。

之华:我会写信给你的,你不给我回信我也会写的。

剑龙上了黄包车,车启动,他伸出一只胳膊和之华再见。

22. 日外　街头

之华和小轩边走边聊。

在好看的橱窗前两人会短暂停留一下。

小轩:你丈夫一表人才,家里那么有钱,整天不在一起,不出事才怪。

之华:虽然是娃娃亲,但我们感情挺好的,也玩得到一起,他带我骑车、游泳。

小轩:让你离开家,让你上大学,你不回家他不生气,还来看你。我要是你,不会离开他。

之华:我不是个好太太。

路边有老人乞讨,之华过去放钱。

街对面忽然有人在叫"杨先生,杨先生"。

之华和小轩朝街对面望过去,几个女工在朝她们招手。

23. 日外　街头

四五个女工穿得比上工的时候干净,都很年轻,互相挽着。

之华:你们来这里做什么?

女工一:来这里还能做什么? 逛啊。

之华:厂里给你们放假了?

女工二:杨先生,我们罢工了。

女工三:像先生说的,团结起来了。

之华:真的? 什么时候? 全厂都罢工了?

女工二:全厂,没有一个人去上班,三天了。

小轩看着之华和这些衣着朴素的女工们这么熟悉亲热,觉得很新奇。

之华:诉求是什么? 谁去谈的?

女工们七嘴八舌:增加工资,缩短劳动时间,增加上厕所的次数。

之华:现在情况怎么样了?

女工们的情绪低落起来,都摇摇头。

女工一:厂方还没有答复,罢工委员会说在谈着呢。

女工二:杨先生,你有空去罢工委员会看看吧,有些事我们也说不好。

之华:好,我一定去,现在,我们去吃馄饨吧,我请客。这是我同学,走,小轩。

小轩:我就不去了,我还有点事情,我先走了。

之华:好的,那我们走吧。

女工们高兴了,大家一起拥簇着之华走了。

24. 日外　街边小店

女工们高兴地吃着馄饨暂时忘记了烦恼。

之华一边招呼着,又有些担心。

25. 夜内　向警予家

之华从外面进来,很辛苦的样子。

肚子已经很大的向警予递给之华一杯水,之华一口气喝了下去。

她抬起头才发现屋子里的人都在看着她。蔡和森、邓中夏、张太雷、恽代英、瞿秋白等共产党员正在开会,他们在等待之华的消息。

之华忽然有一点紧张,在这些先生面前,她一时不知该从何说起。

向警予:别急,慢慢说。

之华:(有点像学生回答问题)云成和物华两个厂的女工全部罢工了,其他厂也在酝酿。我认识的女工刚才带我去了罢工委员会,我是以国民党上海执行部妇女部的身份去的,见到了那个穆志英,但是她和我想的很不一样。

蔡和森:穆志英? 同业工会的会长?

之华:是的,她很胖,40多岁,穿一身绸子衣服,说话口气很大,和我认识的女工完全不一样。

向警予:我见过她,她根本就不做工。

之华:公会也很讲究,门口挂的牌子上写着"上海丝厂同业工会",会客室里长桌子上铺着白色的桌布,摆着镶金边的茶具。

面前的人都耐心地听着。

之华:女工在她的面前话都不敢大声讲,我真怀疑她能不能代表女工的利益。女工们每个月挣10块钱,工作12个小时,她不做工,却代表工人和资本家交涉,她每月能拿到300元的津贴。

秋白:女工们一定要有自己的组织和能代表工人利益的代表。

张太雷:我党要深入到工人当中去,成为罢工的真正的组织者,而不应是在罢工发生之后再去声援。

秋白:现在是我党做工作的大好时机,我们要马上行动起来,和女工们站在一起。

向警予:这孩子生得真不是时候。之华,妇女部的很多工作要由你承担起来了,我明天就要回湖南老家了。

之华:大姐你放心,我会努力的。

向警予:之华对情况很熟悉,她在女工中也有很多朋友,她可以作为党的联络员。

秋白:马上以我党的名义发表声援的文章,还要呼吁社会各界支持和帮助罢工的女工。

张太雷:要深入到其他厂里,动员工人们支持罢工工人,一起行动。

邓中夏:争取多募集些钱,帮助困难的家庭渡过难关。

蔡和森:要帮助她们成立自己的工会。

张太雷:之华你每天要到罢工现场去了解情况,每天都要到这里来和我们碰头。

之华:我明白。

蔡和森:好,大家分头行动吧。

向警予:吃了饭再走。我买了小笼包,热一下就可以吃。

之华:大姐,我来。

26. 夜内　向警予家

厨房里。

之华和向警予在准备饭。

向警予在边上准备碗筷,她家的碗筷很多。

之华:大姐。

向警予:怎么?

之华:我什么时候可以成为一名共产党员?

向警予:你为党做了很多工作,我们会考虑你的申请,书面申请。

之华:我知道,加入共产党就是要为穷人做事。

向警予:让穷人摆脱苦难,建立一个公平正义的新社会。

27. 夜内　向警予家

之华端着盆包子进来,向警予在后面拿着碗筷。

之华:瞿先生呢?

蔡和森:他回家去了,剑虹病了。

向警予:应该让他给剑虹带点吃的回去。

之华:我去。

之华拿了一块屉布,往上拣了几个包子,也顾不得烫手,包好一包之华就朝楼下跑去。

28. 夜外　街上

之华从楼里冲出来。

追上秋白。

之华：瞿先生，向先生让带给剑虹。

秋白：谢谢。

之华：她好些吗？

秋白：时好时坏。

之华：我们找时间去看她。

秋白：不要来，会传染的。

之华：您也要小心。

秋白：我有肺病很多年了。谢谢你，再会。

之华看着秋白的背影良久。

29. 日内　之华家

之华的房间。

之华打开自己的衣柜，拿出一个漂亮的盒子，是个储蓄罐。

她在床上把盒子打开，里面有不少钱，有银圆也有纸币，还有外币。

她很快地整理着这些钱，一边整理一边数。

［画外音］

之华：罢工持续十多天了，很多女工家里买粮的钱都没有了，同学们都在忙着募捐，党组织也想方设法动员社会各界声援女工。

30. 日外　上海街头

电车驶过街头。

电车上人不多，秋白和之华坐在最后的位子上。

第一次和秋白单独出来，之华还是多少有些拘谨。

秋白：是不是有点紧张？

之华：是。

秋白：鲍罗廷是我的老朋友，他经常来中国，对中国也比较熟悉。你不要着急，说慢一点，不用说很多，有遗漏也不要紧，我翻译的时候会替你补充。

之华：我长这么大，还从来没有跟外国人打过交道。瞿先生，和外国人交流是不是很困难？

秋白：最大的困难当然是语言，其实性格爱好思想感情各国人彼此不难理解。

之华:总是没有时间认真学习外文。

秋白:你还年轻,有时间。

之华:我只比您小不到两岁呢。

两人对视,忽然就有点尴尬。

之华:我是说,您虽然是老师,有学问,其实您也还很年轻。

秋白:学生表扬起老师来了。

之华:(不好意思)同学们都在议论。

秋白:议论什么?

之华:说我们上大的老师是全中国最有才华、最革命、最英俊的。

秋白:中国有太多有才华的、革命的、优秀的青年,总得做成一点事情。

31. 日内　酒店

一家老式的酒店,进出的外国人比中国人要多。

之华和秋白走了进去,穿过大堂。

32. 日内　酒店

一间套房的客厅里。

孙中山先生的苏联顾问鲍罗廷夫妇在听之华汇报上海纱厂工人罢工的情况。

秋白做翻译。

之华:罢工由两家纱厂开始,最后发展到 14 家工厂,有 14000 多工人参加了罢工。工人们自发地组织起来,非常团结。

秋白把之华的话翻译成俄文。

鲍听得很认真。

之华:但是由于罢工委员会掌握在工贼的手中,她们出卖工人的利益和资本家做交易,最后资本家虽然答应了条件,但是非常苛刻,只答应每天增加工资一分钱,这次声势浩大的罢工就取得了这么一点可怜的胜利。6 月 28 日已经复工。

秋白翻译。

鲍:要加强党对罢工运动的领导。

秋白点头,并把这句翻译给之华。

秋白:(俄语)我们联系了女工代表,组织了一个行动委员会,提出了罢工的具体要求,但是因为动手晚了些,还没有真正地把工人组织起来,资本家就把罢工破坏了。

秋白在讲话的时候,之华专注地看着他。

鲍:要成立工人自己的工会组织,领导者要从工人中产生,在共产党的领导下开展工作,发展工人入党。

秋白:是的,我们已经在做了。

鲍:这次罢工,至少让我们看到了上海工人的力量。

秋白:非常令人振奋。

鲍:你这位美丽的学生很崇拜你。

秋白:老师嘛,当然要争取被学生崇拜。

鲍的夫人扑哧笑了,她听得懂。

只有之华听不懂,她没笑。

33. 夜内　之华家

之华坐在自己房间的灯下写信给剑龙和女儿独伊。

窗开着,风吹进来,吹动桌子上的纸。之华用手按着。

[画外音]

之华:有时候,一个人就是这样吸引另一个人的,他的思想照亮你,他的言谈举止和你所希望的一样,我觉得自己还没有资格和他平等地交流,但他的存在,就使我感到幸福。

34. 日内　上海大学

秋白走进教室,依旧是白色的西装,西装口袋内放了一条黑色的手绢。

学生们关切地看着他。

大家起立行礼,边上的同学小声议论:"瞿先生的夫人王剑虹去世了。"

秋白看到了之华关切的目光,马上把视线移到了讲义上。

之华的眼睛一直看着秋白。

秋白头却一直没有抬起来,他第一次讲课不看同学,而是一直看着讲义。

秋白:今天,我想和大家讲一讲共产党为什么要组织工人运动、农民运动。半年来,国共合作显现了很好的局面,国民党联俄联共扶助农工的政策得到了全国人民的拥护,更多的工人和农民有了觉悟。只有发动更多的工人和农民参加反帝反封建的斗争,防止资产阶级的妥协,民族解放才能取得彻底的胜利。

　　同学们安静地听着。

　　秋白一直没有抬头。

　　之华始终看着他。

35. 日外　码头

　　暑假到了。

　　小轩要回家过暑假了,之华为她送行。

　　之华:(一个小包递给小轩)这是送给你的,一直忙,赶了两夜才赶出来。

　　小轩打开,是一件鲜艳的花连衣裙。

　　小轩兴奋地尖叫,抖开了裙子,裙子在风中飞扬,小轩在自己身上比着,非常高兴。

　　小轩:之华,谢谢你。太漂亮了,我从来没有穿过这么漂亮的裙子。

　　之华:你喜欢就好。

　　小轩:你暑假不回家看女儿了吗?

　　之华:妇女部的工作很忙,学校里还要举行夏季讲习会,很多学者要来讲课,咱们学校的陈先生、邵先生、叶先生、瞿先生也都要讲课,还有李大钊、周作人、沈雁冰,很多人,我很想听。

　　小轩:那你丈夫不会生气吗?

　　之华:小轩,我并不像你想象得那么幸福。

　　小轩:你们俩在我眼里就像一篇童话,我都要羡慕死你了。

　　之华:喜欢他的女人很多,他也喜欢很多女人。

　　小轩:那你怎么办?

　　之华:不知道。我很想女儿。

　　小轩:(岔开)什么时候你有空到我家去玩吧,我家和瞿先生的老家只隔一条小河,他们家在当地很有名呢。

　　之华:是吗? 瞿先生,他家里还有什么人呢?

　　小轩:他父亲在外地教书,母亲去世多年了,是个大家族。你要不要和我一起去看看啊?

　　之华:(有点不好意思地笑了)再会。

　　小轩:再会。

小轩提着箱子排到上船的队伍里,朝前走了,之华看着她的背影。

小轩转过头来。

小轩:(冲之华喊)之华,无论如何,高兴点。

排在队里的不少人寻着小轩的声音回头看之华。

之华朝小轩挥挥手。

36. 日外　街上

之华一个人走着。

［画外音］

之华:暑假留在学校可以说出很多理由,但有一个理由是说不出口的,那就是因为他,我想待在可以看到他的地方,渴望和他一起工作,愿意分担他失去亲人的痛苦。

37. 日内　西餐馆

之华和秋白坐在一个角落。

老式的电扇在转着,上海的夏天有些闷热。

之华跟侍者在菜单上指点。

侍者离开。

秋白:支部讨论了你的入党申请,同意你加入中国共产党,我和向警予同志作你的入党介绍人,在合适的时候会为你和新入党的同志举行一个仪式,今天我受组织和警予同志的委托,和你谈话。

之华:谢谢先生。

秋白:我们是同志了,我也很高兴。你谈谈对组织的认识和对自己家庭的认识。

之华:您知道不知道自己瘦了很多?

秋白:工作忙,睡眠不足。

之华:我们都觉得您是太伤心了。

秋白:剑虹才 21 岁。

之华:我看过她在《妇女声》上写的文章,非常有才华。

秋白:剑虹很希望我可以陪伴她,可我整天都在外面忙。我很内疚。她的生命太短暂了。

之华:短暂的幸福也是幸福。

侍者来了,端来很多吃的,摆了一片。

秋白:是不是太多了?

之华:您得多吃点,吃完我们再谈。

秋白:我不知道身上的钱够不够付账。

之华:我可以借给您,吃吧。

秋白听话地吃起来。

秋白:你也吃。

之华:我紧张,吃不下。

秋白:应该喝杯酒庆祝一下你入党。

之华:肺不好就不要喝了。

秋白端起茶杯,两人的茶杯轻轻一碰。

38. 日内　之华家

沈先生掏出一沓信,都是之华写给沈剑龙的,拆都没有拆过。

之华接了过来,自己翻看着。

沈先生:他随手扔着,我就替你收起来,我不希望别人看到,想想也只有还给你,之华,别再写了。假期你不愿意回家我也不勉强,大家各自照顾好自己吧。

之华:独伊好吗?

沈先生:她很好,能背唐诗了。对了,她画的画。

沈先生摸出一张纸,递给之华。

之华:谢谢您!

沈先生:离开得久了,孩子倒不怎么念叨你,这样也好。

之华打开独伊的画看着,眼圈红了。

之华:剑龙还是那个样子?

沈先生:这次来上海开会,我让他一起来,他不肯。男人成年后做父亲的巴结还来不及,不能再管,会结怨的。

之华:(抬头对沈)爸爸,如果我提出和剑龙离婚,您会同意吗? 我说如果。

沈先生:(迟疑)我当然不希望这样的事情发生在我的家里。

39. **日外　公园里**

　　杨之华一个人坐在湖边,在撕着她写给剑龙而剑龙却没有读的信。

　　她撕得很认真、很碎,纸末在她脚下堆成一小堆。

　　一阵风吹来,把纸末吹散,飞得到处都是。

　　杨之华仿佛下定了什么决心,站起来。

40. **日外　弄堂里**

　　人们的生活很平静。

　　之华走过。

　　［画外音］

　　之华:我要把我心里想的都告诉他。

41. **日内　石库门房子**

　　一扇门前,之华站了一下,伸手敲门。

　　开门的是瞿云白。

　　云白:杨之华,你怎么来了?

　　之华:你认识我?

　　云白:你是上大的校花嘛。请进。

42. **日内　秋白家**

　　之华:我找瞿先生。

　　云白:我哥哥去广州开会了。

　　之华:去了这么久还没有回来?

　　云白:你坐,喝杯茶。

　　云白去倒茶,之华一个人在房间里。这是瞿秋白的书房,房间十分整洁,布置得很仔细,有很多从苏俄带回来的外文书,还摆有王剑虹的照片。

　　之华深深被吸引。

　　云白端了茶杯进来。

　　云白:你找我哥哥有事吗?

　　之华:没什么事,想借本书。

　　云白:那你拿吧,他回来我告诉他。

　　之华从书架上抽出一本《呐喊》。

之华：谢谢你，我走了。

云白：茶还没有喝。

之华：打扰了。

之华转身下楼。

云白：一点也不打扰。

43. 日内　向警予家

支部又在开会，之华终于成为其中的一员。

蔡和森：我们首先要祝贺秋白担任国民党政治局委员……

大家鼓掌。

秋白：在广州和孙先生开了五次政治局会议……我们对国民党右派的斗争取得了胜利。

之华听得非常认真。

张太雷：我们下面要集中准备双十节的纪念大会，发动更多的学生参加，打出反对军阀、反对帝国主义的大旗。

秋白：要密切注意国民党右派的活动，团结群众和他们进行针锋相对的斗争，揭穿他们的阴谋。还要警惕租界当局的破坏和捣乱，一定要把组织工作做好。

之华为各位倒茶，她看秋白的眼神不再寻常。

44. 日外　天后宫会场

傍晚，布置好的会场。

大横幅：双十节纪念大会。

会场很大，摆了很多椅子，还有很多的标语。

之华和同学们看着刚布置好的会场非常兴奋。

有同学在台上练习指挥唱歌，对着下面的空椅子。

小轩在后面叫之华。

45. 日外　天后宫会场

之华：小轩，你来我真高兴，和我们一起吧。

小轩：我想了半天，还是得来告诉你一声，明天你不要来开会了。

之华：怎么可能？

小轩：我们系里的同学都在议论,说老师之间对明天的集会意见很不一致,吵得非常厉害,租界方面也要限制学生的活动,可能会找人捣乱。之华我知道你胆子大,可你毕竟是女生,明天别来了。

之华：那我就更要来了,我是组织者啊。

小轩：要小心,有事情早点离开。

之华：我还以为你是来加入我们。

小轩：我不会加入的,但我也不会反对你们,因为我们是好朋友。

之华：好吧,就让我代替你。

小轩：你忙吧,我先走了。

之华：小轩,帮助革命,就是革命。

小轩：谢谢。

之华转身招呼一男同学过来。

之华：你赶快去告诉瞿先生,明天让他们不要到这里来。

男生：为什么?

之华：明天是英文系何主任主持会,他和瞿先生观点不同,我担心会引起矛盾,在会上争起来。你就说是我建议瞿先生不要到会,散会后我们会马上向他汇报。

男生：好的,我这就去。你们也早点回去吧。

男生走了两步又返回来,扔给之华一个白色的小球。

之华接过一看,是一个剥了皮的橘子。

46. 日外　天后宫会场

集会正在举行。

会场人很多,台下有很多学生,也有工人和市民。

标语,彩旗,大喇叭里激奋的演讲。

一次不太有秩序的群众集会。

一些不三不四的人也混了进来,在台上台下起哄。

有学生在台上喊口号：打倒军阀! 打倒帝国主义! 劳工神圣! 劳工万岁!

之华在后台组织演讲的人上台,对前面的情形不是很了解。

但是可以听到争吵和抢夺话筒,不同的人在发言,各说各的。

台上的人越来越多,有些混乱。

之华到同学中去组织队伍,让队伍不要乱,台上已经很混乱了,推推搡搡。

有学生在呼口号:打倒军阀,打倒帝国主义!

之华和同学们一起喊口号。

忽然一阵骚乱。

有学生冲进来告诉之华:黄仁被人推到台下摔昏了。

之华放下手头的工作冲到人群中间。

黄仁,一个四川籍的男生,躺在地上,双目紧闭,浑身是土。

之华:救人要紧,赶快送医院。来人!

47. 日外　街头

之华和几个男生抬着黄仁,跑到街上。

之华站在路中央截车。

汽车绕开她开走。

有洋车掉头离去。

之华一个人站在路的中央,愤怒而坚决。

道路两边的人驻足看着这个站在路中央的年轻女学生。

终于,一辆黄包车跑了过来。

同学们把黄仁放到车上。

车夫拉起车朝医院跑去,同学们跑着跟在后面。

之华也跑着跟在后面。

48. 日内　医院

黄仁躺在抢救室的病床上,头向下仰着,面无血色,鼻子和嘴角流出鲜血。

医生在用听诊器听他的心脏。

49. 日内　医院

走廊上,同学们沉默地站着,没有人说话,没有人走动,没有人害怕。

之华和大家在一起。

50. **日内　医院**

医生从抢救室走了出来。

医生：你们谁是负责人？

51. **日内　医院**

医生办公室。

之华和另外一个男同学站在门口。

医生：坐吧。

两人都没有动，不打算坐。

医生：台子有多高？

男生：有七尺左右。

医生：他摔到了头，情况非常不好，呕吐和抽搐说明有颅内出血，如果出血止不住，他的颅压就会继续升高，他就会昏迷，会危及生命。

之华：医生，救救他，别让他死，他还有个女儿。

医生：我给他用了止血药，我能做的就这么多，剩下的要看他的伤势和坚持，没有别的办法。

男生：再没有别的办法？

医生：以后或许可以，现在还不行。

之华：想想办法。想想办法吧！

医生：你们留下两个同学看护他，其他人就回去吧，都在这里影响别人，我也不希望再有麻烦。

52. **夜内　医院**

之华和另一个男生守在黄仁的床边。

黄仁依旧昏迷，嘴角和鼻子不时有血渗出，之华就拿纱布轻轻为他擦拭。

之华轻声地叫着黄仁的名字。

黄仁没有一点反应。

男生一直抓着黄仁的一只手。

这时，病房的门开了，秋白走了进来。

之华：瞿先生。

男生也站起身来，把凳子让给瞿秋白。

男生:瞿先生。

秋白走到黄仁的身边,俯身在他的耳边。

秋白:黄仁,你怎么样? 听见我说话吗?

黄仁没有反应。

之华用纱布擦黄仁的嘴角。

秋白抓着黄仁的手。

秋白:你别着急,好好躺着,坚持,我们都和你在一起。

秋白抬起头,正好遇到杨之华的目光,两个人隔着黄仁相顾无言,关切与焦虑又尽在不言。

53. 夜内　医院

之华和秋白站在空无一人的走廊上。

秋白:学校的老师和同学们都知道了今天发生的事情,大家都很气愤,学校正在连夜开会,我不放心,抽空出来看看你们。

之华:他们为什么要这样对待我们? 黄仁什么也没有做错,我们开会有什么错?

秋白:是我的工作没有做好,是老师没有把你们保护好。

之华:他会好起来的,我要一直等在这,等着他好起来。

秋白:你知道他家的地址吗? 我让人打电报通知他的家人。

之华:我知道,暑假里我给他女儿寄过衣服。

秋白掏出纸和笔,之华把纸放在墙上,写黄仁家的地址,她发现自己的手是抖的,几乎没有办法写字。

之华写完,把头顶在墙上,抽泣。

秋白想安慰她,又有所顾忌,失措地站在她的身后。他的手都抬起来了,但最终没有放到之华的背上,又垂了下去。

之华实在忍不住了,她哭出了声。

54. 日外　追悼会现场

肃穆的会场。

陈望道任大会主席,沈先生、瞿秋白、恽代英等人站成一排,穿黑色西装,佩白花。

几百幅白地黑字的标语布满了会场四周。

上海大学学生联合会的横幅非常醒目。

学生们整齐肃穆地站在台下。

黄仁的画像挂在会场的正中。

恽代英演讲：黄仁，四川籍，家境贫寒，上有老母，下有小女，他只身来到上海求学，很快成为上海大学进步学生骨干，也是社会问题研究会的主要成员……

沈先生演讲：黄君之死，实为反对帝国主义而死，反对封建军阀而死，为党义而死，为谋全国人民之利益而死。

秋白演讲：黄君乃先全国人民而死者之一人，民与贼不两立，望我同胞从速联合起，向帝国主义与军阀开始猛烈之总攻击！

之华和同学们站在一起，小轩也站在她的身边。他们从来没有看到平日里斯文有加的瞿先生如此激愤，都为之深深感动。

这件事让上大的学生懂得，必须团结起来。

55. 日外　追悼会现场

开会的人们都散去了，散乱的会场到处都飘着白色的纸片、破碎的挽联。几个工人在扫地、收拾。

秋白一个人最后看着空荡荡的会场，他非常伤感。

秋白走出会场，看见杨之华站在那里。

秋白：你怎么还不走？

之华：我在等你。

秋白：走走吧。

56. 日外　外滩

秋白和之华靠在栏杆上，面前是灰蒙蒙的黄浦江，有船只缓慢地移动，偶尔传来断断续续的汽笛声。人的心情和风景一样清冷。

江边有风，之华不时用手拢住短发。

秋白：你害怕吗？

之华：和你们在一起的时候，不害怕。

秋白：我很害怕。

之华没说话。

秋白：我让你们革命，我知道革命是要流血的，谭嗣同、林觉民、杨逸仙。

之华:秋瑾。

秋白:但不应该是我的学生,我没有保护好他,或许,我不该让你们冒着生命危险参加革命。

之华:可您自己,为什么知道有生命危险还要参加革命呢?

秋白:为了给自己一个在这个不堪的社会活下去的理由,为了实践希望国家好起来的愿望,让短暂的一生有些意义,还想,帮助那些活不下去的人。

之华:我们也是。我们不是小孩子了,不是因为从众、赶时髦才革命的。

秋白:可你们是我的学生,我想给你们更好的生活和未来,而不是去死。

之华:不是您让我们去死,是罪恶和黑暗。不除掉这罪恶和黑暗,会有更多人死。

秋白:谢谢。

之华:能参加中国共产党,成为您的同志,是我一生最大的荣幸。

秋白:谢谢。

之华:我有好多话想对您说。

秋白:(有些不能面对)还是不要说。

之华:我想离婚。

秋白:为什么?

之华:我离自己的丈夫越来越远,离他越来越近。我不想欺骗任何人,包括我自己。

秋白:他没有你想得那么好。

之华:他知道我喜欢他吗?

秋白:知道。

之华:他喜欢我吗?

秋白:他不敢。

谈话忽然就进行不下去了,两个人都不再说什么。

江水无语东流,感情太过沉重。

秋白:(冒出一句)乱不一定不好看。

之华就松开了拢着头发的手。

之华的头发在风中飞扬。

57. 夜内　之华家

之华坐在桌前,面前铺着信纸。

她不知道应该如何下笔。

她久久看着小女儿的照片。

[画外音]

之华:我是在革自己的命。

58. 日内　上海大学

走廊里,有学生在辩论,情绪激动,声音也很大,乱哄哄的。

之华在出墙报。

图文并茂的墙报写的是团结起来推翻军阀和帝国主义的统治的内容。

小轩来了。

小轩:之华,我们系的何主任辞职离开上大了。

之华:瞿先生也辞职了。

小轩:我们学校越来越没个大学的样子。

之华:他们离开,就是不希望同学之间的矛盾激化。

小轩:有什么你死我活的矛盾?这么争下去,革命就成功了吗?中国就变好了吗?

之华:同学们希望中国变好的愿望是一致的,但选择的革命道路不一样,或者说,大家都还在探索道路的过程中吧。

小轩:我心中的大学完全不是现在的样子,我想安静地读书、思考、恋爱,可是现在,哪还有心思?

之华:小轩,我们赶上了这个动荡的时代。

小轩凑到之华的耳边。

小轩:之华,她们说你和瞿先生恋爱了,是吗?

59. 日外　公园

两人在一个僻静的地方继续刚才的话题。

之华:单相思罢了。

小轩:难道你想和瞿先生结婚?

之华:我想和剑龙离婚。

小轩:你真疯了,我要有个那么好的丈夫,说什么也不会离开他。

之华:剑龙不需要我,很多事情,你并不了解。不管有没有瞿先生,我和剑龙也会分开。一直下不了决心,是因为女儿。

小轩:当然瞿先生也是个很好的人,之华,我都有点嫉妒你了。

之华:可我现在还没有爱他的权利。

小轩:没有权利爱也会发生。

之华:所以我很痛苦,小轩你能理解吗?

小轩:能。

60. 日外 码头

上海一百多个团体,三千多人热烈欢迎孙中山夫妇北上促成"国民会议"。

上海大学的学生也聚集在码头上,打着长长的横幅:欢迎孙中山先生途经上海,祝先生北上顺利成功等。

有学生在唱歌。

有鼓乐声,口号声此起彼伏,热闹非凡。

杨之华、瞿秋白、向警予等共产党员都在现场,国民党上海方面的要员也都到齐了,在学生前面站成一排。

船靠码头,大家一起高呼口号。

孙中山夫妇下船。

孙先生和码头上的国民党要员一一握手。

向警予和杨之华向孙中山先生呈《上海国民党女党员上总理书》。

两个人美丽而端庄,坚定而成熟。

警予:中山先生,我代表国民党上海执行部妇女部,特向您呈交此函,我们认为在参加国民议会的九个团体中,应加上妇女团体,非有成千万之妇女参加,中国革命是不会成功的。

周围的人鼓掌。

61. 日外 大街上

学生们正在散去。他们扛着旗子,唱着歌,从租界经过。租界的巡警在驱赶着学生,激起学生的愤怒,和巡警发生着大大小小的冲突。

之华作为学生领袖在组织队伍,让学生们尽快撤离。

学生的旗子有的被巡警抢走。

之华上去拦住巡警,伸出手要旗。

巡警可能被这个漂亮而勇敢的女学生震住了,把手里的旗子还给了之华。

有男生过来接过之华的旗子,大家簇拥着上海大学的旗帜离开。

62. 日外　秋白家楼下

之华提着出门的包等着。

秋白一边出来,一边穿着外衣。

秋白:进去坐?

之华:不了,我要回萧山一趟,来和您告别。

秋白:家里有什么事?

之华:没事,我回去找剑龙,谈离婚的事。他同意了,约我回去面谈。

秋白看着之华。

秋白:(想了一下)你等我一下,我和你一起去。

之华:真的?

秋白:真的。

63. 日外　船上

离开了上海的嘈杂和拥挤,开阔的河面让人心情舒展,虽然已是初冬,两岸的风景依然多姿多彩。

摇船的是位老人。

老人:之华,你有一年多没有回来了吧?

之华:是啊,阿公,在上海读书。

老人:这位先生是?

之华:是我的老师,也是我公公的朋友。

秋白:阿公,我叫瞿秋白。

老人:哪里人啊?

秋白:江苏常州。

老人:我年轻时去过的。

秋白:我家门前也有这样一条河,河上有座桥,叫作觅渡。

老人:觅渡就是找船嘛,要出远门。

秋白:我 17 岁就离开家了,很多年没有回去。

老人:家里还有老人吗?

秋白:母亲去世,家也四散了。

之华:瞿先生走得很远,去过苏俄呢。

老人:那是见过大世面的人。

之华:阿公,阿元呢? 不撑船了吗?

老人:也出远门,到广州当兵去了。

之华:好的啊。

老人:人嘛,总不能在这小船上过一辈子。

岸上依旧有洗衣洗菜的女人们,她们依旧和之华挥手。

之华也和她们挥手。

64. 日外　河边

女人一:走时一个人,回来怎么两个人?

女人二:别想歪了,见过男人续小,没见过一女二夫。

女人三:谁知道呢,现在什么都新派。

女人一:想去哪里去哪里,想和谁一起和谁一起,和她一比,我们真是白活了。

65. 日外　船到码头

沈家高大的门楼。

66. 日内　沈家

餐厅里。

沈先生、剑龙、之华、秋白一起吃饭。

女儿安静地坐在之华的怀里,之华一点一点喂她吃饭,自己几乎不吃。

沈先生在和秋白喝酒,两人东一句西一句谈论着孙中山北上的事情。

剑龙依旧一副散漫的样子。

大家都各怀心事,心照不宣。

沈先生:秋白你难得有闲,这次来多住几天,我陪你到处转转。

秋白:我是专程来找剑龙的,要尽快赶回去。

沈先生:那你们先谈,我就不打扰了,剑龙你好好招呼瞿先生。

剑龙:那自然。

沈先生起身,和秋白拱手后离去。

之华埋头照顾女儿。

女儿靠在母亲身上,略陌生。

剑龙:瞿先生,我们书房坐吧。

剑龙和秋白起身离去。

之华抬头看着他们的背影。

67. 日外　沈家院子里

之华抱着独伊,在来回溜达。

独伊很安静,她感受到一种与其他呵护不同的情感。

剑龙书房的门开着,可以看到剑龙和秋白在桌边写字。

之华走过去看。

剑龙写了一首古诗:

　　　　避人五陵去,

　　　　宝剑值千金,

　　　　分手脱相赠,

　　　　平生一片心。

秋白:好字。

剑龙把笔递给秋白。

秋白也写了一首古诗:

　　　　常觉言语浅,

　　　　不及人意深,

　　　　今朝两相视,

　　　　脉脉万重心。

剑龙又写了一幅,上面四个大字:借花献佛。

秋白:怎么敢当,我是来赔情的。

之华看到这四个字,就流泪了。

剑龙:孩子睡了,你去吧,我陪瞿先生。

之华看了看他们,转身离开。

书房的门在她身后关上了。

68. 夜内　沈家

之华和剑龙的房间里,之华在收拾她自己的东西,她知道,不会再回来了。

剑龙坐在一把椅子上。

气氛有些伤感。

剑龙:我很佩服瞿先生,很少能见到如此博学平和纯净的人。

之华:我没有想到他会陪我回来,我们之间从来没有任何表白。

剑龙:你不用解释,该说的他都说了。

之华:我也没有想到你会对他这么坦诚,上天厚爱我。

剑龙:我知道你喜欢他什么,你也应该知道我为什么成全你。

之华:我知道,你是在乎我的,也是理解我、宽容我的,我们不白做一场夫妻。

剑龙:人各有志,覆水难收。

之华:对不起剑龙,我不是个好妻子。

剑龙:你会是的,他会让你是,他有高尚的心性和美丽的人格。

之华:我能带走独伊吗?

剑龙:父亲不会答应。

之华:可是……

剑龙:不用急吧。

69. 日外　上海

空镜。

70. 报纸

三张《民国日报》,1924 年 11 月 27、11 月 28 日、11 月 29 日,在相同的位置上刊登的广告:沈剑龙和杨之华解除恋爱关系,瞿秋白和杨之华结为夫妻,瞿秋白和沈剑龙结为兄弟。

71. 日内　上海大学

一本本书从楼上图书馆的窗口飞出来,落到校外的小巷里。

巡捕们在书架上翻看,把进步的书籍和刊物从窗户往下扔。

学生们都在窗口和走廊上,非常气愤。

72. 日外　上海大学校门口

巡捕们离去,留下一张告示在学校的门口:通缉瞿秋白。

73. 日内　女生宿舍

小轩已经收拾好了行李,准备走了。

之华匆忙进来。

小轩:我以为没机会和你告别了。

之华:实在抽不出时间,形势一下子紧张起来。

小轩:你看到瞿先生的通缉令了?

之华:看到了。

小轩:你不害怕? 他现在是你的丈夫。

之华:我们有很多人,工人、学生、市民,那天有三千多人到码头去接中山先生,小轩你要是看到那种场面,就知道没有什么可怕的。

小轩:答应我你要小心。

之华:放心吧,(摸摸小轩的头)你打算去哪里?

小轩:先回家去看看父母,没有打算,没有出路。

之华:你喜欢读书,就好好读书,会有前途的。

小轩:如果父母再让我嫁,我就嫁,逃什么逃啊。

之华笑了。

之华:来得匆忙,没有什么可以送你。

之华从身上脱下毛衣外套,穿在小轩身上。

之华:这是我自己织的,留个纪念。

两个人就势抱在一起。

74. 日内　秋白家

秋白和云白也在收拾东西,还有别人在帮忙,之华匆匆赶来。

秋白:真对不起,新娘刚刚搬进来,就要搬走。

大家看到之华来了,就都退了出去。

之华:我也很喜欢这个房间,真舍不得。

秋白:把手张开,有礼物给你。

之华伸出手去。

秋白拿起一方印章,在之华的手心里盖了下去。

之华的手心里留下了一个鲜红的印迹:秋之白华。

之华久久看着手心里的印迹。

秋白又把一个金质的别针别在之华的衣襟上,上面刻着:送给我感情的伴侣。

秋白:本来应该以更浪漫的方式送给你这两件礼物,我怕一忙一乱,弄丢了,交给你我就放心了。喜欢吗?

之华:只要是你送的,什么我都喜欢。

秋白:想给你的太多,能给你的太少,连起码的平安宁静的生活都给不了你。

之华:我不需要平安宁静的生活,我愿意和你一起战斗。

秋白:革命胜利了,我们和所有人都能够过上平安宁静的生活。

两个人的手握在了一起,"秋之白华"四个字握在了两个人的手中。

秋白:我们看到了开始,或许看不到结果。

75. 一本书:《多余的话》

作者:瞿秋白

秋白的字:知我者谓我心忧,不知我者谓我何求。

字幕:1935 年 5 月

76. 日内   长汀中学国民党 36 师师部

宋希濂对被捕的瞿秋白软硬兼施。

单间囚室,可口的饭菜。

笔墨纸砚,还有金石工具。

秋白坐在桌前,用毛笔写着他娟秀的小楷。

他的脸上和手臂有新近的伤痕,显然是受过拷打,人也苍老了许多,非常消瘦,不时咳嗽。

桌上的白纸,秋白的字。

《多余的话》:

"知我者谓我心忧,不知我者谓我何求。"

［画外音］

秋白:话既然是多余的,又何必说呢? 已经是走到了生命的尽期,剩余的日子不但不能按照年份来算,甚至不能按星期来算了,就是有话,也可说可不说的了。

［闪回］

字幕:1927 年 4 月　武汉

77. 日内　1927 年 4 月　武汉

汉口原英租界辅义里 27 号,一座二层小楼,人来人往,热闹非凡。

北伐军占领下的武汉,革命气氛浓厚。

打开的窗口可以看到街上,军队、工人纠察队。

十字路口有系着红领巾、手持木棍的孩子,他们是劳动童子团,孩子们和工人纠察队一起维持社会秩序。

到处是标语。

走廊上,秋白匆匆走来,他穿着军装,提着公文包,气色很好,不时和认识他的人打着招呼。

秋白推开一扇门,里面站着刚从上海赶来的之华。

之华正站在窗前看着外面的街景,听见门响转过身来。

两人相视而笑,也没有什么亲昵的动作。

之华:我还第一次看到你穿军装。

秋白:我在中央军事政治学校武汉分校任政治教官,上课要穿军服,平时我还是习惯穿西装或者长衫。

之华:很好看。

秋白:路上顺利吗?

之华:还好。没想到武汉的革命形势这么好。

秋白:我们离别了一个月,革命的进展比一年还快。

秋白换上长衫。

之华:可是,上海的情况非常不好,蒋介石对工人开枪了。

秋白：这说明他们害怕了。中国革命到了最紧要的关头,党内对很多原则问题的争论,必须求得正确的解决。我们正在筹备党的五大,要尽快统一思想。

秋白走到桌前,递给之华一本小册子。

之华：(念)《湖南农民运动考察报告》。

秋白：这是毛泽东今年年初用了 32 天的时间调查后写出的,是一篇非常好的文章,人人都应该读几遍,脑子就清楚了,就知道应该怎么革命了,希望你也能好好学习。你来了,真好。

之华：我今天一点东西都没有吃,很饿。

秋白：(一愣)是吗？ 走,我们去吃饭,该吃中饭还是晚饭？

之华：看来你也没吃。

78. 日外　街上

昔日繁华的汉口。

一家一家的小店,之华高兴地东张西望,很新鲜的样子。她不时揽住秋白的胳膊,秋白却有些躲闪。身居领导层,不少人认识他,有军人给他敬礼,街边也有人指着他说："那个人就是瞿秋白。"

79. 日外　街上

在临街的小店门前,两个人对面坐着,吃着简单的饭。

之华很饿,吃得很快。

秋白似乎有很多话,终于找到了一个可以倾诉的人,想止都止不住。

秋白：蒋介石公开反共,我们又指望汪精卫,假如汪精卫也靠不住,我们还指望谁呢？

之华：我们党就是要依靠工农,依靠武装起来的劳苦大众,就像我们在上海所做的那样。

秋白：是的。摆在我们面前的只有两条路:或者资产阶级取得领导权,使革命毁于一旦,人民仍受帝国主义的侵略和奴役;或者无产阶级取得领导权,使革命得到胜利,并为社会主义准备条件。

之华：当然是后者,我无法理解为什么在这一点上党内有这么大的分歧。

秋白：无产阶级如果没有自己的军队,就不能得到革命的领导权,不仅不能取得革命的胜利,连性命都保不住。革命发展到现在的阶段,工人阶级争取革命军队是尤其重要。

　　秋白有些吃不下去。

　　之华：至少，不能再妥协了，否则，上海的今天就是武汉的明天。

　　两个人都吃不下去了。

　　秋白：独伊好吗？

　　之华：她很好，说想你。

80. 夜内　武汉住处

　　秋白拖着疲惫的步伐穿过安静下来的走廊。

　　刚到自己的门前，门就打开了，之华披着衣服。

　　秋白：让你不要等我你总是不听。

　　之华把为秋白做好的热汤端到桌子上。

　　之华：我知道你有话要跟我说。

　　秋白边吃边说。

　　秋白：预备会吵了一个晚上，没有结果。蒋介石在杀人，我们在吵架。

　　之华：只要能解决问题。

　　秋白：不知道，我太累太累了。

　　之华：别想了，明天还要开会。

　　秋白：我还要写东西，你先睡吧。

　　之华：你会累垮的。

　　秋白：倒下之前，必须工作。

　　秋白坐到办公桌前，开始写东西。

　　之华很心疼地看着他的背影。

　　之华拿了一件衣服披到秋白的身上，人也伏在他的肩头，她以这种方式安慰焦虑中的丈夫。

81. 日内　五大会场

　　主席台正中的墙上挂着马恩列斯像，还有党旗和青天白日满地红旗，两边墙上是群众团体送的锦旗，还挂了"遵守孙中山和列宁遗教，领导中国革命走向非资本主义的前途"的标语。下面摆着长桌长凳，一百多人参加会议，代表80人。

　　有人在每一个座位上摆上小册子。

　　小册子的封面："中国革命中之论争问题　瞿秋白"。

［画外音］

秋白:1927年4月27日到5月9日,中国共产党第五次全国代表大会在武汉召开,80位代表参加会议,代表着全国57900多名共产党员。大会选举了29人组成中央委员会,我和之华都当选为中央委员。陈独秀、张国焘、蔡和森、李维汉和我任政治局常委,革命的形势却越来越严峻了。

82.　日内　武汉住处

卧室里,秋白靠在床上抽烟,床边的烟灰缸里已经有很多烟头了。

一块石头从楼下飞到玻璃窗上,窗玻璃应声而碎。

睡在他身边的之华猛然惊醒。

秋白却眼皮都没眨一下。

之华到窗前往下看。

人群高声呼喊着经过,没有组织,混乱的队伍,有人边走边从街边店里抢东西,有些人手里还有武器。

之华回身看秋白。

之华:你老不睡怎么行?

秋白:不管几点,只要醒来就再也睡不着。夏斗寅和许克强联蒋反共掉转枪口屠杀工农,冯玉祥也在遣送他军队中的共产党员离军出境,各地土豪劣绅疯狂反扑,鲍罗廷的国民政府顾问已被免职,武汉危在旦夕。就在这样的存亡之际,党内还是不能达成一致,怎么睡得着?

之华:你是政治局常委,要负起你的责任,这不是简单的主义之争,是很多人的生命啊。

秋白:你说的对,这是天大的责任,我担不起也得担。

之华收拾碎玻璃。

秋白:小心手。

之华:接下来怎么办?

秋白:换个地方接着开会。

83.　日外　庐山

庐山风景。

［画外音］

秋白:7月15日,汪精卫叛变革命,屠杀工农,7月下旬,中央在庐山召开会议,参加会议的有我和鲍罗廷、张太雷、李立三、邓中夏等,在会上,根据共产国际的指示,会议确定了武装斗争的总方针。经过一段艰苦的努力和积极的准备,克服了重重困难,由周恩来、李立三、恽代英、彭湃四人组成的前敌委员会,领导了8月1日南昌起义,打响了武装斗争的第一枪。

84. 夜内　武汉住处

秋白推门进来。

之华从桌前站起来。

桌子上摆着晚饭。

之华:会一直开到现在?

秋白伸手撕下一张日历纸。

秋白:今天是1927年8月7日,记住这个日子,中国共产党历史上,反机会主义斗争的新纪元。

之华:我觉得今天特别漫长,很为你们的安全担心。

秋白:邓希贤一个人负责会务,滴水不漏。(喝水)我关于新的任务的报告得到大家的同意,中央的思想也得到了统一。大家一致认为,不能再以退让手段而是要以革命手段争得民权,要号召农民暴动,实现耕者有其田,革命政府在土地革命中获得生命。

之华:领导机构改组了?

秋白:是的,政治局委员9人:苏兆征、向忠发、我、罗亦农、顾顺章、王荷波、李维汉、彭湃、任弼时。候补委员7人:邓中夏、周恩来、毛泽东、彭公达、张太雷、张国焘、李立三。

之华:太好了,太及时了,中央再没有声音,各地的党组织就要尽散了。

之华把一张报纸推到秋白的面前,上面一个版都是共产党员的退党声明。

秋白:毛泽东在会上说了一句非常精辟的话,他说:须知政权是由枪杆子中取得的。

之华:他一直主张上山。

秋白:中央任命毛泽东为特派员,到湖南组织秋收起义。

之华:我了解工农群众,他们有勇气有决心,但是需要有人把他们组织起来,和他们一起战斗。

有警车拉着警笛从窗外驶过。

秋白:之华,我现在是临时中央政治局的总负责人,面对白色恐怖的腥风血雨,随时都有牺牲的危险,你不要怕。

之华:我参加了上海工人三次武装起义,我知道怕是死路一条,但我们越勇敢,离胜利越近。共产党人必须走在队伍的最前面,我们身后,是无数的工农。

秋白:说得好。

之华:饿了吧,吃饭。

两个人平静地吃着晚饭。

[闪回完]

85. 日内　福建长汀　囚室

专程来劝降的陈建中、王傲夫正在和秋白交谈。

一张长方形的桌子,秋白坐在一端,另外几个围着他。

王:我从南京专程来长汀,因为你是一个非凡的人才,你的俄文在中国是数一数二的,中文功底也很深。朋友、亲属关心你,中央挽救你,也是爱惜你的才学,才派我们远道而来,你得给我面子,让我回去好交差呵。

秋白:谢谢你们的好意,事实上没有附有条件是不会允许我生存下去。这条件就是我丧失人性而生存,我相信凡是真正关心我爱护我的亲友家属,特别是我妻子杨之华,都不会同意我这样毁灭地生存,这样的生存只会长期给他们带来耻辱和痛苦。

王:我们不一定叫你做公开的反共工作,你可以担任大学教授,也可以化名做翻译工作。瞿先生,你学识渊博,现在正是国家用人之际,所以,我们为国家爱惜你的生命。

秋白:爱惜生命?你们杀了多少共产党人?他们都是我的同志。

王:瞿先生,你不看顾顺章转变后,国家对他的优待,他杀人如麻,国家都不追究嘛。你虽然当过一阵中共的总负责人,毕竟是临时的,我们也可以不追究。

秋白:我不是顾顺章,我是瞿秋白。你们认为他这样是识时务,而我情愿做一个不识时务笨拙的人,也不愿做一个出卖灵魂的识时务者。不要在我面前提起这个败类。

王还想说什么。

秋白:你不用再说了,没有用的。

86. 日内　囚室

一张一张写满工整字迹的纸。

秋白平静的断续的声音,加上轻微咳嗽。

[画外音]

秋白:我留恋什么? 我最亲爱的人,我曾经依傍着她度过了这10年的生命。是的,我不能没有依傍,我不会组织自己的生活,我不会做极简单平常的琐事,我一直是依傍着我的亲人,我唯一的亲人。我如何不留恋?

[闪回]

字幕:1929 年　莫斯科

87. 日外　苏联儿童院的院子里

一群孩子,大小不一,国籍不同,穿着统一,在表演节目。

一些家长在做观众。

孩子们载歌载舞,非常认真。

家长们看得津津有味。

秋白和之华也在其中。

孩子们的舞蹈结束了。

家长们鼓掌。

队伍解散,孩子们跑向家长。

6 岁的独伊朝秋白和之华跑了过来。

独伊扑到秋白的身上。

秋白把手里准备好的装吃的的纸袋子打开给独伊看。

独伊高兴地跳着。

88. 日外　树林

儿童院附近的风景区。

森林公园里,人不多。

之华和秋白每人领着独伊的一只手,沿着林间小路往前走。

独伊:好爸爸,我再唱一遍刚才的歌给你听好不好?

秋白:好啊。

独伊开始唱。

在优美的童声下,幸福的三口之家慢慢地走着。

[画外音]

秋白:党的六大上我做了《中国革命和共产党》的报告,批判了陈独秀的右倾路线,也做了自我批评。我仍然担任中央委员和政治局委员,会后留在苏联工作,和之华、独伊一起度过了短暂而美好的日子。

89. 日外　森林的空地

三个人在林间野餐。

铺在地上的台布上摆着不很丰盛但也美味的食品。

秋白躺在草地上,看着天上的流云。

之华和独伊在附近采蘑菇。

之华和女儿在一起,心情非常愉快。

两人对话中文俄文混搭。

一阵剧烈的咳嗽让之华回身去看秋白。

秋白咳得很厉害,还吐血。

之华和独伊跑回他的身边。

之华:巴库疗养院我已经联系好了,这次一定得去。

秋白:党派我来苏联是来工作,不是来疗养的。

之华:让你去巴库难道不是组织的决定吗?(有些生气)去或者不去,都不用跟我讲,你去和支部讲。

秋白:你不要生气。

之华:我最近心情不好,没耐心。

秋白:我受了批评,连累了你。

之华:受批评的是你,得肺病的是你,是你还不如是我。

秋白:只要党确立正确的路线方针,革命能沿着正确的道路前进,我个人的对错得失其实都不重要,就像我再怎么咳嗽,也不会影响独伊一天天长大。

独伊插进一句俄文:是这样的。

之华却仍不开心。

之华:是追究过去工作失误的责任重要,还是把以后的工作做好重要?你回答我。

秋白:你现在的样子真像我妈妈,她叫金璇,美丽而骄傲,她在家境落魄之后选择自杀,是为了让家族中有钱的亲戚收养她的孩子们,使我们不至于中断学业。女人是最有牺牲精神的是最伟大的。我去巴库,明天就去。

这段话让之华消了气。

90. 日内　疗养院

单人病房内。

阳光照进来,屋子里非常明亮。

秋白穿着疗养员的衣服,坐在桌前工作。

他的桌子上堆满了书和稿子,这是一个离开工作就无法生存的人。

之华和独伊的照片放在桌子上,写着慈母爱女。

他在给独伊写信,在边上画上插图。

有护士进来。

(以下交谈为俄文)

护士:瞿先生,你的信,有三封呢。

秋白高兴地起身拿信。

护士往后一闪:你能不能先告诉我,你妻子为什么一天要给你写三封信呢?

秋白:我想这三封信应该是在路上碰到一起的,我已经好几天没有收到她的信了。

护士:不管怎么说,你们两个也太亲密了。

秋白:(指指桌上的照片)我们三个。

[闪回完]

91. 夜内　福建　囚室

36 师参谋长向某把处决瞿秋白的电报拿给他看。

秋白看了,没说什么还给他。

向:盼瞿先生最后应再三斟酌,如能回心转意,尚可望蒋公收回成命。

秋白:(平静地)头可断,志不可改,我们共产党人的哲学,就是鞠躬尽瘁,死而后已,为革命而死,是我最大的光荣。

向:您还年轻,有娇妻爱女,何况您在共产党内也靠边站好多年了,何必这么固执呢? 这可真是最后的时刻了。

秋白从桌上拿起一团揉皱的报纸,是包什么东西带进来的,他展开给向某看。

秋白:你看,毛泽东率领的中央红军已经翻过了雪山与红四方面军在懋功会师了,北上抗日的红军队伍已有八万余人,我和他们每一个人血肉相连、休戚与共,你又怎能体会我现在激动兴奋的心情?

向:和先生交往这一段,我们之间也有了感情,这张纸在向某手里有千斤重。我说不过先生,但实在舍不得先生。

秋白:我也要谢谢你对我的关照。

秋白从椅子上拿起一件黑色的上衣,用手摸着。

秋白:这件衣服是之华为我缝的,我明天就穿这件。

向某站在那里,像孩子一样哭着。

秋白继续平静地写东西。

［闪回］

字幕:1933 年底　上海

［画外音］

秋白:我从 31 年 2 月六届四中全会退出党的领导岗位到 33 年底,一直在上海和左翼作家特别是鲁迅先生一起为新文化运动而努力,翻译介绍俄罗斯文学,研究文艺理论问题,一直到 33 年底的一个夜晚。

92. 夜内　上海住处

窗外刮着风,南方最阴冷的季节。

房间不大,墙上挂着鲁迅先生写的条幅:人生得一知己足已,斯世当以同怀视之。

秋白穿得很厚,在看信,送信的人站在房间里。之华给对方沏了茶进来,对方看也没看一眼,明显不打算喝。

来人:一是上海不安全,二是苏区的工作也需要您。行程我们已经安排好了,会有人通知您出发的时间。

秋白:之华可以一起去吗?

来人:暂时不能去,因为她的工作需要有人前来接替。

秋白:我希望她能和我一起工作,请你向组织反映一下。

来人:这个问题组织考虑过了,也已经答复您了。

秋白:好吧,我们服从组织的决定。

来人:保重。

来人说完转身就走。

秋白和之华相对无言。

之华:鸡汤都凉了吧,我再去热。

秋白看着桌子上堆的很多书稿,慢慢地开始整理。

秋白:《茨冈》翻译不完了,带走又不可能。

之华:你想去吗?

秋白:早就想去。

之华:我知道你内心还是渴望和他们在一起的。

秋白:你不问我,但是你是知道我的,我可能会犯错误,但我不会成为自己理想的叛徒。

之华:我们一天也没有离开革命,这几年在上海做了那么多事情。

秋白:这一走不知道什么时候还能回来,我得跟大家告别一下。

93. 夜外　上海街头

秋白穿着棉袍独自在路灯的光线下行走。

路边的电影广告:《渔光曲》。进步电影已经在他的关心下发展起来了。

94. 日内　餐馆

上海文化人的聚会,为秋白送行。

大家吃火锅为秋白送行。

大家在唱进步歌曲(《渔光曲》)。

秋白和大家一起畅饮。

95. 夜内   上海住处

秋白推门进来。

之华正非常生气地看着他。

秋白:怎么了?

之华:你说怎么了? 离开整整两天一夜,我也不知道你去哪了,也不敢出去打听,我都要急死了,你也太不负责任了,你心里还有别人吗?

秋白:(平和依旧)我不是告诉你我去和大家告别了吗?

之华:可是你没有说你夜不归宿。

秋白:大先生要留我过夜,我也有很多话要对他说。

之华:赶快走吧,让人担心死了。

秋白过来抱了抱之华。

秋白:对不起。

之华就哭了。

秋白:要见的人都见到了,要说的话也说了,大先生和茅盾身体都好,海婴也没有病。昨天夜里,大先生一定要把他的床让给我睡,他们夫妇睡了一夜地板。

之华:大家都舍不得你走,鲁迅先生更舍不得。

秋白:我们聊了很多,他说他写小说,就是受到俄罗斯作家为劳苦大众呼号战斗的影响。他还说,我把俄国文学的精品译给中国人看无异是在暗夜里烛照人生的火光。

之华:你走了大先生少了一个说话的人。

秋白:和先生在一起,时时感到共同战斗的欣悦。这几年我们在危险的时候总是到鲁迅先生家打扰,我走后你要尽量照顾他们。还有谢旦如一家,虽然现在不便去打扰他们,我们也要记在心里。

之华:我知道,你放心。

秋白看到之华已经给他把箱子收拾好了。秋白看着箱子,有些难过。

秋白:我们分别过六次了,不知为什么这次是我最不舍的。

之华:我知道,你在想他们。

秋白:去年9月,中夏在雨花台就义,39岁;31年和森牺牲,31岁;30年代英被杀害,37岁;28年警予被杀害,32岁;27年太雷在广州起义中阵亡,28岁;楚女被捕在狱中被害,34 岁。我们一起在上海大学教书的日子,就像在昨天。

在秋白的叙述中,一张张熟悉的面孔、生动的表情,从银幕前走过。

之华:他们就是我们,我们就是他们。

秋白:如果有一天,我们也要面对反动派的屠刀,也要像他们一样义无反顾。

之华:面带微笑。

秋白搂着之华。

秋白:其实你不用这么美丽,有你的智慧就足够了;其实你也不用这么智慧,有你的勇敢就足够了。

之华抚摸着秋白黑色外衣上的铜纽扣,头靠在他的身上。

秋白:我会一直贴身穿着你为我做的这件衣服。

楼梯上。

秋白提着箱子下楼。

之华跟在身后。

96. 夜外　街头

下雪了。

瞿秋白穿着单薄的冬衣,不时轻声咳着。

之华看着他,万分不舍。

秋白:之华,我走了。

之华:(轻声地)再见,我们一定能再见的。

秋白向接他的人力车走去。

秋白回头。

之华站在灯下轻轻向他挥手,雪花纷飞。

秋白久久看着。

[闪回完]

97. 夜内　囚室

秋白在写。

[画外音]

秋白:这世界对于我仍然是非常美丽的。一切新的、斗争的、勇敢的都在前进,那么好的花朵、果子,那么清秀的山和水,那么雄伟的工厂和烟囱,月亮的光似乎也比从前更光明了。但是,永别了,美丽的世界!

98. 日外　囚室门口

字幕:1935 年 6 月 2 日 9 时 20 分

秋白走了出来,阳光让他感到非常舒适。

他穿过分列排的军人,各级军官都有,一百多人。

他们都非常安静地看着秋白。

秋白穿着之华为他做的黑色上衣,白色的短裤,黑色的长袜和鞋,神清气爽,大义凛然。

99. 日外　中山公园

秋白站在一座亭子前。

记者们拍照。

除了照相机的快门声,再没有任何声音。

100. 日外　亭内

石桌上摆着四碟菜一壶酒。

秋白自斟自饮,神态自若。

101. 日外　去往刑场的路上

依旧是军人分列两队,持枪。

秋白夹着一支烟,从他们中间穿过,顾盼自如,缓缓而行。

他用俄文哼唱着《国际歌》。

并且用他一贯的平静的口气喊着口号:

中国共产党万岁!

中国革命胜利万岁!

共产主义万岁!

军人们都非常肃穆。注目行礼。

102. 日外　刑场

一片绿色的草地。

秋白:此地甚好。

他盘腿坐下,仰望蓝天。

蓝天白云之间,有鸟翱翔。

向某对排成一列的持枪士兵说:"不要打他的脸",这是向某能最后为他尊敬的人所做的一件事。

枪声过后,一片沉寂。

103. 日外　上海

码头上。

熙熙攘攘的上船下船人。

之华的母亲和妹妹在下船的人群中向她招手。

之华的头上戴着一朵白色的花。

母亲一下把之华抱在怀里。

104. 日内　之华住处

母女三人进屋,就看到秋白的照片挂在墙上,前面点着香。

母亲眼泪就止不住。

之华:这是我为他租的房子,我还在等他回来。能想的办法都想了,能找的人我都找了,还是没能救他出来。蒋介石怕共产党,怕秋白,非要置他于死地。

母亲:你一个人,怎么熬的?

之华哭了。

妹妹:有个人到家里去,说手上有两封秋白的信,一封是给大哥的,一封是给你的。母亲让他把信留下,他只答应把给大哥的留下,给你的一定要当面给你。我们都认定他是钓鱼的特务,没有答应,他也没有把信留下。

之华:(急切)给大哥的信上写了什么?

妹妹:信带来了。

妹妹把信拿出来,交给之华。

之华一边看一边流泪。

秋白的声音:想来你们已经从报上看到了我的事,我就要与你们永别了。之华是我平生知己,我要留最后的一封信与她诀别,可能她已经被捕,你们不知道她的下落,那么就请你们把那封信投寄给叶圣陶先生,作为他写小说的材料吧。

之华:妈妈,你看到那封信了?

母亲:看到了,很厚。我怎么要他也不给我,之华,对不起,我们实在不敢告诉他你在哪里。

之华:妈妈,你们做的对。

之华把秋白给大哥的信看了又看,这是秋白最后的存在。

母亲:之华,我这次是专门过来接你的,跟妈妈回萧山去吧,回家去。

之华:妈,谢谢你来看我。

母亲:你没有地方可去了,别在上海受苦了,跟我回去。

之华:妈,我不能跟您回家,您千万不要怪我。

母亲:为什么?

之华:我有我的工作啊。

母亲:人都不在了,你还要工作?

之华看着秋白的照片。

之华:我不工作,秋白会生气的。

105. 日外　海上

字幕:1935 年 8 月,党派之华前往苏联。独伊在苏联等她。

开往苏联的轮船上,之华穿得很漂亮,凭栏而立。

风很大,她下意识地用手拢住自己的头发,忽然她听见秋白说:"乱不一定不好看。"

之华松开手,她的短发在风中飞舞。

萧　红

剧本完成于 2011 年 11 月。

字幕:1941 年底　香港

1. 日外　香港

　　城市空镜。

　　太平洋战争已经爆发,香港就要在日本人的炮火下倾覆。

2. 日内　萧红住处

　　这是一家书店的二楼,老房子,窗户上挂着厚厚的窗帘,让屋子里的人搞不清楚是白天还是黑夜,只有当强烈的光线从窗帘的缝隙切进来的时候,白天才到来了。

　　这是一个大房间,东西摆放杂乱、陈旧,没有什么新鲜的色彩。一张大床很奇怪地放在屋子的中央。床边的小桌子上堆满了药或水杯等东西。床边还有一个小火炉用来取暖。靠窗是一张长沙发,可以睡人。

　　萧红(31 岁)躺在大床上昏睡,人陷在被子里,头发凌乱,脸色苍白,看上去病得很重。

　　骆宾基(25 岁)个子不高,充满活力,北方人气质,坐在她的身边看书。

　　空袭警报突然尖厉地响起。

　　萧红睁开眼睛,一边咳嗽,一边手在四下摸着。

　　骆:先生找什么?

　　萧红停下手,茫然地看着他。

萧红:不找什么。

骆:(放下书,起身倒水,拿药)该吃药了。

骆在小桌子上翻找着,显然不太熟悉。他从药瓶里往外倒药片。

骆:红的吃几个? 端木先生交代过,我忘了。

萧红:我怎么知道? (自言自语地)粤语我还是一句都听不懂,他们明明知道我听不懂。

萧红自己端杯子喝水吃药。

空袭警报的声音,凄厉而恐怖,两人却似乎已经司空见惯。

萧红:到底追到香港来炸了。

骆:九龙丢了,港岛也守不住。

远处传来炮弹的爆炸声。

3. 日内　萧红住处

骆宾基用毛巾为萧红擦脸,非常仔细。

骆宾基用手理着萧红凌乱的头发,用一枚卡子笨手笨脚但轻轻地把萧红脸上的乱发卡起来。

萧红的脸一下清晰了很多。

萧红:骆宾基,你怎么还不走呢?

骆:我答应端木先生照顾您,直到他回来。

萧红:他不会回来了,他把箱子都拿走了,告别的话也说过了。

骆:端木先生去联系转移,放心吧,会回来的。

萧红两只手拉住骆宾基。

萧红:不应该由你来管我的,可我又不想一个人在这里等死。

骆:能照顾先生,是我的荣幸。

萧红:你真是这么想的?

骆:我崇拜您。

萧红:崇拜?

骆:这几天我一直在读您刚出版的《呼兰河传》,您的文字开阔、浩荡、舒缓,流动着无尽的忧伤,书中的人物、久违的北方,我无法表达所有感受。我经常读几页就看您一眼,不敢相信写这本书的人就躺在这里。

萧红笑了。

骆:(有些窘迫,脸都红了)让您见笑了,我还从来没有跟一个女人这样说话。

萧红:我在享受,很久没有听到这样的话了,真希望我没有生病,也可以为你做点什么,哪怕织双袜子。

骆:(不好意思)不用不用,能和您说说话,我就很满足了。

萧红:那我就给你讲讲我的故事吧。你今年多大了?

骆:25岁。

萧红:我离开家的时候还不到20岁。

骆:也是逃婚?

萧红:前几年我在山西遇见丁玲,和我一样,她也是逃婚,还有白薇也是。

骆:谢冰莹也是。

萧红:真是一个盛产娜拉的时代,我当时就是特别想读书,摆脱旧式家庭的束缚,远走高飞。

这是十年前的事情了。

字幕:1929 年初夏　呼兰

4. 日外　张家门前

敲打音乐隐隐传来。

远远地看见大门口高高挑起的白色的幡杆。

院门前几个吹鼓手在吹奏。

一架爬犁停在门前,萧红(当时叫张乃莹)从上面下来,朝院子里跑去。

5. 日外　张家院子里

整个家都被丧葬的气氛所笼罩。

院子里搭了灵棚,人们守在边上哭。

和尚坐在灵棚里在念经超度亡灵。

白色的帷幔、白色的对联、孝服、蜡烛、纸钱充满院落。

彩色的扎彩颜色鲜艳,造型拙朴:院落、瓦房、家具、厨师、骡马、管家、丫鬟……大大小小,摆在院子的一处。

很多人在忙碌,做饭,炸面饼。

烟雾腾腾。

一场充满地方特色的盛大的葬礼。

萧红走进院子,穿过白色和穿白衣的人们,朝灵堂走去。

6. 日内　张家

爷爷静静地躺在床板上,脸上蒙着白色单子。

萧红跪在爷爷面前。

因为萧红的到来,所有的人都开始号哭。

有的人手里还拿着出了一半的纸牌。

有的人嘴里还边哭边嚼着什么。

萧红没有哭,她把手轻轻地伸进爷爷的衣袖,抓住爷爷冰冷的手。

有人掀开盖在祖父脸上的布单,萧红看到一张非常衰老而苦闷的面孔。

萧红:(对父亲)为什么你们不对他好一点? 为什么我每次回来见他他都不高兴?

父亲:(边哭边说)爹,你算白疼她了。

叔父:最对不住老爷子的就是你,一走大半年,他想你上哪找你去?

家里人的七嘴八舌:凭哪条说我们不好? 念了几天书她眼里还有谁啊? 没大没小,还管得了管不了?

萧红摸着爷爷的脸。

[画外音]

爷爷:快点长,长大就好了。

7. 日外　张家院子里

萧红跪在灵前,给爷爷烧纸,一张一张,她在学校画的写生,都是美丽的风景、河流山川、树木、亭台楼阁。

父亲走过来蹲下身,帮她烧,烧完画,接着烧她箱子里的画笔、画册。萧红大惊,从父亲手中抢夺着自己的东西。

继母和家里的叔伯姑婶等在边上冷眼旁观。

父亲坚决地烧了萧红的画具。

萧红哭倒在爷爷的灵前。

8. 日外　原野

北方,雪原。

萧红坐在爬犁上。

[画外音]

萧红:父亲要把我留在家里,和他选定的男人结婚,我不干,被父亲强制送回老家,专人看管,除了大院子里的房客、马夫、厨子、家里的女人们,我见不到任何外人,对外面发生的事情一无所知,在哈尔滨的学业也中断了。

9. 日内　张家

一间正房里。

窗台上放着萧红小时候玩的不倒翁。

墙上贴着她画的图画、写的字,字写得很好。

花格子隔断上糊着白纸,绷得紧紧的。

萧红用食指的指尖一下一下捅着白纸,一捅一个洞,一捅一个洞,砰砰作响。

继母坐在炕沿上,手里缝着鞋样子,姿态矜持,口气温和,但又不容置疑。

继母:汪家的帖子早就到了,马上就得定日子,这边就一直拖着,可躲了初一躲不过十五,人家给咱面子,咱也得给人家面子。

萧红:早知道不让走,就不回来了。

继母:气话,你爷爷过世你能不回? 这个家你能永远不回了?

萧红:说什么我也得接着上学,真要嫁了人就别想了。

萧红拿起放在炕沿上的鞋帮,里面垫的纸样子就是用她的作文本剪的,字迹工整娟秀,上面还有老师画的红圈。

继母:二十了,学也没少让你上,总得有个头吧?

萧红:那个姓汪的,到学校找过我,油腔滑调,还抽大烟。

继母:(不以为然地)嗨——,谁跟谁不是一辈子?

萧红:跟谁不跟谁,一辈子跟一辈子,大不一样。

继母:你觉着不一样,其实都一样。

萧红:我在同学面前还总夸你新派,说你有主见。我参死了老婆,还有两个孩子,你喜欢这个人,就不管别人怎么说。到了我这里又全变了? 我也想跟你一样,找个自己喜欢的男人。

继母:我跟你参,也是爹妈做主,我没想那么多。

萧红:那我还高看你了。

继母被抢白得有些不高兴,板起脸来拿出长辈的姿态。

继母:怎么这么犟啊？家里这么多大人,不能什么事都由着你,都是让你爷爷惯坏了。

萧红:(突然翻脸,大声)你少说我爷爷！你少管我的事！你少在我面前提他们。

继母脸色变了,想说什么,终于忍住,起身拂袖而去。

隔断上布满了萧红捅的洞,千疮百孔。

［画外音］

萧红:我9岁时母亲就去世了,父亲是个非常强硬的人,不幸的是,他把他的强硬也遗传给了我。

10. 日内　老家

萧红父亲和继母的房间。

老大的大炕,堆满了铺盖。

父亲坐在炕沿上抽烟袋,继母缩在炕上。

继母:死犟,说了也是白说。

父亲:我已经跟她校长打招呼了,学籍取消。横竖不能让她再回哈尔滨,游行、撒传单、募捐,你没看见,手套都就剩下一只了。男男女女一起在外头疯,等闹出事来后悔就晚了,没法跟汪家交代。

继母:汪家有权有势,可别巴结不成再得罪了。

父亲:我是通情达理,讲信用,守承诺。

窗外有人说话。

车夫:老爷,大小姐跑了。

父亲:(站起身到外屋,拉开门)什么?!

车夫:我赶车往城里送桦子,到地方才发现小姐在车后头藏着,然后一转眼她就不见了。

父亲:你是真没看见还是装没看见！

父亲气得一脚踢飞门边上的筐。

父亲:一分钱也不许给她寄,我看她能扛多久?

字幕:1931 年初　北平

11. 日外　北平

北风呼啸,天气很冷了。

萧红穿着单薄的衣服、单鞋,抱着书本在胡同里走着,她把书抱得很紧,仿佛这样可以抵御寒冷似的。

不远处白塔寺的白塔依稀。

[画外音]

萧红:我表哥陆振舞在北平上大学,我跟他到了北平,在师大女附中上课,花他家里给他的钱。后来表哥家里知道了,逼着他回去,他一走,我就山穷水尽了。

12. 日内　学校

北平辟才胡同内的师大女附中。

教室里正在上课。

一只大煤炉在教室的中间,烟囱从窗户伸出去。

萧红的年龄看上去比身边的同学稍大一些。

一个老师正在讲课。

老师:《吉檀迦利》的出版引起了轰动,人们被书中崇高的思想和华丽的语言深深地吸引住了。1913 年 11 月,当得知泰戈尔获得诺贝尔文学奖的消息后,一群崇拜者从加尔各答乘专车来向他致敬。对这些崇拜者,他不无讽刺地说,他们中的许多人过去从不赞扬他,有些人根本就没有读过他的作品,只是因为西方承认了他,他们才开始赞美起他来,他说,对于他们奉上的荣誉之杯可以吻一下,但里面的酒我是不会喝一口的。

同学们感叹。

萧红很专注。

13. 日内　教室

课间,女学生们围在炉子边上取暖,边说着闲话。

女生乙:去看电影吧,《野草闲花》,阮玲玉和金焰呢。

萧红一个人在自己的座位上写字,她衣着单薄,脚上穿着单鞋。

女生甲:乃莹,你穿这么少冷不冷? 怎么不去烤烤火?

萧红:教室里已经很暖了。

女生甲:真佩服你们东北人,太禁冻了。写什么呢? 能给我看看吗?

萧红:写得不好,等我自己觉得好了,再给你看。

14. 日内　教室门口

女生乙:乃莹,大家约了去隆福寺吃炒肝,你也去吧?

萧红:我还有事,不去了。

女生乙:(附在萧红耳朵上)你要是没钱,我替你出。

萧红:谢谢你,我真的有事。

女生乙:你耳朵冷不冷?

萧红:习惯了。

15. 日内　萧红住处

租住的小屋里没有火,家具也很简单。

墙上贴着很多画,萧红是个热爱生活的人,从她居住的环境总能看出这一点。

她披着被子,在没有火的房间里来回走,大声地念着书,抵御着寒冷和孤独。书的封面有鲁迅的头像。

萧红:然而娜拉既然醒了,是很不容易回到梦境的,因此只得走;可是走了以后,有时却也免不掉堕落或回来。否则,就得问:她除了觉醒的心以外,还带了什么去?

16. 日外　筒子河

精致的角楼,护城河矮墙边。

四个穿得圆滚滚的女学生,看上去家庭条件都不错。

她们叽叽喳喳地聊天,有的吃着糖葫芦,有的看着报纸、杂志。

女生甲:乃莹怎么办啊? 她每顿饭就吃一个烧饼,把书和衣服都卖光了。

女生丙:她那么骄傲,从来不跟我们借钱,也不接受我们的帮助。

女生乙:我们应该帮助她,让她可以坚持下去,帮助她,就是帮助我们自己。

女生丙：我赞成。

几个女孩子都撩开衣服往外掏钱,然后脑袋凑在一起,仔细地数着。

17. 日内　萧红住处

四合院的正房,房东的房间。

炉子摆在地中间,炉子上烧着一壶开水,水开了,冒出热气,热气在屋子里弥漫。

玻璃窗户上蒙着呵气。

半大的孩子好几个,在里间床上玩着他们自己的游戏。

萧红和中年女房东围着炉子坐着,炉台上烤着窝头片,金黄焦脆的样子。

萧红的眼睛躲避着窝头片。

房东：你表哥帮你把房租交到 10 月,你没忘吧?

萧红的脸马上就红了。

萧红：我知道,我写了信,让家里寄钱来。

房东：能寄让他们快点寄,瞧你凄惶的。

萧红：我爹不想让我念书,生我气了,家里的条件,倒是不很差。

房东：催你嫁人吧? 今年多大了?

萧红：21 岁。

房东：难怪家里着急。

萧红：我娘死得早,遇事我都按自己的主意办,也不知怎么回事,老是和家里拧着。

房东：是得嫁个自己喜欢的,一辈子要是连一天好日子都没过,太冤了。

萧红：我也是这么想的。

房东拿了窝头片递给萧红。

萧红推辞。

萧红：我吃过了,我不饿。

房东：(放到萧红手里)吃着玩,解闷儿。

萧红接过来吃着,非常好吃,掉在衣服上的碎片她都赶紧捡起来吃。

房东：我孩子多,丈夫几年没音讯了,这房租实在拖不起。

萧红：我知道。(停下来不吃了)

房东：吃吧,吃吧。咱再合计。

有个孩子喊:妈,妈,院子里有个人。

透过模糊的窗玻璃可以看到一个穿戴整齐的男人站在院子里,他就是萧红的未婚夫,姓汪的。

18. 夜内　小旅馆

门开了,灯没有开。萧红跟在姓汪的身后进了房间。

随着门的关闭,她一下子被姓汪的按在门上。

姓汪的强硬地和萧红亲热。

萧红丧失了抗拒的力气。

19. 夜内　小旅馆

姓汪的强暴般地和萧红亲热。

汪:(一边做一边低声说)当我媳妇有什么不好啊? 你跑什么跑啊? 我看你还往哪跑?

萧红:(喃喃地)真的让我读书吗?

20. 夜内　小旅馆

两人面对面躺着,萧红看着这个终于在事实上成为她丈夫的男人,微皱着眉头。

汪:还以为你在北平美上天了呢,都快成叫花子了。

萧红:我整天盼着老家有人来,你来我万万没有想到。我爹心狠,写多少信回去也没有用。

汪:你逃婚坏了他的名声,害他不能在省城供职,连你弟弟也受了连累,转学到巴彦了,我看他不会饶了你。

姓汪的点了一支烟,也点了一支给萧红。

萧红抽了一口。

萧红:真暖和。

汪:跟我回东北吧,我们家人怪你,我不怪你。

萧红:你答应让我读书了。我不回去,我要上大学,上北平的大学。

汪:你赖在北平就能上北平的大学了? 只能喝北平的西北风。

21. 日外　萧红住处

女孩子们抬着个小煤炉,还抬着一小箱煤球走进小院。

在院子里就叽叽喳喳地叫:乃莹,张乃莹。

房东推门出来。

房东:走了。

女孩们:走了?

房东:她男人接她来了。

女孩全体:(失望地)啊——?

女生们失望的表情。

22. 日内　教室里

萧红出现了,她穿了新大衣、新皮鞋。

女生们用陌生的眼神看着她,显得对她很失望的样子。

萧红视若无睹。

［画外音］

萧红:我的逃婚就这样离奇地失败了,同学们失望之余对我产生了反感,我不想解释。姓汪的辞了工作来北平找我,这让我多少有些感动,或者说接受他的帮助比接受别人的接济更平等、更体面一些。

23. 日外　北平校园

一群女学生一起往外走,边走边唱着当时流行的歌,萧红也在其中,她心情好了也愿意和大家在一起。

姓汪的站校门外面等萧红。

几个人都站住了。

萧红朝姓汪的跑去。

萧红对姓汪的解释要和同学们出去。

姓汪的摇头。

萧红依旧坚持要去,被姓汪的拉住。

萧红甩脱姓汪的手,被再次拉住。

萧红再想甩就甩不脱了。

姓汪的依旧拉扯着她走,非常强硬的态度。

女学生们都看傻了。

24. 日内　法院

法院,法官的法锤落下,一张判决上面写着:解除婚约。

[画外音]

萧红:我跟他回到哈尔滨,双方都和家里闹翻了,婚约也解除了,我们有家不能回,只好住在一家道外的旅馆里,旅馆老板是他父亲的朋友,一住就是大半年。

字幕:1931 年秋　哈尔滨

25. 日内　东兴顺旅馆

萧红噩梦惊醒,坐了起来。她脸上有汗水,喘息急促。

她看着眼前的一切:

房间里挺乱的,显然两人已经在这里住了不短的时间,非常凑合没有生机的生活。

脏衣服、帽子、桌子上堆积的食物、散乱的报纸、杂志。

她的画也歪在墙上。

姓汪的背对萧红睡着,没有动。

萧红起身下床。推开临街的窗。

窗外报童在叫卖着新闻。

报童:日本人进攻北大营,沈阳沦陷,战火烧向哈尔滨。日本人进攻北大营,沈阳沦陷,战火烧向哈尔滨。

萧红侧耳听着报童的喊声。

姓汪的跳下床到窗前,用力把窗户关上,不让外面的声音进来,然后钻进被窝接着睡。

萧红:日本人在沈阳开打了。

汪:你管得了吗?

并不干净的玻璃上,映出萧红落寞的脸。

萧红一阵恶心,冲进卫生间。

字幕:1932年春夏　哈尔滨

26. 日外　街上

萧红挺着肚子走在街上。

因为怀孕,更显潦倒,更加不修边幅,衣服和鞋子也比前面破旧。

她的胳膊弯挂着布书包,里面是刚买的蔬菜等,看上去挺重的,她走得吃力,手里拿着新买的《国际协报》边走边看。

报纸上关于时事的醒目标题:《日军在沈阳街市令中国市民面壁而跪,然后用枪刺刺之》、《日军活埋看〈不准逗留〉之中国人》。

27. 日内　东兴顺旅馆

萧红提着东西穿过走廊,推开房门。

屋子里更乱了,还添了个煤油炉子自己做饭。

姓汪的已经把自己的箱子收拾好了,衣服也穿整齐了,一副要出门的样子。

萧红:你要去哪?

汪一边对着镜子梳头,一边说,他眼睛不看萧红,对这个女人已经兴致全无:连租金带借款已经欠600多块了,我得回家要钱。

萧红:怎么突然要走?

汪:刚才经理上来过,说再不付钱就要轰人了。

萧红:我想和你一起去,这屋子把人闷死了。

汪:我家里人连我都不认,会认你吗?何必自找不痛快。

萧红:或许看在孩子的分上……

萧红拿起没织完的小毛衣。

汪:别做梦了,你我的家人有一个开通,我们也不至于落到这个地步。

萧红一时手足无措。

姓汪的终于停下自己的事情,看着萧红。

汪:我很快就回,三五天,你照顾好自己。

姓汪的身上上下摸索,摸出一些零钱放在桌子上。

汪:除了买车票的钱,都在这里。

萧红:小心日本人。

汪:知道。

姓汪的说完提起箱子就走了。

萧红愣在那里。

28. 日内　东兴顺旅馆

萧红已经不住在原来的房间了,搬到了顶楼一间非常狭小的阁楼上。

房间没有窗,有一个窄窄的小阳台,可以看见大街。

房间里很乱,堆着旅馆不用的东西,到处都是灰尘。

房顶是斜的,她在房顶上画了汪的画像,画了很多的树,在墙上也写了很多字。

萧红在日历上一天一天地划掉过去的日子。

桌上是干面包,包在报纸里。

［画外音］

萧红:我被作为人质扔在旅馆里,幻想着他会回来,我以为男人对自己的女人不会如此绝情。

29. 日内　东兴顺旅馆

萧红缓慢地下楼。

经理:上哪去啊?

萧红:去找我的同学。

经理:等等吧,等你丈夫还了钱,你想上哪儿,就上哪儿。

萧红只好坐在柜台前的椅子上。

经理:咱们得合计合计,老这么下去也不是个办法啊。

萧红:(非常疲惫)我没办法。

经理:汪先生到底还回不回来?

萧红:不知道。

经理:他也不能把你就这么扔给我啊?

萧红:或许他遇到了什么意外吧? 日本人来了,你又不是不知道。

经理:见过死心眼的,没见过你这么死心眼的,他不会回来了,我也不会让你永远白住!

萧红:(无心争吵,起身)那你就把我卖掉,把我送进监狱,或者等我死在你的阁楼上,随便你。

萧红只好退回到阁楼里,看着萧红的背影,经理气急败坏。

经理:(对茶房)看紧了,别让她也跑了。再等个把月,孩子生下来,卖道外妓院。

茶房:开水还送不送?

经理:送吧,厨房有剩的也送一口,真出了人命,店也就别开了。

茶房:是。

经理:操他个满洲国。

30. 日内　东兴顺旅馆

萧红的阁楼,伙计在门上锁了一把大的锁。

萧红砸门:放我出去! 放我出去!

伙计:老板让您接着写信。

31. 日内　东兴顺旅馆

阁楼上。

萧红困兽般地在狭小的空间里来回走动,笨重的身体让她不堪,饥饿和绝望轮番向她袭来。

她徒劳地在房间里翻找,没有一点钱或者可吃的东西。

她在一个团着的报纸中发现一点干面包屑,她把面包屑倒进嘴里。

她看着外面的天空,自由的飞鸟,风和树叶。

她把一条长围巾挂在窗户上,自己试着把头伸进去,因为肚子大了,所有的动作都迟缓艰难。

脚下的凳子忽然倒了,她没有站稳,围巾一下勒住了她的脖子,她开始挣扎,感到窒息。

挣扎中她打翻了有半杯水的杯子,杯子落到地上,炸开来。

字幕:1941 年冬　香港

32. 日内　萧红住处

萧红从噩梦中醒来。

她躺在香港住处的大床上。

小桌子的一只水杯落到地上,炸开来。

房间里没有人,窗外传来炮弹的爆炸声,闷闷的、持续不断的,整幢房间都在晃动。窗帘垂着,房间里光线非常暗。

她身边的小桌子上,放着几张美金。

一个削好的苹果已经泛黄。

萧红:端木? 端木? 小骆? 小骆? 萧军?

楼梯上传来匆忙的脚步声。

骆宾基回来了,手上提着一个饭盒。

骆:先生醒了? 这一大觉睡得不错,又让轰炸吵醒了。

萧红:要炸到什么时候!

萧红边说边起身去卫生间。

骆:我扶你。

萧红:我自己可以。

33. 日内　萧红住处

洗手间里,镜子里憔悴的萧红看着自己,她整理自己的头发。

萧红:(忽然大声地,演讲般地)大家好,我是萧红,东北作家,(镜子里萧红的影像变成了她刚来香港时的样子,穿着合身的旗袍,神采飞扬)几天前从重庆来到香港,谢谢香港文化界朋友热情的欢迎,我希望自己能够保持创作的能力,记录这个时代的悲欢。

热烈的掌声。

萧红看着现在的自己。

骆宾基在洗手间的门口等着扶她。

萧红把手伸给骆宾基。

萧红靠在骆宾基的身上走回大床,床已经重新整理好了。

萧红躺回床上。

萧红:看到桌子上的钱,我以为你也走了。

骆:柳亚子先生来了,没让叫醒你。

萧红:他还没走?

骆:都在准备撤出香港,于毅夫是总负责,别担心,他会安排我们离开。

萧红:我们一定可以离开这里。你能不能,帮我挠挠后背?

骆:当然。

骆宾基轻轻给萧红抓痒。

萧红:真舒服,人不是什么事情都可以靠自己的,比如抓痒。人在需要帮助的时候,有人愿意帮助,是很大的幸运。

骆:你在最绝望的时候遇见了萧军。

萧红:我经常读《国际协报》,被关之后走投无路才想起向他们求助,后来萧军跟我说,当时去我那里他是非常不情愿的。

字幕:1932 年夏　哈尔滨

34. 日内　《国际协报》编辑部

副刊部的办公室。

不大的房间,堆满了桌子、书架、报刊、稿纸。

墙上是《国际协报》的办报宗旨:"志在持扶正义,促进和平,务期抒发谨厚平易之言论。"

灯光昏暗,编辑们伏在桌子上忙碌着。

墙上贴有电影海报或招贴画,总之乱但充满文化气息的环境。

电话不时会响起。

门开了,主编老裴走进来,手里拿着几本书。

裴:哪位有空再跑一趟东兴顺旅馆?

埋头写字的几个人抬起头来,有人还伸个懒腰。

编辑甲:那个张乃莹又怎么了?

裴:她今天给我打了三个电话,先是说想离开旅馆,我说还没有想出办法,但可以送她回家,她又不肯回家,让我送几本书给她,说太闷了。

编辑甲:我们说服经理给她提供吃喝,保证她的安全,已经仁至义尽的了,难道她所有事情都得管吗?

舒群:话别说得这么冷酷,你要看到她的样子,就不会这么说了,太可怜了,太绝望了,我还从来没有看到过一个女学生沦落到这种地步,我们应该帮助她。

一直没说话的第四个人放下笔,抬起头,他就是萧军,他的脸上带着一点冷淡。

萧军:现在看出你们的人道是多么无力了吧? 需要帮助的人太多了,街上不出三步就会碰到一个。而且,点滴的帮助,什么也改变不了。

舒群:我认为点滴的行动还是比愤世嫉俗有意义。

萧军:我们自己都在日本人的铁蹄下苟活,还谈什么救世救人?

裴:三郎,你稿子写完没有,我等着呢。

萧军把桌子上的几张纸归拢起来,起身递给裴主编。

裴主编接过稿子,顺手把几本书递给他。

裴:正好你没事了,跑一趟给她送去。

编辑甲:帮助一个总比一个都不帮要好。

萧军:那么你去?

编辑甲:抱歉,我在忙着。

萧军:好吧,我去。不过我得走着去,没钱坐车。

裴:(赶紧掏钱)车钱当然报社付。

35. 日外   街上
萧军走来。

36. 日内   东兴顺旅馆
萧军走进。

37. 日内   东兴顺旅馆
楼梯。

茶房走在前面,萧军跟在后面。

顶层狭小昏暗的走廊。

茶房:您一直走到头,有扇门。

萧军皱眉头。

萧军:这上面还能住人?

茶房:(小声)没办法,欠了600多块了,男人跑了,她要生了,给她个地方呆就不错了。

茶房边说边摇头,转身离开了。

萧军继续朝里走。

38. 日内　东兴顺旅馆

萧军停在一扇门前,轻轻敲了两下。

门马上开了。

两个人一个门里一个门外。

萧军看到的是一个大着肚子、头发蓬乱、衣着破旧、长长的睡袍开气撕到了大腿、脸色苍白、眼睛大大的女学生。

萧红看到的是一个身材健壮、肩膀宽阔、穿着朴素但很时尚的男人。

对视持续了几秒钟。

萧军:请问,是张乃莹女士吗?

萧红点了点头。

萧军:我是《国际协报》的记者,裴先生派我来送书给你。

萧红:请进来吧,房间里有些乱。

39. 日内　东兴顺旅馆

萧红房间里。

她打开了电灯。

萧军高大的身体使得房间本来狭小的空间更加局促。

萧红下意识地整理着自己的衣服,也在打量着鞋子很旧、衣服也不整洁的萧军。

萧军看到的是一塌糊涂的生活。

他把书放下,并没有停留的打算。

萧军:如果没有别的事情,我就告辞了,如果有什么需要,你可以打电话到报社。

萧红:谢谢你来看我。(萧红一边说着一边下意识地整理自己的衣服)

萧军:别客气,是我们应该做的。

他倒退着朝门外走了。

萧红:先生怎么称呼?

萧军:大家都叫我三郎。

萧红:我在报纸上看过您的小说,能不能……

萧红有些迟疑,但还是下了决心。

萧红:坐下说说话?

40. 日内 东兴顺旅馆

窗外完全黑了下来,两个年轻人的谈话还没有结束。

萧红又在房间里走来走去,萧军坐在一张椅子上,看着在他眼前来回踱步、激动的萧红,萧红的谈吐和眼睛里的光芒越来越吸引住他的目光。

两个人都在抽烟,小屋里烟雾腾腾的。

萧红:我没有选择,我太冷、太饿、太孤独了。

萧军:我是吃过苦的,我可以理解你。

萧红:可我还是后悔,早知道如此,我何必抗争?何必出走?

萧军:当然要抗争,不仅抗争婚姻,还要抗争命运,要找到新的出路。你很勇敢,你的付出是有价值的。

萧红:你真的这样认为吗?

萧红的脸上兴奋得发红。

萧军:真的。

萧红:你呢? 说说你自己。

萧军:我曾经想当个作家,可是现在,我只想参加游击队,抗日。

萧红:打仗是军人的事情,而你是一个记者。

萧军:我是个军人,18 岁就当骑兵,20 岁进了东北陆军讲武堂,一个报国无门的军人,写字只是为了暂时糊口。

萧红:我以为办报纸的都是些油头粉面的文人,没想到你竟文武双全、朴素坦诚。我们一见如故。

萧军:只知道东兴顺旅馆里困住了一个女学生,没想到是个美丽的才女。这墙上的字都是你写的? 画也是你画的了?

萧军欣赏萧红的画和诗。

墙上:"去年的五月,正是我在北平吃青杏的时节;今年的五月,我生活的痛苦,真是有如青杏般的滋味!"

"晚来偏无事,坐看天边红,红照伊人处,我思伊人心,有如天边红。"

萧红:你喜欢吗?

萧军:你是我见过的女人中最有才华的。

萧红:(两人见面后第一次露出灿烂的笑容)真的吗?

萧军:真的。

萧红:如果我这次不死,我会永远记住你今天的这句话。

萧军:你不会死的,因为你遇见了我,我不会让你死。

萧红的眼泪一下就流出来了,顺着脸颊往下流。

萧军站起身,走到萧红的身边,用手为她擦眼泪。

萧军:让你这样的女人流泪,是所有男人的罪过。

萧红抚摸着萧军的手。

萧军把身上所有的钱都掏出来放在桌子上。

萧军:等着我,我去筹钱。

41. 日内　东兴顺旅馆

萧军出现在阁楼门口。

躺在湿漉漉的草床上的萧红觉得有一缕阳光照了进来。

萧红艰难地挣扎着站起来,看着萧军对他笑着,萧军也对她笑着。

萧红扑向进门的萧军。

两个人相爱、亲热的镜头。

两人吃简单的食物。

两人热烈地交谈。

[画外音]

萧红:绝境中的我,在生命最后的时刻遇到了一个知我爱我的人。我曾遍寻不到,为之舍生忘死,众叛亲离。我生活的全部内容就是见到他和等待见到他,虽然贫寒依旧,但温暖美好,甚至可以说是幸福。

42. 日内　餐馆

下着雨。

小面馆,萧军和舒群在临街的桌子前吃面条。

萧军:我爱上她了。她身上有一种气息,文艺的、倔强的、孤独的、忧伤的。

舒群:她不是马上要生孩子了吗?

萧军:我也没有想到我会爱上一个孕妇。但她,真的不是一个普通的孕妇。

舒群:到哪里去弄600块大洋?除非去抢银行。

萧军:别说600块,我每天能筹措到6毛钱给她就很不错了。每次她对我说明天见的时候,我的脑子里想的是,明天的钱在哪里?

舒群:你太不理智了,这么动荡的时候背上一个沉重的负担。

萧军:等见到她,舒群你就会明白。

舒群结账,店员找零钱给他。

他意识到萧军在看着他手里的钱,他犹豫了一下,把钱给了萧军。

萧军:我借你的,我都记得。

舒群:雨怎么下这么多天还没有停?

43. 日外 城市

大雨。

松花江汹涌地上涨。

城市成了一片泽国。

街道上全是水,店铺的一层也都进了水。

街上开始行船,有车夫还在水中艰难地拉车。

人们带着行李搬走。

[画外音]

萧红:萧军一直没有筹到足够的钱,松花江发了大水,哈尔滨成了一片汪洋,我联系不到他,困在旅馆里。

44. 日内 东兴顺旅馆

萧红站在窗口,看着街道上的水越来越大。

小船载着逃离的人们,男女老少挤在一起。

旅馆的楼下已经进水。

旅馆的客人带着他们的行李,乘船离开了。

萧红在等待萧军的出现,她不知道应该怎么办,她已经快要生了。

45. 日内 东兴顺旅馆

萧红在客房的走廊上移动,所有的门都打开着,房间都是空的,客人和服务员都不在了。

萧红感到非常孤单,非常害怕。

萧红:(喊)三郎!三郎!三——郎——!

46. 日外　街上

萧军站在齐腰深的水里,寻找着船只。

他拉住一条小船。

萧军:送我去东兴顺旅馆。

船夫:5 元。

萧军:你发国难财啊?

船夫:那边水大,太危险。

萧军:到了给你。

船夫:先付。

萧军:你怎么这么啰唆?

船夫:对不住。

船划走了。

萧军站在水中,一筹莫展。

他最后下了狠心,徒步涉水艰难地朝前走了。

47. 日内　东兴顺旅馆

茶房来到萧红的门前,给她送水。

萧红:你还没走?

茶房:我留下看门。

萧红:看着我吗?

茶房:船上有穿黄马甲的就是救援队的船,老板走了,你也赶快走吧。造孽。

萧红:我在等我的朋友。

茶房:这边水太大,他根本过不来。

萧红:我走了,他找不到我怎么办? 万一他来找我,你告诉他我去报馆找他了。

茶房:行。

萧红:你一定要告诉他。

茶房:行。

48. 日外　街上

萧红被救援船接走了。

49. **日外　街上**

　　萧军趟着水走到东兴顺旅馆。

50. **日内　东兴顺旅馆**

　　萧红住的房间里没有人了。

51. **日内　东兴顺旅馆**

　　萧军呆坐在旅馆的窗台上,看着下面的水。

52. **日外　街头**

　　萧红在一个高台阶处下了船。

　　她站了一会,返身朝水中走去。

　　身后的人喊:走错了,往南边走。你刚出来怎么又回去? 转向啦?

　　萧红没有理会,她仍然试探着往回走。

53. **日外　水中**

　　水中的萧红,抬起头,远远地看到萧军趟着水向她走来。

　　萧红:三郎,我在这里。三郎,我在这里。

　　萧军看到了萧红,奋力走来。

　　萧军:乃莹,我来了!

　　两人努力向对方走去。

　　两人在齐腰的水中紧紧抱在一起。

　　萧红:我以为你不会来了。

　　萧军:我来晚了。

　　萧红:我知道你会来找我的。

　　萧军:我来晚了。

　　萧红:我们再也不要分开了。

　　萧军:再也不分开了。

　　大水中,两个年轻人抱在一起,整个世界都安静下来。

54. **日外　街景**

　　大水淹没的城市。

　　一声婴儿的啼哭。

55. 日内　报社

萧军在办公室里把所有堆积的报纸、杂志都搬到门口,准备去卖。

舒群:你让我挑挑,我还有用呢。

萧军:没时间了。

编辑甲:我们攒了好多年的资料,你不能就这么一下全都卖了啊。

萧军:你不是主张救助她吗?你不是说要行动吗?

编辑甲:我借钱给你也是行动,我还让我太太给她送过饭。

萧军:她现在困在医院里,不交钱就出不了院你知道吗?

正说着,裴主编走进来,看到眼前混乱的局面。

大家都看着裴主编。

裴:清理了吧,我刚从审查处回来,说我们激进、左倾。这张报纸还能出多久,我也没有把握。

裴掏出几元钱给了萧军,转身走了。

舒群起身帮萧军收拾报刊。

大家无语,但都发泄般地把报纸杂志扔出去。

56. 日内　医院

病房里有四张病床,每个床上躺着一位产妇。

其他产妇身边或者是丈夫,或者是父母,都有人陪伴。

产后的萧红更加瘦弱苍白,嘴唇没有一点血色。

一个中年妇女坐在她的床前。

女人:我丈夫在道里公园看门,我老家是沈阳的,家里就我们俩,日子还过得去。

萧红:你听见了吗?这是她在哭,她生我的气了。你赶紧把她抱走吧,别让她哭了,我都快要发疯了。

萧红用被子蒙住头,在被子里哭,被子在抖动。

女人:你要是舍不得,就算了,我也不该拆散你们母女。

萧红从被子里伸出一只手来,摇着,又挥手示意女人赶紧走。

女人站起来,把一摞银元放在萧红的枕边,转身离去。

57. 日内　医院

走廊上。

萧军走来,看到女人抱着孩子走过。

萧军明白了,朝萧红的病房跑去。

女人抱着孩子在走廊里走着。

萧军从病房里冲出来,朝女人追来。

女人在前面走,萧军在后面追,漫长的走廊形形色色的病人。

萧军追了上来。

女人站住,看着他。

萧军把银元递过来。

女人:她后悔了?

萧军:她说这钱留给孩子用。

女人想了想,接了过来。

萧军:等孩子长大了,告诉她,她亲妈是一位美丽的作家。

女人茫然的表情。

萧军又转过身来:记住,作家。

58. 日外　街上

萧军一手提着东西,一手挽着萧红。

秋天的阳光照在他们的身上,使破旧的衣服有了光泽。

萧红的鞋带开了,萧军弯下腰替她系,发现她的另一只鞋根本没有鞋带,就把一根鞋带断为两根,分别系在两只鞋上。

萧军干脆把虚弱的萧红背起来,对人们的侧目不予理会。

［画外音］

因为没钱交住院费,我一直出不了院,最后还是萧军和院方理论了一番后强行出院的。朋友家不能住了,报社老裴给了五元钱,我们住进欧罗巴旅馆。那真是一段身无分文的日子。

59. 日内　欧罗巴旅馆

两人沿着陡峭的楼梯向上走,萧红身体虚弱,走得很费力,萧军拿着所有的东西,走在前面,萧红咬牙坚持。

60. 日内　欧罗巴旅馆

房间很小,但是很干净,床单枕套、桌布都是白色的。

萧红一下倒在床上,把脸埋在白色的枕套上。

萧红:真干净,真白。

萧军:你喜欢就好。

敲门声。

萧军:进来。

进来一个茶房,是个高大肥胖的俄罗斯女人。

俄罗斯女人:(放下一只水壶,东北话)铺盖租吗?

萧红:要租。

俄罗斯女人:一天五角,另外付。

萧红一下从床上站到地上,两人异口同声:不租。

俄罗斯女人转眼之间把床单、枕套、桌布等一扫而空。

她本人也旋风般地离开了。

房间立刻变了样子,床上只剩旧床垫,枕头上也有污渍,桌子上也有茶杯的黑圈。

萧红傻了一样站在那里。

萧军打开他们自己的被褥,铺在床上,然后把萧红放到被子上。

萧红一下抱住萧军。

两人接吻,互相温暖,抵御沮丧。

61. 日内　欧罗巴旅馆

早晨。

桌子上铺着一张粉色的纸,纸上是一些盐。

两人的手中各拿着半块黑面包。

两人掰一块面包蘸盐吃。

萧红在盐上画了一个心形。

萧红:三郎,这就是我们的蜜月,绝无仅有的蜜月。

萧军:我们必须自己养活自己,你会什么?

萧红:写文章、画画、烧饭、缝纫,打扫算不算?

萧军:我会武术、骑马、打枪。

萧红:你还会写文章、弹琴、唱歌、书法,你会得真不少啊。

萧军:所以,你就在家里休息、写文章,我出去挣钱养你。

萧红抬起头,严肃地看着萧军。

萧红:三郎,不要给满洲国做事。

萧军:放心,就是饿死也不给满洲国做事。

62. 日内　欧罗巴旅馆

走廊上。

送牛奶的人轻轻地把牛奶瓶子排在房间的门外。别的房客订的面包圈就挂在门把手上。

萧红的房门,半开着,门里和门外一样地寂静。

房间里,萧红站在门边,看着走廊上的牛奶和面包,她咬咬牙,终于伸出手把门关上。

[画外音]

萧红:我们没有钱,什么吃的都没有,却还要闻着面包的香味,我没有变成一个贼真是奇迹。

63. 日外　街上

萧红和萧军在散步。

两人在一个卖包子的小摊前停下脚步。

萧军拿起一个包子,又放下。

萧军:我就摸摸还热不热。

说完就拉着萧红走。

萧红:(对摊主)买10个。

萧军愣了。

萧红捧着包子送到萧军的面前,热包子太诱人了,萧军一口一个吃了起来,快吃完了,才发现萧红一直没吃,就往萧红嘴里放了一个,剩下的都吃了。

萧红慢慢吃着包子,在萧军都吃完了之后,又把手里的半个塞进萧军的嘴里。

萧军:我吃得太多了,怎么转眼就都吃了,太好吃了。

萧红看着萧军满足的样子,也高兴地笑了。

萧军:你哪来的钱?

萧红:我给我以前的美术老师写了信,想托他介绍一份工作,他说他没有办法,但给了这一元钱。

萧军:肚子吃饱了,觉得天比刚才都蓝了,是不是?

萧红:是啊,觉得你都比刚才胖了。

两人笑着走了。

64. 日内　欧罗巴旅馆

萧军开门进来,手里抱着一个包裹。

萧军:乃莹,起来。

萧红哇地哭了。

萧红:三郎,我已经饿得起不来了。

萧军:你看我带回来什么?

包袱里是两件旧衣服。

萧红:你哪里来的?

萧军:我找到工作了,做家教,每月 20 元,教武术和国文,还可以到他家去住。我们有钱了。

萧红高兴地转起圈来,两人在狭小的空间里跳舞。

萧军:走,吃饭去,下馆子。

65. 日外　冯家

萧军在给一个 11 岁的男孩上武术课。

两人都扎着马步,小男孩跟着萧军的口令做着各种动作。

小男孩的姐姐站在门廊下看着热闹,笑着。

66. 日内　冯家

小屋里,萧红坐在窗前写作。

在她的身后,是一个简陋而整洁的小家。墙上贴着她的画和萧军的书法,书架上摆着简单的锅碗瓢盆和柴米油盐。

一张不大的双人床铺得平平展展。

萧红抬起头,往院子里看。

她可以透过不大的窗玻璃,看到院子里的情景。她尤其注意到,姐姐的笑脸。

萧红写下题目:《王阿嫂的死》。

[画外音]

萧红:这是我写的第一篇小说。我知道自己从此便不会停止创作,萧军把我领进了东北作家群,让我认识了一个朝气蓬勃的进步群体。他也很勤奋,他写作之余还做许多其他的事情,接触的人也比我多。

67. 日内　冯家

萧红在门口的小炉子上煮饭。

没有菜板,她在书桌上铺张纸切菜;没有锅盖,用一张硬纸板代替;没有盆,用废纸盒代替。一切都因陋就简。

她不时看着门口,等着萧军。

门响了,萧红抬头。

进来的不是萧军,是学生的姐姐穿得漂漂亮亮从外面回来。

姐姐:又在等三郎?

萧红笑笑:做饭总得有人回来吃啊。

姐姐走到萧红身边,掀开纸板的锅盖。

姐姐:让我来看看大作家的文章写得怎么样?

萧红门里门外忙着。

姐姐:做饭和写文章,哪个更难?

萧红:巧妇难为无米之炊,写文章也是这个道理。

姐姐:我就"无米",憋半天也写不出一句。所以我觉得你们两个都很了不起,能把名字印在报纸上。听说你们还参加了画展。

萧红:是一些朋友为赈灾搞的义卖。

姐姐:自己饭都没得吃,还赈灾。听说你们还在排戏?

萧红:排了一半,被解散了,说我们激进。

姐姐:操他个满洲国。听说你们要出一本书,里面都是你和他写的文章。

萧红:大家在为我们凑钱,我正忙着抄稿子。

姐姐:那本书叫什么名字?

萧红:你什么都知道,还来问我?

姐姐:是不是叫《悄吟与三郎》?

萧红:叫《跋涉》。

68. 夜内　牵牛坊

画家冯咏秋的住宅。

一栋比较宽敞的住宅,客厅仿佛是年轻人的沙龙,窗户上挂着厚厚的窗帘,房间里点着蜡烛。

桌子的中央,摆着两摞新印好的《跋涉》。

大家围坐在一起,有酒和一些简单的零食。

舒群:这本书,是一段传奇爱情的纪念,也是我们这一段斗争和努力的见证,它就像我们大家的孩子,为《跋涉》干杯!

大家一起干杯! 萧军大杯喝酒,略带醉意。他在吃零食。

萧红也在吃零食。

金剑啸:山河破碎,民不聊生,我们的手中,只有一支笔。

舒群:这本书里没有风花雪月、才子佳人,全是苦难、忧伤、生命的挣扎和呐喊,我尊重它,也尊重书的两位作者。

大家鼓掌。

萧红站起来,她的一只手和坐在她身边的萧军拉在一起。

萧红:你们知道,我不善言辞。没有三郎,我可能已经不在人世了;没有你们,我不会有写作的勇气和力量;没有大家慷慨解囊,也不可能有这本书的出版。我很幸福,我长这么大,还从来没有这么幸福过。

萧军站起来,他晃了一下,抱住萧红。

大家开始唱歌,彼此挽起手臂,轻声地、热烈地。

69. 日外　大街

哈尔滨人流穿梭的大街上,萧红挽着萧军,特别引人注目:萧军脖子上系了个黑蝴蝶结,手里拿着一把三角琴,边走边弹。萧红穿着花短褂,下着一条女中学生通常穿的黑裙子,脚上却穿了双尖头皮鞋。他们边走边唱,谈笑风生,旁若无人,像流浪艺人一样。

70. 夜内　冯家

萧红和萧军的小屋里,唯一的一张小木桌,分成了两半,唯一的凳子是萧军坐,他写作时,要正襟危坐。萧红用笔在墙上描着萧军写作时灯影下的轮廓。

71. 夜内　牵牛坊

夜晚,牵牛坊的窗子。透过玻璃看到一些人在屋里走动,同时传来一阵阵的欢笑声。

客厅中有许多生人。大家一起喝茶、吃瓜子,有几个在随着音乐跳舞。

女人们对萧军似乎都很热情。萧军一进来,就被一个摩登女郎拉去跳舞。萧红只好在一旁静静地坐着,女主人走了过来递给萧红一杯热茶。

萧红身边的女人在议论:迷人的三郎。

［画外音］

萧红:无论如何,那是一段幸福的时光,是萧军给了我爱情,也是他鼓励我写作,无奈的是,每一道阳光的后面都有阴影,我不愿面对,但内心的深处却开始积聚忧伤。

72. 夜内　冯家

萧红在做饭,她依旧非常节省,把馒头切成片烤在炉子边上,用水炒了一小盘鸡蛋,在汤里放几滴香油,巧妇尽力经营着无米之炊。

门开了,萧军裹着冷风进来,他没有戴帽子,耳朵冻得通红。

萧红用手为他暖着冻红的耳朵。

萧红:今天怎么这么晚?

萧军:金剑啸被抓了,我去打探消息。

萧红:宪兵怎么天天抓人?

萧军:舒群马上去青岛,看来,咱们也得准备离开了。

萧红:我不走,我们好不容易有了一个家。

萧军:聪明的艄公不跟坏天气赌气。不走,下一个被捕的就可能是你我。

萧红:心在高原,身在泥沼。

萧红一边说着,一边开始挥霍自己的储备。她往锅里倒油,不再节省,不再小心翼翼。她把馒头扔到油锅里炸,把小罐子里的白糖全都倒在盘子里,让萧军蘸着炸馒头吃。

她本来只拿了半个咸鸭蛋出来吃,把另外的半个也拿了出来,又切了一个,两人每人一个。

萧军吃不下。

好不容易舍得了,做了好吃的,摆在面前,但两个人都吃不下。

73. 日外　冯家

小屋门口,冯家姐弟来送他们。

两个人的小屋子里已经空空荡荡了,能处理的东西都已经处理了,只剩两个人简单的行李。

萧军把一把长剑送给了跟他练武的男孩,男孩哭了。

萧红和姐姐拥抱。

姐姐:我可以抱一下三郎吗?

萧红笑着点了点头。

姐姐和萧军拥抱,萧红转过脸去。

姐姐:(小声对萧军)我会想你的。

萧军:(大声)我们会想你们的,希望再见。

姐姐:给我写信。

萧军对她笑,不为人知地点头。

萧红和萧军提着箱子离开了。

姐姐和弟弟站在门口看着他们走远。

74. 日外　原野

火车掠过原野,风景如画。

萧红的脸朝向窗外。

字幕:1934 年冬　上海

75. 日外　街头

萧军和萧红穿着东北的厚重的衣服,提着简单的行李,风尘仆仆来到上海街头。

行人和车辆制造出一种陌生和混乱。

萧军:这就是上海,鲁迅的上海,茅盾的上海,徐志摩的上海。

萧红:也是悄吟与三郎的上海。

76. 日外　上海的贫民区

萧军提了马桶到街边刷,很不习惯。萧红接过去,让他回去。

屋里,萧红把粘在一起的稿子揭开,一张一张晾在房间里。

萧军把一张上海地图贴在墙上。

[画外音]

萧红:我们先去青岛找舒群,办《青岛晨报》的副刊,后来舒群被捕,维持不下去了。就决定去上海,是因为鲁迅先生在上海,想见见他,也想让他看看我们的作品。

我从来没有想到南方的气候是那么潮湿,上海话一句也听不懂,举目无亲,所有的钱就只够买一袋大米。给鲁迅先生写了很多信,但他一直没答应见我们,他身体不好,而且,大概像我们这样的不知天高地厚的文学青年也太多了。

77. 夜内　亭子间

非常狭小的空间,非常简陋的生活条件。

门后的米袋子米已经剩下得不多了。

萧红正在做饭。

萧军:我们的小说寄出去有几天了?

萧红:一个礼拜了。

萧军:一个礼拜都没有个回话,当天杂志社就能收到,不能指望它了。

萧红:你一遍遍地走什么,转得我头晕。实在没事干,把你的书稿拿出来……

萧军:书稿,我真怀疑书稿有什么用。我去送稿子,看到书局门口睡着的老乞丐,出来时我就在想,就算我的书出版了,又怎么样呢? 老乞丐的脚心还不依然是烂的?

萧红:把你这个心情写下来,就是文学,文学当然有意义。

萧军停在床前:我要走! 你把钱全都给我。我拿它做盘缠投军去! 我现在就去把稿子烧了,再也不写了。

萧红用沾满了面粉的手,抓紧了萧军的前襟:再等等,万一鲁迅先生回了信,问你写了什么,你拿纸灰给他看呀? ……

78. 日内　亭子间

楼梯上传来沉重杂乱的脚步声,楼梯都要震塌了似的。

萧军冲进来。

萧军:乃莹,鲁迅先生来信了,他答应见我们了!

萧红:真的?

萧军:刘先生,吟,本月三十日(星期五)午后两点钟,你们两位可以到书店来一趟吗? 小说如已抄好,也就带来,我当在那里等候,那书店,坐第一路电车可到,就是坐到终点(靶子路)下车,往回走,三四十步就到了,此布,即请。俪安。迅上,十一月二十七日。

萧红:再念一遍。

萧军:刘先生,吟,本月三十日(星期五)午后两点钟,你们两位可以到书店来一趟吗? 小说如已抄好,也就带来,我当在那里等候,那书店,坐第一路电车可到,就是坐到终点(靶子路)下车,往回走,三四十步就到了,此布,即请。俪安。迅上,十一月二十七日。

79. 日外　街上

伴随着念信,两人走在上海的街头。

他们旁若无人,不再理会周围异样的目光。

上海在他们的眼里也变成了暖色。

80. 日内　咖啡馆

高靠背的椅子使每张桌子都比较私密。

鲁迅在背窗的椅子上坐了下来,伸手示意他们两个也坐。

还有两个位子空着,摆好了餐巾。

鲁迅:他们来了。

萧红回头。

许广平带着海婴走了进来。

萧红:(惊喜地问鲁迅)是许先生?

鲁迅笑着点点头。

81. 日内　咖啡馆

五个人围在一起谈话,海婴在玩萧红的辫子。

萧军:如果不是为了见您一面,我们在上海简直待不下去了。

鲁迅:寄给我的作品我看过了,萧军先生的《八月的乡村》写得很好,严肃而紧张。失去的天空、土地、受难的人民,你们的文字,和只会玩技巧的所谓作家的作品大两样。

萧军:(非常激动)先生,我们的心中装着家国之恨,我们自己也切身经历着最饥寒交迫、颠沛流离的生活。

鲁迅:你们的创作是有意义的,也是有力量的,要坚持,要在上海扎下根去。

两人异口同声:谢谢先生。

萧军把咖啡端起来,像喝酒一样,一口喝了下去。

鲁迅:我愿意帮助你们。

萧红:(递上一部稿子)先生,这是我写的,有劳先生了。

鲁迅:我会看的,但是你不要着急。

萧红:谢谢您。

鲁迅起身,示意许广平该走了。鲁迅掏出一个信封递给萧军。

鲁迅:这是你们需要的。

萧军接过来。

82. 日外　咖啡馆门口

鲁迅一家陪他们到车站。

萧红:先生留步,我们走回去。

鲁迅:很远的,还是坐车。

掏出零钱给萧军。

车来了,萧红和萧军上了车,挥手和鲁迅一家告别。

鲁迅一家也在车下向两人挥手。

汽车开走了。

83. 夜内　新的住处

萧红和萧军亲热。

两个年轻人在艰苦的环境里坚持着、努力着。

萧红躺在萧军的臂弯里,萧军侧身起来喝水,他看了一眼躺着的萧红,便含了一口水,用嘴喂给萧红。

他们已经搬了家,换了房子,条件比刚来的时候好了很多。

房间的书架上,摆着萧军的新书《八月的乡村》,还有他们和上海文化人的合影。

墙上贴了一张东北地图。

两人躺着聊天。

萧红扳着手指:没想到一个晚上见到这么多上海的文化人。

萧军:你不该阻止鲁迅先生抽烟。

萧红:我是为了他的健康着想。

萧军:不礼貌。

萧红:你呢? 你就做得很好吗? 光着脚在房间里走。

萧红翻过身去,不理他了。

萧军也翻过身,两人背对背。

萧红最终忍受不了冷战,转过身来,用指甲在萧军的背上划着。

萧军痒得动来动去。

萧红开心地笑着。

［画外音］

萧红:上海很大,人很多,萧军比我更能适应新的环境,我宁愿留在家里写作。

84. 日内　新的住处

萧红在床边折叠洗好的衣服。

萧军从外面回来,精神抖擞地,腋下夹着报纸和杂志。

萧红听见他进来,也没有回头。

萧军:今天吃什么?

萧红:这块补丁打得很仔细,我一直想补,忙得没有时间。

萧红手上是萧军的一件衣服,她翻看着领子处的一块新补的补丁。

萧军:有空的人总是有的,而且也愿意帮忙。

萧红:你一出去一整天,也是去帮别人的忙吧?

萧军:我你是知道的,谁的忙都愿意帮。

萧红:你伤害了我,怎么还这么理直气壮?

萧军:不过是一块补丁而已,如果你给别人补衣服,我肯定不会介意。

萧红:那情诗呢? 你是写给谁的? 还有脸拿出去发表。

萧军:情诗可能是为一个人而写,但写出来之后就是给千万人的,"红酥手,黄滕酒,满城春色宫墙柳"肯定是写给一个人的,但现在属于全人类。

萧军听见布撕开的声音,他转过头,萧红正在撕他那件被人精心补过的衬衣。

萧红发泄般地撕着衣服,一件本来就不新的衣服在萧红的手里很快就成为碎片。

萧军走到她的身后,想抱住她。她挣扎着,摆脱他的手。

萧军的力气大,还是把她抱住了。

萧军:我和她们是逢场作戏,和你才是患难夫妻。二萧是不会分开的。

萧红:(大声地)你不珍惜,早晚都会失去。

85. 日内　鲁迅家

厨房里,许广平和萧红在包饺子,一边做事一边说话。

萧红显得有些憔悴。

海婴又在萧红的身后编她的辫子。

萧红在擀饺子皮,很熟练。

许广平在包饺子,萧红也会停下来包几个。

包好的饺子整齐地摆着。

许:奴隶丛书卖得很好,先生也很高兴,你的《生死场》他也逐字逐句看了,他很喜欢,它将是奴隶丛书的第三本了,你们的努力有成果了。

萧红:如果不是因为您和先生,我在上海早就待不下去了。

许:你应该把自己看得重一些,先生说《生死场》的出版,将是上海文坛的一件大事,为什么这么多重要的事情都不能让你振作,而一个萧军就让你万念俱灰?

萧:(停下手中的操作)我们俩总是这样,穷困的时候守在一起,生活稍有改善,感情就出现问题。真留恋在哈尔滨的时候,身上一分钱都没有,再破旧的衣服也觉得好看,因为他看你的眼神里,有无言的赞美。

许:也许你应该让自己走出他的目光,到更开阔的天地里去。

萧红:许先生,您和先生,还有海婴,你们的生活就是我特别渴望的,也是我永远也得不到的。

许:每个人有每个人的压力,先生的脾气,还有身体,让我一刻也不轻松。

这时,楼梯上传来脚步声,两个人的谈话也暂时停了下来。

鲁迅出现在她们面前,手里拿着几张纸。

鲁迅:《生死场》的序,我写好了。

萧红在身上擦了擦手,接了过来。

萧红:谢谢先生!

鲁迅:怎么谢? 煮饺子给我吃吧。

说完转身上楼去了,边走边咳,两个女人忧心忡忡。

86. 夜内　新的住处

萧红裹着披肩,走到自己的家门口,手里拿着鲁迅的序言。

门虚掩着。

有人在里面讲话。

她正好听见一句。

萧军:让你这样的女人流泪,所有男人都有罪。

87. 日内　新的住处

萧红推门进屋。

背对她的萧军正在为一个坐在床上的女人擦眼泪。

女人正在哭,床上还放着一个小婴儿。

女人转过脸来,是哈尔滨冯家的学生的姐姐。

姐姐看到萧红,就起身迎上来,两人抱在一起。

萧红搂着姐姐眼睛瞪着萧军。

萧军佯装不觉,探身看着床上的婴儿。

姐姐:终于见到你们了。

萧红:刚到上海吗?

姐姐:是的,来找我的姑姑。

萧红:还没吃晚饭吧? 我给你弄点吃的。

88. 日内　新的住处

萧红忙着和面、擀面条。

萧军和姐姐亲密地小声交谈着。

89. 夜内　新的住处

三个人围在小桌前吃饭。

姐姐拿出从哈尔滨带来的大面包给两人吃。

萧红:(把面包放在鼻子上闻)家乡的味道。(眼圈就红了)

姐姐:家里让嫁,我就嫁了,同学都骂我,说我丈夫给日本人做事,我就是汉奸婆,他又对我不好,白天在外面受了气,晚上回家就打人,我实在受不了了。

萧军:你做得对,于大义于自己都应该离开他。

姐姐:还不知道能在姑姑家住多久,过一天算一天吧。

萧红:今天晚上就去你姑姑家吗?

姐姐:我看你们一眼就走。

萧红:这么晚了,能找到吗?

姐姐:让三郎送我吧。

萧军:没问题,那一带我熟,我送你。

萧红没有说什么。孩子哭了。

姐姐起身去抱孩子,萧红也跟了过去。

姐姐给孩子喂奶,萧红在边上看得有些出神。

她想起了自己失去的孩子。

萧红:她真小啊。

姐姐:你们俩怎么没要个孩子?

萧红:颠沛流离,想都不敢想。

姐姐:有了孩子,男人就恋家了。

萧红看了萧军一眼,若有所思。

萧红:我们搬到这里还没有多久,你怎么找到的?

姐姐:三郎有时给我写信,我也给他回,你不会介意吧?

萧红没有说话,笑了笑。

萧军:要走就早点走吧。

姐姐:(对萧红)我住下了再来看你。

萧红:需要什么就告诉我。

她看着萧军兴奋的样子,有苦说不出。

90. 夜内　新的住处

桌子没有收拾,两个人已经走了。

剩下落寞的萧红。

萧红拿起姐姐落在床边的一块小孩尿布,觉得自己的生活里确实少了些什么。

萧红无以排遣坏心情,拿起桌上鲁迅为她的《生死场》写的序言,自己读给自己听。

　　萧红:(哽咽地)这本稿子到了我的桌上,已是今年的春天我早重回闸北周围又熙熙攘攘的时候了,但却看见五年以前以及更早的哈尔滨,这自然还不过是略图,叙事和写景,胜于人物的描写,然而北方人民的对于生的坚强、对于死的挣扎,却往往已经力透纸背,女性作者的细致的观察和越轨的笔致,又增加了不少的明丽和新鲜,精神是健全的,(她哭了)精神是健全的……精神是健全的……

字幕:1941 年底　香港

91.　日内　萧红住处

　　窗户上贴了防空条,白纸上是萧红的手迹。

　　萧红打扮得非常整齐,穿了旗袍,坐在沙发上。

　　闪光灯一响。

　　拍照的是采访她的记者。

　　骆宾基和小袁站在边上。

　　萧红站起来和记者握手。

　　萧红:谢谢你。

　　记者:(粤语)谢谢你接受我们的访问,祝您早日康复,战时还要特别注意安全。如果需要我做什么请不要客气。

　　小袁在边上翻译。

　　萧红:你们也要小心。

　　记者走了。

　　小袁:(操南方普通话)先生,真不好意思,我来催《马伯乐》的稿子了,存稿马上要发完了。

　　萧红:写不动了,你就在刊物上说我生病了,算载完了吧。很可惜,还没有把那忧伤的马伯乐,给出一个光明的交代。

　　小袁:等你好了我们继续。

　　萧红:我会好起来的,你看我现在不是很好吗?

　　小袁:再见先生,早点好起来。

92. 日内　萧红住处

人都走了,又剩下两个人了。

骆:您看上去是好多了,我都想抽空回九龙一趟,看能不能找回我的书稿。

萧红靠在床上,没了刚才的精神。

萧红:人都走了,你也是想走了,没有人会甘心留下的。

骆:我取了稿子就马上回来,那是我在桂林的桐油灯下,一个字一个字写出来的。

萧红:稿子重要还是朋友的生命重要呢?

骆想了一下,做出了决定。

骆:好了,我们不再提了,接着给我讲你的故事吧。除了萧军用情不专,你们之间还有别的分歧吗?

萧红:大概也是有的吧,我认为作家首先是要认真写作,拿出有分量的作品,这是作家的责任;他主张更多地参与政治活动、救亡活动,甚至拿起枪去抗日前线。我们偶尔会争论。

骆:我赞成您的意见,一部作品的影响力大大地超过一个作家本人。您的小说《手》,我印象很深,那个女学生,因为在家里染布,手是洗不掉的黑色,在课堂上举起来,从指尖到手腕都是黑的,老师因为手黑不让她参加活动,她想跟父亲要一双手套,我看得流眼泪。

萧:真可惜你不是萧军。

萧红拍拍骆宾基的头。

骆宾基看着化了妆的萧红,觉得她很美。

骆:您今天真好看。

萧红:一个人不能生活得太可怜了,要让别人看得过去。

骆:所以你,离开了萧军?

字幕:1935 年夏　上海

93. 日内　鲁迅的办公室兼卧室

萧红和鲁迅面对面坐着。

周围很安静,茶水冒着淡淡的热气。

萧红:我一度很怜悯我笔下的人物,可是现在,我觉得我比我笔下的人物还要可怜。

鲁迅:你在感情上太过投入,性格又偏倔强。

萧红:遇见萧军到底是我的幸运,还是我的不幸? 喜欢他,但不能拥有他;恨他,又不能离开他。

鲁迅:你和他,就像是两个刺猬,靠近了刺得相互发痛,离远了又觉得孤单。想想看是不是这样? 你们彼此,大概不在于拥有和被拥有,重要的是互相理解,互相体谅。你的抱怨是不是太多了?

萧红:受了伤害当然会觉得疼,想不介意也难。

鲁迅:等你到了我这个年纪,老之将至,死之将至,你就会觉得你现在的痛苦真算不了什么,甚至还会体会到其中的某种快乐。

萧红:我想离开一段,一个人静一静。

鲁迅:也好。

94. 日内　鲁迅家

萧红楼下。

看到萧军正在帮许广平搬蜂窝煤。

萧军:我就知道她又来告我的状。

许:你要对她好一点,要珍惜她的才华。

萧军:许先生你放心,我对她很好,女人就是多愁善感。

萧军抬头看到萧红。

萧军:你又去打扰先生,他身体本来就不好。

萧红:你讲话的声音比我还要打扰他。

许:好啦,一见面就吵,回家吵去。

两人不好意思地笑了。

萧军:我们走了。

许:洗了手再走。

萧军:不洗了,这样很好!

他用黑手往萧红的脸上抹了一道,萧红躲闪,他就追着抹,两人打打闹闹地离开了。

许广平在后面看着,摇了摇头。

95. 日外　街上

萧军和萧红走过书店。

《生死场》的大幅海报。

萧红停下脚步。

有一群女学生从书店里出来,手里拿着新买的《生死场》,边走边议论着。

萧红赶紧离开了。

萧军却和女学生搭讪,指着萧红的背影。

萧军:刚买的?

女学生:是啊,萧红的新书。

萧军:看到吗? 那就是萧红。

女学生:真的? 那您应该是——

萧军:萧军。

女学生:真的?

萧军和女学生一一握手,然后挥手告别。

女学生发现他的手是黑的,然后发现自己的手被他握黑了。

96. 日外　林荫路

萧军:非走不可吗?

萧红:如果我回来,我们还可以在一起生活,我就为你生个孩子。

萧军:好啊。

萧红:我不在,你要照顾好自己。

萧军:你不用担心我。

萧红:我走,并不是想离开你。

萧军:我知道,是我让你不开心,我不是故意的。她丈夫来上海接她回哈尔滨去了。

两人走远。

97. 日外　海边

［画外音］

萧红:我本来是去日本看我的弟弟秀珂,但我到了他已经回国了。我一个人,除了写作,就是和阿虚谈论萧军,就像我们现在一样,阿虚的丈夫是我们的朋友,我在日本和她住在一起。

萧红和阿虚坐在沙滩上,望着阳光下变幻莫测的海水,聊着女人心事。

萧红:萧军永远不会说别生气了,他总是说不许生气。萧军永远不会说对不起,我错了,他总是说你要忘记别人的不好。萧军永远不会说别离开我,他总是说,没有我你会难过的。

阿虚的手里,拿着一张萧军的照片,看着他阳光般的笑容。

萧红:他像一场大雨,很快就可以淋湿你,但是云彩飘走了,他淋湿的就是别人。

阿虚:这个比喻不恰当,你们俩是一对飞翔的海燕,别人只是在看风景。

萧红:我就像他划过的一根火柴,灿烂一时,转眼就成为灰烬,然后他当着我的面,去划另一根火柴。

阿虚:你对爱情的比喻是那么强烈,又是那么悲观。平静如水、源远流长的爱情也是有的啊。

萧红:或许有,可我没有找到。

阿虚:你想和他分手?

萧红:和他在一起的时候就想离开他,和他分开的时候,就想见到他。

阿虚:你们这些文人,自己跟自己过不去。我回国以后,你要照顾好自己。

98.　日外　街上

萧红买报纸,上面有鲁迅逝世的消息。

她不懂日文,但看到鲁迅的照片。

她拿着报纸在街上奔跑。

[画外音]

萧红:阿虚走后,我一边学日文,一边写东西,直到鲁迅先生逝世的消息传来。

字幕:1937 年初　上海

99. 日外　轮渡口

轮船进了上海港,萧红在船上向下张望。

码头上,萧军带着一群人,拿着鲜花来接萧红。

萧红和萧军拥抱。

又和舒群拥抱。

萧红:舒群你来上海了,太好了!

一个人出现在萧红的面前,她愣了一下,抱住对方,是她的弟弟张秀珂。

萧红:秀珂,你怎么会在这里? 我专门到日本去看你,你却来了上海。

弟弟:姐姐,我们太久没有见面了。

萧红从弟弟的肩上看到站在最外面的阿虚。

阿虚对她笑着。

两人拥抱。

萧红:阿虚,你好吗?

阿虚非常热情地对萧红笑着,显得有些虚假。

端木蕻良把带来的鲜花献给萧红。这是一个和萧军反差很大的年轻人,留着长发,穿着也很前卫,戴着很薄的皮手套,个子瘦高。

端木:我是清华大学的端木蕻良,非常喜欢您的作品,见到您非常高兴。

萧红:谢谢,太客气了。一下能见到这么多朋友,我太高兴了,这回我们东北作家群在上海集合了。

大家一起往外走。

[画外音]

萧红:鲁迅先生去世我没有在上海,心里非常难过,被自己最崇拜的人认可和肯定,对于我来说是最大的满足和幸福,和先生在一起我常常想起我的祖父。

100. 日内　鲁迅家

萧红在看鲁迅葬礼的照片:守灵、葬礼、抬棺、民众送葬、大标语等。

许广平坐在她的对面。

101. 日内　住处

萧红在打扫卫生,或者说她是在一边打扫一边清理东西,她把一些女人用的东西,但又不是她的,都翻出来,放在一起,萧军坐在一边看着。

萧红:我以为我们会像你信中写的那样,重新开始。

萧军:我和她已经分手了,我告诉她,你要回来了,而我是要继续和你生活在一起的。

萧红:我走了那么远的路,为什么回来一切都是老样子?

萧军:我也不知道为什么,我遇见的女人都那么孤单,那么需要爱,而我的个性,是不愿意让别人失望。

萧红:我是不是不该回来?

萧军:你要走可以,你回来也可以,我对你可以永远妥协。

萧红:你还爱我吗?

萧军:你要给我机会。

萧军把萧红抱在怀里。

萧红流泪,她感到非常疲惫。

102. 日内　住处

萧红在家里写稿子。

有人敲门。

萧红:请进来。

进来的人是端木蕻良,高高瘦瘦的,举止斯文,穿着时髦。

萧红露出了笑容。

端木:先生,我来给您送请柬。是个关于创作的座谈会,知名作家都要出席。

萧红:谢谢,坐吧。

端木:先生的眼睛怎么了?

萧红的一只眼睛有些发青。

萧红:没事,不小心碰到硬物了。

端木:先生在写东西? 我不打扰吗?

萧红:你知道我为什么写东西? 因为没有快乐的事情做。

端木:先生开玩笑,我非常喜欢您的《生死场》,写得太好了,王婆去卖老马的那一段,看到那里就会落泪。书中的那些人物,他们的命运、他们对生活的渴望,让我觉得应该为他们做点什么,应该为这个国家做点什么。

萧红:也许,不是每个人都有能力拯救世界,不是每个人都有条件创造未来,但是,为苦难的世界担当情感痛苦却应该是一个作家的精神底线。我写苦难,就是希望苦难的现实可以改变,虽然我还没有找到改变的道路,但是我有非常强烈的渴望。

端木:您说得真好,我崇拜您。

谈话间萧红的手里正在拆一封信。

当她看信的时候,仿佛已经忘记了端木的存在。

103. 日外　街上

萧红在匆匆地走着。

她的情绪非常激动,从行人中穿行。

104. 日内　医院

萧红在医院的走廊上很快地行走。

105. 日内　医院

萧红推开单间病房的门。

阿虚躺在病床上。

阳光照在她苍白的脸上。

萧红拿起床头的卡片,上面写着:人工流产。

萧红:你和萧军的孩子?

阿虚:他为了你逼我做掉了。

萧红:你,你们……

她看到阿虚流泪,就不说下去了。

她走到窗前,看着外面。

萧红:明明是你对不起我,为什么我反倒觉得自己对不起你呢?

阿虚:回到上海之后,特别想见见你说的三郎,他说,他也很孤独。

萧红:可你是我朋友!

阿虚:我很舍不得这个孩子,我想对你说,我已经受到惩罚了。

萧红:为什么我们的世界里只有一个萧军? 为什么永远走不出这个世

界？真不知道失去你和失去他哪个更让我难过。

阿虚正要说什么，病房的门打开了，萧军提着大包小包的吃的，满头大汗地闯进来。

两个女人都面无表情地看着他。

萧军：（对萧红）你怎么来了？

阿虚：是我写信给萧红的。

萧军：为什么？

阿虚：我想只有她可以理解那根火柴的痛苦和绝望。

萧军：什么火柴？我们不是已经谈好了吗？你又何必节外生枝？

阿虚：我没有人可以说，我想求得萧红的原谅，我们对爱情有同样的向往，爱着同一个男人。（阿虚哭了）

萧军：（打断）好了，不要说了。

萧红：萧军，你不能这么对待她。

三个人僵在那里。

萧红：我们真像在演戏。

萧红转身走了。

106. 日外　街上

萧红在街上无目的地闲逛。

她站在百货公司的橱窗前，看着里面非常漂亮的童装、儿童玩具。

她没有眼泪，没有表情。

107. 夜内　酒馆

萧红在喝酒，陪她的人是端木。

她喝得很多，端木什么也不说，就陪她喝。

108. 日外　街上

萧红走在街上，心如死灰。

一个报童从她身边经过，她一把拉住报童。

用一张很大面值的钱买了一张报纸。

报童：（上海话）找不开的。

萧红：（也用上海话）不用找了，给你的。

报童:谢谢太太。

萧红打开报纸:大标题:1937 年 7 月 7 日,卢沟桥事变。

爆炸声,声音非常大。

字幕:1942 年初　香港

109. 日内　萧红住处

病床上的萧红再次在轰炸声中惊醒。

炮声越来越近了。

骆宾基在收拾东西。

萧红:我梦见飞机在扔炸弹,很多炸弹。

骆:不是梦,轰炸越来越近了,我们得准备离开,于毅夫说王时福负责我们转移,从湛江到桂林去。

萧红:我浑身都在疼,很疼。

骆宾基放下手边的事情,过来摸萧红的头,很烫。

骆:您发烧了。

萧红:我可能走不了了。

骆:别着急,我去找人找车,送您到医院去。

萧:楼里的人都走了,你到哪里去找人啊?

骆宾基握住萧红的手。

骆:我一个人,也要把你送到医院去,我就是背,也要把你背到医院去。

萧红:为什么对我这么好?

骆:我可能也爱上了一个女作家。

萧红看着骆宾基,摸了摸他的脸。

萧红:别开玩笑,我比你大 6 岁,而且,病得没个人样。

骆:你看我像在开玩笑吗?

110. 日内　萧红住处

随身的东西收拾好了。

骆宾基给萧红穿袜子,他一边穿一边给萧红揉脚。

身后忽然有人轻声咳嗽。

骆宾基转过身,端木站在楼梯口,一只手提着他的小箱子,一只手里拿着一个苹果。

骆:端木先生,您终于回来了。

端木表情有些尴尬。

萧红看到端木,冲他用力笑了笑,挥了挥手。

端木走到床前,俯下身,萧红伸出瘦弱的胳膊抱住他的肩。

萧红:你一走好多天,去哪了?

端木:我到外面想办法,弄钱、找船票、买药,各种事情。再说,这里不是有小骆吗?

萧红:我以为你又先走了,和去重庆时一样。

端木:(刮萧红的鼻子)你在记仇。茅盾、以群、邹韬奋他们都走了,陆续还在撤。

他们的对话被骆宾基打断,他不知道从哪里找到一张躺椅,搬到床前。

骆:先生在发高烧,我们送她去医院吧。

端木摸了一下萧红的头。

端木:这么烫,我们走。

骆宾基在抽屉里找钱,又往椅子上铺着毯子。

111. 日外　街上

有飞机轰炸的痕迹、废墟、满地的砖头瓦块、人们撤退后留下的家具物品、垃圾纸屑、废弃的汽车等。

偶有行人,也行色匆匆。

端木和骆宾基抬着萧红,走在空荡荡的街道上。

个别的商家还在做着小生意,有冒着热气的摊档。

圣诞树垃圾一样被扔在路边。

112. 日内　医院

萧红躺在病床上,医生在给她输液。

医生和护士用粤语交谈。

113. 日内　医院

端木和骆宾基累得衣衫不整,在走廊上休息。

端木和骆宾基各自站着,他们甚至没有交谈。他们俩的关系似乎有些微妙。

端木走到骆的面前,递给他一支烟,骆接过。

有护士从他们身边走过,重重敲了敲墙上的禁烟标志。

两人就把烟都拿在手里。

114. 日外　露台

露台上,可以抽烟了,两个男人在一起对火。

端木:想说什么你就说,没关系。

骆:(鼓足勇气)萧红……她好像……很寂寞。

端木:她的寂寞,也不是一天两天了。谢谢你帮我这么多。

骆:您也帮我很多,如果不是您撤下《时代文学》上自己的《大时代》让我连载《人与土地》,我在香港连饭都吃不上。

端木:我帮你的时候可没想到会遇到现在的局面,看来人还是要多做善事。

骆:你不问问我她的情况?

端木:她我都看见了。

骆:她现在这个样子,您要给她温暖和信心,让她坚持下去。

端木:我这样做过,现在轮到你了。

骆:您什么意思?

端木:只有她爱的人可以给她温暖和信心。(停顿)我和萧红,不像你想象的那样,我们并不是老在一起,在重庆的时候就不在一起,来到香港也是各忙各的。

骆:您什么意思?

端木:你放心,我不走了,咱们一起照顾她。我遇见的所有人都在问我,萧红呢? 她怎么样了? 我明白他们的潜台词是你为什么没有在萧红的身边? 我没办法解释我在外面所做的事情和努力,我就回来了。

骆:你还……爱不爱……萧红?

端木:你真年轻。

骆:她是为了你离开萧军的。如果不是你,她现在还会和萧军在一起,还有他们的孩子。

端木:她跟你这么说的?

骆:(摇头)是我这么想。

字幕:1937 年底　临汾

115. 日外　山西

山区,颠簸的道路。

群山叠嶂。

[画外音]

萧红:七七事变后,日本人长驱直入,八一三打到上海,我、萧军、端木和大家一起撤往武汉,又一起辗转到了山西,我怀上了萧军的孩子。

116. 日外　宿营地

一座院子,类似大车店的样子,大家在休整、洗刷、吃东西,也有人好奇着北方的风土人情。

117. 日内　屋里

屋里是通铺,散乱地摆着一些女人的行李物品。

萧红病了,一个人靠在被子上,写着什么。

端木走进来,手里端着一碗热粥。

端木:我走了五户人家才弄到这一碗粥。

萧红:那不成了乞丐了?

端木:我付钱了,北方的小米真香,趁热吃吧。

萧红:让你这个公子哥来照顾我,真过意不去。

端木:(小声地)爱情会让一个人发生巨变不是吗? 我来喂你吧。

萧红:不用了,一会她们回来看见,影响不好。

正说着,萧军进来了,手上也端着一碗粥。

情形一下子尴尬起来。

端木有些怕萧军。

端木:我先走了,你们坐。

萧红把粥放下。

萧红:我有了,你自己吃吧。

萧军:好不容易搞到的,留着你下顿吃。

萧红:没想到兴冲冲而来,学校又要转移,该死的日本鬼子。

萧军:你好些吗? 下一步怎么打算?

萧红:端木要回南方,我想和他一起去。

萧军:我是肯定要北上的,去延安。

萧红:我知道,你当兵的决心没有变。

萧军:跟我去延安吧,我照顾你,你把孩子生下来,如果你还想离开,可以把孩子留给我。我们两个人是应该有个孩子。

萧红把头扭向窗外,不知为什么,她不再想看着眼前的萧军了。

萧红:我可能不再爱你了。

萧军:你对我有误解,我并不像你想得那么无情无义。

萧红:是我爱上了别人。

萧军:(生气,大声地)他哪里比我好?

萧红:他比你爱我。

萧军:(打断)没有人比我更爱你。

萧红:他给我我想要的,疼爱、理解、注视、专一、轻声讲话,我要的并不多。

萧军:是,是,是,我是个粗人,很少为你着想,可我从来没有想过离开你。

萧红:是我一直想离开你,但是离不开,走了又回来,走了又回来,就好像有什么东西永远都撕扯不断;不走,我又受不了。

萧军:也好,打仗不是女人的事情,你身体又不好,去找一个安静的地方好好写作吧,你写什么我都觉得好。

萧红:大家都四散了,秀珂参加八路军,丁玲、舒群去延安,茅盾回乌镇,胡风去南京。我们和罗锋、白郎回武汉,不知道什么时候能再聚。

萧军:总有再见的一天。

萧军走到萧红身边,抱住她。

这次难过的是萧军。

两人抱在一起,但没有了亲吻。

炕沿上的两碗粥,都已经凉了。

118. **夜外　火车站**

　　火车站上人很多,大多是青年,也有难民,也有军人。

　　火车要开了,萧红、端木和其他几个人在车上,萧军和几个人在车下送行。

　　萧红看着萧军,什么也说不出来。

　　萧军看上去是平静的,心里其实很不是滋味。

　　转眼萧军不见了。

　　萧红探出头去张望。

　　萧军朝她跑过来。

　　萧红仿佛看到在哈尔滨的大水中,涉水朝她跑来的萧军。

　　萧军来到车窗下,手里举着两个大梨。

　　萧军把梨隔着窗户递给萧红。

　　萧红紧紧抓在手里,泪流满面。

　　火车哐的一声动起来了。

　　车下的人向车上的人挥手,萧红看着萧军挥手。

　　萧军的身影被雾气遮挡。

　　萧红:(喊)三郎,再见了。

　　火车的烟散了,站台上,是一个泪流满面的萧军。

字幕:1938 年春夏　武汉

119. **日外　武汉**

　　武汉的空镜。

120. **日内　大同酒家**

　　婚礼。

　　一个包间,两桌客人。

　　文化界的朋友,还有端木的亲戚。

　　包间的门打开,穿得很漂亮的萧红和端木出现在大家的面前。

　　萧红的肚子被宽松的衣服遮盖起来。

　　大家鼓掌,其中有一个人是萧军的朋友,并不鼓掌,只是很无奈地看着他们。

121. 日内　大同酒家

　　萧红和端木给大家敬酒。

　　端木搂着萧红。

　　走到刚才不鼓掌的男士面前,这个男士和萧红碰了杯,不跟端木碰杯。

　　萧红:我们还是朋友吗?

　　男士:是。

　　萧红:如果你是我的朋友,就要对他好。

　　男士:我也是萧军的朋友,你不该离开他,你迟早会发现你做错了。

　　萧红:你不该来的。

　　男士:好的,我告辞。

　　离席而去。

　　萧红换上笑容继续给大家敬酒。

123. 日内　大同酒家

　　萧红对大家说:我和端木没有什么罗曼蒂克式的爱情历史,我对他没有什么过高的希求,只是想过正常老百姓的夫妻生活,没有争吵,没有打闹,没有不忠,没有讥笑,有的只是谅解、爱护、体贴。我深深感到,像我眼前这种状态的人,还要什么名分,可端木却做了牺牲,就这一点我就感到十分满足了。

　　大家为她的幸福感到高兴。

　　端木深情地抱住她。

　　两人在大家的祝福中亲吻对方。

124. 夜内　住处

　　收拾得很漂亮的小房子,端木的生活情趣显然要奢华一些。

　　漂亮的桌布、床幔,桌子上的康乃馨。

　　两人疲惫地坐在床沿上。

　　萧红:端木,我今天特别开心,谢谢你。

　　端木:我说了要给你一个婚礼,我做到了。

　　萧红:我和两个男人同居,为两个男人怀孕,但今晚是我有生以来第一次当新娘。

　　端木:你是我的。

　　萧红:我想找个地方把孩子打掉。

　　端木吓了一跳。

　　端木:不要!

　　萧红:这对你不公平,而且我们也养不活他。

　　端木:不要! 孩子是无辜的,我可以接受现在的你,就可以接受萧军的孩子。我一直把萧军当好朋友,刚到上海的时候,他给过我很多帮助,我不能再做对不起他的事情了。

　　萧红:端木,你是一个好人。

字幕:1942 年初　香港

125.　日内　医院

　　端木和骆宾基在吃着便当。

　　端木:她真是这样跟你说的?

　　骆:是的。

　　端木:幸好我回来了。我一直认为萧红跟我走肯定后悔了,否则,她不会遭遇武汉的撤退,孩子也不会在重庆夭折,更不会病倒在炮火连天的香港。

　　骆:难以想象的是,她在这样的环境下还完成了《呼兰河传》、《马伯乐》,这些年她写了多少东西啊,真是太了不起了。里面也有你的功劳。

　　端木:我们得让她尽快好起来,到时候我们三个一起走。

　　骆:她说她想回东北老家,让我们送她到上海许广平先生那里。

126.　日内　医院

　　萧红躺在病床上病得更重了,她的脸色非常不好,呼吸也很急促,发着高烧。

　　骆宾基握着她的手。

　　骆:我回九龙一趟,看看我的手稿还能不能找到,很快就回来。

　　萧红抓着骆宾基的手不放。

　　骆:最晚明天,我就回来。

萧红的另一只手在枕头周围摸索,摸出一个小包,从里面拿出 100 港币递给骆宾基。

萧红:注意安全,早去早回。

骆:您也保重,好好休息,快点好起来。

萧红:我会想你的。

骆:我也是。

萧红微笑着点头。

127. 日内　医院

端木抱起萧红,护士更换床单。

萧红紧紧地搂着端木。

端木也紧紧地抱着她。

两个护士麻利地换床单。

护士:好了。

端木还是不放下萧红,就那么抱着她。

萧红也紧紧地抱住端木。

护士等在一边,其中一个忽然掩面而泣。

窗外的香港,已经飘着日本旗。

128. 夜内　医院

病房里,端木在照顾萧红。

萧红:小骆呢?

端木:他回九龙,你忘了?

萧红:医院里的人都走光了吧?

端木:病人不多了,医生还有值班。

萧红:小骆不在,正好有几句话要对你说。

端木抓住萧红的手。

萧红:不要让人随意删改我的作品,版权都由你负责。

端木点头。

萧红:你日后如果回哈尔滨,帮我寻找一下我的女儿,医院里有收养记录。

端木点头。

萧红：我们把《呼兰河传》的版权送给小骆吧，生死关头，难得他不离不弃。

端木点头。

萧红：送一点我的骨灰到鲁迅先生墓前，我想陪着他。

端木点头。

萧红：就这些。

端木：你会好起来的，我们一起回东北，回老家去。

萧红：我想回家。

129. 日外　冬天

山川河流、房屋树木、道路行人都被白色的雪雾所遮挡、覆盖、晕染，迷茫的一片，宛如淡淡的水墨。

景物在快速地后退，爬犁在快速地前行。

萧红清晰的脸，她包裹着头巾，两颊和鼻子冻得通红。

她的身下是一副飞驰的爬犁。拉爬犁的骡子身材高大，嘴里吐着热气，赶爬犁的人不时挥动着手里的鞭子。

爬犁在雪野上飞奔。

这一段任意长。

［画外音］

萧红：我将与蓝天碧水永处，半生尽遭白眼冷遇，身先死，不甘……

歌声：一封书信，何日方能到，山高水远路几千，一别已经年……

130. 日外　墓地

端木和骆宾基站在萧红简陋的墓前，两个男人久久注视着，装着萧红一部分骨灰的小罐子放在旁边。

端木：落花无语对萧红。

骆宾基哭了。

端木：为什么所有走近她的男人都会爱上她？哪怕她贫病交加，身怀六甲，生命垂危？

骆：她是一种很强大的真实，她裸露着，不是身体而是灵魂，她用全部的力气去爱，她的爱让她爱的男人变得强大起来、骄傲起来、随心所欲起来。然后她第一个被伤害，她的强大让男人下手很重，其实她是很疼的，所以她不停地写作,寂寞和抚慰都来自写作。在梦中长大的孩子都是极端孤单的,她在写作中寻找她的故乡、亲人,寻找穷人、妇女和儿童,她在书写中静静地呼吸,燃烧起来,记忆之火如此温暖。她一生追求爱与自由,在这个充满暴力、奴役与欺侮的社会中,从异乡到异乡……

131. 日外　张家院子里

白色的帷幔、白色的对联、孝服、蜡烛、纸钱充满院落。

彩色的扎彩颜色扎眼、鲜艳,造型拙朴:院落、瓦房、家具、厨师、骡马、管家、丫鬟……大大小小,摆在院子的一处。

很多人在忙碌,做饭,炸面饼。

烟雾腾腾的。

一场充满地方特色的盛大的葬礼。

萧红走进院子,穿过白色和穿白衣的人们。

[画外音]

小萧红大声地背诗:去年今日此门中,人面桃花相映红,人面不知何处去,桃花依旧笑春风。

爷爷:没有你这样念诗的,你这不叫念诗,叫喊诗。

小萧红依旧大声地:重重叠叠上楼台,几度呼童扫不开,刚被太阳收拾起,又被明月送将来。

132. 日外　雪原

雪原,萧红魂归故乡。

字幕:萧红,原名张乃莹,1911 年出生于黑龙江呼兰县,1942 年 1 月 18 日病逝香港,年仅 31 岁,1957 年迁葬广州银河公墓。她 22 岁发表第一篇小说,在不到 10 年的岁月里,她写下了近百万字的作品,是一位才华横溢的多产作家。她的《生死场》、《呼兰河传》成为一个时代民族精神的经典文本。

屏幕上出现各个时期各种版本的萧红著作。

冰雪 11 天

剧本完成于 2012 年 3 月。

字幕:2008 年 1 月 25 日　腊月十八
春节将至,广州多雨。

1. 日外　广州

　　城市的空镜,可以看到广州的标志性建筑,和带有广州特点的盘根错节的高架路,路上的汽车川流不息。视线所及,总是可以看到各式迎奥运的标语牌,2008,真的来了。

2. 日外　街上

　　市区的街道,车水马龙,春节的气氛已经很浓。由于离广州火车站不远,街上忽然多出很多拿着行李准备回家和刚刚归来的人,他们的脸上流露出和平时不一样的焦灼与兴奋,路边的商家也在热情地做着生意,因为所有人好像都要把一年里挣到的钱在节前都花出去似的。

3. 日外　街上

　　方之林迎面走来,他 40 岁出头,高矮胖瘦适中,多年在南国的烈日下工作,肤色较黑,眉眼清晰端正,虽然穿着简单的便装,但仍透出一股职业气息,这种气质在很多警察的身上自然地流露。他是广州市公安局某分局局长,广州火车站便是他的辖区,春运这个已为中国人民熟知多年的词汇,对他而言还有着另外的很多含义。

4. 日外　小巷

骑着警用摩托车的阿波,也着便服,分局特警队长,30多岁,帅帅的,广州人。他穿过小巷,这里是广州市民更加日常的生活,不少人家的门口贴了鲜红的对联。

5. 日外　车站附近

旅客川流不息,都急匆匆的。

老马开着车站派出所的警车,两排座,后面有一个很小的可以拉东西的斗。车开得很慢,停在路边等红灯的时候,就有旅客过来问路,老马一边指路,一边示意旅客注意安全。老马是站前派出所的所长,三个人中间年龄最大的一个,有50出头了,脸上显老,身体透着强健。

6. 日内　木棉酒家

三只茶杯碰在一起,这是一张在角落里的桌子,刚才我们看到的三个民警坐在一起,饭菜已经上来了。

在他们的身后,是熙熙攘攘的客人,很多客人都带着行李,还有两桌客人每人都戴着顶一样的新帽子。

酒家不算大,但也明亮整洁,湘粤菜系的图片和招牌把店内装饰得挺花哨。晚饭时间,生意渐好,服务员穿梭忙碌。墙上的电视上播着粤港流行的拜年歌曲。

老马:不喝酒吃什么饭?

方:奥运年,紧急会议好几次了,我可不想让他闻到酒气。

老马:你还能进步。什么事,说吧。

方看了阿波一眼,示意他说。

阿波:手续办了,我搬回我妈那里,别人不说,跟你们两个还是要说一声。

老马指着阿波刚要说什么,方示意他别说了,又端起茶杯三个人碰。

老马还是忍不住。

老马:好歹过了年啊?

阿波:过了今年还有明年。

方:吃饭吧。

7. 日内　木棉酒家

厨房里,老板冯建设和两个大师傅一起忙着掌勺炒菜,老板娘万玉在帮着配菜,人手紧,大家就一起忙。

冯建设一边忙着炒菜,一边和万玉说话。

建设:总说关了店一起走,过年的生意能不做?

万玉:你哪里知道路上我一个人带孩子的难处。

建设:我初四一定关门,初五到家。

万玉:一年辛苦到头,就想高高兴兴一起走。

服务员小耿探进半个身子。

小耿:冯哥,方局几个来了,在 10 台。

建设:知道了,(对老婆)10 台单子拿给我。

8. 日内　木棉酒家

小耿正忙着给新帽子两桌上面条,新帽子们说着湖南方言,有人抱怨来得太早了,要在车站等两天,有人说还是住旅馆,有人说住旅馆要花钱,还是直接到火车站去等,有人抱怨老板关厂太早,害他们这么早到广州来。有人担心过了年不知还能不能开工,如果老板不做了他们还要麻烦,重新找工作,也不知做什么好。

小耿:(湖南方言)边吃边聊,边吃边聊。

新帽子一:(问小耿)湖南哪里的?

小耿:永州。

新帽子二:准备哪天回去?

小耿:四年没回家过年了,走不开。

新帽子二:四年?是亲爹亲妈不是?

9. 日内　木棉酒家

方:(端茶杯)以茶代酒,这几年春运你们两个都陪着我辛苦,过意不去,可没有你们,我又不踏实。

老马:这么讲见外了。你是领导,你要怎样就怎样啊。

方:怎样你也是我师傅。主要是咱们三个搭档,流畅。是吧阿波?

阿波:别的不敢吹,广州站的百度,(用拇指指自己)在这里。

方:奥运年啊,要求安保万无一失,预案整个重新做了,一本杂志那么厚。

老马:春运安保是广州公安的一个坎,每年把珠三角这两百万人平平安安送回家不是件小事情。做得好没有人夸,做得不好上下都会骂,其中艰难只有我们自己知道。

方:有你们知道我就很知足了。

阿波:(喊)服务员。

女服务员满红应着过来。她不到 20 岁,健康干练。

阿波:买单。

方:我买,老规矩。

阿波:我买,这顿饭是我要吃的。

方:(起身)说好了的,不能说变就变。

阿波:没有什么事是不能变的。

两人边说边争执,在中国常见的抢着买单的场面。

阿波到底抢了单子去结账了。

方和马对视,面对家庭变故,朋友总是感到有些无能为力。

两人朝餐馆外面走去,路过那些埋头吃面的新帽子。

老板冯建设从后厨赶出来送。

冯:阿瑟下了夜班过来消夜。

字幕:2008 年 1 月 26 日　腊月十九

　　　　列车晚点,流花地区滞留旅客 10 万人。

10. 日外　站台

站台上旅客很多,大包小包地往车上装,难以想象一列火车可以承载如此多的旅客。

所有要上车的人都在跑,也不知道为什么要跑。只有两个人在拥抱接吻。一个是路爽的男友,70 后的文化人,衣着整齐。一个是路爽,二十五六岁,清纯文静,戴个眼镜,电台编辑,编采合一,她很喜欢自己的工作。

男友:我最后求你一次,跟我上车吧。

路爽:我真不是不想去,可今年对我来说太关键了,春运、奥运两件大事,我都是主力,机会难得。

男友:你是女人,没必要对工作这么起劲。

路爽:五一,五一长假去你家,三个月,很快,也是七天长假。

男友:春节和五一不一样,就像男人和女人不一样,你看问题太简单了。

开车的铃声响了。

路爽:车要开了,你快上去,我们到窗口说话。

男友看了看路,没再说什么,就上车了。

路爽在车下等待男友走到自己的包厢然后打开窗户和她告别,她在车下寻找男友的包厢,来回找着,但是,男友一直没有在窗口出现,她有点发愣,站台上也已经空了。就在她的犹疑中,火车咣地开了,路爽看着火车开出,心里有些沉重。男友真的生气了。

11. 日外　车站

路爽把电话攥在手里往外走,旅客迎着她往站里跑,也不知为什么要跑,拖儿带女,拎着背着抗着各种各样的行李,他们回家的心情非常迫切,表情急切、兴奋、焦虑。

他们的行李都是一样的沉重。

12. 日外　车站广场

广场上人很多,路爽掏出手机想拍几张照片,还没站稳就被匆匆赶路的旅客的行李撞了一个趔趄,这就是刚才在餐馆里吃面,来自东莞的那一队戴着新帽子的工人。也不知道他们为什么跑。

一只手扶住了她。路爽回身一看,是个正在接电话的警察,是阿波。

阿波在接他前妻小兰的电话,表情有点烦躁。

13. 日内　小兰家

从房间的整齐和妥帖可以看出女主人的能干,从一些局部也可以看出有小孩。小兰正在给阿波打电话。

小兰:怎么拆台的事情总少不了你啊? 黄萍的票又是你给她买的吧?

阿波:人家带豆豆那么辛苦,一年就求我这一次,我能说因为咱俩离婚了今年不管了?

小兰:你也不问问我同意她走吗?

阿波:你不同意人家就不过年了?

小兰:幼儿园放假了,我一个人怎么办?

阿波:把你爸你妈接来广州过年。

小兰:他们问起你我怎么说? 过年还是添堵? 我找到"下家"再告诉他们。

阿波:那我接豆豆走,我妈愿意管。

小兰:我不愿意。

阿波:(想发火,强忍住)我有事,先挂了。

小兰失神地看着手里的电话,一筹莫展。

14. 日外　车站广场

阿波挂断电话,手机页面上是 4 岁的豆豆灿烂的笑容,阿波用手擦着页面,就像抚摸儿子的脸。

这时,阿波身上的步话机里传来方之林的声音。

方:新上岗的同志尽快到位,三个区域有些界限不清,阿波。

阿波:收到。

方:地铁口混乱,地铁口。

阿波:收到,(对着步话机)马上去。

阿波步话机里面方之林的声音还在继续。

方:西广场秩序不好,相关注意了。

有人答:收到。

15. 日内　监控中心

这是广州站附近的监控中心,一面墙都是显示屏,可以看到车站广场的各个角落,以及周边的道路情况,这里也将是整部影片的主要场景。

几个民警坐在操作台前,操作着手里的控制器,不断切换着显示屏上的画面,几乎所有的屏幕上都充满着旅客。

方之林站在操作民警的身后,看着大屏幕,对着步话机讲话。

方:还是西边,把出站口清理出来,不要让旅客发生碰撞,保证出站的顺畅。

步话机里:收到。

操作民警一：今天人有些多。

操作民警二：我这边出站的人倒有些少呢。

操作民警一：进站的速度也太慢了，这个红头发我一早来她就站在这里，怎么现在还站在这里？

显示屏上，特写，一个红色头发的女孩，排在队伍里，东张西望。

方：经济不好，工厂老板提前放假了，民工又没有地方去，都聚在这里，广州站太小了，周转不开。

女警官：下雨下雪，公路飞机不通畅，我们这里成了整个珠三角的唯一出口了。

说话的女警官刚从外面走进来，她也是春运指挥部的领导，她走到值班台前，抽出了方之林的名字，换上了她的名字，然后站到方之林的身边，看着车站的情况，同时掏出自己的步话机调着频率。

方：地铁口和西边有些乱。

女警官：有数了，你走吧。

方：随时联系。

女警官已经在指挥了。

显示屏上：两个人撕扯。

女警官：出租车落车点有人打架，谁在附近？过去看看。

步话机：收到，马上过去。

16. 日外　车站广场

方之林和老马站在邮局门前的台阶上，对火抽烟，看着眼前川流不息的旅客。

老马：一整天没多少人出来，铁路那边怎么说？

方：气候不好，冻雨。

老马：好像没有这么简单。

方：我再去问一下。

老马：阿波的事情我们是不是还要管管？

方：忙过这几天好好喝顿酒吧。

老马：真想替豆豆打他一顿。

17. 日内　木棉酒家

两顿饭之间,生意比较清淡的时候。

服务员满红打扮得漂漂亮亮拉着一个崭新的拉杆箱,背着一个大包,一路响着来到门口。冯建设正在前台。

满红:冯哥我走了,给你拜个早年。

建设:这会儿不忙,让小耿送你一下。

满红:谢谢冯哥。

建设从身后的冷柜里拿了一瓶可乐给满红。

建设:带了吃的没有?

满红:带了。不像早几年,现在有经验了。

小耿的三轮车停在门口,他过来拎起满红的箱子。

建设:路上小心,回去给你父母问好。

满红:有老乡一起,放心吧。

18. 日内　小兰家

黄萍就是满红的老乡。

黄萍的箱子也是新的,和满红的一模一样,放在客厅里。

她做错了事似的,手忙脚乱地收拾东西,想把所有的活都干完再回家。她把所有垃圾都装在一个大塑料袋里,放在门口,准备下楼的时候带出去。然后又冲进厨房刷碗。

小兰拿了一件衣服出来。

小兰:别忙了,我自己弄吧。

黄萍:恨不得把所有事情都做完,我要是有分身术就好了。

小兰:你父母都不在了,为什么非要回去?

黄萍:得回去上坟啊。

小兰:谁说过年上坟,有清明节啊。

黄萍:我们那里过年要上,别人父母过年,我们父母也得过年啊!姐姐你别不高兴,我在老家住不惯,说不定我几天就回来。

小兰:我没不高兴,这件衣服也给你。

黄萍:谢谢姐姐!(她擦了擦手,把衣服放在自己身上比着,满脸高兴)

黄萍:(一边照镜子一边说)你说我要是不回家,你送我的好衣服我穿给谁看啊?

　　小兰:放在手边,夜里冷了就穿上。

　　黄萍:姐姐那我走了,豆豆呢?

　　小兰:(挥挥手)你走你的,哭了还得我哄,早去早回。

　　黄萍:给你拜年,也给大哥和大妈拜年。

　　黄萍拉起箱子,拿了衣服,提着垃圾,手忙脚乱地下楼去了,有点像胜利逃亡。

　　小兰到房间里找豆豆。

　　豆豆扒在窗户上往外看,身上套着一个鲜艳的充好了气的救生圈。

　　小兰和豆豆一起看着楼下黄萍匆匆忙忙一路小跑的回家的背影。

　　在我们的影片里,所有回家的人,都情不自禁地在跑。

19.　夜外　车站广场

　　夜幕降临,广州站三个红色的大字分外耀眼,两边是"统一祖国,振兴中华"的标语。大量的旅客从四面八方朝这里涌来,但又不能很快上车,导致车站的人越积越多,广场上已经是黑压压的一片。

20.　夜内　监控中心

　　方之林推门进来。

　　女警官:你怎么又回来了?

　　方:没敢走,人太多了。今晚不走了,陪你在这里。

　　这时,步话机里传来老马的声音。

　　老马:指挥部回话。

　　女警官:讲。

　　老马:西广场最南侧围栏损坏,赶紧让维修队来几个人,尽可能多来几个。

　　方之林示意把监控头调到老马说的地方。

　　有一段栏杆被人流挤得七扭八歪。

　　女警官:收到,马上安排。

21.　夜外　车站广场

　　广场上下起了小雨。

老马正用步话机和方之林联络,他的周围全是人。

老马:客流增加很快,你恐怕得调点人来。

方:正在调。

老马:挤在一起很麻烦,要早些疏散。

方:收到。

老马:(自语)衰广场,还没有个烟缸大。(对同事)都去把雨衣穿上,今天晚上恐怕要加岗了,换班的人来了你们先不要走。

不时有旅客过来问,民警一边回答,一边让他们注意安全。由于人多,大家都有些蒙,在哪里候车民警说了旅客也听不太清楚。只见民警比比画画,旅客一脸茫然。

22. 日内　车站办公室

阿波推开一扇门,是个办公室,很多电脑,网页上显示着铁路方面的相关信息。办公室里有不少人值班,有人在打电话,看到阿波进来都抬头招呼,很熟的样子。一个人放下工作过来招呼他。

对方:T323 车的乘警给你带的东西,放在我这里好几天了。

对方把一个不大的纸包递给阿波,阿波顺手塞进上衣衣兜里。

阿波:怎么回事? 京广线不对头。

对方:上面在下雨,冻雨。

阿波:那也误不了这么多车,还要多久恢复?

对方:那要看天气情况,你问下气象部门看。

阿波:我刚才从售票厅过来,怎么还在卖票,站里站外就这么大地方,人太多了会出事的。

对方:票的事情要听上面的,卖不卖我们怎么能做主?

阿波:(敲敲桌子打断对方与己无关的态度,有点发火)你要跟上面说啊!

对方:说了说了,别着急,有消息我马上通知你。

23. 夜外　车站广场

发出站车次显示牌下。

大家议论纷纷,有的说见过延误的,没见过这么延误的,在车站待了一天一夜了。有的说刚从机场赶过来,天气影响飞机也就罢了,怎么火车也不走了? 也有人说年年春节都是这样,好像是要考验大家回家的决心大不大。

满红和黄萍也在其中,两个人都打扮得很漂亮,在人群里挺显眼,拉杆箱也一模一样。她们和大家一起看着屏幕,眉头皱着,嘴张着。

满红:到哪里等啊?

黄萍:早知道误点我就不用这么着急了,急死我了,都没跟豆豆再见。

黄萍的后背被人拍了一下,她一回头,喜出望外,是阿波。

黄萍:(叫)大哥,大哥,你怎么在这里?

阿波:找到老乡了?

黄萍:这就是我老乡,她叫满红。

满红:您到我们店里吃过饭。

阿波没心思跟她们闲聊。

阿波:早点去排队,川贵方向,西侧 3 号棚。

黄萍:火车都没来,怎么办啊?

阿波:只有等啦,多穿衣服,东西带好。

黄萍:大哥你也不回去看看豆豆,他可想你了。

阿波:我忙着,走了。

阿波转眼就消失在人群中了。

满红:哪壶不开提哪壶。

黄萍:我不说他怎么知道。

满红:你不说他也知道。

24. 夜外　车站广场

广场上的人有增无减,几乎没有空地了。

雨伞和雨伞组成了一片五颜六色的图案。

阿波的步话机响了。

方:各段各片的负责人,立即到指挥中心开会,跑步。

阿波穿过人群,朝指挥中心跑去。

25. 夜内　监控中心

老马跑上楼梯,一路跑进监控中心。

26. 夜内　监控中心

监控中心的气氛有点紧张,不同位置的摄像头在传达着同一个信息,情况异常。

老马、阿波和其他几个负责的民警都聚在显示屏前面看。

显示屏不断切换着位置,每个位置都有很多人。

老马看着监控上的情况,摇了摇头。

老马:怎么会这样?

方:刚接到通知,京广线电路出了问题,道路中断。

老马:只进不出很麻烦。

阿波:广州站10万人的容量,正常一趟车1500人,现在3500都不止,一小时里五趟车的人走不了,照这个速度增加,麻烦大了。

方:我要去市局开紧急会议,先商量个应急的办法。

女警官:把咱们的人都调过来。(马上去打电话了)

老马:进站口要先清出来,都挤在里面不行。

方:把人疏导到东西马路高架桥下面,把中广场和进站口空出来,减轻站内的压力。

阿波:过街天桥改单向,上面人一挤很危险。

方:对,人员要安排够。

老马:就像是约好了来出难题的。

方:东西中三面向外推进,片长段长负责。注意方式方法,不要引发旅客情绪,打不还手,骂不还口。

方看了一下手表。

方:给你们一个半小时。

27. 夜外　车站广场

广场上的大钟,时间在流逝。

大量的民警从四面八方汇聚到车站广场的中央,开始从三个方向,面向外,劝广场上聚集的旅客离开广场。

阿波:(举着电喇叭)请大家配合一下,我们要采取措施保证大家的安全。请大家配合我们的工作,不要拥挤,退到高架桥下面等候。

旅客都非常不愿意走,躲闪着不肯走。

有的和警察身体接触。

旅客一:为什么要走? 我有票,来火车站上车的,让我进去。

旅客二：我们等了一天了，饭都没有吃一口，我们哪里都不去，我们要回家。

旅客三：你不让我们进站，车开了怎么办？火车票作废了谁负责？

有人附和：对，我们要回家，我们要回家。

阿波：大家的心情我们理解，现在车站过度聚集，很容易出危险，我们首先要保证大家的生命财产安全，请大家暂时到相对宽阔的地带等候我们的通知。大家要想清楚，是回家重要还是生命重要？

旅客：(起哄般)回家重要！

28. 夜外　车站广场

雨棚里，黄萍和满红看着广场上的情形觉得自己非常幸运。

满红：幸亏我们听了你家大哥的话，来排队了，差一步就被轰走了。

黄萍：运气不要太好。要是刚才去买点肯德基就更好了。

29. 夜外　车站广场

大钟滴滴答答地走着。

另一侧的老马也在努力清场，警察在旅客后退之后架起铁马。旅客顶着铁马往前挤，双方隔着铁马几乎要脸贴脸了，和老马面对面的就是那群新帽子。

老马：配合一下，配合一下，后退是为了更快地前进。

新帽子们：(焦急地七嘴八舌)我们早就来了，我们前天就来了，我们的东西都在里面，我们就出去找便宜地方吃了个饭，让我们进去，老乡在里面看着东西，我们不进去不行。

老马：先往后退，车站秩序不恢复谁也进不去，我们是执行命令，请大家一定理解。

旅客四：那么多人都在里面，为什么不让我们进去，我们的票也是今天的。

老马：路断了，进去也走不了，不如先找个地方休息一下。

旅客五：20%的退票费谁出啊？我们不走。

旅客们起哄：不走，不走，不走。

新帽子们焦急的神情。

有矿泉水瓶子从后面飞出来，砸到向前推进的民警，民警坚决地向前。

30. 夜外 车站广场

车站大钟。

民警的坚决。

旅客的抵触。

车站大钟。

民警的坚决。

旅客的抵触。

31. 夜外 车站广场

一队队刚上岗的民警赶来了,他们穿着雨衣雨靴,抓起步话机,调整频率,民警迅速到达需要的位置。

32. 夜内 监控中心

显示屏上,广场中央基本上空出来了,民警正在架设铁马,布置警力把守。铁马外是黑压压的人流,他们虽然让出了广场但是不愿意离去,都聚集在四周。

女警官的脸上全是汗。

女警官:大家要坚守岗位,多做解释工作,稳定旅客的情绪。先稳定下来,新到岗的同志立即到各段长那里报到。

操作一:(突然)看,散会了。

显示屏上:一辆警车闪着警灯,朝这边开来。在警车的后面,是一串闪亮的黑色公务车。

女警官:惊动上面了。

33. 夜外 车站外围

旅客聚集在周围不肯离去。

路爽正在采访被疏散出来的旅客,做现场连线。旅客的情绪比较激动。

路:您对广州春运工作满意吗?

旅客一:不满意,非常不满意。换了你你会满意吗? 组织混乱,态度生硬,我们是来上火车的,不是来被驱赶的。

路:您家在哪里?

旅客二:我告诉你我家在哪里有什么用? 你能送我回家吗?

路爽又拦住了旅客。

路:请问您等多长时间了?

旅客三:五百年。

34. 夜内　监控中心

监控中心里人一下子多了起来,其中包括市长、副市长,广州市公安局的局长、副局长,以及春运指挥部各方面领导都来了。狭小的空间几乎站满了人。

方之林让操作的民警将广场的情况调给领导看。

显示屏:空出的广场和周边聚集的人群。

各位领导神情凝重。

局长:春运安保指挥部即刻前移,我们一起守这里。

局长从方之林的手中接过步话机。

局长:广场所有在岗民警注意,我是高原,大面积冻雨,导致京广线中断,北上列车全部停驶,珠三角客流不断涌来,情况严峻。目前,三级应急预案已经启动,全市民警正在集结,希望在岗同志克服困难,坚守岗位,切实保证旅客的生命安全。

局长说完,对众领导做了个手势。

局长:请大家到隔壁会议室。

局长把步话机放到方之林的手里,这个动作没有什么特殊,但他却感受到实实在在的分量,方之林把步话机紧紧攥在手中。

35. 夜外　车站广场

车站广场的广播车内,女广播员的声音响起。

广播员:旅客同志们,受南方雨雪天气的影响,京广铁路出现电力故障,目前正在抢修当中。受事故影响,大部分列车的发车延误,给您的旅途带来很大的困难,我们深感抱歉,为了全体旅客的安全,请您耐心等待,在民警的指导下进站。

在女播音员的声音中:

一张张旅客的脸,

一张张民警的脸。

人群。

防线。

36. 夜内　监控中心

走廊上,老马和方之林在对火抽烟。

老马:比你要求的时间多花了40分钟,这些年练兵没有白练,什么事情电话里不能说?

方:出了个状况。

老马看着方。

老马:比车站的事情还大?

方:我刚才到局里开会,才发现我的证件不见了。

老马:找了吗?

方:(拍拍胸口)多少年都在这里,丢了。

老马:会不会在家里?

方:打电话问过了。

老马:可能丢在哪里?

方:不能肯定,有可能是昨天我们三个人吃饭,我和阿波抢着买单。

老马:那就好办了,我去找,你先不要汇报,搞不好影响进步。

方:他在这里,我半步都不能离开。

老马:这事交给我和阿波。

方:要求第一时间上报。

老马:你听我的,抢一点时间出来,尚未确定遗失。

方:找到马上告诉我。

老马:有数,我走了。

37. 夜外　车站广场

老马一边往回跑,一边打电话。

老马:给我查一下木棉酒家的电话。

38. 夜外　车站广场

老马的地段还是不稳定,后面的旅客越聚越多,不断在向前涌。

铁马被挤得七扭八歪,民警们正拼尽全力在顶。

不断有跑来上岗的民警,还有女的。

老马装起电话,冲到自己的队伍里,用身体顶住铁马。

老马:(忽然发现身边的女警察)小孩子刚满月,你怎么也来了?

女警察:(指身边的一个小伙子)你先说他,都到机场了,又回来了,国际航班呢。

小伙子:市局的命令,不是闹着玩的。

老马:(把自己的雨衣脱下来给了女警察)怎么连雨衣都没穿? 我专门通知过。

女:没来得及。

老马:(对旅客,有些发作)不要挤了,留着力气多站一会好不好?

旅客:不是我们在挤,是后面在挤,我都要被挤死了。什么时候放人啊?

老马:我不想放吗? 谁愿意跟你们挤在这里? 总需要一点时间,耐心等一等。

老马接手机。

老马:喂,是木棉酒家吗?

妻子:是我,我也在往车站赶呢。

老马:你个法医来车站干什么?

妻子:除了值班的,市局的人都在赶来。

老马:你注意安全。

此时,新帽子们看没有希望进站,就返身往外挤,鱼贯而出。

39. 夜内　木棉酒家

夜已经深了,小耿在值班。

餐厅里只有路爽一个人在电脑上工作,她在查资料,电脑上显示着国际国内因人群聚集造成的群死群伤事件:

1896 年,末代沙皇尼古拉二世加冕典礼,4000 多人被踩死,伤者数万。

1990 年,一条通往麦加的地下通道使 1426 名朝圣者死亡。

2005 年,印度一次宗教集会造成 300 人踩踏死亡,上千人受伤,场面残酷。

小耿一路关灯,只留下路爽头顶的光线。

有旅客在敲餐馆的门,小耿对外面说:关门了,关门了,明天欢迎光临。

路:我马上就走,还有一点。

耿:没关系,我可以伴你到黎明,还可以给你炒粉。

路:(边看电脑边问)过年回家吗?

耿:不回,要做生意。

路:你爸妈不想你?

耿:他们让我别回去。

路:为什么?

耿:家里亲戚多,孩子多,回去过年,就想多给他们一些,我一年也就白干了,我妈说这样永远也讨不到老婆。

路:你想家吗?一个人在广州过年寂寞吗?

耿:职业病。

路:什么病?

耿:一个问题接一个问题。

桌子上的手机亮了,路爽抓起来看信息,一下子愣住了。

男友的信息:

"我去看孩子,她说她后悔了,想和我复婚,老人的态度你是知道的,你不在,我压力山大。"

路爽马上拨通男友的电话。

路:你什么意思?是告诉我你们复合了,还是通知我要和我分手?

男友:我不想瞒着你,也想和你商量。

路:因为我没去你家,所以才出现这样的情况,我没理解错吧?

男友:你要是来了,既成事实,至少老人不会逼我回去。

路:你离婚已经三年了,我们也认识快一年了,我以为,算了不说了,其实也不错啊,你女儿会很高兴。好好过年吧。

男友:你也好好过年。

路挂了电话,坐在那里发愣,眼泪就在眼圈里转。

耿:放首歌给你听吧,想听什么?

路:陈小春的《算你狠》。

路爽说完站起身收拾东西走了。

小耿关了最后一盏灯,也锁门走了。

收银台上的电话响了。

40. 夜外　车站广场

打电话的是老马,他等了半天,没有人接,又拨,还是没有人接,看看车站的大钟,夜已经深了。

41. 夜内　木棉酒家

收银台上的电话响。

42. 夜外　车站广场

老马打电话给阿波。

老马:你那里怎么样?

阿波:不好。调了大巴疏散,都不肯走。

老马:有件事情。

阿波:讲。

43. 夜外　车站广场

雨棚内。

人满为患,每个人和每个人都挨在了一起,没有转身的空间,也几乎无法移动,人和东西仿佛都黏在了一起。

人们聚集在车站广场上,但不知何时才能进站,想出去,已经没有可能。这一块人群,基本静止了。

满红和黄萍被卡在人群中间。

黄萍:还不如听我家姐姐的,不回家过年呢。

满红:我得回,我得把我给我爸我妈我爷我奶我弟买的东西给他们拿回去。

黄萍:我要是不回家,这会正搂着豆豆睡觉呢。

满红:我必须看见他们拿到东西高兴的样子,要不我在这边累的时候坚持不住。

黄萍:我真受不了了。

满红:你就是平时太享福了,娇气。我们俩换一下,你趴我肩上睡一会。

在她俩的边上,一对夫妻在吵架,妻子怪丈夫不舍得坐飞机,让自己在这里受罪,丈夫说坐飞机也走不了,火箭又没有票卖。

字幕:2008 年 1 月 28 日　腊月二十一
　　广场滞留 19.4 万人,安保启动一级应急预案。

44. 日内　小兰家

　　早上,小兰一边做早饭,一边看电视。

　　电视新闻上,京广线令人不可思议的冻雨,高压线倒塌,树枝上沉重的冰凌。

　　停在铁轨上一动不动的火车,火车上焦急的旅客。

　　公路上没有尽头的堵车。

　　飞机场上冰冻着的飞机。

　　冒着风雪指挥交通的民警,抢修线路的工人。

　　然后是广州站黑压压的滞留旅客,和维持秩序的干警。

　　小兰愣住了,她看着电视上的画面,忘记了煤气灶上煮着的牛奶,牛奶外溢,外溢。

　　豆豆拉了拉妈妈的衣服。

　　豆豆:妈妈,牛奶发脾气了。

　　小兰冲向厨房。

45. 日内　小兰家

　　小兰拨黄萍的电话。

　　小兰:黄萍,你在哪呢? 上车了吗?

　　黄萍:(哭腔)姐姐,我在车站,站了一天两夜了,还没进去。

　　小兰:铁路断了,火车走不了了,你们别等了,回来吧。

　　黄萍:好不容易进来了,别人还都在外面呢,我再坚持坚持。

　　小兰:你小心点,不行就回来。

　　黄萍:谢谢姐姐。我手机电不多了,我挂了。

　　小兰看着手中的电话,有些心神不定。

46. 日外　木棉酒家门口

　　酒家里人满为患,很多没地方去的旅客都在这里吃饭休息,生意比任何时候都好。

门外。

冯建设把女儿芳芳放到三轮车上,芳芳搂着他的脖子和他告别。

老婆万玉已经坐在三轮车上了,送站还是小耿。

建设:车站人多,把孩子带好。

万玉:生意忙,雇人不要舍不得。

建设:知道了,(比画打电话)有事随时联系。

小耿蹬车走了,建设看着老婆孩子渐远。

身后有人喊:老板,您的电话。

47. 日内　木棉酒家

冯建设接电话。

冯:是我,马所有事吗? 我问问看,马上就问,有消息马上打过来,一定一定,马上。

冯建设挂断电话,问收钱的女孩。

冯:前两天有人拣到公安的证件吗?

女孩:没有。

冯:去问,每个人都问到,不在的打电话,现在就去。

女孩:好的。

48. 日外　车站广场

雨一直下着。

新帽子们绕到了车站的另一侧,这里人相对少一些,警力也少一些,一段隔栏是塑料水马。新帽子们推了推,纹丝不动,水马很重,他们研究了一下,就明白了,里面装的是水。有人从包里摸出一个手钻,新帽子头蹲下,在水马的底部钻了一个小指粗的眼,有细细的水流出来,因为天在下雨,这股细细的水流不会引起任何人的注意。

新帽子头:到天黑就流差不多了,记住是第几个,天黑了咱们就从这进去。

一个年轻的新帽子伸出手指点着水马一个一个在数,一直数到有小孔的一个。

年轻新帽子:第 9 个,蓝色。

新帽子头：走吧。

49. 日内　监控中心

方之林和几个人看显示屏。

其中一个显示屏上，新帽子们正好走过。他有点走神，在想自己到底在哪里丢了工作证，局长站在他身后都没有发现。

局长：疏散力度还要加强，车站及周边20万人也不止，老这么淋着也不行。

方之林没有反应。

局长：(拍他一下)困了就去睡会。

方之林一激灵，回头看到局长，有些无端地紧张。

方：不，不困，我一点也不困。我在看。

局长：看出什么了？

方：危险，这么多人挤这里，太危险了。

局长：铁路那边刚通知了，今天发20趟车，可以走7万人。给你想20分钟，一会开会，告诉我怎么把这7万人放进去。

方：(自语般的)放人更危险。

50. 日外　车站广场

老马的防线。

阿波匆匆跑过来。

阿波：找到没有？

老马：没有，店里都问了，没有。

阿波：他还去过哪里？

老马：摇头。

阿波：怎么这么倒霉？报告了吗？

老马：我没让他报，我们争取一点时间，你也不要再让第三个人知道。

阿波：知道了，我去想办法。

老马：找到就没事了。

阿波：车站在催我们放人，凶多吉少。

老马：只能先把雨棚里的放进去，再把外面的放进来。

阿波：再不放坚持不住了，他们已经是最能坚持的了，也得有个限度。

这时,车站对面的一座大楼上垂下一幅很大的标语:留在广州过年吧,您的平安是给家人最好的祝福。

老马:是福不是祸,是祸躲不过。

51. 日外　车站附近

快到车站了,小耿的三轮车被警察拦住了,前面交通管制,任何车辆不得通行,没有火车票的人不得靠近车站了。

小耿:阿瑟,有孩子,我送进去就出来。

民警:不行,管制了。

小耿:我老板娘,让我送进去吧。

民警:不行。

万玉:你回去吧,东西不多,芳芳能走。

芳芳:小耿叔叔再见,警察叔叔再见。

万玉领着芳芳进去了,芳芳自己背着自己的书包。

小耿看着母女俩很快就被人群吞没了,很不放心的样子。

52. 日外　街上

万玉领着芳芳往里走,通往车站的路已经不通了,民警指示他们到指定地点候车,大家就按着警察的指引匆匆地走。

芳芳把妈妈拉到边上,停下来。

芳芳:妈妈。

万玉:怎么了? 刚走这么一会就走不动了?

芳芳:有件事。

芳芳打开自己的书包,一只小狗,很小的小狗。

万玉:你怎么把它带来了? 不是说放同学家的吗?

芳芳:同学家长不同意,说小白没有打针。

万玉:那你也不能带到这里来啊,火车不可以。

芳芳:它这么小,又乖,现在保护动物了。

万玉深感无奈。

53. 日内　监控中心

会议室。

一张车站的示意图挂在墙上。

局长、方之林局等在研究放人的方案。

方:雨棚里的好办些,是按方向排队的,能走的先放进去,车站要多少我们就放多少,空出地方把外面的人放进来,但不可能再分方向了。

方之林的手机响了,是老马。他没接挂断了。

局长:(指图)东西两个口交替放人,警力一定要充足,口子打开,局面随时都会失控。

女警官:这些年积累了一些放人的经验。

局长:现在车站的警力很多没有春运经验,旅客等待的时间也太长了,这些都和往年不同。

方:我把我的人放到最要紧的地方。

局长:分割开,一块一块地放。公交站场、环市西路、站前路、人民北路,都管控。

局长在图上画了一个很大的圈。

老马的电话又打进来。

方之林看了一眼,走到会议室外面来接。

54. 日内　监控中心

走廊上。

方:找到了?

老马:还没有。

方:(失望加烦躁,转身要回去)在开会,过会再说。

老马:我就一句,换班的警力什么时候能到? 我们段已经27小时没有换班,12小时没人送饭,都坚持不住了。

方:不能撤。

老马:撤三分之一,轮流休息一下?

方:不行。

老马:你们里面知不知道外面的困难? 有没有统筹的安排?

方:现在不讨论,一个人也不准撤。

方挂断。

55. 日外　车站广场

老马气得差点把手机摔在地上。

看着自己的同事已经非常疲惫,老马也很心疼,但是又不能撤。

他点了一支烟。

步话机里传来命令,进站口准备放人,各段片做好安抚工作,防止旅客情绪骚动。

老马把没来得及抽完的烟灭掉。

56. 日内　监控中心

监控中心,众多领导都站在显示屏前,看着放人的情况。

进站口放人,旅客潮水般涌入。

拼命地奔跑。

广场入口在放人。

旅客潮水般涌入。

监控室里没有　一点声音。

大家紧盯着车站的局面,谁也没有想到,会是这样的情形。

局长:这样放不行,会出事的。

方:(对着步话机,他的声音已经嘶哑)要控制进站速度,为什么控制不住? 都不要放了,先关起来。

57. 日外　车站广场

东入口,阿波和民警们奋力关闭入口,大量的旅客挤在一起,很多人都感到窒息,表情痛苦无助。

阿波和民警们完全是在用身体抵抗着所有的冲击。

双方就这样僵持着。

阿波:(嗓子哑了)跑什么? 能不能慢一点? 一个倒了都会倒,谁也回不去! 还有老人和孩子、妇女,大家互相关照一下,安全第一! 这样走就谁也别走。

旅客看着阿波,没有表情。

58. 日外　车站广场

一有放人的迹象,旅客们又开始骚动,开始往前挤,老马这边西侧的民警和旅客的距离又缩短了,又面对面站着了。

天在下雨,旅客们大都没有雨衣,就淋着,有旅客抬起头用嘴接雨水喝,人群里不时传出孩子的哭声和女人的哭声。

民警在向旅客发一次性雨衣,旅客拿着雨衣没有空间穿,都抓在手上。

民警们也都非常疲惫,大家都处在一种坚持的状态下。

老马帮女民警把警靴的鞋带系紧。

有旅客喊:让我们进去,为什么放别人不放我们,受不了了,大家都受不了了。

民警们站在一起,无言坚持,手挽着手。

旅客中有人喊:这里有人晕倒了,有人晕倒了。

民警想进去根本没有可能。

两个警察把老马肩起来,老马就可以从高处看到旅客的情况。

一个女性旅客被大家架着。

老马:我们挤不过去,大家帮忙传一下,把人传出来。

一组过场:

——晕倒的女人被大家从头顶上传了出来,传到了民警的手中。

民警们把晕倒的旅客放到担架上,抬向救护站。

——年轻的女警察把自己的雨衣脱下来,披在一个抱孩子的母亲身上。

哺乳期的女警察的胸前全是湿的。

——民警搀着老人,背着行李,送老人优先进去。

——清洁工在尽快清理地上的垃圾。

59. 日外　车站广场

大量人群拥入雨棚,雨棚里的人更加拥挤。

黄萍和满红挤在里面,动弹不得。

黄萍:为什么不让我们进去?再不放我真的要死了。

满红:这么久都坚持下来了,你再忍一忍,要不前面的苦都白受了。

黄萍:我也想坚持,可是我实在坚持不住了。

满红:你趴在我身上,进去的时候我背着你。

黄萍:你背不动我,你怎么能背得动我呢?

黄萍说着说着就哭了。

　　边上一个女孩看着黄萍,她手上抱着一塑料袋蜡烛。湖南断电了,女孩想带蜡烛回家。

60. 日内　小兰家

　　敲门声。

　　屋里的两个人一同喊出声——

　　小兰:小黄阿姨。

　　豆豆:爸爸。

　　门打开是阿波的妈妈,豆豆的奶奶,小兰的婆婆。

　　豆豆:(高兴地)奶奶,你怎么来了?

　　奶奶放下手里提的大包小包,搂住豆豆亲了又亲。

　　豆豆蹲下身去翻袋子,奶奶和小兰有点尴尬地对视。

　　小兰:路这么远,还提这么重的东西。

　　奶奶:阿波接不了豆豆,小黄又走了,我想来想去,还是得来看看你有没有要帮忙的。

　　小兰:您想豆豆就来,不用说帮我,您这么大岁数,我可不敢当。

　　奶奶:我没帮过你吗? 豆豆长这么大气吹的吗?

　　小兰:孙子不是您自己的? 我还觉得我是帮您呢。

　　奶奶:我是来干活的,不是来和你拌嘴的,你就当我是黄萍的替身吧。

　　小兰:豆豆,在家跟奶奶玩,妈妈出去一下。

　　豆豆:去吧去吧,省得吵架。

　　奶奶:没吵,没吵。

61. 日内　木棉酒家

　　天快黑了,店里客人很多,人手不足,大家都在忙。

　　柜台里,建设在给万玉打电话。

　　打不通,再打,还是不通。

　　冯:车站怎么没信号?

　　收款的女孩:我上午打满红电话也没信号,人太多了,信号过不去了。

　　冯:也不知道她们怎么样了?

　　店里客人多,这个喊那个叫,冯建设只好又去忙了。

　　小耿也忙得晕头转向。

冯建设很担心母女两个,心神不定。

62. 日外　车站广场

民警站成两排,指示着队伍朝指定的候车区域转移。

民警的声音:沿着天桥到马路对面,那边会有大巴把乘客接到指定地点候车,有发车消息再将乘客接回车站,请大家按指定线路跟随警察引导。

万玉和芳芳走不动了,她们坐在路边,看着很多人从她们的面前走过。

万玉:怎么越走离车站越远?

芳芳:我们就在这里等吧。

万玉:你把小狗放了吧,带不上火车的。

芳芳:你是不是想把我和小狗都扔了?

芳芳的书包背到了前面,从书包的小缝里,她可以看到乖乖的小白。

芳芳:我还没有见过这么多人,除了动画片里。

63. 日外　广场边高架桥上

小兰开车从高架桥经过,看到车站广场人山人海,她同时牵挂着两个人。

小兰试图靠近车站,民警已经封锁了附近的所有道路。

小兰堵在路上,一筹莫展。

天渐渐黑了下来。

64. 夜外　车站广场

水马围栏处,外面也堵了不少旅客,里面的警力相对薄弱,因为这里离入口较远。

新帽子们开始行动了,他们轻松地移开了放空水的水马,一个一米多宽的缺口出现了。他们全都顺利地溜了进去,其他旅客发现了这个入口,呼啦一下朝这里拥来,冲进去的人越来越多。

里面的民警赶紧上去阻拦,无奈人少势单,根本拦不住。民警用步话机报告指挥部。

65. 夜内　监控中心

方之林正在指挥放人。

方:高架桥向外分流效果不错,尽量从后面疏散,减轻前面的拥挤程度。以时间换空间,只要后面有人走,前面压力就会逐步减轻。

步话机里:怎么回事？东北角怎么回事？

方让监视器调过去,看到了那个正在往里涌人的豁口。

方:东北角出现问题,相邻管片立刻增援,带铁马。

步话机里:我们警力不足,无法支援。

方:必须支援,东北角立刻收缩。

操作一:武警,武警到位了。

武警跑步从警察控制的通道跑步进入广场。

方:请增援武警迅速到广场东北角,东北角。

步话机:武警收到。

监视器中,很多武警涌向缺口,用身体和铁马将豁口挡住,旅客和武警对峙,你进我退,非常危险。栏杆倒在那里,有的旅客被绊倒,民警冲上去,用身体护住旅客,又有民警冲上去把倒了的人拉起来。

总算将豁口挡住,所有武警都堵在那里,一步都不敢离开。方之林感觉自己的神经都要绷断了。

局长不知什么时候出现在方之林的身后。

局长:倒回去。

操作监视器的民警把录像倒回去,快倒,夜景渐渐变成了白天,看到了新帽子们聚集在水马边,看到新帽子头蹲在那里,看到年轻的新帽子在用手指点着数数。

局长:把这伙人给我抓起来。

局长手中的步话机在桌子上摔得粉碎。

66. 夜内　木棉酒家

很晚了,餐馆已经关门了,只有冯建设和小耿还在为万玉和芳芳担心。

冯建设不断地拨打万玉的电话,怎么都打不通了。

冯建设急得将座机听筒都摔坏了。

建设:早知今年这个状况,就不应该让她们走。我也听到说人多,想想哪年都是如此,早晚都可以走的啊,早知道让她们等我一起走。

耿:人家就是想和你一起走,辛苦一年,就这一个愿望你都不满足,换了我,什么也没有陪着老婆孩子重要。

建设:(冲小耿吼)你少在这里站着说话不腰疼,等你有了家你就明白了,所有事情都比陪着老婆孩子重要！家里没钱，你想陪她都不会让你陪，挣不到钱，到家门口你都不好意思进去，你还没资格教训我！

耿：咱们两个明天去车站那边找找吧。

建设：那么多人，怎么找？

耿：总比在这里着急好一些。

建设：他妈的，不干了！算账！关店！回家过年！

67. 夜内　小兰家

小兰回到家里，很累的样子。

客厅里坐着黄萍，她披着毯子，披头散发，浑身发抖，和走的时候光鲜亮丽的样子判若两人。

奶奶和豆豆在看着她，不知所措。

看到小兰进来，黄萍开始哭。

三个人就看着她哭，她哭得非常厉害，把心中的恐惧和委屈全都发泄出来。

豆豆受不了了，拿个自己的吃的去给黄萍，黄萍抱着豆豆接着哭。

小兰问婆婆：她怎么出来的？

奶奶：晕倒了，自己都不知道怎么被警察弄出来的，醒来已经在救护站了。

小兰：我转了好几圈，根本就不让靠近。从来没有见过那么多人，这哪里是回家，简直都疯了，太可怕了。

奶奶：阿波不知道怎么样了，电话也打不通。

小兰：辛苦是一定的，危险是一定的。

小兰忽然难过，转过身去。

奶奶也抹起眼睛。

虽然只有黄萍的哭声，三个女人其实都很忧伤。

黄萍：(边哭边说)我再也不回家过年了，再也不坐火车了。

字幕:2008 年 1 月 30 日　腊月二十三

局面相对稳定,发车的数量也在增加。

68.　日外　车站广场

离车站不远的一个邮局的二楼,屋顶平台上架满了摄像机,聚集着很多国内外的记者。

路爽也在其中,她正在用话筒做现场报道。

路:今天早上情况有所好转,虽然还有大量旅客滞留,但已经划分出不同的候车区域。车站周边的 6 个安置点安置了 3 万名旅客候车,退票人数也很可观。随着发车数量的增加,滞留旅客有望加速离开,或许,最严峻的时刻已经过去了。广州火车站经受了一次严峻的考验,当然,也暴露出一些有待解决的问题。

69.　日内　监控中心

会议室里睡着换班的民警,他们和衣而卧,或靠或坐,都非常疲惫,睡得很香。

只有方之林睁着眼躺在那里。

他掏出手机,打给老马。

方:我跟后勤人员讲了,不管用什么方式,花多少钱,也要保证一线干警吃上饭。

老马:你那里也是一线,压力不要太大。

方:证件有下落了吗?

老马:(为了减轻方的压力,撒了个谎)有下落了,阿波去了。

方:真的? 你怎么不告诉我?

老马:正要告诉你。

方:谢天谢地,几天没有睡。

老马:别累垮了,睡会吧。

方:拿到让他马上给我送来。

老马:有数。

方长长出了一口气。

70. 日外　街上

阿波骑着摩托车赶往木棉酒家。

71. 日外　车站外

小耿来送冯建设回家,到了管制的区域。

建设:没有票进不去怎么办?

小耿:你等着,我去说说。

小耿朝执勤的民警走去,跟执勤的民警交谈了几句,然后就招手让冯建设过去,冯建设将信将疑走过去,两个人顺利地进入了管制区。

建设:没看出来啊? 你怎么说的?

小耿:我说票在马所那里,我还认识方局和阿波。

建设:对啊,前几天来吃过饭的,我怎么没想到。也不知道方局的证件找到没有。

小耿:证件? 他们来找了?

建设:打了无数次电话,我每个人都问了。

小耿:证件在我这里。满红拣到的,她忙着回家忙忘了,到车站才想起来交给我了。

建设:我就说嘛,只要在咱们店里就丢不了。找得鸡飞狗跳,你尽快送过去。

小耿:知道了。

建设又打万玉电话,还是打不通。

小耿:咱们分头找找吧。(比画了一下打电话)有消息联络。

建设:你要是帮我找到她们,过了年你就到后厨学徒。

小耿笑笑,消失在人群中。

72. 日外　木棉酒家门外

阿波把摩托车停在门前,看到的是过节关门休息的通知贴在门上,门已经上了锁。

阿波打电话给老马。

老马:你在哪里?

阿波:在木棉酒家门外,关门放假了。老板的手机。

老马:没有。

阿波:有没有搞错?

老马:我马上让所里的人去查。

阿波又接手机。

73. 日内　监控中心

方:阿波,怎么 call 不到你?

阿波:办点事情,就在附近。

方:给你个任务。

在方之林面前的监视器上,那群新帽子,兴高采烈地排进了雨棚。

阿波:我马上过来。

方:抽空把证给我送过来。

阿波没说话。

方:听见吗?

阿波:收到。

74. 日外　站外集散地

志愿者向旅客发放食品和衣物。

万玉和芳芳也领到了雨衣,穿在身上,芳芳透过雨衣看着自己的小狗。

有旅客把准备带回家的吃的东西打开给大家分享,芳芳把拿到的糖分一半给小狗。

万玉借民警的手机打店里的电话。

万玉:大白天的店里怎么没有人?

芳芳:爸爸一定找咱们来了。

万玉:他才不会。

芳芳:会。打他的手机。

万玉:妈妈手机没有电了,号码又背不出来。

芳芳:1333×××〇×333。

万玉打,无法接通。

75. 日外　车站广场

新帽子们都排在雨棚里,他们多少还有点得意和兴奋,盘算着还要多少时间进去。

　　要放人了,民警让妇女儿童到前面来。

　　新帽子们也有希望了。

　　阿波来到入口,站在高处,可以看到那群新帽子挤在一起。

　　阿波:后面,戴新帽子的,对,就是你们,到前面来。大家让一让。

　　新帽子们举着手开始往前挤,示意自己在这边。

　　其他旅客抱怨凭什么他们先进去?这种时候还有走后门的?

　　新帽子们鱼贯挤了过来。

　　老马:都在了吗?

　　新帽子头:都在了都在了。

　　老马:进去吧。

　　新帽子们从打开的小口进入,等都进去之后,入口马上关了。

　　阿波把他们带到车站西面的出站口,稀里糊涂被带到站外去了。

76. 日外　车站外

　　新帽子们被阿波带到老马的面前,可怜巴巴地站在一起,大包小包的。

　　新帽子头:为什么让我们出来?我们来车站好几天了,好不容易排上队了。

　　老马:你以为你们做了什么我们不知道?

　　新帽子们表情紧张。

　　新帽子们:我们什么也没做。

　　新帽子头:就算我们错了,也没犯法吧?

　　阿波:没犯法是你运气好,你们搞的那个口子,冲进来多少人你知道吗?要是发生踩踏,会死多少人你知道吗?你还没犯法?真要出了事,让你偿命都来不及。

　　新帽子们似乎也意识到问题的严重性,大家面面相觑,不说话了。

　　有年轻的新帽子开始哭了。

　　新帽子一:回不去了,过不了年了。

　　新帽子二小声嘀咕:不会罚钱吧?

　　阿波看着这一群农民工,心情也比较复杂。

　　老马:你们自己说怎么办?

新帽子一：我们不对，我们不该溜进来。

新帽子头：我们不该放那里面的水。

新帽子一：水不是我们放的，我们没放。

老马：谁放的？谁的主意？

新帽子头：我，都是我的不对，你要抓就抓我，让他们走吧，我留下。（对老乡）东西和钱你们帮我带给我老婆。

别的新帽子七嘴八舌：我们也不对，不是他一个人的错，他也是为我们好，要抓一起抓，要走一起走。

阿波凑到老马耳朵边说了两句。

老马：现在明白为什么让你们出来了？如果所有人都像你们一样，都来破坏车站秩序，会有怎样的后果？会出多大的乱子？让你们出来就是让你们认识错误的严重性，也让你们知道，任何破坏行为，都逃不过民警的眼睛。

新帽子们都心服口服了，低下了头。

阿波：都走吧，到后面重新排队去。

新帽子们没想到并没有处罚他们，有些庆幸，大家脸上的表情更加复杂起来。当确信已经可以走了，便赶紧拿起东西去找进站的人群。

新帽子头走在最后，他回头看了一眼老马和阿波，深深地鞠了一个躬。

阿波和老马也有些难过。

77. 日外　车站广场

两人头凑在一起抽烟。

阿波：餐馆老板的手机查到了吗？

老马：档案室关门了，人都在广场上呢。

阿波：（掏出电话）我找工商的人查。

老马：找到老板没有用，我逼他把店里所有的员工都问了。

阿波：（突然）是个女孩，那天给咱们点菜的。对了，还是豆豆阿姨的老乡。

阿波打手机回家。

78. 日内　小兰家

一听是阿波，小兰很高兴。

小兰：你怎么样？我们都很担心你。

阿波:告诉我黄萍的电话。

小兰:找她什么事?

阿波:公事。

小兰:她能有什么公事?

阿波:我赶时间,拜托。

小兰:她回来了,黄萍,找你的。

黄萍接电话。

阿波:和你在一起的那个女孩呢?

黄萍:大哥你找她干什么?

阿波:少啰唆,她在哪里? 告诉我她的手机。

黄萍:她可能已经上车了,她的手机没有电了。1333×××667。

阿波:她叫什么名字?

黄萍:叫满红,满足的满,红色的红。

没等黄萍说完,阿波就挂断了电话。

黄萍和小兰还没有回过神来。

79. 日内　车站内

满红已经进站了,但她独自坐在一个角落里,身边只有一个箱子。忽然,她听见车站内的广播:请前往都江堰的满红尽快和广场民警联系,有急事。请前往都江堰的满红尽快和广场民警联系,有急事。

满红站起身来,茫然四顾。

80. 日内　监控中心

监视器上,人还是很多,但逐渐有序了一些。

阿波和方之林在看。

方:昨天发了68列,走20多万。

阿:走20多万,又来20多万,真不知道还有多少人? 到底有多少人?

方:去问你铁路上的朋友啊? 他们卖了多少票,就有多少人。出去抽支烟。

81. 日内　监控中心走廊上

方:我的证呢?

阿波:没在我身上,暂时。

方:老马说找到了。

阿波:有下落了,包在我身上。

方:(生气)你们俩合起来蒙我。

阿波:你要的人都找到了,一个不少。

方:打算怎么处理?

阿波:处理完了,教育释放了。

方:放了?

阿波:不放怎样?

方:留滞几个小时,罚款,要让他们记住。

阿波:一群农民工,无非是想回家,多大事情?

方:对,他们是农民工,回家心情可以理解,你是谁? 你是干什么的?

阿波:我也是人,我也有感情,看他们这么艰难,我也很难受。你不在现场,你体会不到我的感受。

方:你说的是你一个人的感受,我要的是所有人的安全,感情用事谁不会? 可有些行为不能姑息。他为这事摔了 call 机你知道不知道?!

阿波:我怎么会知道。

这时有人出来叫方:方局,紧急会议,马上。

方顾不上再说什么,转身就走。

阿波被劈头训了一顿,心中郁闷也无处发泄。

82.　日内　车站内

一女民警把自己的电话递给满红。

满红:我是满红。

老马:你有没有捡到一个公安的证件? 上次我们三个在你们店里吃饭。

满红:记得啊,捡到了啊。

老马:(以拳击掌)太好了,马上交给你身边的警察。

满红:不在我这里,我来车站那天,让店里的小耿给你们送回去了。

老马:小耿在哪? 他的手机号。

满红:我手机没电了,电话号码在手机里。

老马:你把手机给警察。

满红把手机还给女民警。

老马:(对女警)想办法给她找个地方充电,把我的电话告诉她,让她打给我。

女民警:知道了。(对满红)走,我带你充电去。

满红:(哭腔)充不了电,我的充电器在箱子里,箱子进站的时候挤没了。

女民警:(指指箱子)这是什么?

满红:这是我老乡的,她晕过去了,被拉出去了。

女民警:箱子什么样? 我带你去找,你坐在这里箱子会自己回来?

满红:和这个一样。

83. 日外　车站广场

小耿东张西望间,他看到了匆忙工作的路爽,脖子上挂着记者证。

小耿:诶,你好。

路:你不是不回家吗? 来干吗?

小耿:找人,老板娘和孩子。

路:这个区域管制了,你怎么想来就来,想走就走,看来他们工作漏洞还是蛮多的,你告诉我你怎么进来的?

小耿想了想,掏出警官证让路爽看了一眼。

路爽一下子张大了嘴,她重新打量着小耿。

路:(恍然)我明白了,怪不得你不回家过年,你是在木棉酒家卧底的对吧?

小耿笑了笑,挺得意的样子。

路:那你现在也是在办案了对吧?

小耿:我在找人。

路:好,好,不问了。不过我们认识了啊,留个电话,万一有事情求到你。

小耿:我手机没电了。有空到木棉酒家找我,老板回家了,我看店。

路:保密啊? 好吧。

这时,一辆警车闪着警灯从他们身边开过,后面跟着一辆面包车。

路:有情况,大领导来了。我先走了。

84. 夜内　小兰家

晚上,黄萍在厨房收拾刷碗,豆豆在客厅里看动画片。

小兰:豆豆,我们看看新闻。

豆豆:不行。

小兰:说不定能看到爸爸。

豆豆:噢。

小兰把电视调到新闻。

电视上,中央领导在车站视察。

中央领导焦虑的表情。

中央领导和旅客握手。

主持人:铁路方面表示,一定尽最大努力加快抢修,保证大家回家过年。目前线路基本恢复,大量列车发出广州站,大家可以在年三十前到家。

电视上,火车开出,旅客们挥手的画面。

铁道部发言人:京广铁路运输秩序基本恢复,运输能力大幅度提高,铁路机构正全力运送旅客返回家园。

小兰一回头,黄萍揸着湿手站在她的身后,眼睛盯着电视。

黄萍:姐姐,奶奶明天还来吗?

字幕:2012 年 1 月 31 日　腊月二十四

　　返乡热情再度燃起,滞留旅客猛增到 40 万。

85. 日内　小兰家

黄萍又准备走了,背了一包吃的和水。

小兰:和满红联系上了吗?

黄萍:联系上了,她在站里等我,我们俩是不会分开的。

小兰:人太多就回来,别再被抬出来。

黄萍:知道,姐你别怪我,我给家里人买的礼物还有你送我的好衣服都在箱子里,我想来想去,还是得回去,家里人没钥匙,满红帮我带回去也打不开。

小兰递了几百块钱在黄萍手里。

86. 日外　车站广场

黄萍重返车站。

她一边走一边给满红打电话。

黄萍:满红,我来了,火车通了,可以回家了,你千万等着我,我给你带好多好吃的。你一定等我,我在排队了,很快就会进去,咱们俩一起走,坐一趟车,你等着我啊。

在黄萍激动的声音中,我们看到,大量的旅客在朝车站聚集。

87. 日内　监控中心

四面八方的人在朝广场聚集,洪水般地,很多段和片又重新告急,新的一轮考验来势凶猛。步话机里告急此起彼伏,都在要人。

方之林看着监视器,神情紧张。

车站周边转眼之间又成了人的海洋。

宽阔的道路没有一辆车,全是人。

高架桥下面拥满了人,看不到任何空地。

局长和市长一行人又来到监控室。

显示屏上切换着不同的画面。

方:各段长片长注意,广场及周边地区情况异常,迅速增加警力,应对紧急状况。

步话机里传来现场的报告:警力不足,防线告急,车站人数增长过快。

局长:如果一切不可避免,那就让它来吧。

市长:我马上请求军区支援。

88. 日外　车站外

人流涌来,本来已经安静下来的等待的人群被激励起来,又开始向前涌。芳芳没有准备好就被妈妈拉起来,随着人流向前挤,芳芳一边挤着一边哭喊。

芳芳:我的小白,我的小白。

但她的声音太小,没有人能注意到她,只有妈妈死死拉着她的手。她想挣脱出手来关照小狗,但是她的手被妈妈死死拉住,顺着人流向前涌去。

小白不知去向。

队伍旅客的前面,公安和武警组成了厚厚的8层人墙,阻止人流的前行,于是人群的密度又迅速地增大了。冯建设挤在人群中。

阿波和民警们死死顶住入口,用人墙阻挡涌动的人群。在他们的身后,是武警,是军人。军人的肩章闪烁。新帽子们挤在人群中。

车站外的马路上,黄萍和很多人等在离车站很远的地方。

89. 日内　监控中心

一个不大的会议室里,局长在开会,研究新的措施。

墙上挂着车站示意图。

局长:堵住所有通向车站的路口,将旅客分流到疏散点安置。车站周边的人,切块。外堵内疏,特警穿插。

阿波和另外两个人:明白。

局长:入口要把住,要打得开关得住,要保证警力充足。

老马和方等几个人:明白。

局长:联络要畅通,控制速度,怎么控制,根据具体情况各自想办法。

方和下面:是。

局长:同志们,粗略估算,目前滞留旅客已经超过了 40 万人,而且春节一天天近了,旅客回家的心情更加迫切,越往后压力越大。我们一旦控制不住局势,出现大范围骚乱,后果不堪设想,无可挽回,我们就有可能成为千古罪人。大家要坚定信心,团结一致,用我们 4 万个血肉之躯,确保 40 万旅客的生命安全。

所有人短促有力地答:是。

局长:散会。

大家站起来,老马坐的椅子上沾着血。

阿波:怎么回事?

老马把椅子推到桌子下面。

老马:没事,痔疮犯了。

阿波:这怎么行? 去处理一下。

老马:(穿上雨衣)处理完了。

老马边说边往外走。

老马:这个时候,我是不会走的。

90. 夜内　派出所内

夜晚来临了,所有准备工作都已经做好,真正的战役就要打响了。

阿波的特警队战士们穿上特警的制服,系好鞋带,戴好手套,全副武装,神情严肃。

站成一排。

阿波：不要分开，单打独斗什么也做不了，必须在一起，像一个人一样。要进得去还要出得来，打不还手，骂不还口。

阿波把帽檐转到后面。

所有的特警都把帽檐转到后面。

阿波：出发。

91. 日外　车站

广播车开始播送：告全市人民书。

伴随着广播声。

解放军官兵整装待命。

公安干警跑步上岗。

武警手挽手组成人墙。

志愿者的队伍也在集结。

社区在组织捐衣物、食品。

出租司机在往车站运物资。

工人在搭建临时厕所。

交警在疏导拥堵的道路。

大巴在运送旅客。

疏散点，志愿者在照顾老人、女人、孩子。

92. 夜外　车站广场

——特警队插入人群，将人群分割。然后在军队和武警的配合下，公安分别控制人群。新帽子们再次出现在进站的队伍中。

——广场外，等待的群众队伍也被分割成块，由民警带领着向指定的位置转移。队伍曲折地行进，目的就是减速。大队伍中，冯建设和黄萍也在其中。

——入口，民警把老人、妇女和孩子先接进来，万玉和芳芳优先进站了。

芳芳一边走一边哭：我的小白，我的小白。

93. 夜外　车站广场附近的邮局楼上

路爽在现场播报。

路:除了局部的涌动造成紧张,人群表现出极大的克制,民警也在尽最大的努力维持秩序。天气很冷,下着雨,旅客在雨里已经站了很久,可能还要站很久。为了回家他们什么苦都能吃,可对于他们来说,今年的回乡路尤其艰辛和漫长。

说到这里,路爽含泪。

94. 夜内　监控中心

显示屏上到处都是人。

监视器里,被切成块的旅客队伍分批被放行。

一些新的切块正在形成。

方之林在步话机里指挥着放人。

老马的电话。

老马:证件找到了。

方:(打断)回头再说。

老马:真的找到了。

方:回头再说。我现在只在乎一件事,就是我们能不能控制住眼前的局面。我们不会总这么命好。

老马:放心吧,我们会拼到最后。

95. 夜外　车站广场

人山人海,灯火通明。

阿波带领的特警队依然在穿插,有些旅客在为他们让路,两组特警的手连在一起,合围就完成了。

阿波正在努力朝前,但是人手不够,无法和对面的特警封口,这时,排在队伍里的新帽子头出现了,他拉住了阿波的手,接着,一个一个新帽子都拉起手来,接上了不够长的特警队伍,顺利将合围完成了。

民警和旅客终于在这场危机中达成了彼此的理解和一致。

96. 夜外　车站外

老马穿着雨衣,带着一队公安,排成横列,走在旅客的前面,他们压着步子,拉着手,防止踩踏事件的发生。

冯建设正好走在老马的后边。

冯:马所,马所。

老马回头。

冯:是我啊,木棉酒家的冯建设。我们通过电话。

老马:找你时找不到,不找你了你又出现了。

冯:小耿把证件送去了吧?

老马:你那个小耿到底在哪里?

冯:他应该也在广场,帮我找老婆孩子呢。她们在哪里也不知道,两天没联系了,我都要急死了,也忘了给你打电话。

老马:你老婆叫什么名字? 穿什么衣服? 我帮你问问看。

冯:我老婆叫万玉,张万玉,穿红色李宁棉服。

老马:(拿步话机)各段各片,寻找一位叫张曼玉的妇女,穿红色李宁棉服。寻找一位叫张曼玉的妇女,穿红色李宁棉服。完毕。

冯:带一个 8 岁女孩。

老马:带一个 8 岁女孩。完毕。

冯:叫芳芳。

老马:叫芳芳。完毕。

97. 夜外　车站广场

某片警察:有叫张曼玉的吗?

旅客:这里没有张曼玉,我叫刘德华。

大家哄笑。

98. 夜内　妇女儿童候车室

一些和妈妈分开的孩子在哭,女警察们在忙着照顾孩子们。

女警察:(举着步话机走来)有叫张曼玉的吗?

候车的妇女:张曼玉怎么会跟我们一起挤火车?

另一:也说不定,飞机都不飞了,你没见电视里机场都是人。

万玉:(迟疑)是不是找我啊?

女警察:你自己叫什么你不知道? 你叫张曼玉吗?

万玉:我是一万两万的万。

女警察:你女儿几岁? 叫什么?

万玉:8 岁,叫芳芳。

女警察：那就是找你了。(对步话机)张万玉在妇女儿童候车室,完毕。

99. 夜外　车站外

老马：找到了,你老婆孩子在妇女儿童候车室。

冯：真的? 真的是她们? 谢谢,太谢谢了。(递上自己的手机)通了,小耿。

100. 夜内　妇女儿童候车室

女警察：你丈夫让你们待在这里不要走,他来找你们。

万玉：(高兴得眼泪都要下来了)谢谢,太谢谢了。

芳芳：阿姨,能帮我找一下小狗吗? 它叫小白。

万玉：你别捣乱了,没看见阿姨在忙。我们进来了,还有好多人没有进来。

字幕:2008 年 2 月 2 日　腊月二十六

　　　随着运力的恢复和加强,危机得到缓解,广州和旅客共渡难关。

101. 日外　街上

越来越多的广州市民在为旅客送水送饭。

很多场馆免费开放,为民工提供休息场地。

公园不收门票,随便进出。

志愿者发放传单。

102. 日内　老马家

老马打开家门。

女儿正和一群同学在家里狂欢,电视的声音开得很大,茶几上、沙发上扔着各种零食、快餐盒还有扑克。

一群孩子又唱又叫玩得正 high。大声唱着 2008 年最流行的歌曲。

看见老马突然进来,孩子们就像被拔了插头一样安静下来,接着就飞快地闪了,只有女儿一个人站在纷乱的家里,有些不安,但又不愿意认错。老马没有说什么,进了卧室换衣服。

女儿在外面飞速收拾。

老马出来把换下的衣服放进卫生间。

老马:你妈这两天没回来过吗?

女儿:回来过一次。

老马:你一直这么玩?

女儿:没有,就今天。

老马顺手从桌子上拣孩子们的零食吃起来,又掏出两百块钱放在茶几上。

老马:我走了,抓紧时间复习吧。

女儿:知道了,我知道。

老马关门走了。

女儿去卫生间拿垃圾袋,发现了堆在地上的老马的脏衣服。她觉得有味道,想放进洗衣机,拿起来发现有血迹,里外三层都被血浸透了。女儿受到了很大的冲击,她冲到阳台上,看到父亲打出租车的背影。

103. 日外　车站附近

小兰坐在车里,车停在管制线外打电话。

小兰:你在哪?

黄萍:在排队,走一会停一会,还可以。

小兰:你老乡呢?

黄萍:我打通电话了,她在等我。

小兰:别着急,你们一定能回家。

黄萍:一定能回,姐姐你们好好过年,最好和大哥一起过年。

小兰的身边有一个包,上面写着"请转交特警队阿波"。

104. 日内　监控中心

方之林在指挥放人,监视器里,放人渐渐有序起来。

局长走进来,看情况。

局长:怎么还是你? 换班的人呢?

方:我回去也睡不着,吃安定都睡不着,惊吓过度了。

局长:放人的办法越来越多了,好的办法要尽快推广。

方:正在总结,钟摆式、箭形、S形,少量多批次,分流引导法,好多条了。

局长:今年这一仗,赢了都是经验,我给你们请功,败了全是教训,你我负责。

显示屏上人流滚滚。

方:局长,你怕吗?

局长:怕。勇敢不是不怕,是带着恐惧前行。

方:不知道他们能不能理解我们。

局长:他们已经帮我们很多了,没有他们的忍耐、坚持、体力、决心,我们本事再大也控制不住。

显示屏上,旅客们一动不动。

方:如果不是回家,如果不是一年只能回这一次,没人能坚持这么久。

局长:无论如何,我们要和他们一起坚持。

105. 日内　妇女儿童候车室

冯建设终于找到了万玉和芳芳,三个人终于团聚了,其实一直都没有分开很远,走过这一小段路却如此艰难。

芳芳:爸,小白丢了。

建设:别担心,拣到它的人都会对它好的。

芳芳:是我不该带它。

建设:(对老婆)以后要回一起回。

万玉:是你跟人家说我叫张曼玉的?

建设:要不干脆改了,又好听又有名气。

万玉:我以为活着见不到你了呢?

建设:大过年的,怎么说话,给家里打电话了吗?

万玉:打了。

广播里说往湖南长沙的火车可以上车了。

106. 日外　站台上

开往四川的火车马上要发车了。

满红在站台上抓着手机等黄萍,身边的箱子又成了两个。

黄萍朝满红跑来,她又妆容凌乱了。

两个人在站台上紧紧抱在一起。

在她们的身后,是回家的火车。

车窗里,是一张张充满了感情的脸。

汽笛长鸣。

107. 日外　车站广场

方之林丢的警官证终于回到了老马的手上。

小耿戴着志愿者的标志,背个送盒饭的箱子,站在老马面前。

老马:你小子怎么现在才送来,找了你好几天。

小耿:对不起,阿瑟。

老马:真想替你爹揍你。

小耿:我早就想送过来,可我又舍不得还。

老马:这东西有多重要你知道吗? 警察的证件,是执法依据,仅次于佩枪。

小耿:我真的不知道,就是羡慕,揣着这个工作证,就跟当了警察似的。我从小就想当警察。

看着又辛苦又疲劳的小耿,老马也不忍再说他了。

老马:行了,你忙去吧。

小耿:老板回家了,准备过年的肉菜都要放坏了,我找了两个人做盒饭,生意很不错呢。

老马:老板回来准发奖金给你。

小耿:他说过了年让我学厨师了,当不上警察,厨师也不错。

小耿背起盒饭箱子走了。

老马看着手里的证件,小耿的话让他忽然有些伤感。

字幕:2008 年 2 月 4 日　腊月二十九

　　广场上的人越来越少了,生活和故事还在继续。

108. 日内　监控中心

阿波在睡觉,他太累了,和他的战友都以特别随意的姿势睡着。

从他们的衣服和鞋上,可以看出他们经历了怎样的惨烈。

很多人的鞋都踢坏了。

衣服撕破了。

肩章挤没了,扣子挤掉了。

有个人把一个包裹放到阿波的身边,没有叫醒他,包上面是小兰写的:请转交特警队阿波。

109. 日内　医院

路爽的主任一行人匆匆赶到医院,有人还抱着花,一边走一边向护士打听。

110. 日内　医院观察室里

路爽正在打吊瓶。

主任:怎么样? 要紧吗? 要不是南周小张告诉我,我们还不知道。

路:没事,就是感冒,发烧。

主任:这次广场这边全靠你了,你是最靠得住的。

路:我为了这次春运男朋友都吹了。

主任:这么拖后腿的男朋友,吹就吹了,我再帮你找,不过也真得抓紧了。

无巧不成书,小耿也提个点滴瓶子走了进来。

看到路爽在里面,走也不是,留也不是,有些尴尬。

路:(指指身边空椅子)你怎么也来了? 这里坐。

小耿只好坐了下来。

主任:你有伴了,我们回去值班,你点好了回家休息。

路爽挥手和主任再见。

路:真巧,你也发烧了?

小耿:没有,我吃剩饭,拉肚子。

路爽工作狂的特点又显现出来。

路:正好我给你做个采访,我还没有采访过便衣卧底。

耿:不行。

路:为什么?

耿:因为我不是警察,我就是木棉酒家的服务员,刚把拣的警官证给送回去了。

路一时不知该说什么,她看着小耿,仿佛还在分辨他哪句是真哪句是假,对自己的判断力也产生了怀疑。

路:其实,你还挺像警察的。

小耿:那天跟你开个玩笑。我从小就想当警察,只是我这辈子没机会了。

路:这些天,你看到车站警察这么辛苦、这么危险、这么委屈,你还想当警察吗?

小耿:想。

字幕:2008 年 2 月 5 日　腊月三十

过年了。

111. 日内　监控中心

宁静的早晨。

操作民警:快看。

显示屏上,空的。

换另一个显示屏,空的。

又换一个,不多的旅客排着队并然有序地进站。

不知什么时候,大家都聚在了显示屏前,看着眼前的广场恍然如梦。

局长、方之林、老马、阿波、女警官,一张张我们熟悉的面孔。

112. 日外　车站广场

车站广场。

人海消失了,刚来的旅客排队进站。

清洁工在认真地打扫,拦人用的铁马堆了一大片。

车站在播放歌曲《回家》。

113. 日内　监控中心

所有人都没有说话。

局长的眼睛第一次有些湿润。

局长:不跑就没有危险,没有危险就没有限制,大家都不跑,排着队,文明地、有秩序地、平和地进站,多好啊。

没人说话,都在想。

局长:我们合个影吧。

114. 日外　车站广场

一辆警车里,坐着方之林、老马和阿波。

老马把警官证掏出来给方之林。

方打开看警徽,合上,再打开。

方:我为它一个星期没有睡着觉。谢谢你们两个。

老马:那顿饭和今天中间隔了一辈子那么长。

方:当警察,需要一次这样的经历。

阿波:他们给我们制造了麻烦,他们也帮我们战胜了麻烦。

方:他们现在应该都到家了。在外面打工的人,说不定就靠这个年撑着,靠回家撑着。

阿波看着脚上的新鞋,这是小兰托人转给他的。

方:阿波,先去看看豆豆。

阿波:知道。

阿波又在抚摸手机上豆豆的笑脸。

老马:回家再难,也不能不回,日子再烦,也不能不过。

阿波:知道。

115. 日内　小兰家

阿波进来,豆豆套着救生圈跑出来。

豆豆:爸爸你回来了,我有一点想你。这是你给我买的救生圈,你还说要带我去冲浪。

阿波从大衣兜里掏出小狗,就是小白,递给儿子。他太想儿子了。

豆豆:(尖叫,扔了救生圈)小狗,小狗,妈妈,小狗,奶奶,小狗!

阿波听到奶奶两个字一愣,他没有想到奶奶也在。

两个女人从厨房里出来,都揸着正在做饭的手,都看着他。

阿波浑身上下摸了半天,从上衣胸前的口袋里摸出一个纸包,影片开始不久铁路上的人交给他的。

阿波:那次吵架把你镯子摔坏了,我又托人给你买了一个。

小兰接过纸包,打开。

里面是一只玉镯,但又在广场上挤碎了,断成了两半。

小兰:(叹了口气)心领了。

奶奶:"碎碎"平安。你知足吧,还没有我的呢。

阿波:(赶紧)我再去买,买两只。

豆豆站在一边,抱着小狗,目不转睛地看着阿波。

阿波走过去,抱起孩子,紧紧抱着。

小兰在接黄萍的电话,到家了。

116. 日外　广州的花市

老马和妻子买了一盆桂花,老马抱着。

妻子:这回你出名了,全广州局的人都知道你有痔疮。

老马:这算什么? 车站没有出大事,让我拿命换我都换。

妻子:我当时觉得拿命都换不来的。

老马:我们以后别逼小小了,那天回家看见她和同学开心的样子,我觉得很对不起她。

妻子:非常时期,不开心是暂时的,考上大学就会开心了。

老马:我怎么觉得不是这么个道理啊。

妻子:你听我的没错。

117. 日内　老马家

两人开门进来。

屋子收拾得很干净,女儿把爸爸妈妈换下的脏衣服洗了晾了。

女儿的房门开着,她在看书。墙上贴了高考倒计时。

老马放下刚买的桂花,屋子里生机盎然,香气四溢。

女儿伸着懒腰出来。

女儿:爸你买错了,应该买菊花。

老马:为什么?

女儿:种菊嘛,范进中举。

妻子:真的啊? 我现在就去买。

老马:明天种一样的,你还不累啊?

妻子:不行,必须今天去。

妻子转身又出去了。

字幕:2008 年 2 月 6 日　大年初一

118. 日内　方家

　　方之林在睡觉,他睡得很香,卧室外的客厅里声音嘈杂,一大家子人在打麻将、聊天也吵不醒他。

　　客厅里,一家人正在过年,小朋友和老人看电视,大一点的打游戏,大人们在打麻将,还有一个半大的孩子在念《南方周末》2008 新年献词。嘈杂中,这个声音非常平静坚定:

　　“2008 年已经开始,中国闪亮登场,你在期间,独一无二,不可或缺。无论你是何种角色,都不要被历史的大潮淹没,或者冲刷去你的独立存在,至少你要在大时代中做个坚强的小人物,在狂欢夜中做个自由的舞者。”

　　有大人问:你在念什么?

　　孩子回答:《南方周末》的新年献词。

　　大人:写得不错。

　　方之林的手机响了。

　　有人拿起来看:就一个“他”字,便问“他”是谁?

　　有人接:管是谁,不要叫,让他睡。

　　方太:那可不行,“他”是老方的领导,我们老方还要进步呢。

119. 日内　方家

　　方太送手机到方之林的手中。

　　局长:局里临时决定,你担任今晚烟花晚会安保总指挥。

　　方一下坐起来。

　　方:是。

　　方拨电话。

　　阿波的手机响了。

　　他和小兰正在接吻。

　　老马的手机响了。

　　老马的妻子正在为他往肚子上贴药膏。

两人抓起手机。

手机铃声被烟花的轰鸣所替代。

烟花绽放的夜空，警察守护着广州人民的安宁。

创作年表

1995 年　《赢家》

出　品　北京电影制片厂

导　演　霍建起

主　演　邵　兵　宁　静　耿　乐　王千源　金巧巧

上　映　1995 年

奖　项　第 2 届华表奖优秀影片、最佳编剧

　　　　第 16 届金鸡奖导演处女作

　　　　第 5 届"五个一工程"入选作品

　　　　第 4 届大学生电影节最佳处女作

1997 年　《歌手》

出　品　北京电影制片厂

导　演　霍建起

主　演　李亚鹏　何　晴　胡　军　杨　幂

上　映　1998 年

1998 年　《那山那人那狗》　根据彭见明同名短篇小说改编

出　品　潇湘电影制片厂、北京电影制片厂

导　演　霍建起

主　演　滕汝骏　刘　烨　赵秀丽　陈　好　党昊

上　映　1999 年

奖　项　第 19 届金鸡奖最佳故事片、最佳男主角
　　　　第 7 届"五个一工程"入选作品
　　　　第 6 届大学生电影节最佳男演员
　　　　第 23 届蒙特利尔电影节"最受观众喜爱的影片奖"
　　　　第 31 届印度电影节"银孔雀奖"

1999 年　《说出你的秘密》
出　品　浙江电影制片厂
导　演　黄建新
主　演　王志文　江　珊　王　琳　阮丹宁
上　映　1999 年
奖　项　第 7 届大学生电影节最佳故事片、最佳女演员

1999 年　《九九艳阳天》　与李平合作
出　品　北京电影制片厂
导　演　霍建起
主　演　方子哥　谢　芳　李仁堂　陈　强
上　映　1999 年

2000 年　《蓝色爱情》　根据方方中篇小说《行为艺术》改编,与东舟合作
出　品　北京电影制片厂
导　演　霍建起
主　演　袁　泉　潘粤明　董　勇
上　映　2002 年
奖　项　第 21 届金鸡奖最佳导演
　　　　第 8 届大学生电影节最佳影片、最佳女演员
　　　　第 7 届华表奖优秀导演

2002 年　《生活秀》　根据池莉同名中篇小说改编
出　品　北京电影制片厂

导　演　霍建起

主　演　陶　红　陶泽如　潘粤明

上　映　2002 年

奖　项　第 6 届上海国际电影节最佳女演员、最佳摄影

第 22 届金鸡奖最佳编剧、最佳女主角

第 8 届华表奖优秀女演员

2002 年　《荷香》　根据陶少鸿中篇小说《新寡》改编，与李萍萍合作

出　品　福建电影制片厂

导　演　戚　建

主　演　潇子珊　李心敏　王骏毅

上　映　2003 年

2003 年　《暖》　根据莫言短篇小说《白狗秋千架》改编

出　品　北京金海方舟文化发展有限公司

导　演　霍建起

主　演　郭晓冬　李　佳　香川照之

上　映　2003 年

奖　项　第 11 届大学生电影节最佳故事片

第 23 届金鸡奖最佳故事片、最佳编剧

第 16 届东京电影节最佳影片"金麒麟奖"、最佳男演员奖

第 10 届华表奖优秀影片、优秀导演

2004 年　《情人结》　根据安顿口述实录《爱恨情仇》改编，与张人捷合作

出　品　北大星光国际传媒公司、中国电影集团公司

导　演　霍建起

主　演　赵　薇　陆　毅

上　映　2005 年

奖　项　第 11 届华表奖优秀女演员

第 8 届上海国际电影节最佳女演员

2006 年　《超强台风》　与徐海滨、冯小宁合作
出　品　浙江影视(集团)公司、浙江电影制片厂
导　演　冯小宁
主　演　巫　刚　宋晓英　刘小微
上　映　2008 年
奖　项　第 19 届大学生电影节组委会奖
　　　　第 11 届"五个一工程"入选作品

2007 年　《愚公移山》
出　品　北京八吉祥影视咨询有限公司等
导　演　霍建起
主　演　王庆祥　郭晓冬　董　洁
上　映　2008 年

2008 年　《台北飘雪》　根据日本田代亲世青春爱情小说《台北に舞う雪》改
　　　　编,与田代亲世合作
出　品　博纳影业
导　演　霍建起
主　演　陈柏霖　童　瑶　杨佑宁　莫子仪　蔡淑臻　金士杰
上　映　2012 年

2008 年　《沂蒙六姐妹》
出　品　山东电影制片厂
导　演　王　坪
主　演　范志博　刘　琳　李　念　张　璇　曹　苑　王莎莎　曹翠芬
上　映　2009 年
奖　项　第 13 届华表奖优秀影片、优秀编剧
　　　　第 11 届"五个一工程"入选作品

2009 年　《唐山大地震》　根据张翎中篇小说《余震》改编

出　品　华谊兄弟传媒集团等

导　演　冯小刚

主　演　徐　帆　陈道明　张静初　李　晨

上　映　2010 年

奖　项　第 12 届"五个一工程"入选作品

　　　　第 28 届金鸡奖最佳音乐、最佳美术

　　　　第 14 届华表奖优秀故事片、优秀女主角

　　　　第 18 届大学生电影节最佳故事片

　　　　第 31 届百花奖最佳影片、最佳导演、最佳编剧、最佳新人

2010 年　《秋之白华》

出　品　常州广播电视台、华夏电影发行有限责任公司等

导　演　霍建起

主　演　窦　骁　董　洁　郭家铭　米紫安

上　映　2011 年

奖　项　第 12 届"五个一工程"入选作品

　　　　第 18 届大学生电影节最佳导演

　　　　第 14 届华表奖优秀影片

　　　　第 28 届金鸡奖最佳摄影

2010 年　《第一书记》　与苑立孔、陈国星、杨海波、龚应恬、邢原平合作

出　品　北京紫禁城影业有限责任公司等

导　演　陈国星

主　演　杨立新　徐　帆　何　冰

上　映　2010 年

奖　项　第 12 届"五个一工程"入选作品

2011 年　《萧红》　与乙福海合作

出　品　唐德国际文化传媒有限公司等

导　演　霍建起

主　演　宋　佳　黄　觉　王仁君

上　映　2013 年

奖　项　第 12 届"五个一工程"入选作品

　　　　　第 15 届上海国际电影节最佳摄影

2011 年　《先遣连》　与肖丹合作

出　品　西藏香格里拉文化传媒有限公司、华夏电影发行有限责任公司

导　演　胡雪杨

主　演　陆剑民　周浩东　索朗卓嘎

上　映　2011 年

奖　项　第 12 届"五个一工程"入选作品

2012 年　《冰雪 11 天》

出　品　博纳影业等

导　演　陈国星　王小列

主　演　冯远征　刘　桦　郭家铭　侯　勇　黄　奕　柳　岩　高　虎

上　映　2012 年

按：合作者为影片前期或后期参与编剧，所有剧本均为作者独立创作稿。